新選組血風録

新装版

司馬遼太郎

新選組血風録

新装版

目次

油小路の決闘

一

京の室町の職人の家にうまれたおけいは、妙な癖のある男と、洛中九条村の百姓家の離れで同棲した。

男の名は、新選組諸士取調役《とりしらべやく》篠原泰之《しのはらたいの》進《しん》といった。江戸ことばをつかう色白な壮漢で、癖というのは、ひまさえあれば、井戸ばたへ行ってざぶざぶと耳の穴をあらうことであった。

あるとき、懇意《こんい》な医者から、「そういう癖はやめさせたほうがいい。もし耳のなかに水が入ってそれが腐れば、命をうしなうことがある」といわれたことがある。

その翌朝、泰之進のあとを追って井戸ばたへゆき、つるべをおさえ、

「おやめやす」

とつよくいった。

泰之進は、おけいがとりあげようとするつるべを少年のような仕種《しぐさ》で抱きかかえ

た。

「毒どすえ。きょうから、おやめやす。お耳がかゆいなら、きょうから毎日おけいが耳そうじをしてあげます。な、それがよろしおすやろ」

「ばかな」

と、泰之進はかえってひらきなおった。つるべは、かかえたままである。

「男というのは子供のころについたいろんな癖を大事に持ちかかえて、オトナになりきれずに生きている。女とはちがう。男どもがその持ち癖をなおせば女にとってどいつがどいつだか、さっぱりわからなくなるじゃねえか」

癖があるからこそ男だ、と泰之進はいうのである。

「せやけど、お命にかかわりますえ」

「命などは運ひとつのものだ。耳を洗ったぐらいで死ぬようなかぼそい運なら、おれはとっくに修羅場《しゅらば》で死んでいる」

ときかなかった。

もう一つ、癖とはいえないが、この男にはこまった嗜好がある。豚がすきだということであった。どこで手に入れてくるのか、ときどき豚肉を買ってきて、

「おけい、煮ろ」

と命ずるのであった。これだけは京者のおけいは閉口した。

当時、食用の肉といえば魚鳥にかぎったもので、四足獣の肉はたべなかったし、幕府の法度でもあった。もっとも猪、鹿や味噌漬けの牛肉などは江戸や大坂のももんじ屋で売っていたが、それらは「薬喰い《くすりぐ》」と称して病人か、病人をよそおう者しかたべず、その「薬喰い」をするときも、わざわざ神棚に紙をはって目張りをし、用いた鍋も庭のすみへもちだして二日間、天日《てんぴ》にさらすというほど忌《い》みきらったものである。

おけいは、はじめ、

「それだけはかんにんして」

と手をあわせてたのんだ。泰之進はあざわらい、

「冗談じゃねえ、時代はかわっている。これだから京者は因循《いんじゅん》でいやだというのだ。江戸では、将軍《くぼう》さまの後見役の一橋卿《ひとつばし》（慶喜）でさえ豚がだいすきだというので、町方では大はやりだぜ。豚を食うのは江戸っ子の自慢になっているくらいのものだ」

かなわない、とおもった。情人というより、腕白小僧をひとり飼っているようなものだとおもった。

泰之進とのそもそものなれそめもかわっていた。おけいはかつて同職の家にかた

づいて不縁になったことがある。その後は実家《さと》にもどるのがいやさに祇園の茶屋でお運びをしていた。

　お運びは、座敷へ膳部をはこぶだけの役目である。だから、この茶屋では馴染だという泰之進の顔は、そのことがあるまで記憶がなかった。泰之進は早くからおけいを知っていたらしい。

　そのことというのは、ある夜、厠《かわや》からのもどりらしい泰之進と暗い廊下ですれちがったことからおこった。この男は、いきなりおけいを抱きすくめた。声が出なかった。泰之進は耳もとで、「おれは新選組の篠原泰之進という者だ。おなごなどは、こうでもせぬと獲《とら》えられぬ」と、野で鳥でもつかまえるようなことをいった。

　体のどこをどうおさえられてしまっているのか、もがこうとしても体がきかなかった。あとできけば、篠原は、良移心頭流《りょういしんとうりゅう》の柔術の名手だという。

「こうみえても、おれは実《じつ》のある男のつもりだ。おれの休息所へきて、奉公せい」

「…………」

「休息所は、九条村の茂兵衛方にある」

　おけいは、そのようなことより、泰之進の手が、いつのまにかすそを割ってなかに差し入れられていることに当惑していた。

「いやか」

いやといえば殺されると思い、必死で、くびをたてにふった。

「これは支度金」

小判三枚をおけいのふところにねじこんでから、

「そうだ、わすれていた」と泰之進は、ばつがわるそうに、

「名をなんという」

「お、おけい」

「そうか。——」

馴れそめというのは、それっきりである。泰之進の厚い肩が廊下のむこうの闇溜りに消えてゆくのを見送りながら、おけいは、へたへたとその場にすわりこんでしまったのをおぼえている。

新選組の内規では、局長近藤勇《いさみ》以下、伍長までの幹部は、営外居住ができることになっていた。その住まいを「休息所」と称し、休息所では大半の幹部は女の奉公人をもっている。妾であった。

「じつをいえば、おれも、そいつがほしかったのよ」

と、篠原泰之進は、おけいとの最初の夜、あやまるようにいった。年は案外、若くはない。

要するに、無邪気な男だとおけいは思った。小柄で肉のやわらかいおけいの体を

はじめて抱いたとき、「ああ、おんなはいい」と何度も言い、「おれが京へのぼってきたのは、京のおんなを抱きたかったからだ。こうして女と寝ていると、人間死にたくねえ、とつい思ってしまう」と、あどけないほどの高調子でいった。その夜、おけいは、しみじみとこの男に尽してやろうとおもった。むろん、ときどき、泰之進の体から血のにおいが匂ったり、着衣に返り血をみつけたりしておけいはおぞ毛の立つことがあったが、その無邪気な顔をみていると、この男が、ほとんど毎日のように京で人を斬っている新選組の浪士だとはおもえなくなる。

ところが、篠原泰之進が、ただの無邪気な男ではなく、京者が壬生浪《みぶろ》とよぶすさまじい生きものであったことを知らされたのは、慶応二年三月の末のことであった。この事件のあと、泰之進の身辺がにわかにいそがしくなり、ついにそれが新選組を真二つに割る騒動にまで発展したために、おけいは、その日の日付までおぼえているのである。——

その前のあさ、おけいは、隊へ出かけてゆく泰之進を、枝折戸《しおりど》の所まで送った。泰之進は、いつものように、黒縮緬《くろちりめん》の羽織に黒蠟鞘《くろろうざや》の大小、白い鼻緒の雪駄といったひどくしゃれた容儀をしていた。ふとふりむいて、「あすの夜は、豚だ」といった。

「肉は、屯営の小者《こもの》の和助にとどけさせるから、ねぎの支度をしておけ、酒も、だ。

客が四人来る。客の名は」

伊東甲子太郎《いとうかしたろう》
と、泰之進はいった。伊東は、新選組参謀という肩がきで、副隊長の土方歳三《ひじかたとしぞう》と同格として重んじられている人物である。——あとは、茨木司《いばらぎつかさ》、富山弥兵衛、毛内《もうない》有之助《ありのすけ》の三人。

おけいは、

「はい」

と素直にうなずいて、送り出した。みると、花見どきの曇り空に、東寺《とうじ》の塔がにじんだように浮かんでいた。

二

あとでわかったことだが、その日の篠原泰之進は、午後から屯所を出、鈴木三樹三郎をつれて清水《きよみず》の花を見にゆき、帰りは祇園のなじみの茶屋へ立ちよった、という。

最初の事件は、その帰路、三樹三郎と連れだって三条大橋の橋ぎわまでさしかかったときにおこった。慶応二年三月三十日である。

おりから河原のあちこちに夕もやが動いており、京にはめずらしく鮮烈な落日の宵で、橋上を行きかう人の顔が、どれもこれも赤く染まってみえた。泰之進は酔っていた。しかし連れの鈴木三樹三郎はさらに酔っていた。鈴木は酒にだらしない男で、足もとさえさだかでなかった。

鈴木三樹三郎は、新選組伍長である。伍長といえば隊の下級幹部で、斬込みのときはその人数の中心になる人物だけに一流の使い手がえらばれていた。

新選組では発足以来、入隊するときは、近藤勇、土方歳三の検分のもとに、きびしい武術考試をする。その成績によって入隊をゆるし、階級をきめるのが常例だったが、鈴木三樹三郎のばあいだけはその考試を経ずにいきなり伍長になった。参謀伊東甲子太郎の実弟であったからである。流儀は北辰一刀流だが、腕は平隊士よりも劣っていた。

伊東甲子太郎は、かねがねこの実弟のことをあやぶんで、江戸以来の旧友である泰之進に、

「三樹を自分の弟と思って介添えしてくれ」

とたのんでいた。

その三樹三郎が、泰之進から四間ばかり先きをよろめきながらゆく。

むこうから、西国の脱藩浪士らしい武士が三人、これも花見がえりらしく酒気をふくんでやってきた。

郎は、その左はしの大男のほうへ泳ぐように近づ

と叫たのは、三樹三郎のほうであった。いきなり刀を抜いた。いかに喧嘩が役

目の新選組でも、これは無法すぎた。

橋の上の通行人は、一せいに立ちどまった。三樹三郎は、その群衆の目に昂奮し、

「りゃ、ありゃりゃりゃ」と奇妙な気合いをかけつつ高腰を浮かして踏みこんだ。

も人を斬れるような芸ではなかった。

浪士三人はいずれも相当に使えるらしい。だまってキラキラと抜きつれた。篠原泰之進が橋板を蹴って駈けだしたときは、三人が三樹三郎を押しつつんで上段にふりかぶった瞬間だった。泰之進ははじめ仲裁するつもりでいた。しかしわけ入ったときはすでに遅く、相手の切尖《きっさき》が三樹三郎の頭上に落ちるのを払いのけるのがやっとだった。

とびさがって雪駄をすて、

「拙者は新選組の篠原泰之進である。お相手になろう」

新選組ときいて相手の顔色がかわった。大変な男にひっかかったと思ったらしく、三、四歩ひきさがった。泰之進は、千葉門下の逸足といわれた男だが、撓《しなえ》剣術など

よりも真剣の場数できたえた呼吸がある。真剣の喧嘩では、相手のひるみにつけ入って捨て身で斬撃すればかならず勝てることを知っていた。

まず、大男に目をつけた。抜いた瞬間、背後にまわった男の刀が背を割りつけてきたが、かまわずに前へ大きくふみこみ、いきなり刀を上段にあげた。相手の大男がつい釣られて刀身を頭上にかざしたとき小手にスキができた。

その右小手へ、泰之進の刀が目にもとまらぬ速さで打ちこまれた。

「見たか」

「まだまだ」

男は、左手で刀を擬している。打ちこみが浅すぎて、わずかに右腕の肉を斬ったにすぎない。血が数滴、橋上にしたたった。

このとき泰之進は、みごとな芸をみせた。相手のおなじ傷口にふたたび刀を打ちこんだのである。骨を断つや、同時にキラリと刀身をひねりあげたために右腕は、生きもののように虚空をつかんで矢にとび、やがて群衆のなかに落ちた。

「退け

だ。三人が見物を蹴散らして逃げたとき、泰之進は、はじめ

「権三

「おう」

三樹三郎は、勢いよくうなずいてみせたが、太刀打ちの昂奮がさめないらしく、両こぶしのふるえているのが、泰之進の目にもみえた。

数丁歩いて寺町の誓願寺のあたりまできたとき、右の股が濡れているのに気づいた。

(尿《いばり》でももらしたか)

決闘のときに、糞尿をもらす者もある。泰之進はそれかと思い、袴《はかま》をまくってみた。

血だった。ふくらはぎのあたりまで真赤に染まっていた。

(しまった)

手を入れて傷口をさがすと、袴の腰板の上あたりで指がずぶりと入った。一個所だが、一寸ほどの深さに切り裂かれている。気が立っているためふしぎと痛みはなかった。

「おい」と泰之進は、頬をひきつらせ、「どうやら今日が、おれの命日になるらしい」

三樹三郎は、蒼ざめて傷口をみていたが、

「死ぬほどの傷でもなさそうだが」

「おれのいうのは、腹のことだよ」

「いや、傷は背中ではないか」

「なにを悠長なことをいっている」

泰之進は、これ以上この愚鈍な男の相手になる気がせずすぐ駕籠をひろって九条村のおけいのもとに帰り、すぐ外科をよばせた。

「どうなされました」

「祇園の石段で、ころんだだけのことだ」

泰之進は、わざとこっけいな身ぶりでころぶまねをしてみせた。おけいも釣りこまれて笑った。

おけいはすぐ湯と晒布《さらし》をととのえたが、外科が手当てをしているあいだは、部屋に入ることを泰之進はゆるさなかった。

外科が帰ってから、おけいが障子をひらいたときほどおどろいたことはなかった。この男は、床柱を腰にあててあぐらをかき、腹に抜き身の脇差を突きたてようとしていたのである。切腹というのは芝居でみたことはあるが、自分の目でその実物をみるのははじめてだった。

「見たか」

ぱつのわるそうな顔をした。

おけいは、ものもいわずに武者ぶりついたが、苦もなく泰之進につきころばされた。

「すこしそこで眼をつぶっていろ。なあに、すぐ済むことだ」

「なにが済むのどす」

「これだ」

と腹を指さした。

「何ンで、おなかをお召しやすのえ？」

「それが仕方がねえのさ」

新選組にはおそるべき隊規がある。

新選組をして史上最強の殺戮団《さつりくだん》の名を高からしめたのは、かれらが選りぬきの剣客ぞろいであったことにもよるが、それよりも秋霜のようにきびしい隊規があったからでもある。

近藤と土方は、人間の性は臆病であることを知りぬいていた。この二人はすでに武家社会でほろんでいた伝説的な武士道をもって隊士を律し、いささかでも未練臆病のふるまいのある者は、容赦なく断首、暗殺、切腹に処した。結党以来、死罪になった者は二十人を下らない。

たとえば、古来、武家の常法として大将が討死すれば兵は引きあげてもかまわな

いことになっていたが、新選組にあっては、

――組頭《くみがしら》がもし討死した場合は、組衆《くみしゅう》はその場で討死すべし。

というすさまじい隊規があった。また激闘中に、朋輩の死体を後方にひきさげることも禁じ、

――はげしき虎口《ここう》において死傷続出すとも組頭の死体のほかはひき退くことまかりならず。

いずれも、戦国の武士の風習にさえなかった律則であった。

さらにおそるべき隊規は、

――私事《わたくしごと》で斬合いにおよんだとき、相手を斃《たお》さず自分のみが傷を負うた場合、未練なく切腹すべし。

というものであった。相手を斃す以外に死をまぬがれる法がないために隊士はいよいよ剽悍《ひょうかん》にならざるをえなかったのである。篠原泰之進が、自分の傷を発見したときおどろいたのは、この隊規があったからであった。相手はすでに逃げていた。しかも手傷は、後ろ傷だった。まぬがれぬと思った。

「右のような次第だ。切腹のほかはない。ましておれは隊士の非違を監察する役目についている。ここは、きれいに腹を切っておいたほうが無難だろう」

ひとごとのようにいった。

おけいは素直にうなずいてみせ、肚《はら》のなかで別のことを思案していた。おけいのこのときの思案が、のちに新選組最大の暗闘事件をひきおこそうとは、彼女自身も、むろん予想することができなかった。――

「とにかく、心置きのうお腹を召しとくれやす」

「おお、いわれずとも切るわ」

「しかし、いままで旦那様のお身の上のはなしをきいたことがおへんさかい、お死《かく》れやしても、ご遺髪を送る先きがわかりまへぬ。おくさまは、どちらにおいででござります」

「妻なんざ」

もったことがない、篠原泰之進は吐きすてるように言い、新選組に入るまでのいきさつを手みじかに語った。

かれは、久留米藩の江戸定府《じょうふ》の軽輩の家にうまれた。父が早く失明したために、他家のように内職をして生計をうるおすことができず、少年のころは毎日ほとんど粥《かゆ》ばかりをたべていたような極貧の暮らしだった。兄が世をついでから、内職に加《か》留多《るた》の絵付けをはじめ、多少余裕ができたので、かれは、神田於《お》玉《たま》ヶ池《いけ》の玄武館に通って剣をまなんで大目録まで進み、また家中に良移心頭流柔術の印可《いんか》をもつ者がいたので、これに就いてついに師をしのぐほどにまで達した。

しかし、軽輩の家の次男が、いかに武芸に習熟したところでどうなるものでもなく、兄の家に養われている身では、いつまでたっても妻をもてるほどにはなれない。泰之進は、はやくから脱藩を決意していた。

そのころ、同門の先輩で、深川佐賀町に北辰一刀流の町道場をひらいている常陸志津久《しづく》の脱藩浪士伊東甲子太郎という人物があった。文武ともに秀でた才人で、論才があり、江戸府内の攘夷論者とまじわってすでに志士のあいだでは多少の名があった。号を蛟竜《こうりゅう》という。淵にひそんでいてもいずれは雲を得て天を駈けるという野望を托していたのであろう。伊東が深川佐賀町に小さな町道場を構えていたのも、同志をあつめて一勢力をつくり、機をみて風雲に乗じようという下心があったためである。篠原泰之進は、しばしばこの道場にあそびにいき、伊東から攘夷の新思想をきくようになっていた。

ときに、元治《げんじ》元年六月五日、新選組の局長以下が京の三条小橋旅館池田屋惣兵衛方に会合中の諸藩の浪士を襲撃した事件は、江戸じゅうのうわさになっていた。しかもその変ののち、幕府は新選組の威力を大きく評価して隊士をさらに増募することになり、そのため局長近藤勇以下が、このところ浪士徴募のために府内に滞留しているといううわさが、泰之進の耳にも入った。

ある日、泰之進が伊東の道場へあそびにゆくと、甲子太郎は、

「折り入っての相談ですが」

と奥に請《しょう》じ入れた。伊東は、道場のあるじといっても、まだ三十を越えたばかりの年であり、泰之進は、それよりも五つばかり年上だったから、伊東はいつも鄭重にあつかっていた。

「私はこういうがさつな男だ。むずかしいことなら、わかりませんよ」

「いや、あなたの返事次第で、私は自分の心をきめたい。――これを」

伊東は、一通の書状をとりだした。差出人は、新選組局長近藤勇で、使者として伊東とは千葉門下で相弟子《あいでし》だった同組の副長助勤《じょきん》藤堂平助がやってきたという。内容は加盟勧誘であった。

「どんなものでしょう」

伊東は、きこえた美男で、ことに眼もとの涼やかな男だったが、その眼が、このときばかりはやや上眼になって、泰之進にはひどく不潔にみえた。伊東はもともと勤王論者ではないか、と思ったのである。

泰之進は笑って書状をなげだし、

「これは私にはむずかしすぎる。あなたがご自分の節義に殉ずるか、それとも節を屈して佐幕派の手先きになるか、ということではないですか。それは、他人がとやかくいえぬ。男としてのあなた自身が命を賭けてきめるべきことだ」

泰之進は、当節の流行で一応は攘夷論者であったが、思想的な問題に無頓着な男で、佐幕派でも尊王論者でもなかった。思想などよりも、男として爽やかに世の中をわたってゆきたいというだけの人物なのである。だから、この場合の伊東の本心を見ぬいて、

(さわやかではない。――)

と思ったのだ。伊東は、篠原の顔色をみて苦笑し、

「あなたはどうも明快すぎる。それでは、国事というものに参加できない」

泰之進とちがって思想的な論議のすきな男なのである。それにもまして政治的情熱の濃い体質だった。こういう野望と気質がある以上、泰之進のように単純な生き方はできない。

「本心をうちあけると、私は新選組に入り、その党の力を利用して、攘夷と王事に尽さしめたいと思う」

「それでは、あなたは清川八郎になる」

清川八郎とは、去年、つまり文久三年四月十三日に江戸赤羽橋付近で、見廻組の佐々木只三郎らの兇刃に斃れた複雑怪奇な策士である。

この男は、もともと京都を中心とする新政権の確立こそ攘夷の道であるとの理論をもっていながら、実際行動の上では、京都に流入してくる諸国脱藩の浪士を弾圧

するための新徴組（新選組の前身）設置の件を幕閣に建策し、その実、この組が結成されるや、ひそかに京の革新公卿側の走狗に売り渡そうとした男であった。

「伊東さん、清川流ではいけない。ああいう小細工で天下のことが成るはずがない」

と泰之進は、清川とおなじ才子である伊東に、それとなくたしなめてみた。

「いや、私は清川の二の舞いはせぬ。私は隊務を忠実につとめながら、近藤、土方の両君の考えを根気よく変えてゆくつもりです」

「そのご自信がおありなら、新選組に入るのもいいでしょう」

「そこで、だが、この仕事には、あなたのような武辺の士が必要なのだ。本音を申しあげると、私は、あなたが新選組に入らなければ今回のことは断念しようと思っている」

「おやおや」

「私は、この風雲の時期に、江戸の場末で町道場をひらいているような自分に堪えられないのです。かといって、天下に乗りだすには一介の浪人では力がない。不本意ながらも新選組という背景があれば仕事が大きくなる。どうでしょう、篠原さん」

「私かね」

篠原の心はすでにきまっていた。江戸でくすぶっていたところで仕方のないことだし、自分のならいおぼえた刀術と柔術をもって武芸者らしい暮らしができるならば、これに越したことはないと思ったのである。

「お供して京へのぼりましょう。ただしいまあなたが申されたような細工事のようなことは、私にはがらにあわないからことわります。私はただ、お扶持を頂戴するためにゆく」

「あなたらしい」

と、それでも伊東は手をうって喜んだ。

伊東は、すぐ同志をあつめた。

新選組伊東派ともいうべき、新選組史上特筆すべき集団が、江戸を発ったのは元治元年の晩秋であった。同勢は、伊東、篠原をはじめとして、伊東の実弟の鈴木三樹三郎、加納道之助、中西昇、佐野七五三之介《しめのすけ》、服部武雄、内海二郎の八人である。それぞれ卓抜した剣客であったが、その大半は、数年のちには鬼籍に入ることになる。

伊東は、すぐには新選組の壬生本陣にはゆかず、同志一同を市中の旅館にとめ、自分ひとりだけが近藤、土方に会って、八人の処遇を交渉した。

伊東の交渉が奏功したのか、このとき近藤勇の江戸入りによって新たに徴募された隊士は四十余名であったが、このなかで伊東派八人は、古参隊士を越えて重用された。

まず、伊東甲子太郎は副長土方歳三と同格のあつかいで「参謀」となり、隊の「文学師範頭」を兼ね、篠原泰之進は「諸士取調役監察」となり、隊の柔術師範頭を兼ねた。さらに、鈴木、加納、中西はそれぞれ伍長となり、平隊士は、佐野七五三之介、服部武雄、内海二郎の三人にすぎなかった。

――その後、篠原泰之進は、蛤御門の変をはじめ各所で働き、豪勇の名は隊内にひびきわたったが、ことに慶応元年七月、隊命によって大和奈良に潜伏中の不逞浪士を捜索したときなどは、すさまじいものとされた。

この奈良事件というのは、探索隊として伊東甲子太郎以下五人が派遣されたのだが、その夜は、泰之進と久米部《くめべ》正親《まさちか》という平隊士の二人が巡邏に出ただけであった。中間《ちゆうげん》一人をつれてその者に「新選組」の隊名を入れた提灯をもたせ、市中の旅館などをあらためてゆくのである。やがて、遊女町に入った。

ところが、四ツ辻にさしかかったとき、辻行燈《あんどん》の明りがにわかに消えた。あとで気づいたことだが、辻行燈の前後に抜刀の浪士五人がひそんでいて、襲撃の合図に灯を消したのである。

面妖《みよう》な、とおもうまもなく、体ごとぶつかってきた大きな人影があり、このとき

だけは泰之進は、

（斬られた）

身がすくんだ。しかし武芸とは無意識で体が動かねば芸とはいいがたい。そのとき泰之進は夢中で身をかわしたらしく、気がついたときは相手に猛烈な足払いをかけて溝のふちにたたきつけていた。

「何者だ」

絽《ろ》の夏羽織をぬいだ。

しかし敵は、一人ではなかった。

いつのまにか、三人が久米部正親を無言で取りかこんで激闘しており、泰之進の前には、首魁《しゅかい》らしい着流しの痩せた長身の男が、無反りの大刀を上段にふりかぶってジリジリと足を踏み進めていた。

「名を申せ。当方が、京都守護職会津中将様御支配新選組の者と知ってのことか」

十中八九は、この一言で逃げ散ることを泰之進は知っていたのだが、しかしこのときは勝手がちがった。相手は沈黙したままである。

「斬りはせぬ。名と藩だけはいうがよい」

事実、泰之進は、刀をぬいていなかった。かれが他の隊士のようにむやみと人を斬らなかったのは、勤王びいきの伊東甲子太郎の影響があったためでもあるし、また性格にもよった。本来、気のやさしい男なのである。

返事のかわりに、相手は跳躍した。

「――！」

悲鳴のような気合いとともに真向から斬りこんできたのを、泰之進はかいくぐって巧みに右手首をつかまえた。すばやく小指を骨折させ、さらに腰をはねあげて頭からたたき落し、地におちた相手の刀をすばやく蹴った。さらに脇差をも抜きとって遠くへ投げたとき、相手は四肢で地を掻いた。逃げようとしていた。

「逃げるのか」

やっと駈けだした。

「忘れものだ」

泰之進は相手の両刀をひろって闇のむこうへ投げてやり、すぐ身をひるがえして背後の久米部のもとに駈けつけたが、かれをかこんでいた三人も逃げだしたあとだった。

この事件は隊内でも評判になったが、副長の土方歳三だけはよろこばなかった。

「監察の君が、左様なことでは隊士のしめしがつかぬ。無刀取りの稽古仕合をしているつもりなら、はなはだ迷惑なことだ。なぜ仕止めなかったのか」

「切腹ものですかな」

泰之進にすれば一にも二にも切腹という近藤、土方の方針をからかったつもりだが、一面、隊内でこの武功がこれほど評判になってしまっている以上、いかに土方でも死罪にはできまいという自信もあった。

「篠原君、笑いごとではありませんぞ」

「いや、副長のおことばがそのまま切腹のお下知かと思ってひやりとしたまでです」

「まあ、切腹の件は、君自身にあずかってもらうことにしよう」このつぎに不始末があれば切腹を命ずるという意味であった。

「私自身があずかるのですか」

「そうだ。このつぎ、不始末があったときは、ご自身で始末をしていただくという意味です」

「痛み入る。切腹のあずけぬしはどなたです」

「近藤先生とおもってもらえばよい。先生もこのたびの君の処置をよろこんでおられぬ」

――そういうことがあったために、こんどの三条大橋の事件は、到底、切腹はのがれられぬと泰之進は覚悟したのである。

「ようわかりました」

とおけいは、うなずいた。

「せやけど、おなかを召すときまれば別に一刻をあらそうわけでもなし、この世のお別れにお酒《ささ》でもいただいて、ゆるゆるとあの世へ参られたらどうでござりましょう」

「酒か、なるほど」

上分別だ、と泰之進はいった。そうきまれば酒ずきのこの男が辛抱できるはずがなかった。

おけいがととのえた味噌と干魚で酒をのみはじめ、「今夜は、おれの通夜だぞ。おけいも飲んで歌ってくれ」としきりとすすめ、途中、酒のために手当てをしたばかりの傷口がやぶれて晒布《さらし》が鮮血でぬれたが、なおも杯をおかず、ついに暁け方には、痛みと酔いとで昏倒してしまった。

めざめたのは、夕刻である。庭さきに松の老樹が十本ほどあり、その間にはさまれて、桜の若木が枝に花をつけてひっそりと咲き盛っていた。松と松とのあいだから落日の光が洩れ、その光の帯のなかで、花がたえまなく散りそめて、それが仏国《ぶっこく》土《ど》の風景のように美しかった。

「おけい――」

と呼び、縁側で、ぼう然とすわった。人間とは造作のないものだとおもった。ゆうべは気がたっていてすぐさま腹を切ろうとおもったはずだが、一夜あけて興奮がすぎてみると、昨夜とはまるで別人のような自分が、まったくちがったものに感動している。

「おれは、どうやらこの世に舞いもどったらしい」

ホホ、とおけいは手の甲を唇にあてて笑った。涙がにじんでいた。

「浄土にはいつでもゆける。当分、腹を切るのはやめたよ」

おけいの思う壺だったがだまって微笑した。わざと表情を煙らせたような笑顔だったが、泰之進の目には、庭に散りそめている桜の花びらのように美しいものにみえた。

「そうだ」

泰之進は思いだしたように、

「豚をわすれていた。きょうは宵から伊東さんなどを豚汁によんである。隊のほうには村の者を走らせて風邪だ、といっておいてくれ。さて、生きかえったとなれば、さっそく耳がかゆくなった」

「またお耳を洗うのどすか」

「けちけちするものでない。死んでおれば耳も洗えまい」

泰之進はその足で井戸ばたへまわって勢いよく耳をあらい、洗いながら、傷のことは隊内では隠し通してやろうと決心した。

――妙なもので、篠原泰之進が新選組に対してはっきりと反逆の心をいだいたのは、この傷を隠すようになってからであった。

それまでは、伊東甲子太郎が、尊王論的な立場から新選組批判などをしているのをきいても、あまりこころよいものとは思わず、

――新選組に入った以上、いさぎよくその隊風に服するほうが男の道ではないか。

と思った。しかしいまでは気持がかわっている。なぜこうなったのか、自分でもその理由が説明しがたかったが、傷をかくす、という陰湿な心の使いかたが、泰之進のような明るい性格の男にはやりきれなくなっていたのであろう。そのやりきれなさが、憤《いきどお》りになり、その憤りがたまたま相手をみつけたのが、新選組主流派に対してであった。

新選組主流派というのは、もと近藤の道場にいた土方歳三、沖田総司らであった。もともと泰之進は、隊に入ったときから土方歳三が好きではなかった。もっとも隊士のなかには土方の陰険な性格を憎む者は多かったが、そういう者は、近藤を慕うのが通例で、そのためにこそ隊の団結がたもたれていた。しかし、泰之進はどういうわけか、近藤も最初から虫が好かなかった。

眼のさとい伊東甲子太郎は、すでにあの日、豚汁を食いにきたときに早くも泰之

進の変化に気づき、

「どうやら君は、近頃になってやっと僕のいうことをわかってきてくれたようだ」

といったが、伊東といえども、泰之進の背中の傷の存在に気づかなかった。むろん泰之進が鈴木三樹三郎にかたく口止めしていたからでもあったが、たとえ伊東甲子太郎が傷のことを知ったところでそれが泰之進の新選組隊士としての心境を変えさせたとは気づかなかったろう。

三

そのころになると、参謀伊東甲子太郎の隊内における人気は非常なものになっていた。

近藤は、隊士の非違を聞くと、ふたことめには、

「斬れ」

と命じた。こういう近藤、土方の恐怖による統率が、発足以来、諸国のあぶれ者をあつめた新選組をみごとに統制してきたのだが、伊東甲子太郎が入隊してからは、近藤が、斬れ、という横あいから、

「まあまあ」

となだめるようになった。そのため伊東の介添えで命びろいをした隊士が少なく

なく、かれを慕う者が多かった。これは伊東の性格にもよることだったが、ひとつには、かれが意識的に隊士へ温情をかけて隊内に勢力扶植をしてきたのである。

土方歳三は、そういう伊東の態度を最初からくさいとにらんでいた。ことに、慶応二年に入ってからの伊東の言動は露骨で、

「遊説のため」

と称して出張届けを出し、隊務をあけて広島、名古屋、九州などに旅行し、各地の勤王家と会合している様子がめだちはじめた。ことに広島では長州系の人物と親交をむすび、京都では、ひそかに今出川の薩摩屋敷と交通して中村半次郎（のちの桐野利秋）などと親しいというらわさが、公然のものになった。

「あれは、清川になる。いずれは、隊内で党を作って叛旗をひるがえすにちがいない」

と、土方は近藤にいった。容貌も、色白で眼もとが涼しいあたりは清川と似ている。近藤も早くから察していて、

「十分探索しておいていただく。できれば、事をおこす前に人知れずに斬るという法もある」

「そのお言葉をきいて安堵した。伊東は私と同格だから、つい誣告《ぶこく》にとられやすいと思って、いままでお耳に入れるのをはばかっていたのだが」

「われわれのあいだで、そんな遠慮はいらぬことだ」

と近藤は、土方だけにみせる表情でうなずいた。

そういう近藤らの様子は、伊東もうすうす気づきはじめていた。

かれのほうも、油断していたわけではなく、近藤側近でかれとも懇意の藤堂平助にすべてをうちあけて、近藤らの動きを探索してもいた。もし近藤がかれを斬るとなれば、伊東は事前に近藤を斬り倒すつもりでいたほどだったという。

しかし伊東がなおも新選組を去らなかったのは、適当な時期がなかったからであろう。

はっきりとかれが脱盟を決意したのは、江戸以来の盟友である篠原泰之進が離脱に賛成したからだといわれている。才子肌の伊東が、新しい行動をおこすには、篠原のような豪放な器量の男が必要だったにちがいない。

その日は、慶応二年の二月の二十五日だった。泰之進は、ちかごろの伊東がめだつほどの思案顔になっていることに気づき、その日、豚汁に事よせて、九条村の休息所に伊東をよんだ。酒なかばで、不意に、

「伊東さん、いま何を考えている」

といってみたのである。

伊東は、かすかに狼狽をみせた。じつをいえば、すでにかれは、薩摩藩の中村半

次郎のすすめもあって「御陵衛士《ごりようえじ》」という勤王色の濃いあたらしい浪士団をつくる計画をひそかにすすめていたのである。むろん表むきは薩摩藩が肝煎《きもいり》をするのではなく、政治的には色合いのない五条大橋詰の戒覚院長老湛然《たんねん》という老僧のあっせんという名目にするつもりだったが、その内実は、隊の経費も、薩摩藩京都屋敷の小《こ》荷駄方《にだかた》から受けとることまで話がすすんでいた。しかし、それはよいとしても、鉄のような隊規でかためられた新選組をどう脱退するかということで苦慮していた。

伊東は、やむなくこの秘密をうちあけると、泰之進はわらい、

「どうせそんなことだろうと思った。土方がなにかを察している。あの男の眼にかかっては、秘密などはながくくまもれるものではないから、いっそのこと、先を制して、近藤、土方にそのことをうち明けて、堂々と隊を出ていったらどうだろう」

「なるほど、これは君らしい。無策の策というものだな」

「なにかしらないが、あまり芸のこまかいことをするより、事態を公然と明るみに出したほうが、かえってむこうは手をくだしにくくなる」

「わかった。しかし、篠原君、どうする、君は。——加盟してくれるだろうか」

「するさ」

と泰之進は無造作にいった。その一言をきいて伊東は喜色をうかべ、思わず箸をすてたという。

「ありがたい。君の肚をさぐりかねていたがこれで私の決心がついた。これで私も、回天の大業に参加できることになる。恩に着る」

「なに、それほどのことじゃない」

泰之進はくすぐったそうに微笑った。伊東が辞去してから、泰之進は、

「おけい、おけい」

と大声でよび、

「これでどうやら、天下晴れて人前で素ぱだかになれそうだぞ」

といった。泰之進の本音はそれだった。ある意味では、伊東の脱盟事件には、泰之進の背中の傷が大きく働いたといえるだろう。

四

このころになって、新選組局長以下が、幕臣に取りたてられるといううわさが出た。事実、それから数ヵ月後の慶応三年六月に正式に召し抱えの沙汰がくだったのだが、伊東はこれを脱盟の口実につかうつもりで、篠原泰之進とともに、七条醒《さめ》ヶ井《い》の近藤の妾宅に近藤と土方を訪ねた。

伊東は御陵衛士の件を淡白に打ちあけ、懸河《けんが》の弁をふるって、

「われわれは幕臣になって身分を拘束されるのを好まない。ゆえに浪士隊を別につ

くるが、これはあくまでも脱隊ではなく、分離である。新選組の発展と思っていただいてもよい。この新隊は薩長と親交は結ぶが、これはかれらの機密をうかがって母隊である新選組の活動に資するつもりでいるからです」

むろん、伊東の詭弁である。近藤は、すでにこのことは探知していたらしく、案外おどろかず、血相をかえて伊東に食ってかかる土方をなだめ、ッと泰之進のほうにむきなおった。

「君は、どういう意見だ」

「拙者は、じつをいえば、刀槍の沙汰に倦《あ》き申した。それだけでござる」

「わかった。こころよく君らを送ろう」

近藤にはすでに方策があったのか、言葉少なく了承した。

新選組から脱退した御陵衛士は十五人で、その名は慶応三年三月十日、伝奏の命をもって発令され、五条大橋東詰の長円寺に移った。その年の六月八日には、高台寺月真院を本陣とし、

「禁裏御陵衛士屯所」

の標札をかかげ、とくに朝廷からゆるされて、菊と桐の紋章を染めぬいた幔幕《まんまく》をめぐらした。

伊東は経営の才のある男で、四方に奔走して経費をあつめたため隊費は潤沢で、

食費も伊東の手記によれば、一日八百文だったという。当時、東海道五十三次を道中して宿《しゆく》第一の泊まりをかさねても日に二百文程度あれば足ったという時代だから、食費だけで八百文というのは、非常な贅沢といえた。

その間、新選組は、ぶきみなほど静観をまもった。

「篠原さん、近藤はどうやら、われわれの行き方を完全に理解したらしい」

と伊東はいった。伊東は才子だけに自分の説得力に自信があり、かえってそれが見方を甘くしているところがあった。

「佐野君もそういって寄越している。近頃の近藤は上機嫌で、月真院に遊びに行ってもよい、などと隊士にいっているらしい」

佐野とは佐野七五三之介のことで、伊東は脱退するとき万一を考え、腹心の佐野と茨木司、中村五郎、富永十郎の四人だけは、とくに探索内報のためにわざと新選組に残留させてあったのである。

「さあ、どうですかな」

と、泰之進は疑問だった。かれは、新選組が隊内の粛清をするとき、武士ならば考えられもしない奸計をもって実行することを知りぬいていた。これは、近藤、土方が根からの武家そだちではないせいだと泰之進はみている。ふたりとも、もとの素姓は武州在の百姓の子なのである。

泰之進がみたように、このころ、近藤、土方は、周到な対策をめぐらしていた。

「とにかく、殲滅《せんめつ》することだ。しかし、白昼大挙して斬り込むのは差しさわりがある。ひそかに、しかも残らず屠《ほふ》り去らねばならぬ。土方君、きみの思案をきこう」

「まず、隊内にいるかれらの手足四人をすりつぶすことですな。それには、新選組本陣のなかで殺しては隊外に洩れる。月真院の連中にきこえれば、警戒をされてしまう。殺すのは、別の場所で」

「自在にやりたまえ。君の手並みをみていることにする」

ほどないある日、土方歳三は、佐野七五三之介以下四人をよび、

「急の金が要る。すでに使者を黒谷の会津屋敷に立てて用向きは申してあるゆえ、君たちは、金子だけを受領してきてもらいたい。額は二千両だ」

巧みな手である。新選組の隊費は会津屋敷がまかなっているから、金をとりにゆくのは毎度のことだったのである。

「土方先生も参られますか」

「ああ、私もゆく」

疑いようがなかった。

伊東派の秘密分子である四人は、黒谷の会津屋敷にゆき、金を受領した。そのあと、屋敷のほうから酒肴が出た。飲むほどに日が暮れてついに夜になった。

ほどに酔った。惨劇は、このときおこった。

「存分にすごされよ」

と、会津側の接待役もすすめ上手に酒間を周旋したから、四人とも足をとられるほどに酔った。惨劇は、このときおこった。

奇妙なことだが、この刻限に東山の高台寺月真院で酒をのんでいた篠原泰之進は、耳の奥で絶命の悲鳴をきいたような気がした。

「妙な叫び声がきこえたようだが」

「気のせいだろう」

と、伊東は、とりあわなかったという。

黒谷の会津屋敷には、四人が酒をのんでいるころ、それぞれ長槍をもった十人の新選組隊士が、忍び足で邸内に入った。その指揮者は、大石鍬次郎《くわじろう》である。「人斬り鍬次郎」という異名をとった男で、剣も人物も大したことはなかったが、殺人嗜好者のように人を斬るのが好きな男だった。近藤が隊士を暗殺するときは、かならず、この男を使った。

そのとき、四人の酒の座にいた土方歳三を会津松平家の家臣がよびに来た。

「ちょっと、隣室まで御足労を」

「心得た」

気軽に土方は立った。隣室は使者の間になっていた。土方が消えたとき、それを合図に十人の隊士が槍ぶすまを作って乱入し、あわてて立ちあがろうとした四人を、ものもいわずに串刺しにした。

　鍬次郎のごときは、息のたえた死体に、槍を逆さに立てて何度も突きさし、さすがに見かねた土方が、

「やめろ」

　といったという。大石はやむなく佐野七五三之介の死体の顔を蹴るだけでこの男のすきな死体なぶりの渇をいやした。しかしこのときふしぎなことがおこった。蹴られた拍子に死体の佐野がよろよろと起きあがったのである。佐野の死体は、脇差をぬくや、ゆっくりと打ちおろして大石の顔から足までを浅く一文字に斬りさげ、ドサリと倒れ、もとの死体にもどったといわれる。おそらく蹴られた拍子に息を吹きかえし、渾身の力をしぼって大石への憎悪を示したのであろう。

　余談だが、その後、官軍東征のとき、新選組は甲州勝沼での敗戦を最後にちりぢりになったのち、大石鍬次郎は、武州板橋に駐屯している官軍の本営へ訪ねてきた。百姓姿で鍬吉と偽称し、

「加納道之助様はおられませぬか」

　といった。伊東、篠原とともに御陵衛士になった加納道之助は、その後薩軍に編入されその士官になっていたのである。

加納が出てみると、その百姓が往年の人斬り鍬次郎であることにおどろいたが、さらに驚いたことは、加納の力によって官軍に入れてくれといったときであった。

「大石君、きみは人かね」

加納は、憎しみをこめていった。

「黒谷会津屋敷での佐野の恨みを、まさかわすれはすまい。忘れたというなら、思いださせてやろう」

拷問のすえ、斬首に処した。

さて——

会津屋敷の変は、新選組隊内でも極秘のうちに運ばれたために、東山の月真院にいる伊東、篠原らが知るよしもなかった。

その新選組局長近藤勇から、伊東甲子太郎に招待状がきたのは、その数日のちの慶応三年十一月の月半ばであった。

「久しく侃諤《かんがく》の説に餓えている。いちど、高話をうかがいたい」

書状は、近藤の小者の治助という者がもってきた。甲子太郎は、むろん、この招きに応ずるつもりで、返事をしたためた。

「よしたほうがいいでしょう」

泰之進はとめたが、伊東には、近藤がかねて自分の学識見識に惚れているという

自信があり、

「なに、正直なところだろう」

「伊東さん、あなたは、近藤が君子だと思っているらしい。武士としての節義をうまれつき持たされたことのない百姓あがりだということをわすれたのか」

「百姓あがりだからこそ、天下のことを聴いて耳をこやしたいのさ」

「それでは、たれかを護衛につれてゆきなさい」

「一人がいい。私は伊東甲子太郎である」

伊東は、千葉門下では聞えた剣客であったことが、むしろ不幸だった。学問だけでなく腕にも自信があったのである。

近藤が招いた場所は、七条醒ヶ井興正寺《こうしょうじ》横のかれの妾宅だった。妾宅といっても、大藩の家老の下屋敷ほどの結構があった。

妾の名は、孝子《たかこ》という。近藤の妾は数人あった。そのうちの一人で、もと大坂新町の廓に出ていた深雪太夫《みゆきだゆう》という女がもっとも美しいとされた。が、ほどなく病死し、その妹をひきとってこの下屋敷にすまわせた。孝子がそれである。これも大坂の新町に出ていたために、酒間の周旋は如才がなく、伊東は、したたかに飲まされてしまった。

門を辞したのは、亥《い》の刻（午後十時）すぎであった。伊東の姿が消えると、近藤

は土方をよんで、

「用意はよいか」

といった。土方は、無言でうなずいた。

伊東は、酔いをさますために駕籠をもちいず、左手に菊桐の紋入りの提灯をさげ、右手を垂れて歩いた。

凍るような寒夜であったという。折りから十六夜の月が中天にかかり、伊東の目の前にうかんでいる東山の影をクッキリと輪廓づけていた。

木津屋橋《きづやばし》を東に渡るときに、伊東は謡曲をひくく吟じた。「竹生島《ちくぶじま》」であった。

橋を渡ると、左側は草原。

右側は、ちかごろの火事で焼けて、ところどころに普請場の板がこいがしてあった。伊東は、なおも酔っていた。

ふらり、と、その板がこいに足がよろめいたとき、いきなり板のスキ間から三間柄の長槍が突きだされた。

伊東の口から、謡の声がやんだ。提灯が地に落ちてめらめらと燃えはじめた。

右肩から咽喉にかけて、ずぶりと突き刺されたまま、伊東はじっと立っていたのである。槍に吊りあげられているような恰好だった。

突き刺されながら、伊東はこのときはじめて酔いが消えたのだろう。さわがずに、眼だけを動かして、敵の数をかぞえていた。

やがて、ソロリと刀のツカに手をかけた。そのとき、例の大石鍬次郎が近づき、その横から、かつて伊東の馬丁をつとめていまは隊士に取りたてられている勝蔵という者が進み出、

「大石さん、ここはわしにゆずってくれ。手柄がほしい」

と言いすてるなり、刀をふりかぶって旧主の伊東の肩先きを割りつけた。骨の鳴る音がきこえた。伊東はなおも倒れなかった。この瞬間、はじめて伊東の北辰一刀流の使い手らしい冴えが出たのである。この男は佇立したまま、わずかに右手を一閃させた。勝蔵がわっと叫んだ。顔が二つに割れていた。

と同時に伊東も無表情のまま折りくずれた。ひとこと、意味不明のことをうめいたが、大石らが近づいたときは、すでに絶命していたという。同勢の最後に土方の影があらわれ、大石の背を指でつついて、

「死んだか」

「はっ」

無感動な声でいった。

「よかろう。この死体は、オトリにする。七条の油小路《あぶらのこうじ》の四ツ辻まで引きずってゆけ」

大石は念のために死体の左足に斬りつけた。伊東はふたたび動かなかった。その上で死体はエリガミをつかまれて引きずられた。やがて土方の指揮どおり、油小路の辻に捨てられたのである。すでに寒気のために、死体のはいている仙台平《せんだいひら》の袴は血で凍り、板のようになっていた。死体は信じられぬほど薄く平べったくみえ、その真上に、まるい月があった。

そのころ、辻のあちこちからあらわれた新選組の隊士の影は、四十人を越えていたといわれる。かれらは伊東暗殺のために動員されたのではなく、つぎの仕事をするための戦闘員としてこの場に集結したのである。池田屋の変以来、新選組空前の動員であり、全員クサリを着込み、何人かは鉢金《はちがね》をかぶっている者もいた。

やがてかれらは、各組長の指揮するままに四方に散った。死体引きとりに駈けつけてくる御陵衛士たちを待ちぶせるために、付近の家の軒かげ、土間、二階などにひそんだのである。もはや合戦の陣立てであった。

あたりに人影が消えたまま半刻《はんとき》ほどたったころ、町役人が死体をみつけ、それが伊東甲子太郎であることがわかると、あわてて東山月真院にある御陵衛士の本営に通報した。

おりから営中には、篠原泰之進をふくめて七人しか在番していなかった。

「どうする」

といったのは、伊東の実弟の鈴木三樹三郎であった。

「相手は知らぬ仲ではないから、礼をつくして受けとってくればどうか」

「鈴木君、むだだ。斬りこむほかはない」

といったのは、当時、新選組の沖田総司よりもまさるといわれた北辰一刀流の使い手服部武雄である。

「しかし、味方は七人だぞ」

「七人で少なすぎはせぬ。伊東さんの遺体を引きとるよりも、われわれの死体をくれてやりにゆくのだ。七つ死体が並んだところで戦さはおわる」

服部はすぐ奥にかけこみ、具足びつをかついできた。

「なんだ、それは」

床柱にもたれていた泰之進が、このときはじめて口をきいた。

「戦さ支度です」

「やめろ。町役人の口ぶりでは、相手は四、五十人もいるという。七人ではどうせ討死にきまっている。路上で具足を着て討死すれば後日、臆病のソシリをうけるだろう。おなじ斬死するなら、素肌のほうがみっともいい」

「よかろう」

一同、刀のサゲ緒を解き、羽織の下にタスキをかけたのが唯一の支度ともいえるものだった。やがて伊東の遺体をはこぶための空駕籠一挺を用意し、高台寺の坂をおりた。月がいよいよ照り冴えてきたため、このぶんでは九尺むこうの敵味方の顔までありありとみえるはずだった。

「今夜は斬りごたえがあるぞ」

と、加納道之助が寒さと緊張で歯をふるわせながらいった。藤堂平助がうなずき、

「おれは新選組には結成当初からいたが、わずか七人で四十人にむかって斬りこむなどはかつてなかったことだ」

泰之進は、黙々と月の影を踏んで歩いていた。才子というのは途方もないものだと思ったのである。伊東という男が、死んでまでも自分にこれほどの手数をかけるとは、さすがに思いもよらなかった。歩きながら、泰之進は、伊東の才走った顔を思いだしては、ふとおかしみがわいてきたりした。

油小路に入った。

やがて問題の四ッ辻までくると、なるほど伊東甲子太郎の死体が捨てられていた。

「駕籠に入れろ」

泰之進が命じたとき、にわかに四方からおびただしい足音がわきおこった。

「死体は捨てろ。斬りこめ」

いうなり、泰之進は、打ちかかってきた敵を左袈裟の一刀で斬り倒した。

すでに包囲されている。

泰之進はすぐ下知をして、服部武雄、毛内《もうない》有之助に正面の敵にあたらしめ、篠原泰之進、富山弥兵衛が東手、鈴木三樹三郎と加納道之助、藤堂平助には西手の敵にあたらせたが、しかしそれも束の間のことで、すぐ乱軍のなかに一人ずつ散りぢりになって戦わざるをえなくなった。

藤堂平助は四方に敵をうけ、全身十余の深傷を負って東側の溝の中に足をすべらし、あおむけに倒れるところを、むらがった敵のためにずたずたに斬られた。

つぎに、服部武雄の奮戦は、おそらく幕末の剣戟《けんげき》事件のなかではもっともみごとなものであったろう。かれは終始、民家の門柱を背にして三尺五寸の業物《わざもの》を構え、腰に馬乗提灯を差しこんでくるくると足もとを照らしながら、つぎつぎに踏みこんでくる者を切りまくった。ついにかれは、足もとの死体と手負いのために運動の自由をうしない、路上に移動しようとしたところを、原田左之助の長槍で仕止められた。かれの死体はその後五日間、放置されたが、事件の翌朝、たまたま通りかかった千本通りの西周《あまね》の学塾にいた小山正式《まさのり》という人物が目撃して伝え残している。満身二十余ヵ所の傷を負ってしかも顔付きは平然たるものであったという。

毛内有之助は津軽弘前の脱藩で、新選組にいたころは「毛内の百人芸」という異名があるほどさまざまな武芸に長じている男だったが、この日、乱刃のなかで刀が折れ、脇差をぬいて使おうとしたとき、小手もろともに斬り落され、素手で立ちむかったが、それも瞬時のうちに、顔が見定めがつかぬほどに斬り刻まれて斃れた。

昭和初年、東京日日新聞社が「戊辰物語」という連載企画を取材したが、この事件当時、油小路辻の角に麻縄を売る店があり、当夜は揚戸をおろして家人一同二階へあがってひそかに乱闘をみていた。そのときの目撃談がながく伝え残っていたが、それによると、翌朝、路上に出てみると、どういうわけか、人間の指がぱらぱらと落ちていたという。

篠原泰之進は死ななかった。

加納、鈴木、富山とともに血路をひらいて西へ駈け、その後はともに薩摩屋敷に投じ、のち官軍東征のときに従軍した。

慶応四年、諸方で敗れた近藤勇が、下総流山《ながれやま》で本名をかくして大久保大和と偽称し、馬を打たせて官軍の本営にきたとき、さきに大石鍬次郎をとらえた加納道之助が、このときも近藤の正体を見やぶって捕縛している。油小路の決闘はその夜こそ新選組の勝利におわったが、翌年には、みごとに復仇されたことになる。

泰之進は、維新後、弾正台《だんじょうだい》の少巡察という官職についたが、のち隠棲した。加納道之助も、北海道開拓使の役職についたが、ひどく長命で明治四十一、二年ごろまで存命していたという。

泰之進は、中耳炎で死んだ。耳をあらうくせが、この男の命取りになった。が、とにかく、畳の上で死ねたことだけはたしかである。

芹沢鴨の暗殺

一

そのころまで武州多摩郡石田村の農家の三男坊にすぎなかった二十八歳の土方歳《ひじかたとし》三《ぞう》が、師匠である天然理心流近藤周助（周斎）養子、勇《いさみ》をはじめ、同門の沖田総司、山南《やまなみ》敬助、井上源三郎、それに、他流ながら友人の永倉新八、藤堂平助、原田左之助とともに、公儀肝煎《きもいり》による浪士団に応募したのは、文久二年の暮のことである。

徴募された隊士一同が、初の顔あわせをしたのは、翌文久三年二月四日であった。会合は、小石川伝通院内の処静院でおこなわれた。その場所で、歳三はその男をはじめて見た。——その男に対する土方歳三の感情は、この日から出発したといっていい。

＊

このとき幕府の手で徴募された浪士は、二百三十四人であった。

隊名は、世話人清川八郎の発案により浪士隊と名づけられた。のちに新徴組という。役目は京にある将軍を守護するというのであったが、風聞では、当節京で跳《ちょう》梁《りょう》しているという尊攘浪人を刀槍で狩りとるのだともいう。武功の次第では旗本に取りたてられるといううわさもあり、江戸府内では鳴らした剣客、慷慨の士があつまっていたが、なかには、兇状もちの博徒やその用心棒など、札つきのいかがわしい者もまじっていた。

処静院における初顔合わせは、ひどく寒い日で、場所は、方丈百畳敷の間である。公儀からは、浪人奉行鵜殿《うどの》鳩翁、それに、浪人取締役山岡鉄太郎が臨席した。一座の世話は、山岡の友人である羽州浪人清川八郎がとりしきり、会合の進行、周旋は、清川の息がかかっている彦根浪人石坂周造、芸州浪人池田徳太郎の二人がうけもった。

やがて、鵜殿の訓辞がおこなわれた。おわって、それぞれ平等に支度金が手渡され、昼食が出た。折詰に、酒がついている。

このときはじめて清川八郎が末座にまわり、

「では、ゆるりとご歓談なしくだされよ」

とのみいって、上座にもどった。そのあと石坂、池田の両人が席々をまわり、

「たがいにはじめて見るお顔が多うござる。この機会に、隔意を去り、胸襟をひらく仲になっていただきたい」

と、周旋してまわった。

浪人たちは、沈黙した。

こどもではない。

訓辞をうけ、金をもらい、昼酒をのませてもらったところで、すぐには、えたいの知れぬ隣の仲間どもと手をとり肩をたたくわけにもいかなかった。

自然、かたらいあって入隊した旧知の者同士が、そこここにかたまって、仲間ばなしをするかたちになった。浪士団の閥は、このときからできていたといっていい。

——やがて近藤が立ちあがり、

「おい、そこへ行こう」

と、座敷の東のすみを指定した。他の七人の者がそれに従った。その薄暗い片隅で折詰をつつきはじめたが、かれらのほとんどは酒をのまなかった。それに首領の近藤が無口なたちであったために、話もはずまず、その上、かれらは江戸市中ではほとんど無名に近かったから、他の仲間から声をかけてくる者もなかった。この、東のすみを占領しているわずか八人の無口な集団が、のちに新選組にまで成長してゆくとは、一座のたれもが想像できなかったであろう。

——しかし陽気な一団もあった。

たとえば、縁側に酒肴をもち出し、傍若無人に笑いさざめいている五、六人の集団がそれである。この連中は、大きな眼の肥大漢を首領にしていた。なによりも異様にきこえたのは、首領の笑い声であった。切り裂くようにカン高い笑い声をあげ、しかも笑いながら周囲を恫喝《どうかつ》しているような響きがあり、そのくせ、当人の眼だけは笑っていない。眼だけが別の生きもののようにじろりと周囲を意識し、しきりと杯をかさねている姿は、一種の異常人であった。

「何者だ、あれは。――」

小さな声で、横の沖田総司にたずねた。沖田は天然理心流の免許皆伝者で腕は近藤、土方よりも立ったが、年がわかく、しかもふしぎな若者で、どういうときでも明るい童子のような相貌をしている。このときも訊ねられて、

「何者でしょうね」と、にこにこ笑いながら、

「私はきっと水戸者だとおもうな」

「なぜ、わかる」

「ひどいなまりですよ。つば、が、ここまで飛んできそうな気がする」

歳三はしばらくだまってから、横の近藤勇に、おなじことをたずねた。近藤もおなじことを考えていたらしい。しかし「水戸」ということで思いあたるふしがあったらしく、

「おそらく芹沢鴨《せりざわかも》だろう」

「あれが」

歳三は、あらためてその男をみた。

とすれば、著名な剣客である。神道無念流の使い手で、かつては、常州潮来《いたこ》の潮来館に屯集していた狂的な水戸攘夷党の間で鳴らした男であった。その集団を天狗党といった。芹沢鴨は、生き残りである。人を大根のように斬るというので、歳三もその名を聞きおぼえていた。

「あれが芹沢鴨なのか」

「おそらく、そうだろう。しかし、土方君」

近藤は、袖をひいた。

「あまり、見ないほうがいい」

土方は無言でうなずき、折詰へ眼をおとした。

「この焼きざかな、すこし妙な匂いがするな」

そういったのは、原田左之助である。この男は、魚のうまい伊予松山を脱藩してきた。郷愁があるのだろう。

二

新徴組隊士二百三十四人が、板橋宿《じゅく》を京にむかって出発したのは、それから四日目の文久三年二月八日のことである。

隊は、一番隊から七番隊まで七組にわけて編成され、それぞれ伍長という呼称の隊長が選任された。山岡、清川の人選である。一番隊長の根岸友山をはじめ、いずれも江戸府内で知られた著名な浪人ばかりで、腕も立ち、部下への押しもきく。もっともなかには妙な人選もあった。山本仙之助という男である。もともとは甲州の博徒の親分で、渡世名《とせいな》を「祐天《ゆうてん》仙之助」といい、どういう才覚で取り入ったのか、五番隊長になっていた。

芹沢鴨は、各隊とは離れて、取締付筆頭《とりしまりつきひっとう》である。これは各隊長と同格の役で、場合によってはそれよりも押しも無理もきいたから、芹沢にすれば、まず満足すべき地位だったろう。

博徒あがりでさえ隊長になっているのに、みじめなのは近藤系の八人だった。かれらはいずれも平隊士であった。剣の実力からいけば、近藤以下、土方、永倉、沖田、藤堂、山南、井上は、隊中のたれと立ちあってもひけはとらなかったであろうが、たれもがその実力を知らなかった。無名のかなしさである。かれらは近藤以下十把ひとからげにされて六番隊の村上俊五郎の手につけられ、木曾街道を黙々と京をさしてのぼった。かつては小なりとも町道場の主であった近藤は、屈辱を思うことが多かったであろう。やがて京についてから、かれらが新徴組とたもとをわかつことになった遠因は、このときの鬱屈した感情に発している。

幕府からは、鵜殿鳩翁、山岡鉄太郎が派遣されて同行している。このため道中では、一同、きのうまで浮浪の者にすぎなかった者が、にわかに直参なみの待遇をうけた。各宿場の入口に入ると、本陣、旅籠の主人の出迎えをうけ、やどの前には、奉書紙に墨くろぐろと宿札がはりだされた。

鵜殿鳩翁様御宿

山岡鉄太郎様御宿

新徴組御宿陣

これをみて、こどものようによろこぶ浪士もあった。かれらの多くは、郷士、若党、百姓、町人あがりで、武家の出はすくなかったのである。

さて、道中には宿《しゆく》割りというものがある。諸大名、幕臣が道中をするとき、家来衆が先行して、主人のとまる宿、家来衆のとまる宿を階級に応じてあらかじめきめておく役目である。新徴組の道中にもこの役があり、平隊士のなかからそういう者を順次えらんで、役につかせた。

板橋を発ち、蕨《わらび》、浦和、大宮、上尾《あげお》、桶川、鴻ノ巣、熊谷、深谷と泊まりをかさねてあすは本庄宿という日、六番隊平隊士近藤勇が、この役についた。が、この男にこういう雑務の才があろうはずがなく、歳三が心配して、

「あんたには、そういう卑役はむりだ。病気と言いたてて、たれかとかわりましょ

うか」

「かまわない」

「では、私がお供をして一緒に先行しましょう」

「これしきのことで介添えが要るなど、薄みっともないことだ」と近藤はいやがり、

「たれでもやる役だから、私もやってみる。相役の人もいる。私に出来ぬことはあるまい」

「さて、できるかな」

歳三が案じたとおりだった。本庄宿に先行した近藤は、まず幕吏の鵜殿、山岡を本陣に泊め、肝煎《きもいり》の清川を上宿にし、七隊長も別格あつかいにしてそれぞれ旅籠の上室をあてがい、各隊士の宿割りもぶじ終えたまではよかった。ところが、一行が宿場に乗りこんできてから、思わぬ事件がもちあがった。難物の芹沢鴨の宿舎を決めわすれていたのである。

「これは妙、これは妙」

と芹沢は、尽忠報国と刻んだ大鉄扇で煩げたをたたきながら近藤の部屋へあらわれ、

「私の宿は、どこですかな」

さすがの近藤も蒼白になった。

「ないのかね」

「はっ、いずれ」

近藤は相役とも相談し、とにかく陳謝することにした。芹沢の所在をさがすと、この男はどういう料簡か、往来で大あぐらをかき、煙草をすっている。進み出た近藤も、やむなく往来にすわらざるをえなくなった。

「このたびのこと、申しひらきようもござらぬ。拙者のそこつでござった」

手をついてあやまった。勢い、土下座のかたちになる。近藤のような男にとっては、堪えられない屈辱だった。

「なにとぞ、ご容赦ありたい」

芹沢は、横をむいたまま答えず、やがて、

「いや、おかまいくださるな。宿無しの芹沢鴨には、往来が分際に適《お》うた宿でござる。そのかわり、夜寒むをしのぐために夜どおし篝《かがり》をたかせていただく。芹沢の篝はちと大きいかもしれぬゆえ、左様お心得くださるよう」

芹沢はすぐ一味の新見錦《にしき》、野口健司、平山五郎、平間重助らを呼びあつめ、付近の小屋をたたきつぶして薪にし、それを往来につみあげた。やがて日が暮れると、火をつけた。火は夜空をこがし、火の粉が宿場の屋根屋根をおおい、近村からも火事かと思って駈けつけてくるさわぎになった。鵜殿、山岡をはじめ、隊士一同も、万一出火の場合を慮《おもんぱか》って旅装のまま一睡もしなかった。

近藤へのつらあてである。夜中、藤堂平助などは、何度か、

「斬る」

と叫んだ。「もはや」と刀をつかんで立ちあがろうとするたびに、近藤が制止した。沖田は二階から往来の火柱をおもしろそうに見物した。土方は寝ころがって天井をにらんだきり、終夜ひとことも口をきかなかった。一同、それを気味わるく思った。

京へついたのは、二月二十三日である。

洛中に適当な屋敷がないため、とりあえず洛西壬生《みぶ》郷に屯営し、本部を新徳寺におき、数軒の郷士屋敷に分宿した。

ところが、かれらが京に滞留することわずか二十日で江戸の幕議が一変した。江戸へ帰れという。表むきの理由は生麦事件による不慮の事態にそなえるためというのであったが、内実は、清川が、無断で公家に近づき、いわば幕府が設立した新徴組を公家方に売ろうと暗躍していることがわかったためであった。隊士一同は、ふたたび鵜殿、山岡に率いられて京を発ち、江戸へくだった。――が、このとき、

「初心を貫く」

と、残留した者がある。近藤である。近藤以下八人であった。ところが芹沢もど

うしたわけかその声に応じて、

「おれも、そうしよう」

と宣言し、両派あわせて十三人になった。宿命的な派閥といえる。

かれらはそのまま、宿舎八木源之丞方に残留したものの、すでに公儀の庇護をはなれたなんの権威もない浮浪の集団にすぎなかった。むなしく日をすごした。

桜が散り、京の町が若葉でいろどられはじめる三月十三日、かれら十三人は連署して京都守護職松平容保《かたもり》に嘆願書を出した。ところが意外にも願いのすじは即日聴き入れられ、「会津中将（容保）御預《おあずかり》」という名目で、はじめて法的位置と経費をあたえられた。新選組は、このときに発足した。

早速、諸方に同志をつのり、ほどなく百余名を得た。その編成ができあがったのは、初夏のころであった。

最高機関は局長職で、常任三人とし、筆頭は芹沢鴨であった。近藤勇がこれにつぎ、さらに芹沢系の新見錦となっている。芹沢系が優勢であった。

しかしその下の幹部職では、近藤系が圧倒的に多く、二つの副長の位置は山南、土方が占め、実戦隊長である十四人の「副長助勤」には、沖田、永倉、原田、藤堂、井上など江戸以来の仲間がならび、そのほか、土方の肝煎で新たに採用した大坂浪人の山崎烝《すすむ》、同松原忠司、同谷三十郎、明石浪人の斎藤一《はじめ》が登用され、かつて江戸を発ったときはほとんどあるかなしかの存在であった近藤一味は、ここでは隠然たる勢力を占めるにいたった。

芹沢系は、助勤職ではわずか四人が占めているにすぎない。芹沢は粗豪なだけの男で、政治力がなく、隊内で自分の勢力を扶植するといった芸のこまかい配慮を怠った。土方も山南もそれを得意とした。とくに土方は、平隊士のあいだにまでこまかく働きかけ、近藤の名で小さな恩を売ったり、近藤の逸話を話してその人柄を敬慕するように仕むけたりした。——あるとき土方は、

「おれはね、近藤さん」

と話しかけたことがある。ついでながら歳三は、たれもいない場所では、そういうぞんざいな仲間言葉で話しかけるのが例だった。近藤も、歳三をその幼称である「トシサン」でよぶ。おなじ多摩の百姓の出なのである。近藤は、武州多摩郡上石《かみいし》原《わら》の出で、近在の百姓道場の主であった天然理心流の近藤周助の養子となり、十代の末から二十代にかけて、八王子周辺の村々を歩いては農家の若者を相手に稽古をつけてまわったものであった。たまたま多摩郡日野村に佐藤彦五郎という郷士があり、彦五郎は歳三にとっては姉婿で、近藤にとっては、天然理心流の保護者であった。この者が二人を結びつけた。佐藤屋敷で二人がはじめて会ったときは、近藤が二十二、歳三が二十一の年で、その頃からかぞえてすでに十年になる。青春のなが

い歳月を共にしてきたこの仲は、他人の窺窬《きゆ》をゆるさない緊密なものがあった。

「新選組はいずれ、あんたのものにしたいと考えている」

そのためにはどういうことをしなければならないか、歳三はすでに考えていた。

歳三がそのことを洩らすと、近藤は、やや人のいい表情で、うすく笑った。この男が同意するときの表情なのである。歳三は、続けて、

「これは私情ではない。天下のためといっていい。新選組は、風雲の中にいる。いわば、諸藩、公家衆と対等の位置であるといってもいい。それには局長が芹沢や新見ではこまる。無頼漢のあつまりであるかと思われる」

「しかし」と近藤は重い口をひらいて、「いそぐことはあるまい」

「わかっている。しかしそれまでは、近藤さん」

念を押すように、

「以前もいったが、あんたは隊内ではなにもいわず、ただにこにことすわっているだけで居てもらいたい。これが、あんたにとって一番かんじんなところだ。そうすれば、衆望はおのずとあんたに集まる」

「わかっている」

近藤には、そなわった将器がある、と歳三は見ている。この男に天下をとらせることが、介添役の歳三にとって他人にわからない楽しみであった。

もっとも、歳三を動かしているものは、ほかにもある。一つは、芹沢そのものへの憎しみであった。もう一つは——ひょっとするとこれが土方歳三を動かしている主なものかもしれなかったが——近藤に将器があるようにかれには組織をつくる才能があった。むかし、三多摩の農村を歩いて剣術好きの若者を勧誘してきては近藤の道場に入れ、田舎剣法ながら天然理心流をその地方ではやらせたのも、かれの功績であった。このおなじ情熱が、こんどは新選組という強靭な作品をつくることにかれのすべてを賭けさせていたのかもしれない。

それをはばむ者がいた。筆頭局長芹沢鴨である。斃《たお》せるかどうか。芹沢は酔えば狂人のように兇暴になるとはいえ、神道無念流の達人であり、膂力《りょりょく》は隊内におよぶ者のない男であった。土方は、待たねばならなかった。

三

歳三は、芹沢が水戸以来取りたててきた門人である副長助勤平間重助の口から、常州潮来館の攘夷党時代の芹沢の逸事をきくことが多い。

逸話のたいていは、すさまじいものであった。たとえば隊規を乱したというかどで、若い同志三人を土壇場《どたんば》にならばせ、そのあいだを芹沢は奇声をあげて走り、走りおわったころには、鮮血にまみれた首が地上にちらばっていた。私刑をおこなっ

たかどでかれは隊の牢に入れられたが、

「赤心、たれか知る」

と豪語して数日絶食し、小指を噛みきり、紙片に、「雪霜に色よく花のさきがけて、散りてものちに匂ふ梅が香」という和歌をしたためて牢格子の前に貼りだした。意外な文藻があることに、人はおどろいたという。

この男の生地は、常州芹沢村である。郷士の子で、本名は木村継次といったらしい。芹沢鴨は、脱藩して風雲のなかに出てからの名であった。なぜ、鴨という奇妙な名をつけたかはわからない。一字名をつけたのは、当時、いわゆる志士のあいだで流行していたからであろう。

新選組結党後、芹沢鴨の狂暴なふるまいはますますはげしくなった。あるとき隊士をつれて島原の角屋《すみや》に登楼して痛飲したことがある。酒興なかばで気にくわぬことがあったとみえ、にわかに顔色をかえ、

「亭主をよべ」

と怒号した。酔えば、形相《ぎょうそう》がまるでかわる男なのである。

たまたま、歳三は、その座にいた。ひそかにそばの隊士に耳うちして階下にやり、亭主の角屋徳右衛門を外へ逃がしてやった。さらに仲居に言いふくめて、芹沢の前では、

「ただいま、徳右衛門は他行中《たぎようちゆう》どす」

　とつくろわせた。

「他行。いずれへ参った」

「存じまへぬ」

　芹沢は、ふんと笑い、

「土方君。いつもながら、ご機敏なことだな」

　歳三は、はっとした。しかしさあらぬていで、

「どういうことです」

「いや、ほめている。あんたなら、徳右衛門の行方がわかるだろう。同行していただろう」

「折角だが、拙者は、存じませんな」

「遠慮の要らぬことさ」

　存外、正気なのである。芹沢のおそろしさは、これほど泥酔していても、どこか性根が冴えていることだった。歳三は、心《しん》の凍るような思いで、この男をおそれた。

　芹沢は意地わるく、

「いいですかな、土方君、これから討入りをする。新選組局長芹沢鴨が、副長土方歳三をつれて、角屋徳右衛門の居室に討ち入るのじゃ」

徳右衛門の居室に入ると、不運なことに亭主の座蒲団がまだなま温かかった。

「敵は、手引きする者があって搦手から逃散《ちょうさん》したようである」と歳三をじろりと見て、「とすれば、これは空城じゃ。いまから城割りをする」

たあっ、と喚きあげて、行燈を抜き打ちに斬った。背すじに悪寒が走るほどのあざやかな手練であった。それから半刻ばかりのあいだ、芹沢は鉄扇をふるい、狂人のようにわめきちらしながら部屋部屋をかけまわり、調度品、什器のたぐいをのこらず打ち割った。

歳三は、酒宴の座にもどって、黙然とただひとりこの騒音に堪えていた。制止しようともしない。むしろ、けしかけたいくらいであった。冷えた杯をとりあげながら、

(狂え。――)

とおもった。やがてこの狂人は輿望《よぼう》をうしない、自滅することだろう。近藤も、それを待て、といった。――歳三は、にわかに酒にむせて吐きだした。平素、あまりたしなまない。

京の市中は、新選組をむかえてその横行を猛虎のように怖れたが、皮肉なことに、新選組の隊内では、芹沢を怖れた。豺狼《さいろう》を飼っているようなものであった。

しかし近藤は沈黙している。芹沢が何をしようと批判がましいことはひとことも

言わなかった。言おうにも、芹沢の行動に関するかぎり、近藤は何も知らされていなかった。隊内のことは三人の局長の合議で決することになっていたが、芹沢はつねに新見錦を語らい、その腹心を引きつれて独断専行をするのが常だった。

——結党後、五ヵ月目の八月十三日、芹沢はとほうもないいたずらをした。その朝、近藤がぬれ縁に出て白洲をみると、芹沢が大声で指揮をして、小屋から大砲《おおづつ》をひきださせている最中だった。

「なにをなさる」

とは、近藤にはいえなかった。軋轢《あつれき》をおそれたのである。見ぬふりをして居室にもどり、そっと歳三をよんだ。低声で、

「庭さきの騒ぎ、見たか」

「見た」と歳三は渋面をつくり、「どうなさる。あの大砲は、攘夷御宣布のばあい、外夷をうちはらえということで、会津中将様から貸与なしくだされている。用いるばあいは、三局長相談のうえ、守護職へお許しを得ねばなるまい」

「わしを責めてもしかたあるまい」

それとなく沖田総司に調べさせると、芹沢一派は、あの砲を引いて、葭屋町《よしやまち》一条下ル大和屋庄兵衛という富商を恐喝に出かけるのだという。歳三はおどろき、

「大和屋とは、例の捨札《すてふだ》のあれか」

「そう。例の捨札の一件の大和屋らしいです」

沖田は、あいかわらず、何が楽しいのかにこにこしている。

例の大和屋の一件とは、数日前、洛中に潜入している尊攘浪士による奇妙な暗殺事件がおこった。

あとでそれが、大和で挙兵した天誅組の藤本鉄石、吉村寅太郎らのしわざとわかったのだが、かれらは軍資金調達のため奸商誅伐と称し、仏光寺高倉の油商八幡屋卯兵衛方に押し込み、土蔵から金銀を出させたうえ、無法にも主人卯兵衛を千本西野につれ出して首を刎《は》ねた。ばかりでなく、それを三条橋詰に梟首《きょうしゅ》し、捨札をたてたのである。

近藤らはその下手人を探索したが、いまだにわからない。

ところが、下手人が残した捨札に、「なお大和屋庄兵衛及び外両三名の巨商も同罪たれば近く梟首すべし」とあった。動顚《どうてん》したのは、名指された当の大和屋庄兵衛であった。あわてて守護職公用人を通じ新選組に保護を求めたまではよかったが、一方ひそかに手をまわして、朝臣の醍醐家を通じ、朝廷および藤本鉄石らに巨額の献金をした形跡があるという。芹沢は、その事実をにぎったらしいのである。

「なるほど」

歳三も、はじめて知る事実だった。沖田は、すこし舌の足りない童《わらべ》っぽいものの

言いかたで、

「私は、大和屋がいけないと思うな。芹沢先生が怒るのはむりはないと思いますよ。大和屋は、こちらに保護をねがっていながら、こっそり手をまわして浮浪の奸人に金を渡している。私の好みでは、そういう心の使い方がきらいだな」

「坊や。——」

歳三は、この沖田を可愛がっている。

「君の好みはよくわかるし、大和屋がわるいのもわかるが、僕が訊いているのは、芹沢さん達が、あの大砲で何をするのか、ということだ。それはしらべたかね」

「ええ」

沖田はうなずき、

「きまっています。芹沢先生はおどしにゆくのですよ。大砲でおどして、こちらにも金をよこせ、というらしいんです」

「沖田君、君は正気かね」

「のんきすぎる、というのでしょう。その点は、たしかに芹沢先生が悪いと思っています。そんなことをすれば、軍用金調達の名で押しこみを働く浮浪浪士とかわらない。しかし、やり方が、とほうもなく大きいじゃありませんか。私はああいう芹沢先生が好きだな。こそこそおどさずに、白昼、堂々と大砲でおどす。——」

「もういい。引きとりたまえ」と手をふったあと、
斬るまねをした。

「近藤さん、いまだ」

いまなら公然と庭先で芹沢一味を押しつつんで討ちとる名分がある、と歳三はいうのである。理由の第一は、芹沢は砲を無断使用している。第二に、「勝手ニ金策致不可」という局中法度書《はっとがき》に違反している。違背すれば、切腹もしくは断首の罰則であった。局長といえどもこの法からのがれられないはずである。

「しかし」と、近藤は眼をそらし、

「芹沢を斬れる男がいるか」

「沖田なら、斬れましょう。私が死を覚悟でふみこんでもいい。新見錦は、こちらの原田の宝蔵院流の槍をひとしごきで十分だろうし、平山、平間は、藤堂、永倉が討ちとる」

「なるほど、勝てるかもしれない。しかしこれは合戦ではない。合戦なら死を賭してもいいが、これは処刑だ。処刑に怪我人を出すことはあるまい。――やはり」

と近藤はいった。

「これは待つことだな、トシサン」

その日、芹沢一派は壬生の屯営を出るとごろごろと大砲を曳いて葭屋町《よしやまち》一条へゆき、大和屋の店の前に据えおわると、砲側でえんえんと大焚火《おおたきび》をたいた。これには

大和屋の使用人だけでなく、町内が湧くような騒ぎになった。隊士たちは鉄丸十数個を焚火の中にほうりこみ、焼玉を作って射撃の用意をした。芹沢はその準備がおわるのを待ち、鉄扇で首筋をびたびた叩きながら、ずいと大和屋へ入った。

「いるかね、亭主は」

あがりがまちに腰をおろした。

「話は、即決にしてもらいたい。庄兵衛はおれの新選組にものを頼んでおきながら、金だけは賊のほうに出したそうだが、どうやら人間の通らねえ道筋を歩いているようだ。きくところでは、庄兵衛は、ちかごろ犬か狐になったそうだな」

番頭手代一同、土間に土下座してふるえて、返答する者がない。

「とくにおれが慈悲によって人間なみの姿にもどしてやるから、これへ一万両出せ。即刻だ」

「も、もうしあげまする」

「なんだ」

「手前ども主人は、ただいま旅に出て不在でござりまする」

芹沢の顔色が変わった。この男は、嘘をいわれることが、病的にいやなたちらしい。

「ああ、旅か」

そのまま往来へ出ると、どうするのかと一同かたずをのむうちにむかいの塗師藤兵衛という者の家にあがりこみ、二階の天窓から大屋根へ出てゆったりと腰をおろした。ここが本陣というわけであろう。パチリと鉄扇をひらき、

「よいか」

派手な男なのである。十分に町内がわきたちはじめたころを見はからって、古法による砲術の号令どおり、

「用意、射たっしゃれ」

と大声で命じた。轟然と砲口が咆《ほ》え、鉄丸が、ばん、と土蔵の厚壁にあたってめりこんだ。火はあがらない。

「まだ、まだ」

二弾、三弾と焼玉を打ちこむうち、目標の土蔵群はなかなか燃えなかったが、外れ弾が板ぶきの物置におちてぱっと白煙があがり、たちまち燃えはじめた。

「それ、撃て、撃て」

市中で半鐘が鳴りひびき、所司代役人が駈けつけ、火消が町内をかこんだが、相手が新選組だとわかると一様にたじろいだ。また隊士のほうでも抜刀して人数を近づけず、

「御用によって、ただいま奸商を懲罰中ゆえ、火を消す者は、公儀に対する謀叛と

みて斬るぞ」

数時間、射撃をつづけてついに大和屋の土蔵をことごとく破壊して壬生の屯所へ引きあげた。

——かれらが帰ってくると、屯所はそのはなしで持ちきりだったが、近藤と土方だけはあいかわらずにがりきっていたため、この日は二人の前にこの話題をもちこんでくる者もいなかった。

だが沖田だけは例外だった。夜に入って歳三の部屋にきて、「土方先生、たいそう不機嫌そうですすな」とからかい、

「私はね」

と楽しそうに唇をしめらせた。歳三は苦笑して、

「火事が好きだ、というのだろう」

「そうなんです。あれは見たかった。大砲火事なんてものは、火事が名物の江戸にもないですからね」

この若者は、奥州白河藩の江戸定府だった者の子で、近藤の道場では万人に一人という天才的な使い手だったが、はやくから市中を放浪していたせいか、多摩そだちの歳三などとはちがい、町っ子らしい底意のない明るさがあった。

「だけど、芹沢先生というのは、おかしなおひとだと思いますよ。あんなことをな

さるかと思えば、寝ごとなんかいっている」

「寝ごと？　なんのことかね」

「先月の十四日、芹沢先生らと大坂にくだったときのことですよ。われわれは伏見の寺田屋の浜から三十石船に乗ったでしょう。私はなかなか寝つけなかったが、先生は、船にのると、もう文字どおりの白河夜舟で、ぶつぶつ寝ごとなんかいってるんです。かつぶし、だとか、こんぺいとうだとか、食べものの言葉ばかりがいやにはっきり聞える変な寝ごとで、私が先生、先生、とこづいても目をさまさない。ちょうど差しかかった淀の水車を教えてやろうと思ったんです。あきらめて先生の寝顔をのぞいていると、つくづくこどものようなんです。あのひとはひょっとすると、私の知った中では、いちばんの善人かも知れない」

「沖田君」

歳三は、真顔になった。

「たしかかね、そのはなしは。たしかに芹沢さんは、こづいても、目をさまさなかったのかね」

「ええ、まあ」

と沖田はうなずいたが、はっと気づいて、

「どうやら、この話、あまりいい話ではなかったようだな」

そそくさと部屋を出てしまった。

(なるほど、あの男にはそういうことがあるのか)

歳三はしばらく思案していたが、やがて、

(くだらぬ)

と自分の思案をうち消した。

もともと、沖田総司がいった七月十四日の大坂くだりというのは、京都守護職の特命による新選組の大坂巡邏《じゅんら》のときで、このときも芹沢は事件をおこしているのである。この日、大坂へくだったのは沖田だけではなく、歳三も、近藤勇、山南敬助、永倉新八らとともに同行し、一行は、筆頭局長芹沢以下十五名であった。

(あのときの騒ぎも、芹沢だった)

新選組はもともと尊王攘夷をとなえていたずらに狂躁する浮浪の者に対し白刃をもって鎮圧するのが役目であったが、芹沢の場合はそうではない。この男の行くところ、新選組みずからが騒ぎのもとになった。

その日、淀川をくだった一行は、大坂天満《てんま》八軒家の船宿京屋忠兵衛方に投宿し、十五日は、亭主の忠兵衛が、「大坂の夏はこれにかぎるようでごわりまする」と午後から堂島川で涼み舟を仕立ててくれた。一行は舟に芸妓をのせ、さんざんに遊んだが、やがて夕刻ちかくなって、芹沢が、

「川もつまらん。北陽《きた》の新地へ行って騒ごう。おい、船頭」

「へい」

「舟をつけろ」

といったため、一行は中之島の対岸の鍋島浜に上陸した。

鍋島藩の蔵屋敷の西側を通りながら、芹沢はすでに足もともさだかでない。その背後を近藤、その右に土方、左に沖田、さらに芹沢系の野口健司、平山五郎などがつづいた。

老松町《おいまっちょう》へぬけるせまい道路にさしかかったとき運わるくむこうから、大坂角力《すもう》が一人、したたかに酔ってやってきた。芹沢は蹣跚《まんさん》と足を運び、さきほど舟のなかで芸妓から教わったばかりの端唄《はうた》をうたいながら、進んでゆく。路幅はどちらかが道をゆずらねばならぬほどにせまかったが、力士はひょうきんな男らしく、芹沢の前までくると、子供がよくやるようにゆらりと両手をひろげ、

「通せんぼ」

といった。戯《ざ》れている。

芹沢は、力士の遊戯を無視した。歩度をゆるめず近づいた。あやうく二人の体が触れかけたとき、

「ぎゃっ」

と血煙があがった。力士は両手をあげたまま右袈裟《げさ》に斬りさげられ、地ひびきをたてて地上にころがった。芹沢はあともふりかえらなかった。

歳三は、死骸のそばに立ちどまった。すさまじい切り口である。力士の肥満した肩先の白い脂肪が大きくはじけ、傷の様子では数本のあばらを断ちくだかれ、へそのあたりまで斬りさげられていた。ただの一刀である。絶倫の太刀わざであった。

事件は、そのあとにおこった。新選組一同が遊興したのは、北陽新地随一といわれた住吉屋という茶屋であったが、半刻ほどして路上がにわかに騒がしくなった。そのときまで何事もなかったように賑やかに酔い痴れていた芹沢が、急に佩刀《はいとう》をとって立ちあがった。

「近藤君、どうやら座興の相手が来たようだな」

「……………」

歳三は無言で立ちあがり、二階の手すりから路上を見おろしてみた。異様な光景であった。狭い路上いっぱいに、鉢巻、尻からげをした四、五十人の巨人たちが、手に手に八角棒や角材をもってひしめいていた。叫んでいる男もある。

「出て来い。朋輩の仇討じゃ。新選組が怕《こわ》うて大坂三郷《さんごう》で角力がとれるかい」

近藤も立ちあがった。

「土方君、部署したまえ」

「やりますかな」

「こうなっては、やむをえまい」

と、近藤は夏羽織をぬぎすて、愛用の伝虎徹《こてつ》二尺三寸五分の目釘を湿した。

歳三の差料は、二尺八寸和泉守兼定で、脇差は、一尺九寸五分堀川国広である。

——はたして、路上にひしめいている巨大な肉塊を、芹沢ほどのみごとさで斬れるか、歳三の興味はそこにあった。

助勤以下をそれぞれ部署し、みずから先頭に立って階段を降り中途から土間にとびおりた。軽捷《けいしょう》な男である。とびおりたときには、キラリと兼定をぬきはなち、

「新選組副長土方歳三である。命が惜しくなければ、存分に来るがよい」

軒下の柳を小楯《こだて》にとった。やにわに角材が、歳三の頭に落ちかかったが、歳三の刀は風を巻いて逆胴をはらった。力士は、悲鳴をあげてうずくまった。脂肪は斬ったた。しかし骨までは斬れていない。

(だめだ。芹沢のようにはゆかぬ)

次を期待した。待つほどもなく、左手の力士が、八角棒で打ちかかった。が、ふりあげてから、途中、恐怖をおぼえたか、泣くような声をあげて逃げようとした。

歳三の刀先が、スルスルのびた。踏みこみざま右袈裟をぞんぶんに斬りさげた。

(こんどはやったか。——)

死体はいったん宙にとびあがり、もんどり打って、地にたたきつけられた。歳三は死体のそばにしゃがんだ。絶命している。しかし芹沢のなたで薪《まき》を割ったような惨烈なそれとは、ややちがっていた。

背後から、一人が襲った。

かわすや歳三は死体をとびこえて正面の男の角材をたたき落し、剣先をすくいあげるや、腰を十分に沈め、上段から真向に斬りさげた。斬った、という心ゆくばかりの実感があった。

和泉守兼定は、みごとな斬撃の作品を作った。頭が真二つに割れ、力士は悲鳴もあげず、ずしりと背後の塀に背をうちつけ、やがて横倒しに斃れた。かろうじてこれが芹沢のそれに匹敵するか、と思ったが、しかし、芹沢の場合は抜き打ちで斬っていた。歳三は十分に体を整えて斬っているのである。

(およばぬか)

すでにつか巻の糸が血を吸ってすべりそうになっていた。あとは刃に脂が巻いて斬れにくくなり、前後左右で何人かを手あたり次第に斬ったものの、いずれも致命傷をあたえるまでにいたらなかった。

この乱闘は、十五分ばかりでおわった。角力側から年寄が駈けつけてきて、

「うぬら、お武家方になにをさらす」

とどなりつけ、芹沢の前に土下座して陳謝したからである。芹沢という男は、相手の出方によって意外にからりとしたところがあって、

「左様か」と刀をおさめ、

「土方君、怪我人はあったか」

「ないようです」

「よかろう。飲みなおしじゃ」

角力側の被害は悲惨だった。五人の即死者が出、引きあげてからさらに五人が死亡し、十五、六人が不具になり、軽傷者は二十人におよんだ。しかし新選組側は、平山五郎が胸に打ち身を受けた程度で、ほとんど無傷であった。新選組の実力が天下を戦慄させたのは、この大坂北陽新地の乱闘からである。

が、芹沢個人にとって、この事件は不幸な始末になった。

この事件は、ほどなく大坂西町奉行所係与力内山彦次郎が報告書をつくり、それが大坂城代を通して京都守護職に送られ、容保《かたもり》の心証をひどく害したからである。容保が二条城に近藤と土方をよび、ひそかに芹沢をのぞくことを示唆したのは、このことがあってからだといわれる。しかしなお近藤はためらった。むしろこのとき近藤は、右のような報告書を出した大坂与力内山彦次郎こそ誅殺すべきであると考えていた。近藤にすれば国事に挺身する新選組をささいな瑕瑾《かきん》をあげて中傷すると

はゆるしがたい俗吏であり、誅殺して隊の権威を確立すべきだと思った。事実、内山はこのときから十ヵ月後の元治元年五月二十日の薄暮、大坂天満橋のたもとで新選組のために暗殺されている。

四

芹沢には、この事件の前後、「お梅事件」というものがあった。歳三がその事件を知ったのは、いつもと同様、部屋にあそびにきた沖田総司の無駄ばなしからであった。沖田はめったに女ばなしをしない男だが、めずらしく、

「土方先生は、ごらんになりましたか」

といったのは、九月に入ってからである。

「なんのことだ」

「うといな。永倉さんなどにいわせると、ああいう逸物は江戸でもみたことがないそうです。あの女がくると、隊の者はみんなさわぎます。私はあんな感じの婦人はきらいだけど」

「なんだ、婦人のはなしか」

「いやだな。馬のはなしだとでも思ったのですか」

沖田の話によると、屯所の芹沢のもとへ、ちかごろ毎日のように女が訪ねてくる、

という。四条堀川の呉服商菱屋太兵衛の妾で、お梅といい、太兵衛方には正妻が死んでいなかったから、お梅は菱屋の御寮人同然の女だった。

「芹沢さんは、あいかわらず艶福家だな」

「こまるな。土方先生は明敏なようだけど、どこかずれている」

「なぜだ」

「色恋ばなしじゃありませんよ。色恋沙汰なら芹沢先生にはありがちなことで、べつにおもしろくもおかしくもない。お梅は借金の催促にくるんです。あの芹沢先生が、お梅をみると真青になって逃げまわっているからおかしいんです」

「なんだ、くだらぬ」

沖田はくわしく物語った。それによると、衣装凝りの芹沢は、四条堀川の菱屋太兵衛方でしきりと衣服をあつらえていたが一文も金を払わなかった。菱屋のほうでもこまって、番頭が何度か足を運び、それとなく婉曲に催促してきたが、芹沢には通じないため、ある日、露骨に催促した。果然、芹沢は刀を引きよせて激怒し、

「いずれ、金はつかわすのだ。この芹沢鴨を盗賊あつかいに致すか」

番頭は、はだしで四条堀川まで逃げ帰ったという。

「ところが、主人菱屋太兵衛はなかなかの智者でしてね」

と沖田がいった。太兵衛は一計を案じ、女ならば当たりが柔らかかろうと思って、

お梅を芹沢の催促係にすることにした。これにはさすがの芹沢も閉口して、屯所にお梅があらわれると、

「不在、不在、居るとは申すな」

と逃げまわっていたが、ところがちかごろ、お梅のほうも度胸がつき、「では、御帰館まで待たせていただきまする」と、中間部屋の空いた部屋を借りて、日暮れまで待つようになり、このため芹沢は頭をかかえこんでいるという。

「ね、おもしろいでしょう。芹沢先生にも、世の中で敵わない相手がいるんですから」

「くだらぬ」

その翌日、歳三は、屯所の道場で隊士たちに稽古をつけてから、防具をとり、手足を洗うために稽古着のまま井戸端へ出た。隊士が駈け寄ってきてツルベを繰り、水を汲んでくれた。ざぶざぶ顔を洗いながら、ふと背後に人影が射したのを感じて、

「たれだ」

とたらいの中でいった。背中のほうでは、答えがない。どうやら頭をさげているらしかった。歳三はやむなく濡れた顔のままふりむき、目をみはった。これほど美しい女がいるか、と思ったのである。

「菱屋のお梅と申す者でございます」

「……………」

皮膚が蚕《かいこ》のように白く、ゆたかな耳たぶにあざやかに血の気がさしている。お梅は眼をほそめて、

「じきじき、お話し申しあげるのをお許しくださりませ。土方先生であられますするか」

「土方ですが、ご用は?――」

「芹沢先生にも御愛顧になっておりまするゆえ、土方先生にも、御用を申しつけていただこうと存じまして」

「ああ、そのときはよろしく」

「ところで、芹沢先生は」

と、お梅はそれが目的だったらしい。

「いらせられまするか」

お梅にすれば、土方ほどの地位の者に訊けば、うそはいうまいと思ったのであろう。歳三は軽い失望を感じ、

「そういえば午後からお見かけしなかったな」

逃げるように部屋にもどってから、小者にいいつけて茶をもって来させ、あらためて自分の胸がひどく動悸をうっていることに気づいて、狼狽した。

(ばかな。——)

心をしずめるため、佩刀をぬいて打粉《うちこ》をふった。丹念にぬぐってから、なお呆然と刀をながめていると、お梅のしぐさ、湿ったようなもののいい方が、いまさらのようによみがえってくるのである。

(おれとしたことが、どうかしている)

歳三は、そのあと、すぐ道場に出て撓刀《しない》をもった。数日、隊士を相手に稽古をつけることに専念した。隊士は、歳三の刺撃のすさまじさにへきえきした。

ところが、そういう歳三の気持を動顚させるような事実が、数日後におこった。沖田がその事実を伝えたとき、歳三の顔は、真青になった。沖田のほうが狼狽して、

「どうなさったのです」

「いや、どうもない」

「お顔の色がひどく悪いようです。わるいものでもお食べになったのではありませんか」

沖田は相変らず子供のようなことをいう。

「いまの話、他言はするな」

「土方先生」

と沖田は噴きだし、

「なにをおっしゃってるんです。このことは隊内では知らぬ者はありませんよ」

「ないか」

歳三はうろたえて、意味不明のことをいった。

「ありませんとも、久助まで知っています」

久助とは、近藤の馬丁である。

沖田がもちこんできた話とは、芹沢鴨が、白昼、訪ねてきたお梅を居室で押し倒し、くびを締め、動かせぬようにして犯したという。お梅の悲鳴はたれもきかなかった。お梅は堪えたのである。余人に、この屈辱の場面を知られることを恥じたのであろう。

（事が哀れすぎる）

借金をとりたてにきて逆に操を奪われてしまうなどは、滑稽を通りこして、悲惨であった。歳三が腸《はらわた》の煮えるような思いで、芹沢を斬ると決意したのはこのときである。

ところが、お梅は、毎日、日暮れになるとやや濃すぎるほどの化粧をし、髪を近頃はやりのつややかな松葉返しに結いあげて屯所へあらわれるようになったのである。隊士のはなしでは、芹沢の部屋で伽《とぎ》をして、朝には帰ってゆくという。これをきいたとき、歳三は、お梅に嬲《なぶ》られたか、と思った。女とは、所詮わからない。

このはなしは、近藤の耳にも入ったらしく、ある夜、歳三を自室によび、しばらく雑談したあと、不意に、

「芹沢さんは、徳人《とくじん》だな」

といった。歳三が「なんのことです」とききかえすと、

「髪のながい債鬼を情婦《おんな》にしてしまって、借金までうやむやにしてしまっているらしい。世の中でこんなうまいことはない。踏み倒された上に女房まで奪《と》られた菱屋太兵衛こそいいつらの皮だな」

「ごぞんじでしたか」

「とほうもなくいい女だ、ときいている」

近藤の表情に、軽い嫉妬がうかんだ。歳三はうなずき、

「菱屋がばかですな。自分の女房に、餓虎の歯にはさまった小骨をとらせにやったようなものだ」

「その餓虎のことだが」

近藤はしばらく考えて、

「やはり、斬るかな」

「時がきましたか」

「ひそかに誅戮《ちゅうりく》するのだが、万一あとで隊士に洩れたところで、これほど芹沢の悪

業が知れわたってしまえば、誅殺を当然と思うはずだ。隊内の動揺はあるまい」

「日は。――」

「九月十八日は、どうか」

「いいでしょう」

歳三には、近藤の意中が読めている。この日には、隊の幹部以上の酒宴が島原の角屋《すみや》で行なわれることが、すでに局内に達しられていた。その夜、相手の泥酔に乗じて、ひそかに誅戮しようというのであろう。

「手違いのないように。局内のたれにも知られてはならぬ。長州の者が刺殺したように見せかけるのだ。討手は、ご苦労だが、君にやっていただこう。それに、沖田君、原田君、井上君」

いずれも、江戸以来の近藤の腹心ばかりである。

「土方君、これは如才はないだろうが、昼間に芹沢さんの部屋、廊下、雪隠にいたるまで眼をつぶっても歩けるようによく検分しておいてもらいたい。できれば、寝所と隣室は、歩幅をはかっておいたほうがいいだろう」

「承知した」

「ところで、土方君。局の金箪笥のなかに、どれほど金が残っている」

と、近藤は意外なことを訊いた。歳三は、隊の勘定方の岸島由太郎から毎日会計

の報告を受けていたから、およその額をいうと、

「そうか、それほどあれば、よほど派手にやれるな」

「なにが、です」

「葬式さ」

歳三は、近藤が事件の最後まで構想していることに舌をまいた。

「その隊費の半分は葬式の費用につかい給え。いやしくも、新選組の局長が死ぬのだ。葬送に粗漏があってはならぬ」

——その日が、近くなった。

近藤と土方から意をふくめられた沖田総司は相変らず、ふしぎな若者だった。

「芹沢さん、可哀そうだな」といいながら、この仕事の準備に一番熱心になった。ひどく仕事好きで、凝り性な男なのである。かれはしばしば八木源之丞方母屋の芹沢の部屋に遊びに行っては、玄関の式台から障子をひらいて最初の間にあがる足の動かしぐあい、大小の部屋の関係、鴨居の高さ、廊下の長さ、庭に面した濡れ縁の様子、芹沢の寝所の行燈の置き場所までそれとなく検分していた。

「もう大丈夫です。眼をつぶってでも歩けます」

その日を待ちかねている様子だった。「しかし、芹沢先生は可哀そうだな」と、この底ぬけに明るい若者は、どこか矛盾していた。その可哀そうだなの口の下から、

こういうのである。

「土方先生、あなたはずるいから、一ノ太刀はご自分がつけるつもりなのでしょう。そうはいきませんよ。私はこれほど検分しているのだから、私に譲っていただきます」

歳三はかなわない、と思った。

「いいだろう」

「しかし、一つ懸念がある。お梅のことです。もしその夜お梅が寝所にいたら、ですよ。どうします」

「斬る」

と、土方は、即答して、

「斬らねばなるまい。女の運によることだ。運がよければ、その日はお梅は伽《とぎ》に来るまい。しかし運わるく伽に来れば、われわれを目撃する唯一の人間になる。お梅は斬る」

「可哀そうだな」

沖田は、涙をうかべた。事実、痛ましそうな顔をしている。歳三にも理解できない所があった。

当夜がきた。

日暮れ前から、角屋で女を総揚げにして騒ぎ、戌《いぬ》の刻の拍子木が聞えるころには、副長助勤尾形俊太郎などは剣舞の途中で折りくずれて高いびきで寝てしまうほどに、どの男も酔った。平素酒をのまない近藤までが酔った。酔うふりをしたのであろう。

この日は夕刻から小雨がふっていたが、夜に入って植込みをたたく雨脚が強くなり、宴の果てるころには嵐になった。

「芹沢先生、帰れますかな」

と近藤が真顔になって案じたほど、芹沢は酔いつぶれていた。芹沢は、

「帰れるとも」

と、腹心の平山五郎の肩につかまって立ちあがりながら、

「屯所には、梅が待っている」

歳三は、はっとしたが、さあらぬていで、

「平間、平山両君、先生の介抱をたのみますぞ」

と言いのこして、近藤のあとから角屋を出た。唐傘の柄が撓《しな》うほどに雨が吹きしぶいている。

「いいあんばいの夜ですな」

「新見のときも、こういう晩だった」

と近藤は、無表情な声でいった。芹沢の水戸以来の腹心だった局長新見錦は、す

でに隊にはいなかった。死んだのである。九月のはじめ、新見がなじみの祇園「山の尾」で遊興中、近藤は土方以下を連れて乗りこみ、悪事のかずかずをあげて詰腹を切らせてしまっていた。このため、芹沢の身辺には、すでに江戸以来の一味は平間重助、平山五郎、野口健司の三人を残すのみとなっている。

——近藤らが、この夜、宿舎の前川荘司屋敷にもどったのは、午後九時すぎであった。

芹沢の宿舎である八木源之丞屋敷とは、せまい道路一つを隔てている。この二つの屋敷をあわせて、新選組屯所という。屋敷の塀ではさまれた道路に、容赦もなく雨が降りしぶいていた。

沖田は、八木屋敷の家人の部屋で夜ふけまで遊んでいたが、やがてびしょ濡れになってもどってきた。

「芹沢先生は、帰営してからも、酒だ酒だとわめいておられたようですが、ついいましがた、部屋が静かになりました。やすまれたようです」

「平間重助、平山五郎、野口健司はいるか」

「平山さんは、芹沢先生の隣室に島原の桔梗屋《ききようや》の吉栄を連れこんで寝ています。平間さんは玄関をあがって右の部屋で、輪違屋《わちがいや》の糸里と一緒だそうです」

午後十時すぎから、雨があがった。窓からのぞくと、雲がみえる。月が出はじめているのである。

「土方君、いこう」

羽織をぬぎ、たすきをかけた。足は、はだしである。一同、ひそかに前川屋敷の裏門から出ると、一気に道路を横切り、八木屋敷の玄関におどりあがって、ふすまを蹴倒し、真暗の屋内に突入した。

沖田が真先に芹沢の部屋にとびこむと、西側の窓からわずかに月が射していた。沖田が一瞬たじろいだのは、芹沢が裸形のままであったからだ。情交のあとすぐ寝入ったのか、下帯もまとわず、その横で、お梅が掛けぶとんをはねのけて寝みだれている。長襦袢は着ていたが、白い脚が、ほとんどつけ根までみえた。

沖田の刀が一閃してから、この殺戮がはじまった。

右肩を割られた芹沢が、

「わっ」

と起きあがって、刀をつかもうとしたが、ない。あきらめたか、芹沢はふすまを体で押し倒して隣室にころがりこみ、その背後を原田左之助が上段から斬りさげたが、刀が鴨居にあたって、芹沢はあやうくのがれ、そのまま泳ぐようにして廊下へ出た。

廊下に、文机《ふづくえ》があった。

ぐゎらりと転倒し、両手をついてやっと体をささえた芹沢の背から胸にかけて、土方歳三の一刀が、氷のような冷静さでゆっくりと刺しつらぬいた。

このあいだに、お梅は、声もたてず、虫のように刺し殺された。手をくだしたのは、歳三にもわからない。沖田ではないか、とおもった。平山五郎は原田左之助に首をはねられて一太刀で絶命したが、奇妙なことに、この男と添臥ししていたはずの桔梗屋吉栄がいなかった。意外に機敏な女であったのだろう。

平間重助の臥床《ふしど》も、もぬけのからだった。女も、いない。物音に気づいてのがれ出たのか、どの部屋にも姿がみえなかった。この男はすでに刺客が何者であるかをさとったのであろう、ついにこの夜以来、新選組から姿を消し、明治になってから、しきりと新選組旧隊士が懐旧談を発表することが相次いだが、この芹沢系の唯一の生き残りだけは、ふたたび世間に名を出すことがなかった。

翌朝、近藤は三つの死体を検視し、守護職には、

「病没」

と届け出た。

葬儀は、事件の翌々日、文久三年九月二十日、壬生屯所で盛大におこなわれ、守護職関係のほか、諸藩の京都留守居役、それに本圀寺《ほんこくじ》に京都屋敷をもっていた水戸藩から芹沢鴨の実兄木村某などが会葬するなかで、近藤は、かれの生涯のなかで最

もみごとな演技を示した。長文の弔辞を朗読し、読みながら声はしばしば涙でとぎれた。事実、近藤は、胸奥からあふれてくる感動をおさえかねたのであろう。この弔文を読みおわる瞬間から、新選組の組織はかれの手に落ちることを知っていたからである。結党以来、半年のことであった。

葬儀を指揮していた土方歳三は、ふと一般参列者のなかで、青むくれのした気の弱そうな四十男の顔をみた。それが、お梅の亭主である菱屋太兵衛であることを、沖田に教えられてはじめて知った。沖田は、笑わずにいった。

「あの男は、商売のために来ているのです」

歳三には、はじめ沖田のいう意味がわからなかった。しかしよくきいてみると、菱屋太兵衛は、新選組の御用達になりたいために、わざわざ香奠《こうでん》をもって会葬に出て来ているのだという。

「なるほど、商売のためにか」

「ええ、そうなんです」

沖田は、厳粛な顔でうなずいた。

(世の中には、えたいの知れぬ人間もいるものだ)

と思ってから、ふと葬列に参加している菱屋太兵衛も、この葬列を指揮している自分も、局長近藤も、この沖田総司も、えたいの知れぬ点ではおなじではないか、とおもった。

（お梅もそうだった。人間というのは、どうやらそんなものらしい）

仲秋もとっくに過ぎたというのに、この葬儀の日は、夕刻になっても妙に蒸し暑かった。

長州の間者

一

そのころ、京の市中で琵琶湖《びわこ》の竹生島《ちくぶじま》弁天を家に勧請《かんじょう》することがはやった。縁むすび、貨殖に利益《りやく》があるという。貨殖のことは知らないが、京都浪人深町新作が、蛸薬師麩屋町《ふやまち》上ルの小間物屋の娘おそのを知ったのは、この島の弁財天女《べんざいてんにょ》のひきあわせでなかったかと、新作はときに戯れにおもう。

島は、長浜から四里の湖心にある。

長浜からの渡船には行者の一団が乗り合わせていたが、俗装の客は新作とおそののふたりしかいない。

自然、船中でにわかに親しくなった。島の小港に上陸し、松柏のおい茂った参道をのぼってゆくころには、たれの眼からみても、似合いの兄妹のようにみえた。

新作が竹生島にきたのは、べつに信心があってのことではなく、姉婿の泉涌寺《せんにゅうじ》家来吉田掃部《かもん》にたのまれての代参だったが、おそのの場合は、ちがった。

信心のためだった。当節のはやりで、家の庭にわざわざ弁財天女勧請のための小池を掘り、真中に石をおき、朱塗りの祠をつくった。そこにおさめる神符をもらいにきたのである。

それだけに、深町新作との縁を神冥《しんみょう》のたまものとおもう心は、おそののほうがつよい。

おそのは、父母がなかった。

出もどりの姉の小膳《こぜん》と一緒に店をやっていたが、小膳は気鬱《きうつ》のたちだったために、店はおそのひとりが、男衆の松吉をつかって切りもりしているようなものであった。

このため、ついつい婚期もおくれている。

二人は、宿坊でとまった。床はふたつだったが、どちらが誘うともなく一つ床に添うて臥《ね》た。

「よかろうか」

「なにが?」

行燈の灯はきえている。

「そなたを抱いても?」

「あんさまとお会いできたのは弁財天女さまの冥助でござりましょう。おそのは、なんにもかましまへんえ」

といったのが、おそののむすめとしての最後のことばになった。

あとは、臥床《ふしど》をとりまく竹生島の闇が、ふたりのこの先きの運命を新しいものに造りかえた。

帰路、長浜から、湖の東岸の街道を京にむかって南下したが、おそのの足弱《あしよわ》では、日に長道《ながみち》はあるけない。五里ごとに、

彦根

老蘇《おいそ》

と泊まりをかさね、この旅の最後の夜になる草津の宿《しゆく》についたときは、二人のあいだに夫婦《めおと》の約束までできていた。

「姉の小膳《こぜん》は、わたくしに婿をとって家を継いでくれと言わはるんどすえ。小さな店どすけど、丹精しただけに私も放すに忍びまへぬ」

それが、おそのが出した条件であった。京娘は外貌《みかけ》はおとなしいが、生きることにかけては油断がない。

「わしは町人になるのか」

「お厭《い》やどすか」

「いやではないが」

「ないが、とは？」

おそのは、しつこい。

深町新作は、親の代からの浪人で、父の与左衛門は、長州藩の家老益田家に仕え、陪臣《ばいしん》ながらも五十石取りの身分だったが、不都合があって扶持《ふち》を離れ、京の柳ノ馬場にある町寺の家作に浪居するうちに京の女をめとり、新作を生んだ。両親ともいまは亡いが、父は死ぬ前に、はじめて家系を明かし、

「もともとわが家は長州から出た。代々岸というのが名乗りであった。長州の家老益田家の家来ながら、毛利家の侍帳にも出ている。しかしわしが京に出たとき、都合あってお前の母親のほうの姓である深町を名乗った。この家系、念のために伝えておく。ただし、お前の身分は京都浪人だけでよい。かまえて、余人には父が長州の出で岸姓であったことを洩らすな」

理由はいわなかった。

しかし父は、浪人にふさわしからぬ遺産を新作のために残している。そのうえ旧姓を洩らすな、と念を押したふたつの事実をあわせて考えてみると、長州時代、なにか公金に手をつけるような不都合を働いたのかもしれない。

「よい武士になれ」

と、与左衛門は遺言して死んだ。

そのあと、新作は姉の婚家の泉涌寺門跡家来吉田掃部方で養われたが、根が実直なたちで、十二のときに自分で進んで剣技をまなんだ。今熊野の屋敷から、一刀流

の道場のある柳ノ馬場綾小路下ルまでざっと小一里もあったが一日も休まずに通いつめ、十七歳で目録を得た。二十《はたち》をすぎてから一段と進境し、道場でも五指にかぞえられるほどにまでなり、この冬、おそらく皆伝を与えられるだろうといううわさが、門弟のあいだにあった。

（それが、町人になるのか）

これまで努力してきた自分が可哀そうすぎる、とおもった。

小間物屋はいやだが、しかし、おそのそのものは欲しい。竹生島弁財天が結んでくれた縁とあれば、いよいよ捨てたくなかった。草津の旅籠で、

「小間物屋を継ぐ一件だけは考えなおしてくれまいか」

「すると、私に浪人の妻になれと申されるのどすか」

いやだ、という。京では武家でさえ尊ばれないのに浪人などは人の端《はし》ともおもわれていない。

「やはり、御縁がなかったのかしら」

と、おそのは蒲団を噛んで泣いた。

「主取りをすれば、よいというのか」

「はい」

とはいわない。この時節、いかに腕が立っても歴とした大名に仕官するなどは容

易なことではないし、その仕官も、徒士《かち》や、公家《くげ》、門跡の家来などではとても食べてゆけないことをおそのは知っているのだ。

「石《こく》取りなら、武士でよいな？」

それが望めるか、となると、新作のほうが自信がなかった。

二

その後、おそのの家を訪ねたり、出逢《であい》茶屋で会ったりしていたが、話がそのことになるとどちらも煮えきらず、おそののほうは、話のおわりには、かならず泣くのである。新作がどうなだめても、彼女は小間物屋を放さぬことだけが自分の幸福への道であると信じきっているようであった。

おそのの姉の小膳は、見かねたらしい。ある日、新作に話がある、と招《よ》んで、

「あんさん、長州様へ御奉公しなはります？」

といきなり、いった。

「長州様とは？」

「私どもの家は、父の代に長州様の京都屋敷の御用をつとめておりましたさかい、いまでも知るべがござります。まことをこめて頼めば、世話をしてくだはるかもしれまへぬ」

「はあ」

（長州はまずい）

父の遺訓がある、とおもったが、このさい贅沢はいっていられなかった。

「なにぶんとも、よろしくおねがいします」

「料簡《りょうけん》してくだはりましたか。たとえ三十石、五十石のお知行でも、妹のほうは私が言いきかせて、この店を諦めさせましょう」

それから一月ほど経った重陽《ちょうよう》の翌日、新作が柳ノ馬場の道場にいると、おそのの家の男衆《おとこし》松吉がたずねてきて、

「いますぐ、木屋町《きやまち》三条上ル丹虎《たんとら》までご足労ねがいまする」

と告げ、理由はいわなかった。知らされていなかったのだろう。

（おそのにしては、場所が妙な。……）

いままで使ったことのない料亭である。

丹虎は四国屋十兵衛といい、武市半平太《たけちはんぺいた》をはじめおもに土州系の浪士が密会につかった家だが、新作はむろん知らない。

行くと、主人十兵衛に案内されて離れ座敷に通され、半刻《いちじかん》あまり待たされた。

部屋は茶室風の三畳である。見まわしてみると床柱は南天《なんてん》、床板《とこいた》は楠材で、いずれも古雅なつやがあった。

しばらく待つうちに瀬音が部屋に満ちてくる。東窓のすぐ下に鴨川が流れているらしい。新作があけようとすると、ぬっと入ってきた大兵《だいひょう》の武士が、

「やあ、そこはあけないほうがいいでしょう」

といい、正坐して、

「拙者は長藩《ちょうはん》の吉田稔麿《としまろ》といいます。あなたは、深町新作どのでしたな」

「申しおくれました。今熊野に住む深町新作です」

「存じています。じつをいえば小間物屋の小膳から頼まれたのは家中の余の者なのですが、拙者が周旋をひきうけることにした。もっとも、身分からいえば拙者などは周旋できるような柄ではないが」

しかし藩内で実力があった。安政六年江戸で刑死した吉田松陰の遺弟で、早くから尊攘運動に奔走し、一たんは脱藩して江戸に潜入したこともある。江戸では旗本妻木田宮の用人になりすまして幕府の政情をさぐっていたがのち長州藩に禁闕《きんけつ》守護の役がくだると同時に帰藩した、という人物である。が、吉田は自分のことについては、この席では一切、新作にいおうとしない。

やがて、酒肴が出た。

「たしか深町君は下戸《げこ》でしたな」

よく知っている。

「しかし、お近づきのしるしに一杯だけは干してください」

「はい」

新作が次第に青ざめてきたのは、この男が自分のことについて驚くほどくわしい知識をもっているためだった。よほど丹念に身辺を調べさせたにちがいない。

「篤実なお人柄らしいので、われわれは気に入っています。なによりも腕がお立ちになる。わが藩は攘夷の先鋒のつもりでいるから国もとでは神人、百姓、町人でさえ藩兵に組み入れているときですから、人がほしい。ましてあなたの御尊父は岸という姓でわが藩におられた」

(知っている)

と、新作は眼をあげた。が、表情に乏しい男だから、色には出ない。

「親類縁者で家中にいる者が多い。岸家は毛利家にとって陪臣だが、あなたの御本家筋には上士が多いし、じつは私の家にとっても母方の縁者になるときいている」

「………」

新作は息をひそめた。自分の知らないことまで吉田は知っていたし、しかも親戚であるという。なるほどせまい家中のことだから、たどればそうなるかもしれない。

吉田稔麿はしばらく物語をしたあと、

「あなたは王事のために死ねるか」

と、急にこわい眼になった。

「死ねます」

そういったのは、うそではない。当時、尊王攘夷というのは珍奇の説ではなく、士たる者の常識で、壬生《みぶ》に屯営する新選組でさえ、その公式の主張は尊王攘夷であった。ただ新選組が諸藩の脱藩浪士とちがうのは、京都守護職管轄地内で出没する反幕的な不逞浪士を検察する、というだけにある。

「死ねるか」

ときかれて、若い深町新作はにわかに身のうちに壮気が湧き、慄えがくるほど感動した。死ぬ、ということばほど、この年頃に刺激的なことばはない。

年ごろといえば、新作のみるところ、吉田稔麿も、自分と一つか、多くて三つ年上ぐらいの若さであった。この男に負けられない、と思った。深町新作が志士になったのは、この瞬間である。

「されば」

言いかけて稔麿はあたりの物音に耳を澄まし、人の気配がないと確かめおわると、

「新選組に入ってもらいたい。どこに居ようと、王事に尽す道は一つだ」

「は？」

新作は、口もきけぬほどにおどろき、しばらくだまっていたが、

「わかりませぬ」

「間者になる」

と、吉田稔麿はいった。

「間者に？」

「いかにも」

吉田稔麿のいう所では、長州からいままで二、三の間者を送りこんだが、いずれも露顕して斬られている。いずれも長州なまりがあったか、それとも過去における長州とのつながりが、どこかで露《あら》われたためである。

「あんたほど適任者はいない」

それが、この男の新作に会った主目的であった。考えてみると、新作ほどにあつらえむきの人物はいない。第一に京都浪人であった。第二に尊攘浪士とのつきあいが、過去に一度もない。第三に、腕がたった。第四に、もと、長州人である。

「承知してくれるか」

せぬ、といえば、吉田はおそらくただでは済ますまい。が、新作の念頭にはそういうことは思いうかばず、ただ長州の吉田稔麿ほどの志士に見込まれたという感激だけがあった。

「やる」

「重畳《ちょうじょう》です。来月にあたらしい隊士を募《つの》る考試をするらしい。君なら、きっと受かる。入隊した以上は、隊規をまもり、いい隊士になってもらうことだ。あるいは君と僕とが、白刃をまじえるときが来るかもしれない。そのときは、遠慮して見ぬかれぬように」

吉田はそのあと、京における尊攘派の諜報網をあらまし述べた。固有名詞はすべて伏せられたが、それは想像以上に密度が濃いものだった。

「隊の動向をときどき小間物屋の小膳まで報らせてほしい。緊急のときには、壬生の八百屋万助という者に手紙を渡していただく」

「小膳とは、おそのの姉の?」

「あれは出来た女だ。気鬱でうっそりしているようだが、われわれはあの女にずいぶん世話になっている。ただし、妹のおそのにはあんたが長州と縁があることを片言も話してはならない」

「はい」

「言いわすれた」

「なんです」

「長州の者がもう一人、新選組のなかに古くからいる。しかし名はいえない」

いえない、というのは、万一露顕したとき、どちらかが相手の名を明かすことを怖れたのだろう。

三

新たに入隊した京都浪人深町新作について最初に疑問をもったのは、沖田総司であった。

考試のとき、志望者の特技が剣術のばあい、恒例で沖田総司が立会い、近藤、土方が検分する。

二人は立ちあがるなり、六尺の間合《まあい》をとった。

が、勝負はすぐすんだ。

新作はまたたくまに沖田に面をとられ、さらに胴と籠手を打たれた。

「それまで」

と土方は手をあげ、すぐそのまま新作を控室にさがらせて、近藤と相談した。

「使えますな」

「太刀さばきが、めずらしいほど軽い。沖田には負けても目録だけのことはある。採《と》ったほうがいいだろう」

と、即日、隊士見習とし、十番隊の原田左之助の手の下につけた。

沖田はその日の夜、土方の部屋にやってきて、

「妙な人間もいたものだ。普通なら、力がなくとも強くみせたがるのが人情だし、竹刀を力いっぱいに打ちあうものだが、あんな人をはじめてみた。わざと弱くみせるというのは、どういう気持でしょう」

「だれのことをいっているのか」

「名前は、わすれた」

「らちもない」

「土方さん、今日の人ですよ」

「深町新作君か」

「そうそう。その深町君は、たしか、二度私の面と籠手を打った。しかし土方さんはとらなかった」

「撃ちが浅かったからだ。あれでは一本にならない。太刀行きが早いのだが、芸が軽すぎる、というのかな」

「撃ちの浅いのは、あの君の癖ではなく、わざとしてるのではないかな。あの腰、あの太刀行きで、撃ちが浅かろうはずがない。念のために柳ノ馬場の道場にいた隊士にたずねてみたが、どうして撃ちが浅いどころか、あの君に胴を撃たれるとビーンと肋《あばら》にひびいて気絶しそうになる、といっていた。あれは目録どころか、免許皆伝の腕ですよ」

「やはり、上気《あが》っていたのだろう」

土方歳三は、とりあわなかった。

しかし沖田が部屋を出てしまうと、土方はすぐ諸士取調役兼監察の山崎蒸をよび、

「この男」

と、新作の履歴をかいた書類をみせた。

「すこし、探索してもらいたい」

「なにか疑問の点がありますか」

「君がそれをさがすのだ」

いわれたとおり、山崎は手先きを使って数日、新作の身もとを洗った。

しかし不審がない。

「土方先生、なにもないようです」

「長州、薩州、土州との縁は?」

「ありません」

「女のこと」

「あります。蛸薬師麩屋町の小間物屋おそのと夫婦約束をしたことがあるようです。いまでもときどき、逢っているらしい」

「なぜ、夫婦にならぬ」

「おそのがなかなかの世巧者《よごうしゃ》な娘で、深町が両刀をすてて小間物屋を継がぬかぎりいやじゃ、と申しているそうです。そのうえ、新選組に入ったことをひどく嫌って、ちかごろでは訪ねて行っても会わぬことがあるといいます」

「それだけか」

「はい」

深町新作は、隊の幹部のあいだで自分のことがそれほど問題になっているとは知らず、毎日隊務に精を出していた。

当初、考試のときにわざと撃ちを軽くしたのは沖田の見ぬいたとおりだった。かれは、なるべく白刃《しらは》の修羅場《しゅらば》には入りたくなかった。

相手が薩州、土州の者なら知らず、もし相手が長州の者なら斬るにしのびない。おそらく手加減を加えることになろうが、そのとき力量のままの評価をうけておれば怪しまれるとおもったのである。

が、かれの配属された原田左之助の十番隊は、沖田総司の一番隊とともに最も活動的な隊で、この隊は三々五々市中に出動しては毎日のように人を斬った。

新作がはじめて人を斬ったのは文久三年十二月である。

この間、かれにとって不幸なことは、八月十八日、かねて長州が主張してきた攘夷親征の朝議が一変して長州は禁闕守護の役を解かれ、諸藩から孤立し、その夜、長州系の公卿七人を擁して京を引きあげたことであった。

間者としては祖国との連絡を絶たれたようなもので、一時は新選組を脱走して長州に走ろうかと思ったが、小間物屋の姉娘小膳がとめた。

むろん小膳自身の意見ではなく、京に潜伏している長州系の浪士が背後で連絡しているような様子なのである。

「むしろ、いまこそ間者の要るときや、ちゅうことどすえ」といった。

小膳が語る所では、長州藩は京における政争から脱落して藩地に落ち京との連絡を絶たれたが、だからこそ京の情報が要る、というのである。

京都情報のなかでも、有力公卿から洩れる情報と幕府側の情報がもっとも重要で、幕府側の情報は、京都守護職支配である新選組の隊内での噂が、案外精度が高い、という。

「どんなことでもいうてくれ、とのことどした」

「吉田さんがそう言いましたか」

「桂さんというお人どす」

「小五郎？」

「そうどす」

「おどろいたな、私の名をご存じでしたか」

「そらもう、よう知って居やはりますえ」

やり甲斐がある、とおもった。働けば、歴とした藩士に取りたてられるだろう。

そのころ、千本《せんぼん》釈迦堂境内の梅松院という寺でしきりと浪士が密会しているという情報が入り、土方は十番隊に出動させた。

自然、新作も、加わった。

ところが、原田隊が隊伍を組んで屯営の門を出ようとすると、

「おれもゆく」

と、門脇からぶらりと加わったのは、沖田総司であった。この男のくせで、草を一本口にくわえて、にちゃにちゃ嚙みながらついてきた。

隊長の原田が、いやな顔をした。

「迷惑だな」

「どうして？」

笑っている。

「他人の功を奪うことはない」

「なあに、邪魔はしませんよ。私はただ見物するだけさ」

それが、文久三年十二月三日である。

原田左之助は、千本通《せんぼんどおり》にさしかかると、人数を三班にわけ、一班三人ずつとし、

梅松院の庫裡《くり》の勝手口と表口に伏せ、自分は深町新作ほか二人をひきいて、どっと土間に押入った。

「新選組である。御用によって検《あらた》める」

長槍をかいこみ、ぱっと土足のままかまちへとびあがった。

すぐ反応があった。

ふすまが、いきなり倒れてきたのである。

そのむこうで、浪士四人が抜刀していた。どの眼も異様に大きく、皮膚が死人のように青ざめている。ところがそのうちの一人が妙な独りごとをいった。

「ちぇっ、さっきのはうそではなかったらしい」

(なんと?)

深町新作ははっとした。どうやらこの斬りこみの寸前、新選組の来襲があることを浪士たちに告げた者がいるのでないか。

(何者のしわざだ)

考えるまでもない。

隊内には、もう一人の長州間者がいるはずなのである。

思うまもなく、新作の前で槍をしごいていた隊長の原田が、躍りかかってきた先頭の男の胴を突き通していた。その横あいの阿部十郎が得意の小太刀を擬したまま踏みこみ、相手に仕掛けさせて小器用に摺《す》りあげ、ふりかぶるなりほとんど鍔《つば》もとで相手の顔をたたき割っていた。

残る二人は、勝手口に逃げた。

「深町君。なにをしている」

背後で、落ちついた声がきこえた。ふりむくと、沖田が薄暗い土間で草を嚙んでいる。

「早く追わなきゃ、搦手《からめて》の連中が苦戦をするよ。いまの二人は、とくに手利きのようだ」

「………」

勝手口へ走り出ると、とたんに夕日が眼に入った。北野天神の森のむこうが茜《あかね》に染まっている。

浪士の一人が、路上へ逃げ、原田ともう一人が、どうやらあとを追ったらしい。

「深町君、中庭だ」

背後で、沖田の声がした。

枝折戸を蹴って中庭へまわると、なるほど長身の浪士一人に三人がかかっていた。

浪人は顔から右肩にかけて血みどろになっているが、容易に屈しない。

が、沖田と深町がきたのをみてこれまでと覚悟したのだろう。

「犬、冥土の供をせい」

死力をふるって前面の隊士を斬り倒し、それを踏みこえて沖田へ突進してきた。

「深町君、譲る」

新作は、身を沈めた。

無心で横に払ったとき、浪人の刀は頭上を越えた。新作は立ちあがった。すでに浪人は胴を骨まで斬られて足もとにころがっている。

(斬った)

汗が、どっと出た。

(沖田は?)

と背後をみたとき、沖田はすでに痩せた背をみせ、枝折戸のむこうへ消えかけていた。

新作は、死骸をみた。無残であった。長州者かもしれなかった。

四

その後、数日して隊の編成替えがあり、新作は沖田の一番隊に入れられた。

直属する伍長も、三番隊から転入してきた松永主膳という男である。甲州浪人で、剣は鏡心明智流《きょうしんみょうちりゅう》を使い、この殺戮団《さつりくだん》ともいうべき新選組隊内でも、きいている。

「人斬り主膳」の異名をとっている男である。

居合に長じ、とくに独特の歩行法を自分で工夫し、歩きながらとまらずに人が斬れた。主膳の抜き打ちを外せる者は、隊内でもおそらく五人とはいない、と新作はきいている。

眼裂《がんれつ》が異様に深く裂け、唇がうすく、眉毛がほとんどなかった。どうみても殺人嗜好者の容貌であった。

主膳は、まるで新選組隊士になるためにうまれてきたような男で、市中で人を斬るだけでなく、隊内で打首の罪人が出ると、

「ぜひ、太刀は拙者に」

と、副長の土方にたのんだ。土方も、さすがにこの男を好まなかったらしく、

「あなたは先日、労をとってもらったから」

と、二度に一度は許さなかった。

一度、隊内で長州の間者という者が摘発され、白洲に引きだされた。切腹ではなく、むろん打首である。

太刀は、主膳がとった。

ふりおろすや、この男にはめずらしく手もとが狂って、刃が後頭部の骨にあたり、

受刑者は背をそらして異様な声をあげた。が、主膳は落ちついて刀を水でぬらし、

「間者を殺すのにひと太刀では惜しかったのよ」

二ノ太刀で、首を落している。

この主膳が、どうしたわけか、新作に特別な親しみを見せてきた。

「沖田さんから、君のことをとくに眼をかけてやってくれと頼まれた」

新作は、ぶきみで仕方がない。ところが、もっとおどろいたのは、この男が少年のころ竹生島で寺小姓をしていた、といううわさをきいたときである。

新作は、竹生島参詣以来、ひどく縁起をかつぐようになっていた。

むりもなかった。竹生島参詣以来、深町新作の人生が変った。おそのを得た。夫婦の約束もした。弁財天女に詣って以来、縁が転じて小膳によって長州屋敷につながりができ、思いよらぬことだったが壬生浪士のむれに入った。しかも間者としてである。この弁財天女の結縁《けちえん》が、幸福をもたらしてくれるものかどうか。

新作は疑わしくなってきた。なぜといえば、縁がさらに三転して、竹生島の寺小姓だった男の下にいる。しかも男は、近藤、土方でさえ顰蹙《ひんしゆく》するほどの物狂いな異風人であった。

（わるい辻占だ）

新作は、不吉を予感した。竹生島弁財天女は、利生《りしよう》を与えずに仏罰を用意してい

るのではないか、とおもった。とすれば、あの宿坊で、おそのと男女の縁をむすんだのが、弁財天女の気に入らなかったのであろう。

あるとき、新作は松永主膳に、竹生島にいたことがあるか、とたしかめてみた。

意外にも主膳は顔色をかえ、

「ある。稚児をしていた」

とうなずいた。が、すぐ畳みかけて、

「それがどうしたか」

前歴を知られるのが、いやな男らしい。新作は怖れて口をつぐんだ。

その後数日して、姉からの使いが来、羽織を縫いあげたからとりに来い、と口上した。

許しを得て今熊野にもどると、折りよく義兄の吉田掃部《かもん》が在宅していた。この初老の男は泉涌寺の坊官《ぼうかん》をつとめているだけに、諸社寺のことにくわしい。

「兄上、竹生島に松永主膳という寺小姓がおりましたか」

「存じまへんな」

なるほど、訊くほうがむりかもしれないとおもった。寺小姓などは下男に毛のはえたような身分で、掃部が知るはずがなかった。しかし掃部は退屈していたらしく、竹生島についてながながと物語りはじめた。

掃部のはなしでは、竹生島信仰は神仏混淆《こんこう》で、霊域には、僧と神官がおり、僧は宝厳寺で祭神の弁財天女をまつり、神官はおなじ神霊を久志宇賀主命《くしうかぬしのみこと》とよんで、都久夫須麻《つくぶすま》明神にまつっている、という。

「松永という仁は、おそらくその宝厳寺の小姓やったのやろな。明神の神主のほうの姓なら、たいてい荒木田《あらきだ》や」

「荒木田？」

はっとした。

荒木田氏は天児屋根命《あめのこやねのみこと》から出たといわれる神別《しんべつ》の族で、直系は伊勢大神宮に奉仕し、傍系は諸国で神官を務めているが、ことに竹生島の都久夫須麻明神社家にこの姓が多い。

「荒木田という姓で左馬亮《さまのすけ》という名の人物なら隊にもいますが」

「近江なまりあるかな」

「あります」

「そら、竹生島や」

とすれば、松永と出自《しゆつじ》はおなじ島のはずである。ところが奇妙なことに隊ではまるで疎遠な様子で、両人が談笑している現場を新作はみたことがなかった。

（あの南北二十一丁のせまい島で共に少年の時代を送ったことがあるとすれば、仲

がいいか、それとも悪いか、そのどちらかであるべきで、ことさらに他人の様子をとる所がおかしい)

この日、今熊野の坊官《ぼうかん》屋敷でおそのと落ちあえるように連絡方を姉にたのんであったが、なかなか来ない。

半刻ほどおくれて、おそのはやって来た。

髪を流行の小姓の高髷《たかまげ》に結《ゆ》い、天鵞絨《びろうど》で山吹の花を形どった花かんざしをさしている。

「おそかったたな」

新作はおそのの顔を見るなりもう咽喉がからからになっているのだが、義兄や姉の手前、抱くわけにはいかない。

そのあと、すぐ自室に連れこんだ。新作は障子をしめるなり畳の上に押し倒そうとしたが、

「いけまへん」

「なぜだ」

「髷がくずれる」

と興ざめたことをいった。新作は袴のひもを解きかけたが、おそのはその手をおさえ、

「いけまへん、こんなとこで。家のお人が来やはりますがな」

「なあに、われわれは夫婦同然の間柄だから姉たちも察している」

「話がおます。その事はあとで言うことをききますさかい、まあすわって、話を聞いとくれやす」

「また小間物屋のはなしか」

「へい」

「聞きあきた」

「おそのも、言い飽きました。互いに行く末《すえ》どうするというめあてもなしに、逢うてはこういうことばかりしているのはもう厭やでございます」

「それが、恋というものではないか」

「厭やや。私《わてえ》の身にもなっとくれやす。ほんに末に楽しみのない恋どすやおへんか」

「難儀なことをいう。恋と申すは恋そのものが恋で、やわか、将来《すえ》や過去《こしかた》があろうはずがあるまい。左様なものならば純ではないわ」

「ほんになあ」

おそのは皮肉な顔になって、

「壬生浪《みぶろ》にお入りやして世間が広うなったのか、えろうさばけたことをお言《い》やすが、そんなのは色里《いろざと》の恋どすえ。町方はもっと律義《りちぎ》どす」

「やはりお前も京女だな」

「なにが？」

「京の女は、好いても惚れぬというが、それがわかった。おそのはおれを好いてはくれても、命をかけて惚れてくれるというところがない」

「壬生浪《みぶろ》をやめて小間物屋におなりやしたら惚れてさしあげます。もし貴方《あんさん》ということばかりしていて子《やや》が生れればどうなされますえ。あれは壬生浪《みぶろ》の子やといわれますえ。うまれてくる子が、かわいそうやおへんか」

「………」

京では、壬生浪士は怖れられながらも、町の者は肚の底から軽蔑しきっている。この町の者は千年の経験で権力というものに虚無的になっていたし、まして刀槍で威を誇る新選組などは人の心をもたぬ豺狼《さいろう》としかみていない。

「おれはみぶろではない。長州なのだ」

とよほど言おうかと思ったが、吉田稔麿にいわれたことを思いだして黙った。むろんおそのにすれば、新作が長州系の浪士であったとしてもきっと同じことをいう。日は、まだ高い。

おそのは、いうだけのことをいうと、新作に押し倒されるままに横になった。紙障子に、高野槙《こうやまき》のかげが映っている。おそらくおそのにすれば、この男との情事に情熱があってのことではなく、新作と逢えば寝ることが一種の癖になっているのだろう。

おそのは、眼をつぶって新作のあしらいのままになっていたが、紙障子に射す陽が急に翳《かげ》ったとき、ツと目をひらき、下からみあげて、

「貴方《あんさん》」

といった。

「ちかごろ、お顔がお変わりやしたな」

「…………」

こういうときに声をかけるこの女の心の構造が、新作にはわからない。

「どういう顔だというのだ」

「人を殺したお顔どす」

(この女とは、これまでか)

興をうしない、からだが冷えた。途中でおそのを突きはなすと、畳の上の袴をさらってさっさと脚を入れた。

おそのも、気まずそうに起きあがり、裾をつくろった。襟をなおしているときにふと手をとめて、

「弁財天女さまは、これで利福《りふく》をくださっているおつもりかしら」

新作はだまっていた。よく似たことをおそのも考えているのが可笑しくもあり、気懶《けだる》くもあり、ふと物哀しくもあった。男女の仲が饐《す》えてくるというのは、こういう感情をいうものかとおもった。

五

新作は、その後なんどか人を斬った。

一人斬るたびに、斬ることが容易になった。はじめ、道場剣術しか知らなかった新作は、白刃《しらは》で渡りあうなどは自分に出来ることかと思ったが、一人斬ればまるで知らなかった境地がひらけた。かといって腕があがるのではない。人が変わるのである。

それに道場剣術では、双方千変万化の手を遣いながら撃ちあうのだが、真剣では一撃できまる。しかも同じ相手にめぐりあうことはないから、得意わざを一つだけ持てば百人でも斬れる。真剣では小わざは無用だということも場数を踏んでわかった。放胆に間合《まあい》の中に踏みこみ、太刀行き早く斬撃すればよい。それには相手が据《す》え物《もの》だとおもうほどに呑んでかかる必要があり、そのずぶとさも、やがて場数で会得《えとく》した。顔がかわった、とおそのがいったのは事実だろう。

屯営の道場では、毎日隊士は稽古をする。

その日、新作が同僚を相手に切り返しをやっていると、伍長の松永主膳が竹刀で背中をつき、

「おい、やろう」

といった。新作はやむなく面をつけて立ちあった。この人斬りといわれた人物と竹刀をまじえるのは、これが初めてである。新作は、いつものとおり左上段にかまえ、気を溜め、

「やあ」

と威嚇した。相手が仕掛ける出ばなをおさえつつ相打ちのつもりで跳びこんで面を撃つ。もしくは摺《す》りあげるか、応じ返すか、中間の動作は機に応じてちがうにしても、最後は面で勝負をつける。長身だからそれが有利だし、真剣のばあいを考えて、道場ではできるだけこの面わざの特技を鍛えておくつもりだった。

松永主膳は、中段である。

両肩が奇妙に張った癖のある構えで、この癖でよく免許がとれたものだとおもった。

ところが、撃ちあうと主膳は強い。新作は勝負を度外視して面ばかりを狙うせいでもあったが、またたくまに主膳のために胴三本、籠手二本をとられた。

「参りました」

「まだまだ」

面鉄《めんがね》の隙《すき》から、例の眼が光っている。小半刻《こはんとき》も撃ちあううち、相手も脳天を撃ちこまれて二度ばかり気が遠くなったらしいが、新作も右脇の下が腫れあがり、手首がきかぬほどに籠手に打身《うちみ》をつくってしまった。あとで主膳が、

「なんじゃ。君は、面ばかり来るが、どうしたんじゃ」

「試合には負けても、このほうが私にとって実戦に役立ちます」

「剣としては下品《げぼん》じゃな。融通がない」

「真剣は変化よりも一撃ですからね。一流の剣客ならともかく、私ならこの法しかないでしょう。その証拠に、松永さんは二、三度眼をまわしかけたじゃないですか」

「豎子《じゅし》、なにを談ずる」

小僧め、という顔で、行ってしまった。

その翌日、椿事《ちんじ》がおこった。

新作が市中の巡察からもどってくると、かれの宿舎である壬生前川荘司屋敷の中庭の沓《くつ》ぬぎ石のあたりから庭の中央にかけて、一面に砂がまかれていた。

血が流れたにちがいない。それをたれかが砂で浄めたのだろう。それにしてもお

びただしい血の量だった。

そういえば、門のそばにも砂がまかれていたことを思いだし、戻ってみると、なるほど血である。中庭とは、別人に相違ない。

居残った同僚たちにきくと、門の血は楠小十郎という平隊士の血で、隊規により原田左之助が斬殺し、同じ場所で、御倉伊勢武《みくらいせたけ》という者も斎藤一によって斬られた、という。

「すると、中庭の血は？」

「荒木田左馬亮さんさ」

「………」

目撃した隊士のはなしでは、荒木田はそのとき中庭に床几《しょうぎ》を出し、髪結《かみゆい》をよんでいつにない上機嫌で月代《さかやき》をそらせていたという。

荒木田は、端唄《はうた》をうたっていた。近づいてきた隊の古参永倉新八が、

「やあ、めかして今夜は島原かね」

と声をかけ、荒木田の鼻唄にさそわれたようにしておなじ端唄をうたい、

「どうもおれのは節がちがうな」

といったときは背後で密かに脇差を抜いていたらしい。

「永倉さん、こうですよ」

荒木田が唄いはじめたとき、永倉は髪結職人の右腕のすきまから刀を入れて背をずぶりと突きとおした。わっと躍りあがったのは、荒木田である。脇差を突きたてたまま逃げた。追いすがって永倉が腰車を斬ったが、なお背をまるめてトントンと泳ぎ、四歩目で右にまわった永倉に首を落された。首の切り口から血が出なかったのは、腰を割られて泳いでいたとき、すでに死骸になっていたのだろうという。

「なぜ殺されたのだ」

たれも知らない。

その夕刻、副長土方から公式に発表があって、はじめて罪状がわかった。荒木田、楠、御倉はいずれも長州の間者だったという。

(妙だな、人数があわない。たしか、吉田稔麿は、間者は君のほかに一人いる、といったはずだが)

殺されたうちの二人までは冤罪《むじつ》だったにちがいないが、とすれば真の間者はたれなのか。

(荒木田か)

そんな匂いがした。

その後、小膳に会った。ふと、この女が知っているのではないかと思い、

「いま一人の間者、露顕して死にましたよ」

「えっ」

小膳が驚いたのは、あきらかにその名と人物を知っている証拠だった。それらの名を知らされているだけ小膳は、長州の諜者のなかでも、かなり重要な地位にいるようだった。

「いつのことです？」

「たしか、五日前だったな」

「ああ」

明るい顔になった。ちがうらしい。おそらくその間者は、きのうきょう、小膳に会ったか、それとも長州の誰かに会ったのを小膳がきいたか、いずれにしても健在であるようだった。

「一体、たれなのだ」

「伏せときまひょ。いずれ、わかるときがくるまで」

「先方は、私のことを知っていますか」

「そらもう、古いお人どすさかいな。それはそうと、おそのが奥へ引っこんだきりのようどすけど、二人の間になんぞ、おしたのか」

「それは」

と考え、

「いずれ、くわしく話します。私が壬生浪士の仲間にいるかぎり、不満なようです。竹生島弁財天女の縁も、どうやら当てにならなんだようですな」

「そういわれると、私《わて》が仲を割いているようなことになる。それとも、弁天様は、貴方《あんさん》とおそのでなしに、貴方《あんさん》と私《わて》をお結びやしたみたいどすな」

小膳は、この気鬱な女にはめずらしく忍びやかに笑った。破顔《わら》うと、皮膚の冴えない顔のなかで、歯ならびだけが、異様に美しいことに新作は気づいた。

六

元治元年六月は朔日《ついたち》からむし暑く、四日にいたって京は例年にない暑さになった。

新作は、その朝、土方によばれた。

部屋に入ると、どうしたわけか沖田もいた。土方がいつになく微笑して話しかけたことに胸さわぎをおぼえた。

「とくに君の手を借りたい」

土方は妙なことをいった。「けさの午前十時《よっつ》前後、河原町四条をちょっとあがった東角にある書店井筒屋の店内で床几を借り、腰をおろして路上を見張ってもらいたい」

「見張ってどうします」

「君の眼の前をきっと一人の男が通る。その男はおそらく東に入る小路の中ほどにある諸藩御用達の枡屋《ますや》喜右衛門という店から出てくるはずだ。君もその男の顔は知っている。われわれの同志の一人である。かれは、屯営に帰るべく井筒屋の前をさしかかるだろう。すかさず、それを君は斬る。このことは局長の命とおもっていただきたい。なお、検分役として沖田君がつきます。異存はありませんな」

新作は、沖田と屯営を出た。四条通を東洞院まで入ると市中はいつもより騒々しい。気づいてみると明五日は祇園会《ぎおんえ》の宵山《よいやま》だった。

「これは、これは」

沖田はうれしそうだった。通りかかる町内ごとに、組立中の鉾《ほこ》や山の内部をのぞきこんでは、声をあげ、舌を鳴らし、子供のように眼をかがやかせるのである。

書肆《しょし》井筒屋はすぐわかった。土州屋敷のすこし北にあり、内部はひどく暗く、往来の見張りには恰好の家である。主人は二人のために床几を貸してくれたが、あとは後難をおそれたのか、家族を連れて近所に避難してしまった。

「沖田さん、一体、誰なんです、この往来を通りかかる者というのは」

「知らなかったのかね」

扇子で風を入れながら、

「長州の間者だよ」

「ははあ」

うなずきながら、顔から血がひいていることを、新作は自分でもわかる。

「間者といっても、上には上があるものさ。この小路の奥の諸藩御用達枡屋喜右衛門というのが、京における長州間者の大元締だよ。むろん、枡屋などとは世を忍ぶ稼業で、実の名は、慈性《じしよう》法親王のもと家来、古高《ふるたか》俊太郎といい、尊攘浪士のなかでも名の通った男だ。その古高が、長州が京大坂から落ちて以来、長藩のために諜報や連絡を任じている」

(古高俊太郎。……)

新作は、名さえきいたことがない。ひょっとすると、蛸薬師の小間物屋小膳は、この古高の手先きなのかもしれなかった。その小膳の手先きが、深町新作なのである。新選組の沖田でさえ知っている古高の名を、長州間者のつもりでいる新作が知らないとは、どういうことであろう。

(おれは、虫のような存在だな)

もし新作が尊攘の志士なら、要するに女の小膳だけにつながっている世にもかぼそい志士ではないか。他の志士で知っている者といえば、一度木屋町の「丹虎」で会ったことのある吉田稔麿ひとりである。なるほど吉田はいずれ長州に仕官させてやるといったが、あの男が果して信頼できるものかどうか。

（おれは、古高俊太郎の名さえ知らなかった）

これは新作にとって衝撃であった。しかも不都合なことに、いまから河原町通の花道にあらわれる男は、おなじ長州間者のくせに古高と直結している。愉快ではなかった。新作は疎外されているのである。

（ばかにしてやがる）

むらむらと腹立ちがこみあげてきたが、ふと横をみると、沖田総司がその細い柔和な眼で新作を見つめていた。

「いや」

眼をそらしながら、

「面白いものだ。河原町四条北一条東入《きたひとすじ》ルの商人枡屋喜右衛門が、われわれのさがしていた古高俊太郎であることを知ったのは、じつは昨夜遅くだった。探索方の山崎蒸《すすむ》君らの手柄なのだが、それを今朝はやく、ごく自然な形で局内の一部にうわさとして知らせてみた。果然、屯営をぬけてゆく男があったさ。われわれは、その男のちょうど一丁あとを尾行《つけ》たことになる」

「その男とは、たれです」

「君の仲間だよ」

「えっ」

「いや、君の直属の伍長にあたる、というかな」

そのとき、雲が切れたのか、陽が往来いっぱいに満ちた。

深町新作は、夢中で立ちあがった。床几が倒れ、沖田が身をそらした。新作は往来にむかって突進していた。

松永主膳が、はっと立ちどまった。左かかとをねじってふりむき、そこにいる者が新作であることがわかると、ツカに手をかけたまま、

「どうした」

「そこに沖田さんが検分している。隊規によりあなたに誅戮を加える」

「討手は、君一人なのか」

主膳は、すべてを察したらしい。間者は、間者によって成敗させるというのだろう。

「相手になろう。わしにとって最後の人斬りになるかもしれない」

ぱっと草履をぬいで、主膳は下段に構えた。主膳の癖のある右肩に、祇園会《ぎおんえ》の鉾が夏雲を衝いてのびている。

新作も、草履を捨て、キラリと刀をぬき、例によって、刀尖をゆっくりとあげながら左諸手《もろて》上段でぴたりととめた。

わずかに間合をつめたとき、主膳の背後で、町の者がわっと声をあげて散った。

とっさにそれが、二人の争闘を怖れたためとみたが、すぐ誤りであることを知った。

おびただしい数の新選組の隊士が、小路という小路に走りこんでゆく。原田左之助、斎藤一、永倉新八、それに近藤勇の姿まで、新作の眼にはっきりとみえた。古高俊太郎の捕縛にむかうのだろう。

同時に、主膳が逃げぬように背後を固めているのかもしれなかった。

「深町」

主膳がはじめて親しみぶかそうな声でいった。

「われわれは、のがれられぬ。君は後ろがみえまい。君の後ろに、三番隊がいる」

「あんたの後ろにも」

「なんだ」

「いるさ」

新作がいったとき、主膳は猛然と間合をつめてきた。諸手突きの気配をみせたが、新作はかまわずに例によって面を撃とうとした。してやったりと主膳が籠手に及ぼうとしたのが、この男の不幸だった。新作の剣がにわかに陽のなかで翻り、主膳は右胴を脇下から腹にかけて裂かれ、数歩走って井筒屋の軒下でどさりと倒れた。

が、新作は、主膳の最期をおそらく見とどけることはできなかったろう。主膳を斬ったとたん、どうしたことか、夏雲を見た。さらにのけぞり、鉾の尖端の余りが眼に入った。それらが大きくまわってやがて暗くなったとき、新作の死骸の横で沖田総司が、鉾を無邪気にながめながら丹念に刀をぬぐった。

あとで二人の死体を検《あら》ためたとき、主膳の懐中から古高俊太郎が長州の久坂玄瑞にあてた主膳の紹介状が出てきたが、新作の死体にはなにもなかった。ただ竹生島弁財天女の護符が一枚守り袋から出てきた。

この翌日、古高の屋敷から出てきた連判状によって池田屋ノ変がおこるのだが、これはむろん別に語らねばなるまい。

池田屋異聞

一

鍼屋《はりや》の又助とよばれたころの山崎烝《すすむ》はほとんど高麗橋の家には帰らなかった。道場にいる。

当時の大坂にも、御城代屋敷の家来衆や両町奉行所の与力同心などのための武芸道場が上町《うえまち》の坂を西にさがったあたりにいくつかあり、町家の者も通っている。

なかでもいちばん栄えた道場の一つが谷町にあった鏡心明智流の道場で、ここではふしぎなことに、最も腕のたつのが町人の子弟ばかりだったという。

なかでも、又助は抜群にできた。

「又助の突っころばし」

というのは有名で、面、胴、籠手《こて》、と取っていって、最後は相手を突っころばしてからでないとやめない。いや、それでもやめずに、ころんだ相手に、

「どや、どや」

地ひびきするような気合いで、竹刀《しない》の痛棒をくらわせた。

倒れながらも相手が、竹刀で受けとめようとすると、その籠手を手首の骨のくだけるような強さで、

びしっ

と撃った。

剣術の稽古などは、もともと具足《ぐそく》のような防具をつけ、竹刀でたたきあうものだからいわば架空の闘技の観があるものだが、この男がやると、それがひどく残忍にみえた。

敵をなぶり殺しにしているような感じで、竹刀までが兇器にみえた。

試合のときなど、検分の者が、

「それまで」

と手をあげても、又助はそれから二、三本は相手を撃ちこんでいる。

勝負意地がきたない。

というよりも、いざ勝負になると、この男は相手を食い殺したいほどの異常な闘争心がわくのかもしれなかった。だから、観ていてもこの男の試合は、爽快さがないばかりか、ぶきみであった。

「又助の剣には、品がない」

と、師匠の平井徳次郎はいう。

戦国から江戸初期にかけては、こういう殺人鬼のような剣客がいたかもしれないが、剣術が極度に精神的になってきた江戸中期このかたの考えでは、又助のような剣はもっとも忌《い》まれた。

それに又助は年少のころ、力真流《りきしんりゅう》の棒を学んでいたから足業《あしわざ》に癖があり、両足を入れかえずに進退させる鏡心明智流の法を用いず、ときどき、歩き足、開き足といった奇妙な足わざをつかった。

そのせいもあって、実力は師範代を越えるというのに、師匠は中伝まで授けたばかりで皆伝をあたえない。

同門の者にもきらわれた。

笑顔というのをまるでみせたことのない男で、そのくせ町育ちらしく色白で鼻すじが通り、唇が赤い。

家は船場高麗橋では、

「赤壁《あかかべ》」

で知られた林屋という鍼医《しんい》で、患家に豪商が多いため、なかなか豊かであった。かれは当主五郎左衛門の次子で、父はかれに同心の株でも買ってやるつもりで幼少のころから武芸をならわせていた。

父の五郎左衛門は、

「わが家《や》は、数奇《すうき》の家である」

と、よくそんなことばを使った。

「お前の曾祖父の代までは武士であった。しかもなみな身分ではない」

しかし、その曾祖父がなんという名で、どの大名に仕えた者かは、父は語らない。世間に知られることを避けている風であった。

「お父《とと》、それは謀叛人か」

ときいてみたことがあるが、そのときだけは父は顔色をかえ、

「あほう。大公儀の謀叛人の子孫が、こうして鍼医で栄えているはずがあるか。なにぶんにも名誉のかたじゃ」

それなら明かせばよさそうなものだが、父は口をつぐんで語らない。

又助が、平井徳次郎の道場で目録を得たとき、徳次郎が、

「ただの又助ではまずい」

といった。なるほど、何ノ某《なにがし》という武士らしい姓と名がなければ免許状《ゆるしじょう》の書式としてこまるのである。

当時、町人、百姓には、とくべつの場合のほか姓は許されない。町医者、役者などが田中玄庵とか市川団十郎などと姓を名乗るのはいわば屋号がわりのもので、かれの人別帳には、むろん姓はない。

だから又助などの場合、町医者、戯作者、役者、俳人、町儒者などとおなじく、人別帳とは別に非公認の姓をつけるのである。

「どういう姓をつければよいのでございますか」

「町人でも、隠し姓というものがある。先祖が武士であったという場合、ひそかにその姓を伝えているはずだ。父御《てご》に訊いてみるがよい」

その旨を五郎左衛門にきくと、

「申せぬわい。ただ戦国のむかし、わが家祖は山城《やましろ》国の山崎村から出たという。そやさかい、山崎とつけい。名は、この家は嵯峨源氏の家系というから一字名がええ」

で、山崎蒸《すすむ》と名乗った。師匠にその旨をいうと、妙な顔をし、

「奥野とはせなんだのか」

「おくの？」

「厭なら別にかまわぬ。父御《てご》はその苗字《みようじ》を用いることを好まれなんだのであろう」

師匠は、なにか知っている。

師匠だけでなく、道場の重だつ者はその不快な姓を知っているのかもしれなかった。知っていればこそ、山崎蒸をことさらにきらったのであろう。

二

山崎蒸が、のちに宿命的な間柄になった播州郷士大高忠兵衛を見たのは、かれが目録をとってほどもない頃である。

その日はひどく暑い日だった。夕刻、山崎は難波橋《なにわばし》の下で船をやとい、土佐堀川に浮んだ。

船頭に網を打たせ、小魚をあげさせては船中で焼き、酒を飲むのである。妓《おんな》を乗せるほどの金はなし、それに独り酒では酔いのまわりも早い。

船が、阿波蜂須賀藩の蔵屋敷の裏まできたとき、川から弦歌をさんざめかせてくる一そうの船があった。

芸妓五人に武士が五人。

武士はなまりからみて、長州屋敷の連中らしい。どの男も正体をうしなうほどに酔っていたが、たった一人、かれらの正客らしい武士だけは微笑をたたえつつ、ずっしりと落ちついている。

その色白肥り肉《じし》の大黒顔の微笑、山崎の眼からみてぞっとするほどにいやみだった。

（なんじゃ、あいつ）

顔をそむけ、船頭に、

「もう、帰ってもらおう」

と命じた。

山崎の船がろを撓《たわ》ませて反転しようとしたとき、不幸なことにへさきが相手の船の横っ腹にあたった。

「あっ」

とわめいたのは、船中で踊っていた痩せた武士である。よろめいて船ばたに摑まったために船は大きくかしいだ。

「おい、町人」

山崎は、むろん町人の風をしている。すぐ、相手に顔をみられぬように背をむけ、手拭いで頬かぶりをした。すでに川波の上には、夕闇がこめはじめている。

「ここへ来て、あやまれ」

酔っているのだ、と山崎は船頭に目くばせして、かまわずに漕げ、と小声で命じた。

ところが長州船の船頭も武士を乗せているからつい図に乗った。面白半分に山崎の船に漕ぎ寄せてしまったのである。

「来い」

と、武士の一人が、山崎の船ばたをつかんだ。

「………」

山崎は、知らぬ顔で、背をむけたまま金網のうえの魚を箸でひっくりかえしている。

「耳がないのか」

居丈高《いたけだか》になる男を、客らしい大黒顔が扇子でとめて、

「ゆるしておやりなさい。暗くてみえないが、相手は町人ではござらぬか」

「町人だからこそ、ゆるせぬのだ」

「まあまあ」

(いやな声だ)

と山崎はおもった。自分のためになだめてくれているのに、むしろそのほうに吐き気のするほどの不快を感じた。

この男が、後日わかるが大高忠兵衛であった。人間の因縁とは妙なものらしい。後年、命のやりとりをするほどの宿縁の相手というのは、はじめて会うときから、粘っこい印象があるものだ。

「来ねば、船を覆すぞ」

力を入れたらしく、大きくゆらいだ。

山崎はかんてき（七輪）の中に箸を入れ真赤に熾《おこ》った炭火をはさみ出して、ポイ、
と背中ごしに竿をつかんでいる武士の眼の上にあたって、
それが、なした。
「あ放された。が、山崎の腹のなかはおさまらない。船を蜂須賀浜の岸につ
竿をつかんで石垣の上にとびあがり、
てやろう、喧嘩なら。——」
いった。幸い、夕闇が濃くなって、頬かぶりの中の顔は見えない。
長州船もどうせおどすだけのつもりだったのだろう。ゆらゆらと岸辺につけてきて、一人がいきなり抜刀して岸へ跳んだ。
その男の足が石段にかかろうとしたはずみに、山崎の竿が横ざまに飛んでびしりと顔を叩いた。
鼻柱がつぶれたらしい。男は声もたてずに水中に落ちた。
山崎は棒術に心得がある。
男が落ちると同時に十三尺の竿がくるりと空中で変化し、水中の男が浮びあがるゆとりを与えず背中をまっすぐに突きおろし、さらにぐいぐいと竿の尻をあやつり

ながら男を浮びあがらせない。

竿にどういうこつがあるのか、男はその竿尻に吸いつかれたように水底でもがいていたが、やがて四肢を垂れたまま、ぼんやりと水面にうかびあがった。

「死んだ。——」

騒いだときは、山崎は蜂須賀屋敷の白い壁と壁の小路をつたって逃げてしまっていた。

むろん、殺してはいない。竿の尻をつかって水中の男の脾腹《ひばら》に当て身をくらわしただけのことだ。しつこい山崎にしては、殺さなかったのが、むしろ出来すぎといっていい。

その翌日、山崎が息がとまるほどにおどろいたのは、あの喧嘩のとめ男だった大島忠兵衛が、道場にやってきたことである。

頓したか）

ったが、そうではなかった。道場主平井徳次郎の客人になってきたのである。

「著名な相当な名士らしく、道場主は卑屈なほどの丁寧さで応対し、さっそく道
人をあつめて引きあわせた。

と、師匠は紹介した
つれる」

師匠のはなしによると、この具足師は、大坂城代松平伯耆守《ほうきのかみ》のまねきで播州から出てきた男で、城代屋敷の賓客になっている、ということであった。忠兵衛は賓客として伯耆守の具足の意匠を考案する一方、諸藩の藩邸に出入りし、非常な尊崇をうけているらしい。きのうの長州侍たちも、そういうことでこの男を宴に招いていたのだろう。

師匠が、下にもおかぬ態度で接するのは城代が忠兵衛に賓師《ひんし》の礼をとっている、という事情もあるが、それだけではなさそうであった。

たかが、一介の郷士ではないか。

しかも具足師であった。具足作りの芸があるといっても、これほど崇ばれねばならぬ理由はない。

師匠は大高忠兵衛がこの道場にきた理由については、

「大高どのは、われらと同流の刀術をお国もとの河北源蔵どのから学ばれた。大坂ご滞留中にもしや腕が落ちてはならぬ、というので、ときどき稽古にみえられる。爾今《じこん》、当道場の師範代格としてお教えを乞うように」

といった。

その間、忠兵衛はにこにこと唇許《くちもと》をほころばせながら端坐しており、やがて一同に頭《ず》の高い会釈《えしやく》をした。

(正体は、何者だろう)

山崎には、つかめなかった。

忠兵衛は、毎日、きた。

師範代格といわれただけに、相当に腕が立つ。

道場には、皆伝の古参が二人、師範代についていたが、互角か、それ以上であった。

(おれとは、どうだろう)

油断なくその稽古ぶりを見るのが、山崎の日課になった。

が、奇妙なことに、師匠の平井徳次郎は、山崎蒸《すすむ》にかぎって、忠兵衛とは立ちあわせないのである。

「大高どのとは、竹刀を交えぬように」

と、師匠はいった。なぜです、と理由をきくと、平井徳次郎は不自然な作り笑いをこさえて、

「理由はわかっているだろう」

と、なだめるようにいった。

(例の喧嘩、師匠は知っているのか)

とっさにそう感じたが、すぐ思いかえした。どうも、師匠のなだめるような口ぶ

りから察して、それを知っているとはおもえない。

（とにかく、不快な男だ）

それが致命的にまでなったのは、この男が女蕩らしだ、と知ったときからである。

女蕩らし、といってもこれは山崎の心証にそう映っただけで、独断かもしれない。

とにかく、道場の裏は大きな造り酒屋の酒蔵がいくつもならんでいて、人ひとりがやっと通れるほどの犬道がある。

利用価値のない露地で犬だけが通り抜けをするからそう呼ばれているのだが、この薄暗い露地で、忠兵衛の姿を見た。

この男は、相手もあろうに師匠の娘と二人で話していた。むろん、事情は逢曳《あいびき》ではなかったかもしれない。事情をただせば、行きあっただけのことだったかもしれない。

しかし、師匠の娘の小春の様子は尋常なものではなく、忠兵衛に対していやらしいほどの媚態を弄しているようにみえた。

山崎はひそかにこの女に懸想《けそう》していたが、小春は、父の門人などに笑顔をみせたことがない。まして町人の山崎などには必要以上につめたく、時に道場の内外《うちそと》ですれちがって山崎があいさつしても、うつむいて気づかぬふりで通りすぎることが多かった。

この犬道のむこうのはしで二人が胸もとをつけんばかりにして話しているのを見たとき、山崎はわざと足ばやに近づいてやった。

小春はあきらかに狼狽してむこうへ行ってしまったが、忠兵衛だけは落ちついて、ゆったりと脂肪のにおいのする微笑を山崎にむけた。

「あなたでしたか」

密会を弁解しようともしない。よほど自分のなにかに自信があるのか、性根のずぶとい男にちがいなかった。

むろん、山崎も、

「お邪魔でしたな」

などと野卑なことは、さすがにのちに新選組副長助勤にまでなった男だけに口にせず、黙礼したまま通りすぎようとした。

「お待ちください」

と、忠兵衛はいった。

「ご用ですか」

ふりむくと、忠兵衛はにこにこして、

「あなたは、当道場では一番お出来になるといううわさだ。一度、お教えねがいたいと思っている」

「いや、未熟です」

「ご謙遜あるな。その眼のくばり、油断のない歩きざま、容易なお人ではない。町人には惜しい」

そんなことをいいながら忠兵衛は、山崎の右側に肩をならべて五、六歩、あるきだしたとき、不意に、

「ご存じですかな。あの男、死んだ」

といった。

(この男、見抜いている)と知ったとき、無腰の山崎はとっさに忠兵衛の腰の脇差に手をかけた。忠兵衛は、はっとその手を掴み、

「ゆだんのならぬお人だ。立合いはこんな犬道ではなく、道場でやろう」

「なるほど、犬道ではなく、といえば」

山崎も忠兵衛を見すえながら、

「密会もしかるべき出逢《であい》茶屋でなさるがよい」

「いずれ、その茶屋の場所も教えて頂こう」

忠兵衛は、落ちついている。

その眼が、どういう理由かありありと山崎を軽侮していたが、山崎は相手の不遜の態度をはねかえすだけの言葉を知らない。

（この男、いつか殺してやる）

ただ、そう思いさだめた。

山崎がおそれたのは、殺した男の身寄りが仇を討ちに来ることであった。

しかし、ついに来なかった。忠兵衛が、下手人が平井道場の山崎であるということを長州屋敷の者に告げていないのにちがいなかった。

それとも、あの一件は、死者の家の改易《とりつぶし》をおそれて皆で事故死にしてしまっているのか。考えられることであった。毛利三十六万石の藩士が、町人の竿一つで溺殺させられた上に、しかも下手人をとりにがしたとあっては、見ていた朋輩までがただでは済まなくなる。

ところで、

——一度、手合せねがいたい。

といった忠兵衛は、その後、三日にあげず道場にあらわれるが、相変らず山崎を黙殺している。おそらくなにかの理由で師匠にとめられているのだろう。

（師匠も、妙な心づかいをする人だ）

そう思ううち、忠兵衛はぱったり姿をみせなくなった。

道場の仲間のはなしでは、伯耆守の具足の用が済んだので京都へ行ったという。

山崎が、忠兵衛の正体を知ったのは、その後ほどもないころである。——正体、といったが、厳密にいえば忠兵衛の正体を知ることは山崎自身が自分の正体を知ることにもなった。

三

これはおどろくべきことであった。文久三年の晩秋、新選組に入ることになったためにひさしぶりで高麗橋の家に帰ったとき、父の五郎左衛門が意外にも、

「お前の道場に、高名な具足師が来ているそうじゃな」

といった。

「いや、もういません。すでに京へのぼった」

というと、父は「ほう、もう大坂にはおらぬのか」とほっとした顔になったが、それでも不安なのか、

「その男、たしか播州」

「そうです」

「どんな男じゃ」

山崎は、つぶさに物語った。父親はみるみる不快な顔をして、

「その男は、赤穂四十七士の一人大高源吾《げんご》忠雄《ただたけ》の子孫の者じゃ」

と、吐きすてるようにいった。

話は古い。事件とは、いまから百六十年前の元禄十五年、例の赤穂浪士の吉良屋敷討入のことである。

義士には、頭目大石内蔵助の二男吉千代をはじめとして十九人の遺子があり、幕府は法の手前、それぞれを遠島、親類あずけの刑に処したが、六年後の宝永六年正月、赦免された。

義士の遺子や親戚に対する人気が大いにあがったのはその後である。それぞれ諸家があらそって召しかかえた。

大高源吾には子がなかったが、その親類に播州揖保《いぼ》郡内に郷士大高氏があり、一族は、その家のひとりを源吾の死後養子に立てあとを弔わせたのが、「子孫」という忠兵衛の家系である。

このため、この家系は義士の家として播州一国で人気があり、揖保郡林田で一万石を領する小大名《こだいみょう》建部家も大高家から一人もらいうけて召しかかえたほどであった(このほうの家系が、この物語ののちに登場する林田藩士大高又次郎重秋である)。

忠兵衛はつねに、

「それがしは、赤穂義士大高源吾の曾孫である」

といっていたから諸藩の武士のあいだで尊崇され、郷士、具足師、という身分を越えて、大名までがかれを賓客として逗留させ、家に伝わる義士談をきくことが多かった。

（そうか。あの男の傲《おご》り面《づら》は、そんなところから来ていたのか）

赤穂義士の家系ならば、武家にとって何よりの名誉の家門である。それに大高源吾は爽快豪放の逸話が多く、講釈の義士銘々伝《めいめいでん》のなかでの人気者だから、世間は忠兵衛に対しても源吾を見るように遇するし、忠兵衛もまた、そのつもりで振舞うのだろう。

（いやなやつだ）

山崎にとって、そうと知ればあの男の尊大さが、いよいよやりきれない。

さて――、山崎蒸が京都の新選組に入隊したのは、文久三年の暮である。

新選組の結党はその年の三月で局長芹沢鴨が近藤らの手で殺されたのは九月。その後、隊の主導権を握った近藤は急いで隊士を増募する必要があり、京、大坂の剣術道場に勧募の手をまわした。

山崎の道場にも、それが来た。

――武士になれる。

というのが、強烈な魅力であった。

山崎は応募することに決め、結髪、装束を武家風にあらためて京都にのぼり壬生の屯所に近藤勇、土方歳三を訪ねて、目録、刀技をみてもらい、

「山崎君、国のため共にやりましょう」

と近藤に手までにぎられて、いったん大坂にもどったのは、それから数日たった翌元治元年の正月である。

道場に挨拶に出むくと、あいにく師匠は留守であった。

「お待ちになりますか」

と、師匠の娘が冷たい顔でいった。

「待たせていただきます。今後、いつお目にかかれるか、わかりませんから」

通されたのは座敷ではなく、相変らず道場の板敷のすみであった。

(私は、もはや昔の身分ではない)

むっ、としたが、坐らざるをえない。寒気でこごえそうであった。

ところで山崎とあくまで縁のふかいことに、その刻限、大高忠兵衛が奥の座敷にいたのである。

忠兵衛は、山崎を誤解した。

「内偵にきたのではないか」

と、小春にいった。

数ヵ月前とは、ふたりの立場はすっかりかわっていた。

山崎は、新参ながらも新選組隊士である。

いっぽう、大高忠兵衛は、――これは山崎の知らなかったことだが、――忠兵衛は従兄の林田藩士大高又次郎重秋とともに早くから長州の過激な尊攘家と交通があり、諸藩に具足師として招かれながら、その藩の有力な者を説得して藩論を反幕攘夷断行に傾かせることに奔走していた。

が、八月に異変があった。

それまで京都政局の首位を占めていた急進攘夷派の長州藩が、八月十八日の政変で一夜にその地位を追われ、長州軍は、長州系の公卿七人を擁して国もとへ退去してしまったのである。

このあと長州は幕府から朝敵同然の扱いを受け、やがて京都、江戸、大坂などの藩邸は没収され、京大坂に潜入してくる長州系の志士は、新選組、見廻組などから容赦なく斬られるはめになってゆくのである。長州の京都周旋方桂小五郎が乞食に身をやつして京都に潜伏したというのも、この時期であった。

大高忠兵衛も長州系浪士団に属していたから、自然、追われる身となり、山崎が谷町の道場を訪ねたこの時期は、京を脱出して道場にかくまわれているときであった。

――内偵にきたのではないか。

と、忠兵衛が思ったのもむりはなかった。

が、山崎は、露も知らない。

半刻《いちじかん》ばかり板敷にすわっていたが、ついに寒さに堪えかねて、立ちあがった。

（なぜ、座敷にあげてくれぬ）

怒気が、鬱《うっ》している。それに体が冷えきっているから、用便がしたくなった。

厠《かわや》は、裏庭の露天に一つ、座敷に二つあることを山崎は知っている。門人には座敷の厠を使わせない、というのがこの頃の剣術道場のしきたりであった。

（が、いまは身分がちがう。会津中将様お預《あずかり》浪士である。上厠《かみちょうず》を用いてもよかろう）

山崎は、道場から、座敷へわたる粗末な廊下に足を踏み入れた。

その気配を奥座敷で察して、忠兵衛は小春に、

「やはり、そうだ。密偵《いぬ》として来ている」

「早う、お逃げなはって――」

「むだだ。単身、内偵に来るほどだから、塀の外にも人は配置しているだろう、のがれられぬとすればあの男を斬って、攘夷の軍神の血祭にしてやろう」

一見、沈毅にみえる大高忠兵衛も、ここ数ヵ月、方々を命がけで潜伏してきただけに、神経が普通ではなかった。でなければ、この男、軽々に、斬る、などと口走る性格ではない。

山崎が厠へ入ったのを見すまし、忠兵衛は音もなく廊下をすべって、厠の戸口に居合《いあい》のまま身をひそめた。

（はて――）

と思ったのは、山崎のほうである。戸の外で、不用意な大きさで鯉口を切る音がした。

山崎は、外の者に気取られぬためにほそぼそと小水の音を立てつづけながら、一方でそろりと脇差をぬき、一方で右足をあげた。

どん、と戸を蹴った。

「あっ」

とその隙間から抜き打ちで斬ってきたのは忠兵衛であった。山崎はとっさに身をかわそうとしたが、右胸の皮をわずかに斬られた。

血が、白襟を染めた。

「おのれは、忠兵衛――」

ツッ、と廊下に出た。すでに大刀に持ちかえている。

「忠兵衛、なんの意趣あってのことか」

「とぼけるな、いぬ」

忠兵衛の眼が吊りあがって、いつもの悠揚たる態度とは、まるで別人のような顔になっていた。

「それあっ」

とすさまじく突いてきた剣を、山崎は夢中で払った。

がっ、と鉄粉が散った。真剣で人と立ちあったのは、これがはじめてである。

忠兵衛は、構えをすばやく青眼にもどしている。山崎は下段にとりながら、

「なんの意趣か」

「山崎にはわからない。山崎、いや、奥野将監《しょうげん》の血類と言おう。血はあらそえぬものだ。義の何たるかを知らず、憂国鉄腸の士《し》を傷《そこ》なおうとする。やはり血すじはあらそえぬ」

（この男、人ちがいをしている。奥野将監とやらと、なんの縁もない）

そのとき忠兵衛の剣尖が、一刀流でいう鶺鴒《せきれい》の尾のように動いた。

山崎は忠兵衛の仕掛けを未然に撃つつもりで、どっと踏みこんだとき、意外にも右手の障子がにわかに開いた。

とおもったとき、桐の火桶が顔をめがけてとんできた。

師匠の娘の小春である。山崎がひるむすきを忠兵衛が踏みこむ。とびさがると、器物がふってくる。すかさず忠兵衛が踏みこむ、といったぐあいで、ついに山崎は庭へとびおり、あとも見ずに逃げだした。その背へ師匠の娘の声が、するどく追っ

た。

「密偵《いぬ》——」

（なぜおれは、あの女や忠兵衛からこんな仕打ちを受けねばならぬのか）

涙が出た。

四

山崎蒸は、入隊後、わずか数ヵ月で副長助勤格（中隊長格）に抜擢され、監察、探索方をかねるという隊内では異例の立身をした。

山崎蒸の栄達の理由としては、昭和三年、子母沢寛氏が、八木為三郎老人の昔話を取材され、その談を次のように記録されている。

——山崎は林と共に勿論大坂の出で、おまけに商売がら土地の地理はよく知っているし、その上、金持の間の事情を知っていました。

いわば今でいう大坂財界の消息に通じているので、隊で金が入用な時には、この男の案内で幹部が大坂へ出かけて行ったものです。

——さて、行ってみて、どれほど持って帰ったかは知りませんが、山崎が、「また大坂へ一稼ぎに行って来る」と父へ話しているのをたびたび聞きました。平隊士なども、「山崎助勤は大坂の金蔵《かねぐら》から生れてきたような人だ。いい芸をもっている」などといっていたものです。山崎が、隊士の上に立つ身になったのは、ただ、この金持の案内をするためだ、などと申していました。三十二三でしたろう。身体は大きい方で、色の黒い、余りハキハキ口の利かぬ人でした。

山崎は、才子肌ではない。

新選組では、才子肌の男は、近藤、土方の手でほとんど殺されている。副長であった山南《やまなみ》敬助、伊東甲子太郎《かしたろう》がその好例で、逆にすこし田舎じみた実直な男が近藤に愛された。近藤自身、百姓型の男だから、都会的な才子がきらい、というよりもこわかったのだろう。

山崎は、大坂そだちのくせに、変に土くさいところのある男だったから、近藤から、

「山崎君、山崎君」

と可愛がられた。

山崎もまた、自分の陰鬱な性格が人から愛されようとは思っていなかったから、近藤のためには命も要らぬとおもった。

しばしば、大坂へくだった。

むろん、隊費調達のためである。

山崎自身が、大坂の富商に顔がきいた、というよりも、実家の、「赤壁」が、富商の主人、家族、番頭に多くの患者をもっていたから、その赤壁の息子、という顔で、鴻池《こうのいけ》、天王寺屋、飯野《めしの》、などの諸家へ出入りした。

ところで、山崎が京都にのぼったあいだに実家の「赤壁」では父が死に、兄が五郎左衛門を襲名して患者を治療していた。

ある日、大坂へくだったとき、その兄に、

「奥野将監《しょうげん》とは、この赤壁の患家の一軒ですか」

ときいたことがある。兄はさっと蒼ざめ、

「そのこと他言《たごん》するな。どこで聞いた」

大高忠兵衛の一件を話すと、兄はもはや観念した、という表情で、

「話してやる」

といった。

奥野将監とは、現存の人物ではない。

百数十年前、播州赤穂藩で番頭《ばんがしら》千石を頂戴し、大石内蔵助、大野九郎兵衛につぐ浅野家の重臣であった。

主家断絶ののち、内蔵助と行動を共にし、同志の浪士にも立てられていたが、途

中にわかに変節し、行方をくらました。逃げだすときに同志の横川勘平にとりおさえられ、だんだん本音《ほんね》を問いつめられて、ついに、

「いかに他人《ひと》が拙者を犬畜生とののしろうとも、死は悲しゅう候」

と吐き、その後、行方も知れない。

「それが、わが曾祖父じゃ」

と、兄はいった。

将監は家族をつれて諸方を転々していたが晩年、名を変え、鍼医になって大坂に住みついたのが、「赤壁」のはじまりだという。

浅野家改易後、仇討に加わった四十七人をのぞく三百余の家士のその後は、惨澹たるものであった。世間にもし旧赤穂藩士であることが知れると、

——義挙に加わらなんだ犬畜生じゃ。

ということで指弾され、近所の商人が、米、味噌まで売らなかったという話が多い。

かれらの全部が仕官もできず、名を替え、生国をくらまして、諸国にかくれ住んだ。世間にもれることを怖れて、孫子《まご》にさえ自分の家が赤穂から出たことを語らない場合がほとんどであった。

「せやさかい」

と兄の五郎左衛門がいった。

「死んだおやじどのも、わしにさえ言わなんだ。死ぬまぎわに、わが祖は赤穂の奥野将監である、と物語りし、ゆめゆめ他言《たごん》するな、又助にもいうな、と言いのこした。――しかし、おやじどのは世間をくらましおおせていると信じていたようじゃが、存外、世間は気づいているらしい。その証拠に、わしは子供のころ、すでに他人の口から耳にした。お前の剣術の師匠平井徳次郎どのなどは、よう知っている」

「なるほど」

そういわれてみれば、師匠の不審な言動や、心づかいなどが、よく解ける。たとえば師匠が大高忠兵衛と試合をさせなかったのは、万一遺恨勝負になってはいけない、と思ったからだろうし、姓をつけるときにも、

「隠し姓があろう」

といったのは、このことだったにちがいない。もっとも師匠は感情の偏《かたよ》らぬ男で、いつも山崎に対するいたわりをもってくれていた。

が、師匠の娘はそうではない。年来、彼女が露骨な軽侮を示してきたこともわかるし、忠兵衛に加担して火桶まで投げつけたのも、この女の無知な正義感がさせたのだろう。

「わかった」

山崎は、蒼い顔でうなずいたが、わかったところで、どうもできない。

「どうすればよいのだ」

「だまっているがええ。その大高忠兵衛とやらが、大高源吾の曾孫というだけで尊攘浪士のあいだで重んぜられる世や。逆にお前が奥野将監の曾孫ということが隊内で知れわたれば、無用の侮りをまねくぞ。洩らすな」

「洩らさぬ」

とうなずいた。洩らさぬだけでなく、必要以上に勇猛でありたい、と思った。いや、勇猛なだけでなく、いかなることがあっても、新選組の結盟を破ってはならぬ、とおもった。それだけが、世間の冷たい眼に対する痛烈な復讐ではないか。

(山崎烝が男であることをみせてやる)

そう思った。

五

それからの山崎は、京の町でただひたすらに人を斬った。

殺人が新選組の隊務である。いかなる隊士でも山崎ほど隊務に精励な男はいなかった。

浮浪の士を斬るだけでなく、監察、探索方として、隊内の非違をびしびし取りしまったし、近藤に対して謀叛気を抱く隊士があればすぐ内偵し、摘発した。

しかし、山崎烝の働きのなかで最もすさまじかったのは元治元年六月の池田屋ノ変であった。

この変は、突如おこったものではなく、すでに不穏のうわさはひと月ほど前から京の市中でささやかれていた。

——長州が、天子を奪取して萩か山口に行在所《あんざいしょ》を設け、国論を一挙に尊王攘夷にもってゆこうという。

そのため、さまざまの姿に変装した長州人や、長州系の浪士が京に潜入しつつあるというのであった。

右次第を京都守護職松平容保《かたもり》は、近藤と土方をよんで、

「きびしく詮議するように」

と命じた。新選組にとっては又とない功名の機会である。

探索方の隊士は、全員変装して市中にばらまかれた。

山崎は、薬屋に化けた。

それもじつに手のこんだやりかたで、ひとまず大坂天満の船宿にとまりこんで多額の薬を仕入れ、その船宿の亭主と親しくなって、京都三条小橋の旅館池田屋惣兵衛あてに、

「大事な客だから、よろしくたのむ」

という意味の添書をかかせた。

池田屋では、すっかり信用して、山崎のために一室をあけた。

山崎が池田屋に目をつけたのは、すでに所司代役人の調べで、近頃この旅館にしきりと諸国の浪士風の男が出入りしていることがあがっていたからである。

山崎は、毎日、出かけては大坂薬を売ったり、京都薬を仕入れたりしているから、旅館のほうでは、いよいよ安心し、宿泊している尊攘浪士などもつい気をゆるして、

「薬屋、もうかるか」

などと軽口をたたく者が出てきた。山崎は大坂の町人あがりだからそこは心得ていて、

「あきまへんな。京のあきうど衆は利に固うおますさかい、江戸大坂なら一日ですむ商談《はなし》が十日もかかります。宿泊費《ぞうよ》ばかり要って話になりまへん」

まさかこの商人が、新選組の士官（助勤）だとは想像もつかなかったろう。

山崎は、出入りする浪士の人数言動、生国などを毎日紙片に書いては、窓の下に落した。軒下には、いつも乞食が寝ている。所司代同心渡辺幸右衛門であった。幸右衛門はそれを持って三条大橋の下へゆく。そこには新選組探索方の川崎勝司が、女乞食に化けて臥《ね》ており、夜陰それを壬生へとどける、という仕組みであった。

ところが六月になったある日、ふすまを開けっぱなしにしている山崎の部屋の前を、色白の肥満した男が玄関にむかって通りすぎた。

(大高忠兵衛。——)

怒りとも不快ともつかない異常な感情が、この新選組隊士の身の内を戦慄させた。

その日、大高のあとをつけた山崎は、この男が四条小橋西詰北入ルの借家に隠れ住んでいることを知り、さらに夜陰、忠兵衛はひそかに小路をぬけ出て西木屋町《にしきやまち》をあがり、西へ露地を折れた。露地の中ほどに、

「枡屋《ますや》」

という軒行燈の出た古道具屋がある。忠兵衛はあたりを見まわして誰もつけていないことを確かめると、ほたほたとクグリ戸をたたいた。やがて戸があき、忠兵衛の姿は消えた。

(臭い)

と思い、翌朝、町年寄にあたると、はたして匂いがある。枡屋喜右衛門というのは諸藩邸の御用達をしている商人であったが、去年当主が死に家族も死に絶えたという。

ところが今年になって、

「喜右衛門の身寄りである」

という者が入りこみ、以前とおなじ商売をはじめたが、奇怪なことに、当人の顔と、堺町丸太町に住む毘沙門堂門跡《びしゃもんどうもんぜき》家来古高《ふるたか》俊太郎とおなじだというのである。

(ここが、巣か)

早速、壬生に帰って近藤に告げた。その日が、六月四日である。

夕刻、近藤みずから二十数人を指揮して枡屋を急襲し、古高を捕え、おびただしい武器弾薬と尊攘浪士たちの往復書簡を手に入れ、さらに拷問のすえ、おどろくべき事実を知った。

——きたる六月二十日前後、烈風の夜をえらんで御所の四方に火を放ち、参内する守護職会津侯を斬って軍神の血祭にし、天子を長州に動座する、という。

その下相談を、五日、三条小橋の池田屋でするというのであった。

「山崎君、でかした」

近藤は、雀躍《こおど》りした。

「引きつづき、討入りまでのあいだ、池田屋で見張っていてもらいたい」

山崎は、旅館にもどった。すでに薬箱のなかに、大小、鎖《くさり》の着込みなどを忍ばせ、本隊の討入りと同時に階上階下へ斬りこむつもりであった。

(きっと忠兵衛を斬る)

と、山崎はおもった。

皮肉なことに、山崎の与えられた任務は、元禄の討入りのさいの大高源吾とそっくりであった。源吾は盟主内蔵助の命で京都の呉服屋新兵衛と称し、八方探索して、ついに元禄十五年十二月十四日吉良邸で年忘れの茶会があり、上野介がかならず在邸することをつきとめ、これが、討入りの日になった。山崎の場合とは、呉服と薬、という小道具のちがいがあるだけのことである。

元治元年六月五日、山崎は池田屋の一室で時の移るのを待つうちに、日が暮れた。この日は、祇園祭の宵山《よいやま》で、日暮れとともに四条通り周辺の各町内の鉾や山に灯が入り、祇園囃子が湧くように奏でられている。

その雑踏にまぎれて、日没前後から諸藩の脱藩浪士らしい人体《にんてい》の武士が、ぞくぞくと池田屋にあつまってくる。

その数、二十余名。いずれも面構えは、尊攘長州派のなかでも錚々《そうそう》の者ばかりとみられた。

最後に、大高忠兵衛が入ってきて、土間から亭主池田屋惣兵衛をよび、

「戸締まり。――」

とみじかく命じた。

(きたな)

思ううち、大高忠兵衛の足音が階段をのぼって二階へ消えた。全員、二階に集合

している。

蒸し暑い。すでに山崎のいる階下も雨戸が立てきられており、息をひそめていてもあぶら汗が、胸からみぞおちに流れこんでいる。

そのころ、近藤は、池田屋周辺の町会所に隊士を詰めさせ、すでに連絡ずみの会津藩兵の来着を待ちかねていたが、町中の祭囃子が町ごとに熄《や》んでゆく刻限になってもなかなか来ない。

近藤が会津兵を待つのはむりもなかった。この夜の新選組の兵力は、隊内に病人が多かったためにわずか三十人しか出動していなかった。

それを二隊にわけ、一隊二十人は土方歳三の指揮で木屋町三条上ル四国屋十兵衛方に出むいていたため、近藤の手中にあるのは、十人しかない。

「十人で、討ち入れるか。いや十人ではない。出口勝手口の固めに五人は要るから、討入りは五人だ。五人で討ち入れるか」

近藤はしきりと思案している様子だったが、ついに腹心の沖田総司にきいてみた。訊くことによって自分の思案をまとめるつもりだったのだろう。

「さあ、私なんぞにわかりませんよ」

沖田は相変らず透きとおるように白い歯並びをみせて、

「赤穂浪士の討入りは四十六人で、めざす敵はたった一人だった。それからみると五人ではどんなものでしょう」

「……………」

近藤は不快そうにだまった。

亥《い》の刻《こく》(夜十時)になった。

なお、会津兵は来ない。会津側の通告では藩兵千五百人が動くはずであったし、その他所司代、一橋《ひとつばし》、彦根、加賀の諸兵をふくめると、三千人が池田屋を包囲するという。しかしどういう手違いか、提灯一張《ひとはり》、松明《たいまつ》一炬の灯影も見えないのである。

「やむをえぬ。これ以上、時を移せば、ついに大魚を逸するだろう」

近藤は立ちあがった。近藤が万夫不当の勇者であるとすれば、このときの決意こそ、何よりの証拠であった。

「諸君、これだけで討ち入る」

「いいでしょう」

沖田はうなずいた。沖田のふだんと変らぬ子供っぽい微笑が、隊士を奇妙なほど落ちつかせた。

一団は、夜の町を走った。

池田屋の軒下に到着すると、近藤は出口を原田左之助、谷三十郎らに固めさせ、

「討ち入る者は」

と、あごで一人一人の顔をさした。

沖田総司、藤堂平助、永倉新八、近藤周平、それに勇自身である。養子周平をのぞけばいずれも隊内きっての剣客であった。いずれも、浅黄地《あさぎ》にだんだら染めの袖《そで》印《じるし》をつけた新選組のそろいの羽織を着用している。

近藤は雨戸ごし低声で呼んだ。

内側ですでに待機していた山崎はクグリの桟《さん》をはずし、一同を入れながら、

「浮浪の者二十余人、いずれも二階です」

「ご苦労だった。——で、亭主」

近藤は、よんだ。

「会津中将様御預《おあずかり》新選組である。御用のすじがあってあらためる」

いうなり土間から床《ゆか》、床から階段へとびあがり、五六段駈けあがりざま、キラリと刀をぬいた。このときの刀が、二尺三寸五分虎徹《こてつ》である。

沖田、永倉がこれにつづく。

まっさきに二階にとびあがった近藤は、なにげなく出てきた土佐脱藩浪士北添佶《きたぞえよし》麿《まろ》を出会いがしらに真向から斬りさげた。

「わっ」

と倒れる物音が奥座敷で車座になって飲んでいた浪士たちを総立ちにさせた。

「諸君、壬生の者らしい」

落ちついて鞘をすてたのは、長州の吉田稔麿であった。抜き放つなり、突進してくる新選組副長助勤藤堂平助の突きを払い、さらに籠手《こて》を払い、ついに踏みこんで上段から力まかせに藤堂の面を斬りさげた。

が、ころがったまま、藤堂はなお生きている。兜《かぶと》の鉢金《はちがね》をかぶっていたのだ。吉田はその股倉へ拝み打ちに斬りおろそうとすると、副長助勤永倉新八が胴をねらって薙いできた。その永倉の首筋へ背後から肥後浪士宮部鼎蔵《ていぞう》がはげしく撃ちこんだが、刃が永倉の鎖の着込みにあたって肉が斬れない。

乱闘になった。

浪士は、白刃を斬りぬけ斬りぬけ階段をころげ落ちては階下から庭、路上に出ようとする。

階下に山崎が抜刀のまま立っていた。最初にころげ落ちてきたのは肥後の宮部鼎蔵で、いきなり脇差をぬいて山崎に投げつけた。あやうく避けた瞬間、みると宮部は大刀を腹に突きたて、切先が背にぬけるほどぐりぐりと掻き入れたまま、土間にころがって絶命した。

つぎは長州の杉山松助が死骸になって落ちてきたが、それと相重なるようにして階段を落ちてきたのは、大高忠兵衛である。

「大高忠兵衛」

山崎が声をかけると、ころがった忠兵衛はそのままの姿勢で山崎のすねを払い、
山崎にかわされてからは、

「おお、奥野将監の曾孫《ひこ》どのか」

と立ちあがった。山崎はものもいわずに突進した。忠兵衛はとっさにその籠手を撃ち、山崎はやっとつばもとで受け、一挙に飛びはねながら、

「妙な縁だ、忠兵衛」

「縁とは、赤穂の縁か」

「腰ぬけの将監の曾孫《ひこ》が、なにやら義士の子孫とか自称して歩くおのれを討つ。討入りはおのれのほうの家芸かもしれぬが、今宵はそうはいかぬ」

「犬畜生の血すじが、何をいうぞ」

その罵声をきいた時、山崎の眼の前は怒りで真暗になった。

山崎は、夢中でとびこんだ。あとで憶いだそうにも記憶がないが、何度も手応えがあったのは、鴨居《かもい》、階段、柱に切りこんだものらしく、やっと気づいたときには、忠兵衛が眼の前にいない。

(失《う》せたか)

庭へ走ろうとしたとき、階段裏の行燈部屋からどっと走り出てきた男が、

「こいつ。――」

と、背を割りつけた。幸い、着込みにあたって斬られなかったが、打撃のために のめりこんで、ぐゎっ、と胃の中の物を吐いた。

山崎は頭上でやみくもに刀をふりまわしながら、こみあげてくるえずきを呑みこもうとしたが、背中のすきを背後からもう一度肩甲骨の割れるほどに撃ちこまれ、

(いかん)

と背をまるめて逃げようとした。その腰へ背後の男はさらに車斬りに撃ち込んできた。その打撃で横ざまに倒れかけたが、やはり着込みのおかげで怪我はない。とにかく背後の男からのがれるより手がなかった。山崎は泳ぐように前へのめると、

「逃げる気か、畜類の子」

あっ、忠兵衛だったかと、気づいたとき、怒りが山崎の刀技に奇蹟をうんだ。のめり足で翻るなり、構えもなにもなく、

「わあっ」

と忠兵衛のよく実《みの》った首筋を割りつけ、皮一重を残して忠兵衛の首が右へ垂れ、どっと倒れてくるところを滅多やたらに斬りつけた。白刃で死肉を狂気のように叩き割りながら、

「将監さま。ご覧《ろう》じろ」

と山崎は夢中で叫んでいたという。

山崎がなぜこんなことを言ったのか、筆者にもその気持がよくわからない。わからないままに、書きとめておく。

鴨川銭取橋

一

狛野《こまの》千蔵。

が、斬られた。

心形刀流《しんぎょうとうりゅう》の達人といわれた男である。出羽庄内の脱藩。新選組五番隊の平隊士で、池田屋ノ変の直後に入隊した男である。場所は清水産寧坂《きよみずさんねいざか》だった。月があがったばかりだというから、辻番が死体をみつけたのは酉《とり》の下刻《げこく》(午後七時)。

寒い夜で、陽が暮れてほどもないというのに、橋板に霜がうっすらと降りつもっていた。血が、その霜を溶かして流れている。

辻番から急報された町役人が、仰天して奉行所に届け出、奉行所から不動堂村の新選組屯所に通牒された。そのときはすでに発見から一刻《にじかん》もたっている。

「狛野が?」

山崎は、おどろいた。

監察山崎烝《すすむ》は、月番にあたっていた。(この部署は、浪士取調役ともいわれ、戦闘部隊とは別の系列で近藤・土方に直属している。助勤格〈士官〉の古参隊士六人が任命されていた。役目は隊の内外の諜報、それと隊士の風紀を取りしまる。自然、隊内でも監察は怖れられていた。旧軍部の憲兵のようなものである。ここでいう月番とは、当直のことで、一月ごと二人ずつで屯営に宿直する。狛野事件を山崎が担当したのは、たまたま月番だったからである。)

「狛野が!?」

山崎はもう一度つぶやいた。

斬られるような男ではない。新参とはいえ、隊では十指に入る剣客ではないか。すぐ狛野の所属隊長である五番隊の武田観柳斎の部屋に駈けこむと、観柳斎はすでに報告を受けたらしく隊の制服を着て出かける支度をしていた。

「武田さん」

「うむ?」

武田は、ふりむいて山崎だと気づくと、いやな顔をした。ふたりは、仲がよくない。

「狛野千蔵のことです」

「ああ」

「狛野千蔵は、五番隊長であるあなたまで外出を届け出ていましたか」

「存ぜんな」

武田観柳斎は、根が尊大な男で、ひどい出雲なまりでうるさそうに答えた。

「しからば勝手の外出だったわけですな」

「存ぜぬ」

「知らぬでは済まされませんぞ」

「なぜだ」

武田は、居丈高《いたけだか》になった。

すぐ虚勢を張るのは武田の癖《へき》だが、といって今日はどことなく武田の態度が妙である。が、それがどこだとは、山崎もわからない。

「知らぬではこまります。それでは武田さんの隊士取扱いの不行届きになります。第一、隊士の一人歩きは禁じられているはずです」

「山崎君」

武田は色をなした。

「私の知ったことか。隊士が脱け出して夜遊びに行く尻を、いちいち私は嗅《か》いでまわらねばならぬのか」

「しかし」

といってから山崎はだまった。

なるほど武田に理がある。

「が、武田さん、それは論だ。論は、局中では禁じられているはずだ」論、とは、弁解のことである。

山崎はこの武田観柳斎という男を、じつは面《つら》をみるだけでも嫌いなのである。いまにはじまったことではない。最初見たときからそうだった。

入隊は、山崎と同期である。文久三年初夏、新選組は公式に京都守護職御預《おあずかり》になるとともに、隊士を公募した。公募といっても、実際には、京坂の町道場に檄《げき》をとばして俠士を募りそのなかから武芸名誉の者を選んだだけのことだが、このとき採用された隊士が七十一人。多少いいかげんなのもまじっていて、採用後、機会をとらえてはふるいにかけられた。ふるいにかけるとはこの隊の場合、切腹、斬首、密殺である。

むろんその中では、武田も山崎も、群をぬいて出色のほうであった。

山崎は、前に書いたとおり、大坂の町道場から来た男で、剣のほかに棒術ができる。それに大坂の富商に知りあいが多かったから、隊費調達の面で重宝がられ、いちはやく助勤に抜擢された。

武田観柳斎は、出雲松江藩の医官の出で、武芸のほかに長沼流の軍学の免許がある、というのがこの男の特技である。この軍学の教養のあることは、剣客ばかりの新選組隊士のなかではひどくめだった。

近藤、土方は、観柳斎の軍学に惚れこんだらしい。

山崎が助勤になったとき、観柳斎も多勢のなかから抜擢されて助勤になり、池田屋ノ変で隊の組織替えがあってから、五番隊長になった。第一期公募隊士のなかでは、山崎とともに出世頭の一人といっていい。

年も食っている。

そのうえ、近藤の寵愛(これも武田の自称だが)を鼻にかけて態度はひどく倨傲《きよごう》だった。

——いやなやつだ。

と思っているのは、出世の競争相手になっている山崎だけではない。ほとんど全員がそう思っている。入隊早々のころ、武田観柳斎がいきなり大部屋に入ってきて、無礼にも立ったまま、

「諸君」

といった。

一同、おどろいた。

「ただいま拙者は」と観柳斎はいった、「近藤、土方両先生によばれて格別のお申渡しを受けた。隊士一同に長沼流の調練をせよとのおおせである」

これにはみな動揺した。同格の新規隊士のなかでにわかに権力者が誕生したことになる、ではないか。

「左様心得られよ」

その日から武田観柳斎は、新規隊士七十名を壬生寺の境内にあつめ、武田信玄の軍法という長沼流の調練をした。

近藤、土方は観柳斎によびだされて本堂の高欄から見学した。みると、なるほど高言するだけあってなかなかやる。それだけでなく、同格の隊士をびしびし叱りつけている。

「いい芸をもっている」

近藤は感心した。武田観柳斎の地位は、このとき約束されたといっていい。

観柳斎は近藤への取り入り方がじつに巧妙だった。

河原町三条の道具屋加納太兵衛をよんで、設計図を渡し、長沼流によるみごとな軍配と采配を調製し、それぞれ桐の箱におさめて近藤に献上した。

「新選組局長と申せば、一軍の御大将でございます。大将には象徴《しるし》がなければなりませぬ。これをお納めください」

「ほう」

と、近藤は単純によろこんだ。

観柳斎の智恵はそれだけではない。

この軍配と采配を、裏表に利用した。というのは、

――その軍配と采配は調練に必要なのでございます。ぜひとも先生のお身代りとして調練のときには拝借ねがえませぬか。

そうか、といわざるをえない。観柳斎は、この采配の権威を、同志にむかっては存分に利用した。

――拙者が下知するのではない。近藤先生が下知なさるのである。

これには従わざるをえない。もともと長沼流調練などはじつにばかげたものであった。首実検の作法とか、戦場での名乗りかた、馬標《うまじるし》の立てかた、旗指物《さしもの》の竿のえらびかた、などといったようなことばかりやかましくいう。新選組の最終目的は、「攘夷」にあるから、隊士一同は、こんなことで黒船を攘《うちはら》えるかと疑問に思った。

ほどなく、武田観柳斎は、隊の兵学師範になった。

が、すぐ武田の権威が堕ちるときがきた。

幕府がフランス公使の献言を容れて、仏式調練を正式に採用したからである。自然新選組でも長沼流を廃止した。

隊士一同は、ざまをみろ、と思ったが、かといって観柳斎の階級は旧のままであり、五番隊長として局の大幹部である。しかも巧みに近藤に取り入って、いろいろ

と隊士の非違を告げ口(証拠はないが)するからひそかに怖れられている。

さて。――

武田観柳斎は、五番隊の隊士を連れて出発した。

そのあと、山崎は、副長土方の部屋によばれた。

「狛野が死んだそうだな」

土方は火鉢に金網をのせて餅を焼いている。くるり、と餅をひっくり返してから、

「君は、どうする」

「どうする、と申しますと?」

「現場へ行かないのか」

「…………」

意味をはかりかねた。すでに奉行所から死体検分の報告もきているのである。監察はそこまでする必要はない。

「頭から一太刀だそうだな」

「そう聞いています」

「凄い腕だ」

土方は餅を箸でつまみあげて、あんた手を出しな、といった。

餅をくれるのかと思って掌をさしだすと、土方は笑いもせず、

「餅は私が食う。この一件に手を出してみろというのだ」

「すぐ産寧坂へ参ります」

「それがいい。馬で行けば、武田君が着くまでに到着できるだろう。この一件、すこし念を入れてもらいたい」

山崎は厩舎《きゅうしゃ》でいきのいい栗毛をえらんで、馬丁に鞍をおかせ、一散に駆けだした。星あかりで、往来は存外あかるい。

産寧坂は、東大路から清水に入る道を五丁ばかり東にのぼった東山のふもとで、このあたりは、寺、公卿の別荘、料亭などが多い。三年坂とも書く。

山崎がどっと現場へ走りこむと、死体の番をしていた奉行所同心が提灯をさしむけ、

「どなたでござる」

「新選組山崎烝である」

ひらりとおりて、死体のそばにしゃがみこんだ。同心の一人が山崎の手もとに提灯を差しかけ、一人が、山崎の乗り捨てた馬に走りよってくつわをおさえた。二人とも小刻みにふるえていたのは、むろん新選組に対する畏怖である。

山崎は必要な質問を三つ四つしてから、傷口をしさいにあらためた。

すごい斬り口である。頭を真向からやられ顔を右斜めに斬り割って右頬でとまっ

ていた。修羅場を何度もくぐってきた山崎も、こんなみごとな斬りざまをみたことがない。

狛野は、ツカに手だけはかけている。五寸ばかり抜いたときに敵刃が頭に食いこんだらしい。

「お役人」

と、山崎はいった。

「この付近の料亭、寺院をぜんぶ洗っておいてほしい。この日、武士の集会があったかどうか。それと民家も。つまり若いきれいな女の住んでいる家があるかどうか。あれば、この狛野が通ってはいなかったか、ともきいて頂く。ただし、この調べは奉行所の同僚にも他言なさらぬように」

「へっ」

新選組は、隊内のことについては徹底的な秘密主義であることを、同心たちは知っている。

「承知つかまつった」

「それから」

山崎は、もう馬の首をひきよせている。

「ほどなく、隊の人数が死体のひきとりに来る。その連中にも、私がきたということは申されぬように。繰りかえしていうが、私は新選組監察山崎烝である」

翌日、誓願寺裏に住んでいる髪結《かみゆい》「床与」の亭主与兵衛をよび出して、事件当夜、河原町の薩摩藩邸で、日没から出入りする者があったかどうかを訊いた。

「出入り、と申しますと、薩州様のご家来衆のなかで御門から出入りされたお人があるかどうかということでございますな」

「そうだ」

「そいつは――」

わからない。

「床与」の店は、薩摩藩邸の近所にある。新選組ではこの男に毎月こっそり手当を出して、藩邸の情報をさぐらせていた。が、薩摩藩というのは諸藩とちがって藩風として秘密主義が徹底しているから、「床与」に髪を結わせに来る薩摩の中間小者たちも、藩邸のうわさは一切しないのである。

「とにかく、今晩までに調べろ」

つぎは、河原町四条の餅屋治兵衛をよんだ。治兵衛も密偵である。

この男の場合は気の毒で、好きこのんでこういう危い橋を渡っているのではない。東本願寺の熱心な信徒なのである。

当時、西本願寺は勤王で、東本願寺は佐幕であった。なぜそうなったかということについては面白い話がいくつかあるが、主題からそれるために書かない。

治兵衛は、薩摩藩邸出入りの御用商薩摩屋善左衛門方に餅を納めている男で、新選組では早くからこれに目をつけ、東本願寺の寺侍某を通じて、治兵衛をなっとくさせた。

「頼んだぞ」

と、「床与」とおなじことを申しつけた。

夕刻前、例の同心の一人がやってきて、二つの事実を申しのべた。

一つは、当夜、産寧坂のまわりの料亭では武士の会合は一件もなかったという。

(そうか)

山崎が失望すると、同心はその顔色をみて機嫌をとるように、

「耳よりな聞きこみがございます。高台寺《こうだいじ》下の借家で嘉右衛門店《だな》、そう申す棟割長《むねわりなが》屋《や》が一棟五軒ございますが、その北のはしの一軒に母親と二人ぐらしの女がおります」

「なんという名だ」

「花、と申しますそうで。近所のうわさでは、ちかごろ情夫《いろ》が出来、それが侍」

「ほう」

「人相風体を調べましたところ、どうやら狛野様らしゅうございます」

山崎は、お花を訪ねた。同心のはなしではお花の母親は、女ながらもこの近所に散在する家主嘉右衛門の差配《さはい》をして暮らしを立てている。

お花、年は三十で、出戻りらしい。

いきなり格子をあけて入ると、お花はちょうど二階から火桶をかかえておりて来るところだった。

「お初にお目にかかる。私は新選組の山崎蒸という者で、あなたのことは、死んだ狛野からいろいろ伺っていた。ずいぶんとお世話になったらしい。同志として礼をいいます」

お花は、火桶をかかえたまま、茫然と立っている。小柄で、色白、単《ひとえ》のまぶた、ぽってりとした唇をもった、京にはよくある顔である。美人といっていい。

「どうぞ、……そこではあまりに」

お花はやっと火桶をおろして山崎を請《しょう》じ入れようとした。

「では、遠慮なく」

山崎が奥ノ間の床柱を背にしてすわると、お花は次の間のシキイで頭をさげ、京風にくどくどとあいさつの口上をのべた。平凡な町女だが、ただ、腰のあたりから膝にかけて、にじみ出るような色気がある。

山崎は、馴れ初めの事情をきいた。

「この上に」

お花はちょっと指で指して、

「あけぼの亭というお茶屋がおす。へい、塀から五葉の松がのぞいているお家《うち》どす」

その料亭へ、お花は、座敷のいそがしいときには台所を手伝いにゆくのだという。そこで、お花は狛野を知った。

「狛野は、その料亭によく来たのか」

「いいえ。はじめは武田観柳斎たら申すお上役に連れられてお出でどした。そのつぎはお一人で」

一人できたのは、お花がめあてだったのだろう。お花も初対面のときから狛野が嫌いではなかった。狛野は、一室にお花を誘いこむと、いきなり抱きすくめて、押し倒した。

山崎は、その一室の情景を想像して赤くなった。この男は、二十八歳にもなるのにいまだに男女の艶話《はなし》をきくと頰を染める。

「ところで」

山崎は鉄扇をひきぬいて、

「いま武田観柳斎と申されたが、観柳斎はときおりその料亭へ来るのか」

「いいえ、一見《はじめて》どす」

「はじめて？」

京の料亭は、一見の客をきらう。今日《こんにち》でもそうだが、祇園ではたしかな紹介か、古い得意客の案内がないかぎり、一見客は入れない。

「妙だな」

「いいえ、武田はんを連れておいやしたお人がおす」

「たれだ」

その男こそ、この一件を解くかぎだろう。

「われわれの同志か」

「さあ。やっぱり歴としたお武家はんどすけど」

お花は一、二度見たことがある、といったが、台所で膳部を整える下働きだから、名も藩名も知らない。

「どんな人相だ」

大男で、ひげのそり跡が青く、顔が桜色で、眼鼻だちのくっきりとしたいい男だという。

「なまり、は？」

「あ」

お花は、思いだした。

「薩摩なまりどす」

二

山崎の踏んだとおりだった。

あの斬り口は、薩摩人に相違ない。薩摩の御流儀剣法である示源流《じげんりゅう》の斬り口である。酸鼻をきわめている。

この流儀は面籠手《めんこて》や竹刀を用いず、四尺ほどの棒一本で稽古をする。はじめは、柴の束ねたものをめったやたらと打ち、つぎは足わざを練るために地上に棒を林立させ、そのなかを絶叫しながら駈けまわって打ちまくるのである。それらの技《わざ》を練りあげてから、やっと組太刀をまなぶ。

示源流は、いわば剣法の古流で、幕末に栄えた北辰一刀流、神道無念流、鏡心明智流のような精巧微妙の技は尊ばない。

太刀行きの迅《はや》さだけを尊ぶ。

敵の太刀が、面に来ようと胴に来ようと委細かまわず、ただ敵刃が来るよりも一瞬でも迅速に撃つ。

素朴だが、素朴なだけに、みごとその初太刀がきまると敵は即死する。死骸は、惨として肉塊に化してしまう。

だから、新選組では、近藤、土方がこの剣法を研究して、

――防ぎは、一つある。

と隊士に教えた。

――初太刀だけは辛《から》くもはずせ。はずしてしまえば、二ノ太刀からは他流儀のほうがまさっているから大丈夫だ。

事件から三日目に、山崎は副長土方の部屋を訪ねた。

土方は、今日も餅を焼いている。

「先生」

と、山崎はいった。

「………………」

土方は火桶に顔を伏せ、炭火をしきりと吹きつづけていた。この男は、餅を食うより、それをどう巧緻に炙《あぶ》るかということのほうに興味があるらしかった。

山崎は、かまわずに報告した。

「薩摩？」

土方は、顔をあげた。

「やはり、そうか」

この男も、狛野の斬り口の報告をきいたときから、下手人は薩摩人ではないか、と考えていたらしい。

「餅はどうだ」

と、箸でつまみあげた。今日はどういう風むきか、餅を呉れるらしい。

「頂戴します」

山崎は、掌にのせた。が、副長の前で食うわけにはいかない。

「いいよ、食ってくれ。おれがさきほどから丹精して焼きあげたものだ」

「では」

山崎は、膝の上でそれを二つに裂いた。湯気が、鼻さきに漂った。

「下手人は、武田君だよ」

土方は、いきなりいった。

「えっ」

「刀を抜いたのは薩摩人かもしれないが、武田君が手引きしている」

「しかし」

山崎は、さすがに蒼白になった。武田に対する友情からではない。土方の頭脳、行動はときどき常人でははかれぬほどに俊敏なところがある。あらたな証拠でも手に入れたのかと思い、山崎は、監察としての職務上、自分の懈怠《けたい》が気になったのである。

「し、しかし、証拠がございますか」

「証拠か」

土方はしばらく考えていたが、やがて、

「ない。が、武田君の人柄そのものが証拠さ」

といった。

(ああ、この人は)

知っていたのか、と山崎は思った。武田の性格をである。

武田は、まだ新選組の一番局長が死んだ芹沢鴨で、近藤が二番局長にすぎなかったころから、近藤、土方に、猫がじゃれるような態度で接近していた。

山崎も、なるほど負けずに接近した。当然なことであった。当時、利口な眼でみれば、新選組の主流はいずれ近藤系になるだろうということは、入隊早々の空気でもよくわかっていたからである。

が、武田とは接近の仕方がちがう、と山崎は自分を弁護していた。山崎は、武田のような阿諛《おべつか》を使ったことがない。用もないのに近藤、土方と談笑したこともない。職務以外のことで、隊士の悪口をこの二人に告げたこともない。

山崎はただ、職務に忠実なだけであった。その忠実さを近藤、土方は買ってくれて抜擢してくれた、と考えている。事実、山崎は隊内でも類のない官僚的な実直さがあった。

が、武田観柳斎はちがう。

近藤の足の裏でも舐めそうなほどの阿諛屋《おべつかや》のくせに、同僚や下僚に対しては、酷薄なほど冷たい男だった。

——それを、

と、隊士は蔭でいっている。

——近藤先生や土方先生はあれほどの方でありながらお気づきにならないのだろうか。

人間は阿諛によわい。

ふたりともいい気になっている、と山崎は内心おもっていた。が、近藤はともかく、土方はちがうようである。

「山崎君」

土方は、鋭い眼で笑った。

「ご存じでしたか、とはご挨拶だな。私は隊士のことならなんでも知っているつもりだが」——

「おそれ入ります」

山崎は、遠慮気味に微笑してみせ、

「では、とにかく調べます」

「調べる？」

土方は、意地がわるい。

「どう調べる。調べかたにもいろいろある。私に方針《がんもく》を説明してもらいたい」

「密偵を使い……」

「それは、方法《やりかた》だ。私のいうのは方針《がんもく》だ。方針がなければ、調べは散漫になる」

「つまり」

説明しようと思ったが、山崎はあることを考えて遠慮した。

実をいえば、山崎は武田が薩摩へ寝返りを打とうとしているのではないか、と想像していた。その想像を柱にして捜査しようというのが、監察山崎蒸の方針《がんもく》なのである。

事実、あの武田観柳斎ならやりかねない。ちかごろ長州征伐のやりかたをみても幕府の勢威は堕ちる一方だが、それにひきかえ薩摩藩は、あたかも新興幕府といっていいほどの勢いを示している。武田は、乗りかえようとしているのではないか。

「山崎君、武田は薩摩屋敷に通じている」

「あっ」

と、山崎は驚いてみせた。山崎には山崎らしい阿諛の仕方があるのだ。自分の鋭敏さを誇らない。そのほうが隊内で生きてゆく上で安全であり、とくに土方のような頭のいい男に対しては、このほうがよろこばれる。

「ただし、これは臆測だよ。が、監察というものはそういう臆測が必要だ。それに沿って証拠をあつめてゆけば、意外な事が出てくるかもしれない。山崎君」

「はっ?」

「心得ごとだよ」

土方の視線は、炭火の上に落ちた。

餅が、ふくらんでいる。

三

その日の午後、意外にも不動堂村の屯営に女がたずねてきた。

もともと女っ気のすくない山崎には、かつてないことである。

「雨が降りますよ」

と、若い隊士がからかった。

門前まで山崎が出てみると、高台寺下のお花である。

「いや、ここでよろしおす」
と遠慮したが、まさか女と門前で立話するわけにもいかない。
この不動堂村の新屯営には壮大な長屋門がある。門わきが門番の部屋になってい
て、土間の炉にたっぷり炭火が埋《い》けてあるから、そこへ案内した。
お花は、あいかわらずながながと挨拶したあと、
「えらいすンまへんどす」
といきなりあやまった。
「なにが、です」
「あけぼの亭に武田様を最初に連れてきたのは薩摩なまりのお武家はんやった、と
申しあげましたのは、あれは間違いどした」
「………?」
「私《わたえ》は」
と、お花の弁解がはじまった。あけぼの亭の手伝いをするようになってからまだ
程もない、店の様子もよく知らなかった、それに台所の下働きだから常連の客など
じつはよく覚えていないのだ、という意味のことを、あまったるい京言葉でめんめ
んと語るのである。
「それで？」

山崎は、いらいらしてきた。

「へい。薩摩なまりのお武家はんはあれは別のお部屋のお方で、店の古い仲居《おなご》はんにきくと、武田様は新選組に入隊《はい》らはる以前からの古馴染《なじみ》やったそうどす」

(ふむ？)

武田に頼まれてこういう訂正を申し入れてきたのかと疑ったが、お花の顔つきをみるとそういう芸のできそうな女ではない。

「たしかですな」

「へい。それと」

お花はせかせかという。

「その薩摩なまりのお武家はんというのは、薩州屋敷の中村半次郎はん（後の桐野利秋・陸軍少将、西南ノ役で西郷方の総指揮官として戦死）どした」

(えっ)

中村ならやる。

いや、中村以外にあれだけの太刀わざの者は、いかに薩摩でも数はいまいと思った。洛中、志士の仲間では人斬り半次郎といわれた男である。

それに、単なる剣客ではない。西郷、大久保、小松などをのぞいては京都の薩摩藩邸における若手の実力者で、諸藩の脱藩浪士と交遊し、新選組、見廻組に追われている者がこの人物をたよって薩摩屋敷にさえ逃げこめばかならずかくまうといわれた。

この男についてはいま一つ風説がある。不発におわった事件だが、去年の暮、諸藩の脱藩浪士が東山妙法院に集まって新選組屯所襲撃の密謀を企てたとき、その黒幕に中村がいたという。

この密謀は、西郷が中村を叱りつけたために実行にいたらなかった。西郷にすれば、当時の情勢では会津藩との協調がなお必要だったからである。

それに、新選組のほうでも、できるだけ薩摩藩邸を刺激しないようにしていた。新選組が目の敵にしていたのは、長州、土州系の志士がおもで、路上でたとえ闘争におよびかけても、相手が、

薩摩藩士

と名乗れば、隊士はみな白刃を引く。これは京都守護職会津松平家の用人からの通達なのである。幕府側では、諸藩のうちで最大の軍事力をもつ薩摩藩が、公然と倒幕の戦列に加わることを怖れていた。

が、薩では、この藩は京都屋敷を根城にして浮浪の討幕運動家と連絡しつつ、隠然として秘密政界の大黒幕になっていることもたしかなのである。

それが最近では露骨になってきた。

もし中村が対新選組工作をしても、もはや西郷は制止しないはずだった。むしろ西郷が中村をして新選組切り崩しの密計を遂げさせることとさえ考えられる。右が、山崎の知識である。

「もう一度念を押すが」

山崎は、お花にいった。

「たしかに、武田君と中村半次郎とは、一緒にあのあけぼの亭に行ったことはないのですな」

「へい」

「たしかか」

「間違いおへん」

武田の薩摩臭はこれで抜けたことになる。

山崎は当惑した。そうと決めこんでいる土方にどう報告したらいいだろう。

お花が引きとったあと誓願寺裏の「床与」の亭主がやってきて、

——藩邸の出入りはわからない。

という。が、あの当夜、この男の女房が日暮れ前に東山の馬道に行っての帰り、祇園石段下で中村半次郎とすれちがった、ともいった。

「すれちがって？　中村はどうしたか」

「へい、中村様は安井天神の方角へ」

「行ったか」

「へい」

「というと、方角でいえば、たとえば清水産寧坂へ行く途中であるともいえるな」

「方角では、そうなります」

「そうか」

中村が、狛野斬りの下手人である、とみていい。

が、じつをいうと狛野の下手人が薩摩のたれであろうと、山崎はかまわないのだ。そんなことよりも新選組五番隊長武田観柳斎が、薩摩藩士と通謀しているという証拠を知りたいのである。

(証拠。——)

が、ない。その証拠を知ることが、土方から与えられた任務である、と山崎は信じていた。

四

日が過ぎた。

狛野千蔵はすでに壬生墓地で卒塔婆になり、やがて石塔にかわったが、事態は依然としてかわらない。

山崎は他の仕事に忙殺されて、気になりつつもこの一件から遠ざかった。

が、時勢は動いている。

正月、薩長両藩が秘密同盟をむすんだらしいという情報が京都守護職に入った。それに六月、幕府の長州に対する軍事行動が連戦連敗で、威信がにわかにおちた。それに乗じて薩長土をはじめ諸藩の縦横家がしきりと京で密会し、一時沈滞していた京都の秘密政界がにわかに活況を呈している。京都の町人でさえ、いずれ禁廷様の世になる、と放言する者が出てきた。

土方は、隊内でもその時勢に影響されて動揺する者が必ず出る、と見込んでいた。動揺するむきは、わかっている。隊内の教養派である。教養があるだけに時勢に敏感で、新選組の足もとの砂が、急速にくずれつつあることをかれらは感じとっているはずである。

むろん、これは土方の仮定で、証拠はない。証拠は「人間」である。無茶なようだが、土方の考えでは、裏切る人間は、うまれつき裏切るように出来あがっている。人間ほどたしかな物的証拠はない。裏切る人間は、ふしぎと教養があった。

隊内で教養があって時勢に鋭敏な者はたった二人しかいない。

参謀　伊東甲子太郎《かしたろう》

五番隊長　武田観柳斎

である。

まだ通敵の気配はないが、通敵するおそれはある。理由は学問がありすぎる。

——早目に始末することだ。

が、まずいことに、局長近藤は、なおもこの二人を信頼している。信頼しているどころか、かれらの教養を頼りにしていた。

たとえば去年、幕府は長州に対する訊問使として正使永井主水正《もんどのしょう》、副使戸川鉡三《はんざぶ》郎《ろう》を派遣し、広島で長州藩の代表者と会見した。このとき近藤は守護職から命じられて長州側の様子を内偵するため正使永井の家来という名目で広島へ下っている。このとき近藤がとくに選んで連れて行ったのは、伊東と武田であった。かれらの教養を買ったのである。

だから、土方は仕事がしにくい。というより、一細工する必要があった。

八月のある日、大坂探索に出かけていた山崎がひさしぶりで帰営すると、土方に呼ばれた。

「山崎君、なにか忘れているね」

にやにやしている。

「は？」

「無理もない。監察部はこのところ多忙すぎるようだ。去年の暮の一件。例の清水《きよみず》産寧坂《さんねいざか》だよ」

「ああ、狛野千蔵の」

「いや、武田観柳斎の一件」

土方は、たくみにすりかえている。武田はこの一件に無関係で、しかも薩摩藩とはどういう繋がりもないことを、あのとき山崎は報告したはずなのである。

「しかし」

と山崎は、土方の顔色をうかがった。土方が何を自分に要求しているのかを知りたい。

「いや、あのとき君からの報告をきいて、私も武田君のために安堵したが、最近、あの報告とはすこし毛色のかわった情報《はなし》を私はきいた。密告した者の名は伏せておく」

「…………」

「やはり、武田君はしきりと薩摩屋敷に出入りしているらしい。隊の機密を売りこんでいるという。訛伝《かでん》であると信ずるが、耳にした以上、捨ててはおけない。武田君の疑いを晴らすために、調べていただく。最近の武田君の行動を五番隊の隊士から逐一ききとってほしい」

「はい」

と山崎の顔は、まだ晴れない。土方の真意がつかめないからである。

「ただし」

土方は、いいそえた。

「五番隊の隊士一同に、監察である君が直接ききまわるのは、さしさわりがある」

これは当然だろう。

「藻谷《もや》君がいい」

因州浪士である。藻谷連《もやつらね》。五番隊の武田の配下で、槍が少々使える。

「藻谷君を使うがいい」

(藻谷を?)

意外な指名である。詩吟がうまいほかは何の取り柄もない男だし、第一、土方と親しくない。おそらく土方は直接藻谷に声をかけたことなど、ないにちがいない。

「とはいえ山崎君、この一件に関し、一切私の口から出たとは藻谷君には洩らさぬようにねがいたい」

「承知しました」

すぐ、山崎は藻谷を自室に呼んだ。藻谷は痩せがたで整った顔をしている。一見、才子にみえる。が、根は利口な男ではない。無能なくせになかなか大言壮語する人物で、隊内では軽侮されていた。

「藻谷君、実は」

と山崎がいいかけたが、藻谷が蒼白になってふるえているのに気づき、口をとじた。

「どうしたのだ」

「いや、なんでもござらぬ」

意外に可愛い眼だ。

その眼が、おびえている。おそらく平同士の末席の身で、山崎監察の部屋に一人呼ばれたことが、この男には堪えられないのだろう。大言壮語するくせに、思いきって小心な男なのである。

そうみたとき、利口な山崎は、土方がなぜこの藻谷を選んだかがわかった。

急に山崎は明るい顔をして、

「頼みとは、こうだ」

と、武田にまつわる怪説を伝えた上、「それとなく挙動を見張っていてもらいたい」といった。

「それは、つまり」

「質問はいい。それだけのことだ」

追い返した。

それから二、三日後のことである。隊内で奇怪な風説が流れたのは。

武田観柳斎が、薩摩藩と通謀しているという。——しかも河原町の薩摩藩邸から出てくるところをみた者がある、という説をなす者さえあって、山崎の耳にまで入った。

(おどろいたな)

効果に、である。

藻谷の小心な性格からみて、秘密の重さにたえかねてしまったらしい。まるで肩の荷をほうりだすようにして、同僚の背にのせた。つまり、洩らした。同時にこの大言壮語家は、そのことを知っていることが、自慢だったらしい。ほとんど油紙に火がついたように隊内にひろめてしまった。

(人間、どんな男でも使い途があるものだ)

山崎は、感心した。土方はそこまで読んで藻谷を指名したのだろう。

ところで、武田観柳斎のような男にも、親しい同僚がいる。

それがうわさをききこんで、武田の耳に入れた。

おどろいたのは、武田観柳斎である。

五

武田は、薩摩人には、一人の知人もないのである。むろん濡れ衣だが、内心ぎくりとせぬでもなかった。

薩摩人を知りたい。

そう思っていた。参謀の伊東甲子太郎が、まだ天下を周遊する処士であったころ、薩摩藩の西郷などと一面識があったらしい。伊東が薩摩藩の様子に明るいというだけで、武田は最近、にわかに伊東にいんぎんを通じはじめていた。伊東を通じて、薩摩藩士の一人や二人は知りあっておきたいと思ったのである。

怪説は、その矢先きだった。武田は仰天した。しばらくこの衝撃で血の気を喪っていたが、といってうわさのもとを糾明しようとしない。これは武田観柳斎が奇妙なのではなく、新選組にあっては常識だった。うわさが出てしまえばそれが最後であった。斬られる。例は、数えきれないほどあった。武田もまた、そういうことで、同志を暗殺してきた。

(どうする)

問題は、それである。行動をおこすことであった。

武田は、その夕、堀川の足袋屋の離れに借りている休息所にもどると、すぐ茶漬を食い、日没を待って東へむかった。

訪ねたのは、河原町四条に店舗をもつ薩摩藩邸御用の薩摩屋善左衛門方である。

「あるじはおられるか」

雲州松平家浪人、とかいた名札を出し、しかも両刀を脱して土間のすみへ置き、

「折りいってねがいがござる」と若い手代にまで卑屈に頭をさげた。

善左衛門は、簡単に会ってくれた。肚のすわった男らしく、この浪人が、じつは新選組五番隊長武田観柳斎と改めて名乗りなおしたあとも顔色もかえず、

「御用は？」

といった。

「唐突ながら」

武田は懐ろから手紙をとりだし、「ぜひこれを薩州の中村半次郎どのまでおとどけねがいたい。いや、書面にある条々、これは公務のことではござらぬ。内密の私《わたくし》ごと。私ごとでござる」

洟《はなみず》をすすりあげるような声でいった。善左衛門はなんとなく哀れにおもい、

「承知つかまつりました。早速、手前がおとどけいたしましょう。お返事は、書面で頂戴しますか、それとも」

「いや、ここにて、もしお手前さえお許しくださるなら、ここにて待ちとうござ

る」

「では、早速」

善左衛門は気軽に出て行ったが、すぐもどってきて、

「御屋敷まで御足労あるように、との中村様の御返事でございました。手前が案内つかまつります」

「あっ」

立ちあがっている。

大刀は薩摩屋にあずけ、脇差だけを差して出かけた。藩邸は、真向いである。道を横切りながら、

「中村半次郎殿とは、どういうお人柄でござる」

「なかなか、さっぱりしたご気象で、お屋敷ではお中間小者《こもの》衆にまで人気のある方でございますよ」

善左衛門はにこにこ笑って教えてくれた。

小門を入ると、若侍二人が前後に従って長屋の一室に武田を請じ入れた。

ほどなく中村半次郎がやってきて、あいさつをかわすなり、

「お手前、御佩刀はどうなされた」

「いや、何分お初に御面晤《ごめんご》を得るのでござるゆえ、向いなる薩摩屋に残し置いて参

上いたしました」

「ははあ、それはお気遣いなこと」

半次郎も、なかばあきれている。武田観柳斎にすれば新選組隊士である自分に対し、無用の警戒をさせまいという配慮だったのだが、武士が大刀を脱して他藩の屋敷に来るなどは、降伏したも同然だった。

もっとも、武田の書面は、降伏よりもひどかった。拙者かねて尊王の志篤く、いまの一味と相容れない、爾今、貴藩と通謀したい、存分にお役に立たせていただくかわり、もし隊内で露顕のあかつきは貴藩邸に駈けこみますゆえよろしくお匿いねがいたい、ということを、措辞《そじ》荘重にしたためてある。

「委細わかりました」

そう、中村は愛嬌のある薩摩言葉でいった。しかし、どうわかった、とはいわない。

あとは、雑談になった。中村はいかにも大気者《たいきもの》の様子で、自分から求めて新選組の内情をさぐるような質問はしない。が、武田のほうがしきりと相手の気を汲み、大小となく隊のことを物語った。

中村はそのつど、

「ほう」

と驚いてみせたり、

「なるほど左様なものでありますか」などと丁重にうなずいたりする。

藩邸から送りだすときも、

「ときどき、お遊びにおいでください。こんどは、今日のようなお話ではなく、もっと国事に関する御高見をうかがいたいものです」

「は、そのときは大きに」

「それから」

中村は、くすりと笑って、

「佩刀のことは、次からは今日のようなご遠慮は御無用にねがいます。わが藩にかぎりそれほど貴殿がたを恐れてはいませんから」

痛烈な皮肉である。

が、武田にはわからない。

天にものぼるような気持で、堀川の休息所にもどった。

その翌日には、山崎の手に、昨夜の薩摩屋善左衛門における武田観柳斎の挙動が、目にみえるような伝え方で届いていた。

例の東本願寺門徒餅屋治兵衛からの報らせであった。報らせによると、治兵衛の女房がたまたま餅の注文をきくために薩摩屋の土間に来ていたという。

わざわざ探《さぐ》ったものではなく、たまたま現場に居あわしたはなしだけに、武田の挙動が手にとるようになまなましい。

山崎は、早速、土方に報告した。むろん山崎はよく心得ていて、武田はついにわなにかかった、などという表現は一切せず、ただ、

「事実でした」

と、ただそのことだけを伝えた。土方はゆっくりうなずき、

「やはりそうだったろう」

といった。顔色も変えない。山崎はこのときあらためて、もしこの男が戦国の世にうまれておれば、四隣を斬りとって一国一城のあるじになっていたろう、と思った。

六

それからほどもない。

慶応二年九月二十八日の夕、近藤は屯営の自室に武田観柳斎をよんだ。

副長土方歳三がいた。

参謀伊東甲子太郎もいる。

そのほか、一番隊長の沖田総司、八番隊長の藤堂平助、十番隊長の原田左之助、

それに隊の剣術指南役斎藤一《はじめ》。

すでに席上に酒がまわっている。

近藤は、入ってきた武田観柳斎を手まねいて、

「本夕《ほんせき》は、お手前がお正客《しょうきゃく》だ」

とむりやりに上座にすえ、局長付の隊士に酒を注がせてから、

「きくところによれば、お手前は、ちかくこの不動堂村を去って薩摩屋敷にお入りになるそうである」

あっと思ったが、近藤はあの骨ばった顔を崩せるだけ笑い崩して、

「めでたいことだ」

といった。

武田は八方弁解したが、近藤は、「いいではないか。節を変ずるにはよほどの御存念があったのだろう。いずれにせよ男子の別れである。わだかまりなく別杯を汲みたい」といって武田の陳弁をきかない。

ついに、武田も観念した。

そこは、新選組に入って一手をあずかってきたほどの男である。

「左様か」

と、度胸がすわってしまえば、人変りがしたかと思うほどにみごとだった。

武田はゆったりとあぐらをかき、さされる杯はことごとく受けた。

——酔った。

と思うころおい、近藤が手をあげて、

「斎藤君」

と、この隊中屈指の剣客の名をよんだ。

「武田君はだいぶ酔っておられる。薩摩屋敷までお送りするように」

「いや、それは」

武田が手をふったが、すでに斎藤は先きに立って部屋を出てしまっている。

屯営の長屋門を出ると、東山の方角にみごとな月がかかっていた。

小者が、提灯をさし出す。斎藤が、

「要るまい」

と、武田に微笑《わら》いかけた。

武田も、さすがにしぶい顔をして、

「要らぬだろう」

と、歩きはじめた。

武田は、下京の町並を黙々と東を指して行く。月が次第にのぼってくる。

ついに、河原町筋を越えた。これを北に折れれば、薩摩屋敷である。

が、武田は、なおも東に行く。ついに鴨川沿いの細流にかかる銭取橋《ぜにとりばし》までできた。橋は私設のもので、欄干もない。橋を渡れば、竹田街道である。

ついに斎藤は業《ごう》をにやして、

「武田君、どこへ行かれる」

「故郷出雲に帰る」

「ほう」

といったが、斎藤はすでに刀のツカに手をかけている。

「武田君、よろしいか」

「心得ている」

武田は腰をひねるなり抜き打ちで斎藤の面上に浴せかけたが、斎藤の撃ちのほうが一瞬はやい。キラリと抜きあわせるなり逆胴を真二つに抜きうって、数間むこうに飛んでいた。武田観柳斎、即死。

虎　徹

一

芝愛宕下の日蔭町の通りは、戦前までその名残りがあったが、通りの南北にかけて、ずらりと刀屋が軒をならべている。

文久三年正月のある日、そのうちの一軒の相模屋伊助の店に入ってきた武士がある。

年は三十前後で、髪を総髪にむすび、紋所は丸に二ツ《ふた》引両《ひきりよう》、黒羽《くろは》二重《ぶたえ》の羽織に仙台平のはかま、といった立派な服装だが、供はつれていない。

それに、粗野で鋭すぎる容貌をみれば、代々高禄をとってきた者の家系ではないことがわかる。

「へっ」

と、伊助は小腰をかがめて出てきた。おもわず平伏したのは、相手の威にうたれたといっていい。

「どういうお申付けでございましょう。承りますでござります」

「そのほうの店に、虎徹《こてつ》はないか」

と、武士はいった。

伊助は、こまったな、とおもった。じつは無い。が、無い、というのはあきんどの禁句である。

「ただいま、こちらのほうには置いておりませぬが、早速手配りしてお目にかけとうございます。して、おもとめの品はどのような」

「いや、虎徹でありさえすればいい」

大小いずれでもかまわぬ、と武士はいうのである。しかし、虎徹は、若いころの作刀と晩年のそれとは、値がうんとちがう。一口《ひとふり》数百両というものまである。伊助は、この武士の肚積りが、どれほどかをきいておきたかった。

「おそれながら、どれほどのお心積りでいらっしゃいましょう」

「二十両」

（こいつは田舎者だな）

虎徹が、いまどき二十両やそこらであるはずがない。が、伊助は丁重に頭をさげて、

「よろしゅうございます。して、どちらへお届けに参上すればよろしゅうございましょう」

「小石川の柳町の坂の上に試衛館という道場がある。そこにいる。私の名は、近藤という」

「はい、近藤さま」

伊助は気軽に叩頭した。眼の前の武士が、ほんの数ヵ月後には、京にのぼって新選組局長として京洛を戦慄させる男になってゆくとは、神ならぬ伊助には知るよしがない。

「火急にだぞ」

「承知しましてござります」

伊助はすぐ同業仲間に手くばりして、虎徹の有無をしらべた。

が、返事はどれもこれも思わしくない。

もともと、「虎徹とみたら偽《にせ》とおもえ」とこの業界でいわれているほど、虎徹にはにせものが多い。贋物《がんぶつ》が多いのはそれだけ需要も多いのだ。

「二十両で虎徹？」と同業者で嗤《わら》う者もいた。「それァ、お前さん、むりだ。贋物の上作でもそれくらいはするよ」

「なに、わかってるさ」

伊助もふるい商人だから、それは百も承知である。

虎徹は江戸初期の刀鍛冶で、正しくは、長曾禰《ながそね》コテツ入道興里《おきさと》（最初、古鉄《こてつ》、晩年は乕鉄)。

もともと越前の人で、はじめはすぐれた甲冑師であった。ところが大坂ノ陣がおわってから甲冑の需要がなくなったため、決意して江戸に出、刀鍛冶に転向した。このとき五十である。晩年に転業してしかもその道で名人の名をのこすなどは、奇蹟にちかい。底知れぬ天才だったのであろう。七十余歳で死ぬまでのあいだ、作刀の上でいくつかの前人未踏の境地をひらいている。が、作品の数は多くはない。

虎徹の鍛刀は、姿《なり》こそわるい。しかしその鋭利なことは、平安、鎌倉の古鍛冶でもおよぶものはすくないといわれている。

石灯籠切《いしどうろうぎり》
という虎徹の名品がある。かれの晩年、久貝《くがい》因幡守(忠左衛門)という大旗本が虎徹に注文したもので、虎徹入道ができあがったものを持ってゆくと、因幡守が意外によろこばなかった。

(これが評判の虎徹か)と因幡守はおもった。

あたらしい芸術品というのは、つねに抵抗にあうものだが、虎徹の姿《なり》にも、最初のひと目がわるく、一種の不快感をおこさせる。が、身辺に永くおけばおくほどその姿がおちついて来、ついにはこれこそぬきさしならぬ姿だ、とまで惚れこませる力をもっているのだが、因幡守はそこまでの眼識がない。

虎徹入道は、いきなり立ちあがった。

——お気に召さぬか。

というなり、刀をつかみとって庭へとびおり、ぱっと飛びあがって松の太枝を斬った。おどろいたことに太股ほどの枝が大根のようにサクリと切れ、さらに力あまって枝の下の石灯籠の笠に刃があたった。その笠まで何寸か切りこみ、しかも刃こぼれ一つしなかった。久貝因幡守は大いに怖れ、虎徹に無礼を謝し、刀を納めた。

それ以来虎徹の評判はいよいよ高くなった。

それほど、切れるものだ。江戸時代の心掛けある武士はあらそって虎徹をもとめた。(東京国立博物館の佐藤寒山博士がかつて山形県下で登録されている虎徹を調査された。この一県だけで、約二百口あるという。しかも博士の眼からみると、正真正銘とみとめられるものは十二、三口しかなかった。この比率で考えると、贋虎徹が世にどれほどあるかわからない。)

(どうせ、値の安い若作《わかさく》か焼身《やけみ》でいいんだ)

と伊助はおもった。

しかし、いざ駈けまわってみると、日蔭町はおろか江戸じゅうの商売仲間にたのんでも、その値ごろの虎徹がみつからない。

——一方、近藤は。

ている。

当時、柳町の小さな町道場の養子だったこの男にも、身辺に大きな変化がおこっている。

幕府が官設の浪士団（新徴組）をつくるというので江戸じゅうの道場に檄《げき》がまわっていた。近藤は土方歳三、沖田総司、井上源三郎、永倉新八、原田左之助、山南敬助、藤堂平助ら道場試衛館の門人食客とともに応募することになり、牛込二合半《こなから》坂《ざか》に屋敷をもつ幕府講武所師範役松平上総介《かずさのすけ》忠敏をたずねて、すでに採用も内定されていた。

支度金もわたった。

京にのぼれば、そこが戦場になる、と決意した近藤は、この支度金のすべてをはたいて永年あこがれていた上作の刀をもとめようとおもったのである。

「それにはやはり虎徹でしょう」

と、食客の山南敬助が教えてくれた。山南はじつに物識りで、この男のはなしでは、さる大名が公儀首斬役人山田朝右衛門に依頼して虎徹の試し斬りをやったことがある、という。

試し斬りは、地上に竹グイ数本を打ちこんで罪人の死体を固定し、まず死体の摺《すり》付《つけ》（肩）から斬りはじめる。ついで二ノ太刀は毛無《けなし》（脇毛の上）、三ノ太刀は脇毛のあたり、さらに、一ノ胴、二ノ胴、肋《あばら》の八枚目、両車（腰）とつぎつぎと斬っていくのだが、虎徹のばあい、刃が骨肉に吸いこむように切れ、しかも掌《てのひら》にほとんどてごたえがなく、水もたまらなかった、という。

「それほどのものか」

近藤の執心は、このときからおこった。

「山南君、あんたは虎徹をみたことがおありか」

「いやいや、恥ずかしながら小身育ちですから、評判はきいていても本物をみたことがありません。お購《もと》めになれば、ぜひ眼福《がんぷく》にあずからせていただきたいものです」

相模屋伊助が柳町にたずねてきたのは、正月も半ばすぎたころである。

「いよいよ出来《しゅったい》いたしたか」

「へい」

伊助は風呂敷を解き、刀箱をひらき、やがて白装《はくそう》の一刀をとりだした。

「無銘ながらも長曾禰虎徹入道興里に相違ございませぬ」

「おお」

奪うようにして近藤は受けとり、スラリと抜くと、鍔先《つばさき》二尺三寸五分。中背《ちゅうぜい》の近藤にはぴたりとあつらえたような寸法である。

反《そ》り浅く、肉厚く、刃文《はもん》が大みだれにみだれ、いかにも木強《ぼっきょう》な感じがするなかに、骨を噛みそうな凄味がある。というより、その凄味を、外見の朴訥《ぼくとつ》さで必死に押しつつんでいる気色《けしき》は、どこか近藤という男に似かよっている。

「気に入った」

近藤は鞘におさめ、伊助の要求する二十両をあたえた。ついでにこしらえも依頼して、

「こしらえは、鉄がよい。鍔《つば》は武蔵鍔（宮本武蔵の考案といわれているもので、八角の肉厚の鍔）をえらんでもらいたい」

「へへっ」

ほどなく、伊助は注文どおりにつくりあげて持参してきた。近藤はこの武骨なこしらえも気に入った。

かれが、この一刀をたずさえて同志とともに江戸を発ったのは、文久三年二月八日であった。

二

新選組が幕府の公認でかつ官制によらざる団体（法的地位は京都守護職である松平容保の御預《おあずかり》浪士組）として正式に発足したのは、文久三年三月である。

発足当時、局長は三人いた。芹沢鴨、新見錦（いずれも、近藤系隊士の手で暗殺、

謀殺された）についで次席が近藤であった。

発足当時、隊士の人数もすくなかったうえに、近藤の立場もかるかったから、みずから隊士をつれて市中巡察に出ることが多い。

この日、山南敬助、沖田総司、それに下僕の忠助（のち馬丁。威勢のいい男で流山《ながれやま》で近藤が捕縛されるまでつきそい、その後は土方歳三について函館五稜郭まで行った）がつき従っている。

夕刻、祇園町《ぎおんまち》の会所で休息し、町役人をよんで界わいの出来ごとをきいたあと、河原町御池の長州藩邸の前を通って河原町通りを南下し、おなじ通りの土州藩邸のまえまできたとき、町が昏《くら》くなった。

「忠助、灯を入れろ」

へっ、と忠助がしゃがみこんで燧石《いし》を打ったが、どうしたわけかうまく出ない。

「おい、出ないのか」

「ちぇっ、京は燧石まで悠長にできてやがる」

横からのぞいたのは、沖田総司である。気さくな男だから、

「よしよし、そこのすし屋で火をもらってきてやる」

と、あたりを見まわした。ちょうど土州藩邸のすじむかいにすし屋がある。すでに軒下のせいろの薪火は落してしまっているが、軒行燈に灯が入っているところを

みると、店はまだ仕舞っていないらしい。

その軒行燈をはずせば用が足りるのだが、沖田は妙に丁寧な男で、亭主にことわるためにガラリと格子戸をひらいた。

足をふみ入れたところが土間で、土間の四すみは畳敷きの床《ゆか》になっている。客は武士ばかりである。

みな、ぎょっとしたような眼で、沖田をみた。

(臭いな)

と沖田がおもったのは、すでにせいいろの火がないというのに、武士たちの様子では、すしの出来あがりを待っていることだった。

(密議か)

人数は、五人である。むかいは土州藩邸だが、土州藩士ではない。土佐はサカヤキがせまく、刀が長いからひと目で識別できる。人相、素ぶりからみて、最近、洛中に三百人は流入しているという諸藩の脱藩浪士だろう。公儀の文書語でいえば「浮浪の者」という連中である。

「何用だ」

と、一人が刀をひきよせ、居丈高《いたけだか》に沖田にいった。ほおい、骨のおそろしく張った男で、眼がつりあがり、唇の皮が荒れている。

「いや、これはおそろいのところ恐縮です。じつは亭主にたのんで提灯の貰い火をしようと思いましてね」

「それにしちゃ、手に提灯をもっとらんではないか」

「提灯は路上においてあります。なに、造作はない、付木《つけぎ》にちょっと貰えばいいんですよ」

「何藩だ」と、別の一人がいった。

「おどろいたな」

沖田は、笑った。

「京では、すし屋に入っても、何藩の何某であると名乗るのですか」

「不審があるからだ」

「いやだなあ」

沖田は、亭主から付木をもらい、その硫黄くさい焔をタモトでかばいながら、

「私は沖田総司。新選組副長助勤」といった。

一瞬、シンとした。が、浪人たちはすぐ色をとりもどして、それぞれが刀をひきよせた。相手は一人だ、とタカをくくったのだろう。

「待った」と沖田はいった。

「店が迷惑する。やるなら表へ出なさい。名乗った以上は、存分にお相手します」

と、年がしらの武士が、一同を眼でおさえ、沖田に軽く頭をさげた。

「御無礼した。おわびする」

「そうですか」

沖田は、後ろ手で格子をあけながら、

「いいんですよ、わかってもらえば。またお会いするときがあるでしょう、あいつはそのときに」

暗い往来へ出た。近藤らが、待っている。

沖田は誠の字の隊章の入った提灯に火を入れ、忠助にもたせると、近藤にたったいまの一件を告げ、

「どうも臭いように思うんです。このさきの辻番所で待っていてください。私は残って、すこし様子をみます」

「そうか」

近藤は、沖田の報らせを待つために錦小路の番所へ入った。ついそばに薩摩屋敷があり、このあたりは、京で連日のように天誅さわぎをおこしている「浮浪」の巣窟といっていい。

が、すぐ沖田は駈けもどってきて、

「いや」

「散ったらしいです」

ばか、という顔を近藤はしてみせた。不快だったのは、今夜こそ「浮浪」を狩れるかと思ったのだ。京にのぼってからまだ日が浅く、人というものを斬ったことがない。

このあと、巡察をつづけた。蛸薬師に出た。すでにどの家も灯が消えている。この東西の筋を一巡し、尾州藩邸で休息した。藩邸では公用人の間に通され、酒肴が出た。尾州家の役人としてはありがたい客ではないが、機嫌を悪くされたくないので、公用方でもとくに世なれた松井助五郎という老人が接待に出た。

ところが、この老人は刀の鑑定《めきき》ができる。自然、話題は刀剣のことになった。

「京で奇怪なうわさがありましてね」

と、松井老人はいった。

「薩長土三藩の過激有志のなかで、村正が流行しているそうです」

「ほほう、どういうわけです」

「村正は代々徳川家に不吉をなしたということで妖刀として世間で忌《い》まれてきましたが、それをことさらに買いもとめて帯びている者が多いらしい。この事実をもってしても、三藩の激徒は口に尊王攘夷をとなえているが内心は討幕の意思をもっていることはたしかです」

「なるほど」

近藤は、村正などには興味がない。自分の佩用《はいよう》の刀を松井老人にわたして、

「虎徹です。鑑定《めきき》ねがいたいものです」

「拝見。――」

老人は、ものやわらかな手つきで、刀をぬいた。が、すぐ鞘におさめて、

「眼福《がんぷく》でござった」

といった。近藤はつぎの言葉を期待した。が、老人はすぐ話題を世間ばなしに移して、ついに刀の批評をもらさなかった。

「いかがです」

とは、近藤もいわない。いったいに無口な男で、他人の話は面白そうにきいているが、自分から議論を展開するということはほとんどなかった。単なる無口なら愚者である。が、近藤の場合、肚のなかでは、数百語が煮えかえっていた。近藤は松井老人の不遜な態度を憎んだ。手にとった以上、なにがしかの評語があってしかるべきではないか。

一同が、尾州藩邸を出たときは、すでに町は寝しずまっている。

月が出ていた。

四人は、月にむかって歩いた。ちょうど十五夜で、月は東山の上に浮び、いかに

も多湿な京の春の月らしくおぼろにかすんでいる。

「忠助、提灯を消せ」

と、近藤はいった。

路上は、あかるすぎるほどである。

烏丸筋に出たとき、にわかにあちこちで犬が鳴きはじめた。沖田がちょっと肩をしゃくって、

「妙ですね」といった。

「なにがだ」

「犬の声が、ですよ。遠吠えの声はべつとして、一頭だけ妙に必死な声がする」

「沖田君、季節だよ、犬の恋の。――」

と、横から山南が、この男らしくわかったようなことをいった。が、沖田はめずらしく生真面目な表情で、

「山南先生、お言葉ですが、私は犬が好きなんですよ。犬のことなら、多少先生よりは知っています」

だから余計な口はききなさんな、と沖田はいいたかった。沖田は、この山南敬助の仔細《しさい》ぶった利口づらがどうも好きではない。

近藤局長に虎徹をすすめたのも、この男である。虎徹についてなにも知らないく

せに、弁口達者に議論をする。虎徹が第一、二十両でころがっているものか、と若い沖田でさえ思っている。

「なんの犬かね」と、近藤がいった。

沖田は、「犬の声を求めて行ってみればわかるでしょう」と、烏丸筋を、さきに立って南下しはじめた。

錦小路をすぎ、四条通りまで出たとき、沖田は四ッ辻に立った。

東の角に、芸州藩の藩邸がある。べつに異変はなさそうだった。

西の角は、町家。

それを一軒おいてさらに西に入った南側に土蔵造りの巨邸がある。それが、大坂の富商鴻池《こうのいけ》の京都別邸（のち、鴻池銀行支店）であることは、ここにいるたれもが知っている。

「犬は、鴻池邸内で鳴いている」

と、沖田はいった。

そうか、と近藤はすぐ、山南を鴻池邸の西角、沖田を東角にひそませ、自分は忠助をつれて門に立った。

「会津中将様御預、新選組の者である。御用によって改める。開門されよ」

これを三度よばわった。が、三度目の声に応ずるように意外なことがおこった。

内側から、塀の上にむくりとした人影が盛りあがったのである。

二つ。

それが、五つになった。

最初の二人が、路上にとびおりた。

「何者か」

近藤は腰をしずめ、ツツと寄った。

あっ、と相手はおもったのだろう、一せいに足をとめた。が、敵が、武士らしい男と小者一人と知るや、

「邪魔だてして怪我をするな。かねて攘夷御用金を申しつけてあったものを、ただいま受けとりの上、退散するところだ」

これが、京大坂ではやっている。「浮浪」の徒が、尊攘資金借入れと称して夜中富家へ押しこみ、金を強奪して退散する。御用盗といわれるものがそれで、このため京大坂の町人がひどく難渋した。

「わかった」

特徴のある低い声で、近藤はいった。

「われらは、市中巡察中の新選組である。不審があるから、盗品をもったまま、屯所まで同道しなさい」

むろん、相手は沈黙している。首領株の男が、大剣をぬいた。それを合図に他の四人が一せいに抜きつれ、一人が上段にふりあげるなり、疾風のように斬りこんできた。

近藤は右足を一ぱいに踏みだし、右肩を沈め、ツカをにぎっている。

だっ、と相手が撃ちこんだとき、近藤の体は右へ飛んだ。背後では相手が胴を真二つに撃ちぬかれて、絶命していた。

右へ飛んだ近藤は、放胆にも首領の正面三尺ばかりの間合《まあい》へ出、いきなり片手で右面を撃った。首領はおびえて身をしずめたのが、不運だった。近藤はその頭上へ二ノ太刀をふりおろし、頭をたたき割った。刀は、うそのように相手の脳骨へ吸いこまれた。

(斬れる。さすがは虎徹だ。……)

ほとんど、手ごたえもない。しかも竹刀よりもはるかにあつかいやすく、撃ちのすさまじさは、胴田貫《どうだぬき》に似ている。

刀は、持ち手によって魔力をおびるものだ。

斬れる、と信じたとき、近藤はおそらく実力以上の使い手になっていた。足腰から火花が出るような身動きで、ひらっ、ひらっ、と動いた。そのたびに、相手の血肉がとび、路上は血の匂いで満ちた。

逃げようとした一人を東角から突進してきた沖田総司が、一刀で斬りふせた。

山南も、近藤が討ちもらした手負いが、天水桶の小桶を投げつけるのをかまわず、三度踏みこんで、四度目に右袈裟に斬りさげた。このあと山南の刀がまがって、鞘におさまらなかった。

新選組が洛中で人を斬りはじめた最初は、この鴻池門前の事件からである。近藤が人を斬ったのも、この事件からであった。

また、天下第一の長者であった鴻池が、新選組の有力な資金主になったのも、この事件からである。これは、後述する。

三

京で新選組を結成してほどもないころ、江戸から斎藤一《はじめ》が駈けつけてきて、加盟した。

斎藤は、早くから近藤の江戸道場に出入りして稽古を手伝ったり、他流試合の代人として出たりして、近藤とは縁がふかく、近藤も、沖田のような直門《じきもん》同然に可愛がっていた。

腕は、おそろしいほど立った。父が播州明石松平家の浪人だったから、自分も明石浪人と称している。

(斎藤一は入隊後またたくうちに隊中屈指の使い手となり、池田屋ノ変後は、三番隊隊長となって新選組の戦闘のほとんどに参加している。近藤の死後は土方歳三に従って東北各地に転戦し五稜郭まで行き、敗勢確実となるや、土方に説得されて函館を脱出、維新後もながく存命した。維新後は山口五郎と改名して、お茶の水の東京高等師範学校の剣術教師をつとめた。)

この斎藤が、若いくせに刀剣に目が利き、ひまさえあれば古道具をあさっている。

隊士のなかでも、

――斎藤さん、つぎは私ですよ。

などと、掘りだしを依頼しているくらいだった。

鴻池事件の翌日、近藤はめずらしく上機嫌で斎藤を自室によび、

「武士はやはり刀だな。働きもちがうし、ときには生死の運にもかかわる」

と、例の虎徹をみせた。横に、研師《とぎや》がきている。研ぎに出すつもりらしい。

「ははあ、それが、隊中でも評判の虎徹ですか」

「ふむ」

近藤は微笑している。

「みてもいいよ」

「拝見」

にじり寄って鞘先で受けとり、畳四帖ばかりさがって、口に懐紙をくわえた。

スラリと抜くと、物打《ものうち》から切尖《きっさき》にかけて脂肪が雲のように浮いている。

「みごとなものですな」

正直な気持だった。ツカをにぎっていると重みが快く散って、ぞくぞくしてくるほど使い心地がよさそうである。

「どうだ」

「結構の二字に尽きます」

「やはり、虎徹はいい」

「しかし、先生」

斎藤は、いたずらっぽく笑って、

「これは虎徹ではありませんぜ」

「ふむ?」

近藤は、ぎょろりと眼をむいた。

「もう一度、いってみろ」

「申せとおっしゃれば何度でも申しますが、拙者の眼からみて虎徹ではない。似ても似つかぬものです。虎徹の識別は素人でもちょっと心得ればわかるもので、——ここに」

と、刃の乱《みだれ》を指でさし、

「数珠玉《じゅずだま》をならべたように丸い焼刃が出ているはずです。それを数珠刃といいます。もっともおなじ虎徹でも若打にはそれが明瞭にはないが」

「わかっている。これは若打だ」

近藤は、にがい顔でいった。むろん、そういう知識ははじめてである。

「いや、若打でもありませんよ。まるっきりちがうものだ」

「なんだというのだ」

「拙者のみるところ、これはごく最近の鍛冶が打ったもので、源清麿ですな」

「ほう」

清麿としても大したものだ、と近藤はおもった。極端な寡作だが、幕末きっての名工といわれた人物で、ほんの数年前の嘉永末年に死んでいる。

性矯激で、奇行が多かった。ただこの人物は早くから尊王思想をもち、伝説によれば幕臣のためには刀を打たなかった、といわれている。一時、長州にも身をひそめていた（もっともそのころ長州藩にはまだ尊攘思想がうまれていなかったが）ために、当節、洛中で横行している尊攘浪士のなかで、好んでこの作刀を帯びている者が多いという。すくなくとも、将軍の守護という名目で発足した新選組局長の差料としてはふさわしくない。

(相模屋伊助め、たばかったな)

近藤は、心中、怒気を発したが、さあらぬていで、

「しかしこれは虎徹だ」と、いった。

「研屋《とぎや》、そうだろう」

「へい」

この研屋も、近藤の底光りする眼でにらみすえられては、平身するほかない。

「斎藤君も、そう心得てくれ。すでに隊中でわしの虎徹はひろまっている。おそらく、不日、京の童《わらべ》にも知られるようになるだろう。この刀は虎徹ではないかもしれぬが、虎徹として、諸人のなかに生きはじめている。洛中取締に任ずるおれとしては、これは新選組の宝刀のようなものだ。刀は、銘の如何ではなく、生かしかただ」

近藤はめずらしく長広舌におよびながら、あの尾州藩公用方の松井老人の痩せた顔をおもいだしていた。あれは武士ではない、とおもった。刀剣に造詣があっても、生かしようを知らぬ。

「わかりました」

斎藤も、べつに屈託がない。

その日の午後、京都の鴻池別邸から使いの手代がきて、いろいろと感謝の辞をの

べたあと、心ばかりの粗餐をさしあげたい、といった。

「あるじは、出られるか」

「主人善右衛門にこのたびのことを急飛脚で報らせましたところ、大きにおどろき、とにかくお目もじの上、千万御礼を申しあげたいとのことでございます」

「左様か」

大坂の鴻池善右衛門といえば、諸藩の蔵役人があいさつに行っても、番頭どまりで容易に人にあわないといわれている。それどころか、つねづね金を借りている西国大名が、参観交替で帰国のさいは、わざわざ北船場の鴻池本邸へ乗物をまげてあいさつをするほどの威福があった。その善右衛門が、京まできて近藤にあいさつをするという。近藤にすればわるい気はしない。

当日、近藤は、土方歳三、山南敬助、沖田総司、山崎蒸《すすむ》、それに平隊士数人を供がわりにつれ、烏丸四条西入ル南側の鴻池京都邸へ行った。

招待に祇園の料亭をつかわなかったのは、京都の複雑な政治情勢を考え、鴻池としては外聞をはばかったものだろう。

招宴は、ぶじ済んだ。

「なお大坂にて」

という鴻池側のあいさつだったから、その後ほどなく近藤は公用にかこつけ、大坂へくだった。

一同、新町の振舞茶屋によばれ、翌日、本邸へ行った。

鴻池側では、

「お目よごしかもしれませぬが、当家にはいくらか刀がございます。もしお気に召したらなんなりとお選びくださいまし」

といった。鴻池にすればひいきの角力に刀を贈るほどの気持だったかもしれないが、近藤はひどくよろこんだ。

蔵からぞくぞくと運ばれてくる刀に、近藤はしきりと目移りしていたが、最後の一口《ふり》に目をひからせた。箱書きに、
長曾禰乕鉄《こてつ》入道興里作
とあったからである。

「虎徹ですな」

抜いてみると、二尺三寸余。なるほど斎藤一がいったように、刃の乱れにみごとな数珠玉《じゅずだま》がならんでいる。近藤は、天にものぼる気持になった。

「これを頂戴します」

「どうぞ」

鴻池にとっては別に惜しいものではない。

その後、新選組と鴻池の縁はふかくなり、数度、近藤個人にも隊にも、ここから多額の献金があった。

鴻池としては、京坂の地が尊攘浪士の跳梁で代官、奉行所の治安力が皆無になっているおりから、新選組に接近してその武力で財産の安全を期したかったのだろう。

余談だが、鴻池ではあるとき近藤と土方に、

——当家では、毎日のようにやってくる浮浪浪士の御用金押し借りに手をやいております。ついては、文武算用にすぐれた支配人を御周旋くださるまいか。

とさえ依頼した（この話は、近藤らが推薦した人物のほうに事情あって実現しなかった。）

近藤がいかに鴻池と深かったかについてはこういう話もある。大政奉還の直前、土佐藩の重役後藤象二郎が近藤に面会をもとめて二人きりで会った。このとき後藤がどういうこんたんか、近藤をひどくおだて、近藤も自然後藤の人物を高く買い、こういったという。

——先生は、お見受けするところ、天下の財物を自在に動かす機才をおもちのように見うけられる。もしそのお気持があれば、拙者は大坂の富商二、三に面識があるから、ご周旋申しあげてもよい。

後藤は、新選組局長からこういう言葉をきこうとは思わなかったから、内心おど

ろいたという。

四

近藤は、その後、鴻池虎徹を帯びて市中に出るようになったが、これをはじめて刺撃に使用したのは、この年の夏である。

そのころ、近藤は祇園石段下の「山絹《やまぎぬ》」という料亭で京の茶屋酒のおもしろさを覚えるようになっていた。たいていは、微行でゆく。

帰路、駕籠を用いた。

鴨川にさしかかったとき、むこうの橋畔で人影がさしたように思ったが、眼をこらしたときはすでに姿がない。

念のため、駕籠のなかで鯉口を切った。

当時の四条橋は、三条、五条のような大橋ではなく、土橋程度の小橋が中洲を中心にして二つかかっていた。

駕籠がその東の橋をわたったとき、中洲の草がにわかに動いた。

近藤は駕籠の左へころげ、立ちあがったときは、すでに鴻池虎徹をぬいている。

「壬生の近藤である。人ちがいするな」

「…………」

星あかりでかぞえると、刺客は十数人はいた。先刻のは、物見《ものみ》だったのだろう。

近藤は、逃げようとした。駈けながら橋畔にいた人影を上段から袈裟に斬った。

が、刃がびーんともどって手ごたえがおかしい。ばかりか、その男は滅法に刀をふりまわして撃ちかかってきた。近藤は踏みこむなり、そのおなじ肩を斬った。その衝撃で相手は、ころがったが、すぐ起きなおり、橋板をふみならしてばたばたと遁げた。

近藤は、この男に似気もなく逆上《のぼ》せた。

(斬れぬ)

羽織をぬいだ。逃げようとした。その背後を突きかけられて、近藤は欄干にとりついた。それを右にとって、左を懸命に防いだ。

手槍がのびてきたのを夢中でとっぱずしたが、槍のために右の袖を突きちぎられて腕があらわになった。近藤は槍の手もとにつけ入り、右紋(乳)をはげしく突いた。

どっと男は槍を落して仰転したが、しかし闇の地面には死体がない。逃げている。

理は簡単で、相手はいずれもヒタイに鉢金《はちがね》をかぶせ、胴や両腕は鎖襦袢《くさりじゅばん》で保護していたからにすぎなかったのだが、しかし逆上している近藤には、これだけのことがわからない。

（斬れぬ）

　と、自分の刀を悔いた。

（なぜ、日蔭町虎徹を佩用せなんだか）

　あれは斬れた。

　が、鴻池虎徹は斬れない。物切りのよさで名のある虎徹が斬れぬはずがない。とすれば、日蔭町が本物で、鴻池のは贋物《がんぶつ》ということになる。

　近藤は必死にふせぎつつ、西の橋を渡りきって対岸の土手をあがろうとしたとき、

「奸物っ」

　と最後の襲撃者が、干し舟の舟蔭から走りだしてきた。

　近藤はふみとどまった。が、まわりに盾にとる樹もない。

　近藤は剣を上段にあげた。その気組みに、男ははっとおびえた。気組みで押え殺しておいてその萎《な》えを撃つ、というのが近藤の天然理心流の流儀だが、たしかにうちおろした。が、夜目で間合がくるったのか、刀が舟べりにあたって三寸も斬りこんだ。

　近藤には、ないことである。やはり逆上していたせいだろう。

　すぐ右手で脇差をぬき、左手で舟べりの刀をはずしたが、幸い、相手は近藤の気勢にのまれたのか、闇に身をひそめている。そのすきに、一気に土手に駈けあがっ

た。

あがれば、眼の下は、先斗町《ぽんとちょう》の灯である。

近藤は安堵した。駈けおりて町会所にとびこんだときは、いつものこの男にもどっていた。

「わしだ」

名をいわずとも、京では三歳の児童でもこの男が何者であるかを知っている。

「壬生に使いを走らせて、馬をよこせといってくれ」

先斗町にのこるはなしでは、近藤は馬が来るまでのあいだ、枕を用意させ会所の奥で寝ころんでいたが、たれも怖れて近寄らなかった。そばに抜き身の刀をほうりだしたままだったという。

町役人が駈けつけてきて、土間からおそるおそるあいさつにおよぶと、近藤はおきなおって、

「ああ、この刀か」とめずらしく冗談をいった。

「刀め、鞘にきらわれて、なかへは入れてもらえぬ。野太刀じゃ」

刀身がまがっていたらしい。

もっとも、刀というのはよほど悪作でないかぎり、少々曲っても一日もほうっておけばもとの鞘に入る。近藤が馬を駈って屯所に帰ったときは鴻池虎徹はすでに鞘

の中にあった。

翌日、近藤は斎藤一をよんで、

「わからぬものだな」といった。

「なにがです」

「この刀をみろ。出所は天下の富豪だし、銘もちゃんと切ってあるが、しかし贋物だよ」

斎藤が、検《あらた》めてみた。しさいにみたが、堂々たる長曾禰虎徹入道興里である。

「りっぱなものです。ほんものですよ」

「そう思うだろう」

近藤は、にこにこ笑って、

「だから君たち鑑定家《めきき》というのはあてにならぬ。君が清麿だといった、あのほうこそ歴とした虎徹だよ」

「そうでしょうか」

斎藤は、首をひねった。が、あまりこの頑固者にさからいたくないから、

「近藤先生も、虎徹の鑑定《めきき》にはなかなかあかるくなられましたな」と、話をいなした。

「いや、使えば真贋がわかるからね。最初のは、骨に吸いこむように斬れたが、こ

れはだめだ」

なるほど、近藤の鑑定法は単純である。切れさえすればそれが虎徹で、作者がたれであろうとかまわない。その態度がいかにも近藤らしくて斎藤にはおもしろかった。

すでに近藤の虎徹は、京の「浮浪」のあいだで知られている。

近藤自身、虎徹に対して信仰に似た気持をもちはじめていた。この宝剣が、切れぬではこまる。

近藤は斎藤にいうよりもむしろ自分自身に対し、清麿こそ虎徹だ、という奇論を言いきかせようとしているのかもしれない。

「先生、もう一度、その虎徹を（と斎藤は鴻池虎徹を指さし）見せていただけませんか」

「見たまえ」

斎藤は、天眼鏡をとりよせ、しさいに刃をしらべた。なんと、物打《ものうち》のあたりから切尖にかけて無数の小さな刃こぼれがならんでいる。

「ははあ、鎖の着込みをつけた男を斬られたようですな。それで斬れぬというのなら、虎徹がかわいそうですよ」

近藤はみるみる不快そうに眉をひそめてしばらくだまりこくっていたが、やがて、

「鎖のことは、知っていた。が、本来の虎徹ならば鎖ごと斬れるはずだ」

（それはむりだ）

と思ったが、斎藤は、近藤の不機嫌をおそれて、それ以上なにもいわなかった。

その後、近藤は、研ぎの都合で、日蔭町虎徹と鴻池虎徹を交互に使ったが、刀にも縁起があるらしく、鴻池を帯びているときには、現場での隊士の事故が妙に多い。それだけでなく、近藤自身、痢を病んだり、頭痛がしたりして、持主に謀逆《さから》うようなところがある。

「土方君、やはり鴻池のは虎徹じゃないな」

「そうかね」

土方は、眼だけで微笑《わら》っている。近藤というのはそういう思考法があるというのを土方は子供のころから知っていた。常人なら、——虎徹よりも清麿のほうが斬れる、というところだし、それでこの虎徹問題はケリがつくはなしなのである。ところが近藤はちがう。「虎徹」が信仰である。だから清麿をむりやりに虎徹にし、本物の虎徹をにせものにしてしまわねばならなくなる。

近藤の時勢眼もこれだった。「徳川家」というのは武州人の近藤にとって神聖の代名詞のようなものであった。

むろんこの男は、無教養ではない。少年のころの最大の愛読書は頼山陽の日本外史であったし、長じて水戸学の影響も受け、いまはやりの尊攘論などは十分に理解できる。しかし徳川家はこの男のばあい「虎徹」のようなもので、いっさいの価値はそこから出る、と信じていた。その価値を否定する者に対しては、鴻池虎徹を贋物にしたように容赦なく誅殺する。

ほどなく芹沢鴨が斃され近藤が独裁権をにぎり、その系列が隊の主流を占めたとき、土方は隊士募集のために江戸へくだった。

宿は、柳町の道場である。

ある日、土方は、使いを日蔭町の刀商相模屋伊助にやって、

——局長近藤勇の差料について話がある。

と、口上させた。

これには伊助は仰天した。

まずい、とおもった。実をいうとあの刀は作者不明だが、虎徹に似ていると思ったので、客の無智につけ入って売りつけた。その男が新選組局長になろうとは、伊助も運がわるかった。

——そういう次第だ。

と、伊助は女房にもうちあけ、嫁にいった娘などを掻きあつめて水盃をかわし、柳町の道場に参上した。存外、いさぎよい男だったのだろう。

土方が出てきた。

わたしは近藤先生の代人で副長土方歳三である。そちは伊助か、と土方は権高にいった。むろん伊助は知っている。かれらの京における勇名はすでに江戸まできこえていた。

「例の虎徹のことだ」

土方は、伊助がふるえているのを底意地のわるい眼でにやにや笑いながら、

「そちは商売上手だな」といった。

「お、おそれ入りましてございます」

「いや、ほめている。あの虎徹は近来にない利剣で、近藤先生もことのほか喜んでおられる。こんどの出府のついでに、ぜひ礼をのべてくれといわれた。ついては粗酒を別室に用意してあるから、ゆるりと遊んで行ってくれ」

（はて？）

伊助は、眼をあげた。

土方が、悪戯っぽく笑っている。あわてて頭を畳へこすりつけると、その前へ、金五両が置かれた。

「些少だが、受けとっていただく。礼金だ」

「ヘッ」

近藤の虎徹の雷名が江戸の大名、旗本屋敷にひろがり、公儀筋にまで取り沙汰されたのは、この直後であった。江戸の口は早い。むろん最初は相模屋伊助が自家の宣伝のために言いひろめたものだが、これが新選組の宣伝にもなった。

土方の芝居は、そこまで見ぬいて打っている。

土方は京へ帰ると、副長助勤斎藤一が、見なれぬ刀を差しているのに気づいた。

「斎藤君、それは？」

「お目にとまりましたか。虎徹ですよ」

「ふむ？」

土方はちょっと考えてから、——すぐ私の部屋に足労あるように、と命じた。

何ごとか、と思って斎藤が出頭すると、土方は、刀を見せてくれ、といった。

「どうぞ」

斎藤がさしだすと、土方は、すうっと抜きはなってから、すぐ興なげに鞘におさめた。

「どこで、手に入れた」

「夜見世の掘りだしものですよ」

二十日ばかり前、例によって斎藤は四条通りの夜見世をひやかしていると、御《お》旅《たび》所《しょ》の前で、この刀ががらくたにまじって出ていた。

抜いてみると、赤さびが出ていて刃文はさだかではないが、ただものではない。

――いくらだ。

と問うと、五両どす、という。それを三両まで値切り、屯所へもどって同僚に借り、手に入れた、と斎藤はいうのである。

「たしかに虎徹なのか」

「はじめはそう思ったのですがね」

ひょっとすると同じ虎徹でも、養子の「長曾禰虎徹興正」かもしれないと思い、念のため研屋へ出して鑑定もたのんでおいた。ところがまぎれもなく正真の虎徹である、という返事があった。

「それなら、頼みがある。これは、隊のためだ。きいてくれるか」

「なんです」

「虎徹は、近藤先生だけでいい。京洛守護に新選組の武威を重からしめるには、利剣虎徹は一つであったほうがよかろう。君もそうおもわないか」

「なるほど」

近藤の刀箪笥に、さらに一刀の虎徹がふえたが、近藤は土方の助言どおり、これは鴻池虎徹とともに死蔵した。

元治元年六月五日夜、三条小橋西詰の旅籠池田屋に密会していた長州、土州などの過激浪士二十数人を新選組が襲撃したとき、近藤は真っさきに土間にとびこみ、一同が二階にいるとしるや、階段を一気にかけあがった。

——なんだろう。

とこの物音に立ちあがったのは、土佐藩脱藩の北添佶麿《きたぞえよしまろ》である。江戸で桃井春蔵について鏡心明智流をまなび、学問もできた。その後、各地を旅行して諸藩の有志とまじわり、いまでは京の「浮浪」のなかでは大物の一人になっている。性格ははげしいが、眼が可愛く、唇もとも少年のにおいを残していた。

——見てくる。

北添は、なにげなく階段をのぞいたとき、だだっと駈けあがってきた近藤と鉢合せしそうになった。

「あっ」

北添は刀をぬこうとしてなかばまで鞘を走らせたが、そのときすでに近藤の「日蔭町虎徹」が頭上で一閃し、北添は頭蓋を割られ、階段から血だらけの肉塊になってころげおちた。

(斬れる)

近藤は奥の間へ突き入った。信じている。虎徹には憑《つ》きものがあると。刀が敵を斬るのか、使い手の腕が斬るのか、こういう場合の剣技のシンの在りかは、いま想像しようもない。

事変後、近藤が江戸の養父周斎に送った書簡の抜萃。

(前略) 打ち込み候もの、拙者をはじめ、沖田、永倉、藤堂、倅《せがれ》周平 (養子)、右五人に御座候。

かねて徒党の多数 (二十数人) を相手に、火花を散らして一時余の間、戦闘におよび候ところ、永倉新八の刀は折れ、沖田総司の刀は帽子折れ、藤堂平助の刀は刃ササラのごとく、倅周平は槍を斬り折られ、下拙《げせつ》刀は、虎徹ゆえにや、無事に御座候。

前髪の惣三郎

一

堀川屯営のころ、何度目かの隊士募集があり、諸国の剣客二十数人が、屯営構内の新築道場にあつまった。

新選組も、文久三年の春結成当時は、京大坂の近在の道場に檄《げき》をとばして大量にかきあつめたため、ずいぶんいかがわしい者も入隊したが、いまはそうではない。よほど大流の目録以上でも、むずかしいとされた。

考試は、あらかじめ、剣術なら剣術の、流儀、師名、伝授次第（階等）、などを書いて渡しておく。

あとは、実技である。応募者同士を闘わせるものだが、これはすさまじいもので、技もみるが、気力を重んずる。

このときの考試では、まず粗選《あらよ》りがあり、十人が脱落した。脱落者は、係りの隊士から、他流試合の慣例によるわらじ銭の包みをもらい、門外に追っぱらわれる。

道場正面には、局長近藤勇、副長土方歳三、参謀伊東甲子太郎《かしたろう》がならび、肝煎《きもいり》役には、沖田総司、斎藤一、池田小太郎、吉村貫一郎、谷三十郎、永倉新八、といった血なまぐさい連中が、道場のすみずみにいる。この連中が交代で審判をした。

ちょうど初夏のころである。試合をする者は待つあいだも面をとらせない規定だったため、どの男も刺子《さしこ》が水をあびたように汗で濡れ、肩で息をしている者が多い。

ところがひとり、どういう工夫があるのか汗もかかない男がいた。

小柄である。面鉄《めんがね》の裏にめずらしく青漆をぬり、胴はみごとな黒うるしで、違《ちがい》柏《かしわ》の定紋を金で打ち、稽古衣だけでなく、袴も白、それが折り目もくずれずにすらりと穿いている。面をかぶっているために顔はみえないが、挙措動作、匂うようにみごとな男だった。

それが、強い。

群をぬいていた。あら選りのときの試合も当っただけの数は無造作に撃ちすえ、一本もとられていない。

「何者だ、あれは」

と、近藤は、土方にきいた。育ちが匂っている。ただの武士ではあるまい、ひょっとすると江戸の直参の二男坊あたりが、素姓をかくして応募したのか、と近藤はおもった。

「あれですか」

土方は、帳簿を繰った。

「町人ですよ」

「ふむ」

近藤は不機嫌な表情になった。町人風情の子で、ありうべきことではない。

「間者ではあるまいな」

新応募者のなかに、長州素浪人の偽装入隊が多く、一時は手を焼いたことがあった。

「その点は、身もとはたしかです。師匠の押小路高倉西入ル心形刀流浜野仙左衛門どのの添書もあります。浜野どののもとで目録を得、師範代をつとめていたそうです」

「身もとは？」

「その浜野道場にちかい木棉問屋越後屋が生家で、この添書には三男、とありますな」

「越後屋の」

近藤も知っている。中京《なかぎょう》でも、きっての富家である。

「名は？」

「加納惣三郎」

と、土方はいった。

町人には、普通、姓は名乗れない。加納の場合は、仮り姓というべきであろう。しかし入隊ともなれば一挙に会津藩士の待遇（慶応三年以後は正式の幕府直参）をうけるから、歴とした士格を得、姓も、公然たるものになる。諸国の庶人あがりの剣客にとって新選組が魅力であったのは、まずその点である。

「添書には簡単な系図も添えてあります。越後屋の遠祖は、美濃加納郷より興り、戦国のころは稲葉一鉄の家臣で加納雅楽助《うたのすけ》という者がきこえた勇士で、その子孫はのちに越後へ流れ、やがて京にきた、とあります。町人ながらも越後屋は、加納姓を隠し姓にしていたものでしょう」

「おい、みろ」

近藤は、道場の中央をあごでしゃくった。

加納惣三郎は、勝ちぬき最後の試合を、田代彪蔵《ひょうぞう》という者とやっている。田代彪蔵は、土方の帳簿によれば久留米藩脱藩浪士で、剣は北辰一刀流を使い、身もとは、隊の監察篠原泰之進の知人だというからまずまちがいはない。

腕はたつ。

この男も、他の応募者には一本もからだに触れさせずに勝ちぬいてきている。

田代は左諸手《もろて》上段にあげた。

加納は沈静な下段。

うごかない。

が、田代彪蔵には名のような猛気があり、袴を蹴って荒っぽく間合《まあい》をつめるや、はげしく面へうちおろした。しかし加納はすでに動いている。竹刀の裏で相手の面撃ちを摺《す》りあげつつ、みごとな腰で、体をかわす田代の右胴をぴしっ、と撃った。

——胴あり。

と、審判はいった。沖田総司である。

つぎは田代彪蔵が突きで一本。

最後は、ほとんど同時に加納が左横面を撃ち、田代が胴を抜いて相撃ちになったが、沖田は、加納惣三郎に手をあげた。

「土方君、いまの審判はどうだ」

「田代君の勝ではありませんかな。沖田君は東側に立っているから、田代君の胴撃ちの早さが見えなかったのだろう」

「まあ勝負はどちらでもいい。同志として迎えるに足るのは、あのふたりしかないな。君はどう思う」

「そう。加納、田代。——」

「結構だ」

すぐ、二人にその意が達せられ、屯営の浴殿で水風呂に入れ、汗を流させた。そのあと、近藤の部屋に通させた。まだ新築だから、木の匂いがした。部屋は贅沢なもので、大藩の留守居役の公室などよりもはるかに立派である。

加納、田代は、一間さがって平伏した。近藤のそばにいる土方が、苦笑した。

「両君。局長と隊の諸君は主従ではない。たがいに同志だ。近寄りますように」

「はっ」

加納が、顔をあげ、臆せずに膝を進めた。

あらためて加納惣三郎の顔をみた近藤と土方は、息をのむ思いだった。男で、これほどの美貌があるだろうか。

まだ前髪を残している。

眼が切れのながい単《ひとえ》のまぶたで、凄いような色気がある。色が白く唇の形がうつくしい。

「加納君は、おいくつになられる」

「はい。十八になります」

「若いなあ」

近藤は、眼を細めた。この男が、隊士をみてこんな表情をするのはめずらしい。

近藤には衆道の気《け》はないが、かといってこれほどの美しい若者をみるのは、わるい気持がしない。土方でさえ、不覚にもときめくものを覚えた。

「十八で、はや師範代だったのか」

「未熟でございます」

「いや、さきほどの試合ぶりをみて、感心した。剣のすじがいい」

といってから、近藤は、加納のそばにいる田代彪蔵に最初から一度も言葉をかけてやってないことに気づいた。

「田代君、でしたな」

「はっ」

これは対蹠的である。眼がくぼみ、歯が押し出ていて、色のわるい唇でやっと前歯をつつみこんでいる。ただ、膝の右においている大刀が、ツカから鞘にいたるまでおなじ苧巻《おまき》黒漆の身幅のひろい直刀で、どことなく不気味であった。

「時勢はますますむずかしくなっている。皇城の鎮護のために、一死、奮励ねがいます」

「よろしく御《ご》叱正《しっせい》をねがいます」

両人はさがった。

あとで、近藤は両人の配属について土方と相談し、

「加納君は、私の小姓にほしいが、どうだろう」

「結構です」

新しく加盟した隊士は、最初は隊務見習のために局長の小姓になるのが慣例になっていたから、土方には異存がなかった。

「では、田代君は、沖田君の一番隊につけて隊務を見習わせましょう」

「よかろう」

近藤は、どことなく浮々している。

二

堀川屯営には、白洲がある。ときどき、そこに砂をまき、荒むしろがのべられる。隊規にふれた隊士の切腹、断首が、ここでおこなわれるのである。多い月には四、五人の隊士が、この白洲で命をおとした。

断首の役、切腹の介錯役は、多く新入りの隊士のなかから選ばれた。度胸をつけるためである。

四番隊の平同士で美濃大垣藩脱藩武藤誠十郎という者が、みだりに町家から隊務調達と称して金を借りた事実があがり、断首ということにきまった。加納、田代が入隊した翌日である。

「太刀は、加納君がどうだ」

と、近藤が監察の篠原泰之進にいった。篠原にはべつにいなやはない。

加納惣三郎が、白洲へ進み出た。

前髪のひたいに鉢巻を締め、黒羽二重《はぶたえ》の小袖紋付、献上博多の帯を締め、細身白ツカ朱鞘の大小を帯びた姿は、一枚絵からぬけだしたようであった。

作法によって、袴は穿かない。

武士の斬罪は(町人には死罪とよぶ)上下《かみしも》をつけさせ、その上から染縄《そめなわ》でしばり、羽掻い締めのまま首をつき出させてうつ。

罪人の縄尻は、隊の小者が二人、背後からおさえている。

検視は、監察篠原泰之進。

加納惣三郎は、罪人の左側にまわり、スラリと刀をぬいた。

落ちついている。

(あの男、人を斬ったことがあるのではないか)

と、土方が思った。

加納は、ふりかぶった。

「御免」

首が、落ちている。

どういう工夫があるのか、血しぶきもあびていない。上質の懐紙で、刀をぬぐった。眼もとに、淡い微笑さえあった。

「勇気がある。蘭丸に似ている」

と、あとで近藤がいった。しかしあれは勇気ではない、心の、まったくちがった場所から出ている、と思ったのは土方の感想だった。

――加納は、まだ女を知らない。

という評判が、隊内で立った。隊士の女噺しの座にはいっさいはいらず、たまたま同座していてそんなはなしが出ると、眼もとを染め、ひどく狼狽するのである。その狼狽の挙措が、年ごろの娘以上に色気があり、隊士を刺激した。言い寄る者が、何人かあったらしい。

とくに情強《こわ》く言い寄ったのは、五番隊長で出雲松江の脱藩武田観柳斎、それに、なんと同じ期に入った田代彪蔵である。

田代は、年は三十。

久留米藩の郷士の出で、その在所では衆道は公然たる風習であった。しかし二十をすぎると普通は悪習からぬけるものだが、田代は妻をもったこともなく、隊に入ってからも遊里に足をふみ入れたこともなさそうな様子からみると、そのけがある、とみる隊士が多い。

――加納君は、田代君を避けている。

というわさが立った。

「義兄弟になってくれ」

と、田代が詰め寄ったというのである。しかし加納が拒絶したらしい。京には、玄人の蔭間《かげま》茶屋をのぞいて、一般には衆道の風習はないのである。加納は、驚いたろう。

——しかし、あの若衆にはそのほうのけがたっぷりある。

とみる隊士もある。一度その経験をへた者には、そのけを見ぬく勘がある。

加納が、露骨に田代を嫌うようになった。大部屋でみなと話していても、田代が来ると加納は立ちあがってしまう。

——はじめは、嫌うものさ。

古い隊士がいった。

——十八にもなって、まだ前髪をおとしてないのだ。その道の者に言い寄ってくれといわぬばかりではないか。むしろ、田代君が可哀そうだ。

見方は、いろいろである。

田代彪蔵は、丈は五尺六寸。

無口で、顔がいかついわりに歯がねずみっ歯で、なにかの拍子に笑うと底ぬけに人の好い顔になる。つかうことばが、まるだしの筑後なまりであるために、この男の印象をいっそう鄙《ひな》びさせた。

ある日、土方が、一番隊の控え間にあらわれて、廊下から中をのぞいた。

「あ、これは、土方先生」

みな、居ずまいをただした。

「どなたをおさがしです」

「沖田君はいるかね」

この隊の隊長（組長）である。

が、この若者は、一番隊という近藤の親衛隊をあずかる身でありながら、どこか飄々としていて、ほとんど、自室におさまっていることがない。

「さっき、門外に出られたようですが」

（こまった男だ）

土方は、外へ出た。

このあたりは、七条醒ヶ井、村名を不動堂村といい、北にすぐ西本願寺の塀がある。南西に東寺の塔がみえ、それまでのあいだは、洛中の人口を養う蔬菜の畑がつづく。屯営のそばに堀川がながれている。

その堀川で、村童が雑魚《ざこ》とりをしていた。川っぷちに、沖田総司がしゃがんでおり、村童たちとしきりにやりとりをしていた。

「総司。——」

沖田は、まぶしそうに眼を細めてふりむいた。

「なにをしている。童《わっぱ》に遊んでもらっているのか」

「いやだなあ。こんな子供達に遊んでもらってもちっともおもしろくない」

そのくせ、沖田というこの奇妙な若者は、隊の大人どもと無駄ばなしをしているより、子供と一緒に凧をあげたり、関東の石蹴りをおしえたり、京の「鼻鼻《はなはな》」という遊戯をおしえてもらったりして遊んでいるほうが、好きらしい。

「小魚を獲ってもらっているんですよ」

「どうするんだ」

「食べるんです」

賄方にたのんで、骨までたべられるように飴煮にしてもらうつもりだろう。沖田は、池田屋の斬り込みこのかた、体のぐあいがよくないらしい。

「田代と、加納惣三郎のことだが」

「ああ、あの一件か」

沖田は、水面をみながら、

「あの一件は、私にはにが手ですよ。男が男を追っかけるなんて、私にはわからないな」

「お前、あのふたりが入隊するときの試合で三本目は、加納の勝ちにしたろう」

「そうでしたかな」

「あれは、紙一重の差で、田代の抜き胴のほうが早かった」

「しかし、撃ちが浅かった。まあ相撃ちといってもいいところですが、加納惣三郎のほうが、太刀さばきがあざやかだし、撃ちにも力があった、ように記憶しています。だから私は、加納をとったんじゃなかったかな」

「腕は、どちらができるだろう」

「加納惣三郎ですよ」

これは、沖田総司は断固といった。沖田のそういう目筋は、近藤や自分でも及ばないことを、土方は知っている。

「そうか」

土方は、門内へ入った。

面妖《みょう》なことがある。土方はそこまで隊士の私行私情を詮索する気はないのだが、かといって、面妖《みょう》だ、とおもったことは、自分なりにはっきり結論をつけておかなければ我慢のできないたちなのである。

土方は防具をつけ、道場に出た。

道場では、非番の隊士が、切りかえしをしたり、稽古試合をしたりして、板敷いっぱいに群れている。

「加納君はいるか」

すぐ、惣三郎は抜け出てきた。

「やろう」

「はっ、教えていただきます」

立ちあってみた。

土方は、この男が持っている異常な気根で相手を萎《な》えさせ、萎えるところを撃ち、突き、さらに踏みこんで押しまくったが、それでもその隙き隙きに撃ちこんでくる加納の太刀は思った以上にするどく、何度か受け損じて、浅い撃ちを食った。

「よかろう」

竹刀をひき、こんどは、群れのなかから田代彪蔵をさがしだして、間合《まあい》をとった。

田代は、面籠手をつけて怒り肩に竹刀をかまえると、どこか土竜《もぐら》に似ている。この朴訥な男は相手が副長土方歳三であることにどこか遠慮するのか、容易に仕掛けてこない。

「田代君、遠慮なく」

「やっ」

と仕掛けてきた出籠手《でこて》を、土方は、足も動かさず、ぴしり、と撃った。段がちがう。

「あまい、あまい。それで北辰一刀流の目録か」

励ますようにいった。田代はさすがにかっとなったのか、そのひと声で激しく動いた。そのたびに土方は摺りあげて面を撃ち、応じかえして胴を撃ち、相手に息を入れるすきをあたえない。

「それまで。――」

土方は飛びさがって、竹刀をおさめた。

（なるほど総司のいうとおりだ。田代は加納惣三郎より一段は落ちる）

土方は、加納、田代をよび、

「立ち合い給え」

といった。

田代は青眼。

加納惣三郎も、おなじ構えである。

田代の剣先が、相手をさそうように微妙に動いている。鶺鴒《せきれい》の尾といい、北辰一刀流にだけある手である。

田代は、息をぬき、かすかに籠手をあけて誘うと、加納惣三郎は剣尖を舞いあげるや、ぱっと面に出た。その胴を田代ははげしく撃ち込んで田代の勝ち。

(妙だな)

土方はおもった。

そのあと、田代彪蔵の構えは一まわり大きくなったような感じで、剣尖で加納惣三郎を圧し圧しつつ、自在に撃った。田代は以前の試合のときとは、見ちがえるほど気魄が充溢している。逆に加納はどこか萎えていた。ついに道場の隅まで押し詰められて、咽喉輪を突きやぶるような刺突を食った。

(こいつら、出来たな)

加納惣三郎が、つまり女になった。他の者に対してはあれだけの太刀わざのできる男が田代には萎えている。

(そういうものか)

土方には、衆道の気持などわからない。わからないながらも、一つ、利口になったような気がした。

——加納惣三郎と田代は出来ている。

といううわさが立ったのは、それからほどもなかった。

敏感な観察者がいる。

三番隊の平同士で丹波篠山《ささやま》藩脱藩の湯沢藤次郎という男もその一人だった。この男は赤い唇が裂けたように大きく、眼がいつもただれたような感じで人に好感をあたえないが、短気で剽悍《ひょうかん》で斬りこみには真先きに駈け入る。故郷が篠山だけに、その道には嗅覚《きゅうかく》があった。

だけではない。

ひそかにこの湯沢は、加納惣三郎に想いを抱いていた。

（惣三郎を抱いて、暁けの鳥を一声でも聴けば、寿命が縮まってもかまわぬ）

とおもっている。こうした衆道の者の想いは、美女を想う男心などよりももっと陰にこもったはげしいものがあるらしい。

加納惣三郎が田代彪蔵の手管で、まったくその道の者になりおおせたことは、立居振舞の体つきで、湯沢にはわかる。

それが湯沢にはねたましかった。

（盗《と》ろう）

と決意して、湯沢は惣三郎に接近した。すでにその道の者になっている加納惣三郎は、言い寄られて、べつに悪い気持がしない。湯沢をみると、他人にはわからぬ微妙さでしなを作るようになった。

ある日、雨が降った。湯沢は祇園の「楓亭」という料亭に惣三郎をさそってみた。

「祇園に？」

惣三郎は眼を見はってみせ、

「なにかおもしろいことでもあるのですか」

「なに、あそこの楓は雨を含むといい。それをサカナに酒をのむだけさ」

惣三郎は、案外あっさりついてきた。その料亭の奥の間で、湯沢のために手籠めにされた。というより、手首でやや抗《あら》がっただけで湯沢の思いどおりになった。

「田代には言うな」

と、湯沢はきびしくいった。惣三郎は、だまってうなずいた。前髪が白い額に垂れて、伏眼になると女よりも色気がすさまじい。

そういう縁が、三度重なった。重なるたびに湯沢の想いはいよいよつのり、三度の逢瀬には、心中、殺気が動いた。

「あ。――」

惣三郎は、身を固くした。

「なにもせぬ。しかし惣三郎、田代彪蔵がそれほど好きか」

「なぜです」

「おれとこういう仲になっても、お前はいっこうに田代と別れる気配がないからだ。手を切ってしまえ」

「切れない」

「田代がしつこいのか」

「でもありませんけど」

惣三郎は、ずるい。自分のからだを二人から愛されたいのだろう。すでにこの惣三郎のなかで、ひどく淫乱な女が生れている。

「どうなのだ」

と、湯沢は詰め寄った。惣三郎が、こまったような微笑をうかべた。

その微笑が、湯沢の眼には別の表情にうつった。自分を軽侮している、やはり田代彪蔵に強《こわ》い情をもっているのではないか。

(斬ってやる)

田代彪蔵を。

湯沢が決意したのは、このときである。

三

その朝、勤勉な土方歳三にはめずらしく朝寝をした。

監察山崎蒸《すすむ》に起されたときは、すでに陽が昇ってしまっている。

「急ぎの用か」

と、土方は障子越しにきいた。監察山崎蒸の影がちょっと動いて、

「隊士が一人、斬られています」

土方はすぐ井戸端へ行って、粗塩《あらじお》で癇性なほど口をすすいだ。すこし頭痛がする。身を整えて、自室で山崎と会った。山崎は「慶応元年九月再版京都指掌図竹原好兵衛版元」という色刷の地図をひろげ、

「ここです」

と、一点を指した。松原通り東洞院《ひがしのとういん》上ル因幡《いなば》薬師の東塀である。

隊士が斃れているのを付近の者が夜明けに見つけ、奉行所を通じて屯営に報告があった。

「名は？」

「いまから参ります」

半刻《はんとき》ほどして山崎が帰ってきて、それが湯沢藤次郎である、とわかった。右袈裟《げさ》一刀で絶命している。よほど手のきく者が斬ったものとみえる。

「下手人は。――」

「わかりませぬ」

常識的にいえば、薩摩か土佐か、どちらかというわけだが、この南国の二藩は、他藩とはちがって、結髪、佩刀、服装がやや特異でひと目みればわかる。じつのところ、目撃者がいた。

「起きる」

因幡薬師の寺男である。

「その者の口ぶりでは、薩摩風でも土佐風でもなさそうだ、というのです」

「ないとすれば……？」

「もしかすると、隊内ではないか、とも考えられます」

「隊内に、湯沢と不仲の者はいたか」

「さあ」

山崎は、調べてみます、といって引きさがった。

そのうち、湯沢藤次郎の葬儀もおわり、山崎の調べもすすまず、秋が深まった。

土方はいつも隊内に起居している。近藤は用のない夜は、近くの休息所へ戻った。

黒板塀をめぐらせた瀟洒《しょうしゃ》な二階建てで、真宗興正寺門跡の坊官屋敷であったものを、新選組が借りている。女がいる。妾であった。が、その者については主題ではないからふれない。

その屋敷で、ある日、土方は近藤と夕食を共にした。雑談中、近藤はふと思いだしたように、

「小姓の加納惣三郎のことだが」

といった。

「ああ、惣三郎が？」

「あれは、隊士のたれかの色子になっているそうだな」

「いま、あんたは気づいたのか」

と、土方は近藤のうかつさを笑った。自分の小姓が、隊士と懇ろになっているのも知らない。

「土方君、始末したまえ」

「始末?」

この隊では、死を意味する。しかし殺すに価いすることなのか。衆道は、僧門、武門の古風で、士道に反するというほどのことではない。

「殺《や》るのかね」

と、土方は、不服そうにいった。

「哀れではないか。近藤さん、あんたはまさか惣三郎に惚れていたのではあるまいな」

「土方君、きみは」

近藤は、ちょっと狼狽している。

「なにか取り違えている。斬れ、とはいってない。たとえば監察の山崎君にでもいつけて、惣三郎に女の味を知らせてやればどうだ、と私はいっている」

「わかった」

近藤にしろ土方にしろ、惣三郎の扱いには可憐の心が働くのか、他の隊士に対するような手きびしさがにぶるようであった。が当人たちは、そういう自分には気づいていない。

土方は、監察山崎蒸に、右のような次第を依頼した。

「島原へでも連れてゆけばいいんですな」

「まあ、そうだ」

「軍用金は、どうなります」

と、山崎は、この男にしてはめずらしく冗談をいった。

「まさか隊費から出せない。相手は押小路の越後屋だ、もっているだろう。しかし君のぶんは――」

土方は、金を与えた。

ところが、その金は無駄になった。山崎の報告では、かれがどう誘っても、惣三郎が応じないというのである。

「こいつはいい」

土方は、うれしそうに笑った。

「惣三郎は君に妙なことをされてはこまる、とこわがっているのかもしれない」

「とすれば心外です」

「まあ、ゆるゆるつきあってやることだ。相手はまだねんねだからな」

山崎は、職務に忠実にできている。その後もほとんど生一本という態度で、ぐんぐん惣三郎に接近した。

惣三郎は、逃げまわっているらしい。

この若者にしては当然だった。田代彪蔵とは出来ているにせよ、死んだ湯沢藤次郎をはじめ、武田観柳斎、四方《よも》軍平など、自分に言い寄る者が多い。監察の山崎まででそうかとおもうと、ぞっとするのだろう。

しかし、一面、憎くもない。

山崎とつきあうにつれて、加納惣三郎はいろんなことを喋るようになった。

山崎は、意外なことをきいた。

死んだ湯沢藤次郎も、衆道好みで惣三郎に言い寄っていたという。

「あれも、衆道だったのか」

「ええ」

惣三郎はうなずいた。

「それで、君はなびいたのか」

「まさか、そんなことは致しません」

「君は、いったい、誰と結縁《けちえん》しているのだ」

「たれとも」

「ふむ。けちえんしていないのだな」

山崎が念をおした。むろん山崎は、この惣三郎が田代彪蔵と出来ていることは、土方からきいて知っている。

「山崎さんは、好きです」

と、惣三郎は妙なことをいった。山崎の言動を誤解している。

山崎は何度も、その誤解を解こうとした。君を衆道に用いようとしているのではない、遊所につれて行って男女の面白さを教えてやろうというのだが、といっても、惣三郎は微笑しているだけであった。

惣三郎の口裏から察するに、この手はふるい、というものらしい。

「武田先生も」

と、惣三郎は、言葉をにごした。のちに鴨川銭取橋で薩藩への内通の疑いにより斬殺された五番隊長武田観柳斎も、「女遊びに連れていってやる」と称して遊里へ連れこみ、部屋を設けて挑みかかったことがあるらしい。

(観柳斎と一緒にされてはたまらぬ)

山崎はこんな仕事はにが手であった。

「土方先生、私は手をひきますよ」

と、音《ね》をあげた。

「まあ、これも隊務だと思ってもらいたい」

「しかし」

「冥利だよ、男の」

土方も、笑っている。土方は、この男はこの男なりに楽しんでいるのかもしれない。

そのうち、事態がいよいよ山崎の思わぬ方角にそれてきた。惣三郎が、監察山崎蒸と廊下などで擦れちがうたびに、眼もとをほの赤く染めるようになってきたのである。どうやら、惣三郎のほうから、山崎が好きになってきたらしい。

(こまったな)

山崎も、途方に暮れた。

惣三郎の態度が、日に日に妙になって、ついには、「山崎監察、島原に連れて行って頂けませんか」と持ちかけてきた。

「しかし、あれだ、加納君。くれぐれも言っておくが、島原は女と遊ぶところだぜ」

「知っています」

が、観柳斎のような男もいる、と惣三郎は内心思っているのかもしれない。

「では、行こう、今夜でも。あんたのほうは今夜非番なのだろうな」

「はい」

うなずいた惣三郎の白いうなじが、山崎でさえ、はっとするほどに初々しかった。

（いかん）

やはり、惣三郎にかぶれはじめているのかもしれない、と山崎は自分に用心した。

島原廓《ぐるわ》は、輪違屋《わちがいや》を選んだ。

山崎は、かねて懇意になっているあるじを呼び、加納惣三郎が初めてであることを明かし、できるだけ心映えのやさしい妓がいい、と頼んだ。

「天神でございますな」

これは大夫よりも一格ひくい。亭主は加納惣三郎が平同士とみて、当人の懐ろ勘定を想像してそういったのだろう。

「いや、大夫《たゆう》がいい」

「大夫《こったい》を」

亭主は、首をひねった。山崎は苦笑した。

「あれは、押小路の越後屋のせがれだ」

「ああ、あの方が」

亭主も評判はきいている。そういうお人ならば、というので、島原随一の美女といわれる錦木《にしきぎ》大夫をつける約束をしてくれた。この世界は金である。新選組隊士というより、越後屋のせがれ、というほうがはばがきく。

「山崎様はどうなされます」

「おれは当夜は介添人だ。妓は要らぬ。部屋を一つ呉れれば、酒でものんでいる」

「よろしゅうおす」

夜になって二人は、出かけた。壬生屯営のころとちがって、島原がすこし遠い。途中、田圃道で、惣三郎は花緒を切った。

「歩けるか」

「ええ、なんとか」

惣三郎は手拭いを裂いて緒を据えなおしたが、歩きづらいらしい。

「そこまで行って駕籠をよんできてやろうか」

山崎は親切である。惣三郎はその親切がよほどうれしかったものか、さっと、機敏に山崎のそばに寄った。手をにぎっている。

(こまったな)

山崎は、星を見た。満天の星の群れが、さまざまな色に輝いている。ああ明日は晴れることだ、と思い、この苦痛に堪えた。惣三郎が憐れで、ふりほどいてやる気めている。

にはなれないのである。だけでなく、山崎の体のどこかに、妙な気持がうずきはじめている。

（いかん）

本願寺の前まできたとき、ちょうど空き駕籠が二挺やってきたので、山崎は一挺に惣三郎を押しこみ、自分も逃げこむようにして駕籠の人となった。

島原では、山崎は孤立無援ではない。女手がたっぷりある。仲居、禿《かむろ》どもの群れに惣三郎の身柄をひきわたすと、すぐ別室へひきとって汗をぬぐった。

加納に握られた中指を見た。

しみ入るような甘ずっぱいある種の感じが残っている。おれにもそんなところがあったのか、と、山崎は自分自身がふしぎでならなかった。

「おまつ、居るか」

と、手をたたき、顔馴染の仲居をよんで酒を用意させ、土方から貰った金のなかから多額の心付けをわたし、

——いいか、錦木大夫が敵娼《あいかた》になっている加納惣三郎、あれは少々衆道のけがある。そのうえ女を知らぬ。はじめてのことだから腹を切るようなものだ。お前、介錯人のつもりで逐一、検分しておいてくれ。

——心得まして、

と、おまつ仲居はおどけていった。

——ございまする。

ほどほどにして、山崎は屯営に戻った。

翌朝、惣三郎が帰営したが、真蒼な顔をしている。局長室のある奥の廊下で山崎とすれちがっても、ぷいと素知らぬ顔をしている。すねているらしい。惣三郎は、山崎と二人っきりになれるものだと思って輪違屋へ行ったのが、意外にも山崎に裏切られた、と思っているのだろう。

午後になって、輪違屋のおまつ仲居がやってき、

「山崎はん、殺生やな、あれからえらい騒ぎになりましたんどすえ」

と、いった。きくと、惣三郎は山崎をさがして落ちつかず、錦木大夫や介添えの仲居がなにをいっても答えない。さまざまになだめて床入りまではいったが、ついに共臥しの錦木大夫には一指も触れなかったらしい。

(わるいことをしたな)

山崎は、妙な気持になった。といって、惣三郎と臥るのはこまる。

その夜である。

山崎は、役目がら、奉行所に所用があって、帰りは日が暮れた。

二条城の南堀を左にとって堀川へ出た。堀川は、城の外堀になっている。それに

沿ってまっすぐに十五、六丁南下すれば、ねむっていても屯営の門前へ出られる。

六角をすぎるとき、提灯の蠟燭を入れかえたが、四条の堀川でそれが消えた。山がたに「誠」の文字を染めた隊の提灯である。

山崎は、しゃがんで火をきった。とたんに投げだしたまま、堀川ばたへすっ飛んだ。

刀を抜いた。

「人違いするな。新選組の山崎である」

柳をタテにとり、下駄をぬぎすてた。眼を細めて闇を見すかした。黒い人影が、這うような姿勢で近づいている。一人である。新選組隊士と知って討ちかけてくるというのは、よほど腕に自信のある男だろう。

山崎は、足場をたしかめた。踏むと、カカトからざらざらと土が堀川へ落ちた。その音が、山崎に決断させた。

地を蹴った。

上段から、影の頭上に殺到した。斬《や》った、と思ったが、影は敏捷にすりぬけている。

影はしばらく刀を構えていたが、やがて飛ぶような足どりで東へ逃げてしまった。

（ふん。——）

山崎は、場なれている。ゆっくりとしゃがみ、先刻とおなじ姿勢で提灯に灯を入れた。

路上が、あかるくなった。みると、物が落ちている。

小柄《こづか》であった。

男の鞘から落ちたものだろう。三寸二、三分、粗末なものである。

帰営すると、すぐ各隊の長にたのんで小柄のない差料《さしりょう》を用いている者をひそかにさがしてもらった。

一番隊平同士田代彪蔵

その男の持物であることがわかった。

監察山崎烝は、土方歳三に報告した。むろん、山崎は、加納惣三郎との島原廓《ぐるわ》での一件は、いちぶしじゅう、土方の耳に入れてある。

「そうか」

土方は、笑いかけて、やめた。

「君には気の毒をした。田代彪蔵は、君が惣三郎を奪った、と思っているらしい。君は恋がたきになっている。あの道は怖いものだな」

おそらく、惣三郎は山崎に傾き、古い恋人の田代彪蔵に冷たくなっていたのであろう。田代は、山崎に遺恨をもった。

「衆道の嫉妬はすさまじいという。まして田代は、惣三郎を衆道に仕立てあげた男だ。それを君に横盗りされてはたまるまい」

「私は横盗りしてやしませんよ」

「わかっている」

土方は、小柄を掌の上で眺めた。

ツカに、倶利迦羅《くりから》の彫りものがある。名をみると、筑前の鍛冶らしい。

「田代という男は、たしか久留米藩の足軽だったな」

「いや、もすこし卑《ひく》く、家老屋敷で中間奉公をしていたときいています」

「その中間部屋で、衆道を覚えたのか。いい腕だが、身をほろぼすことになるな」

土方は、小柄を畳の上に投げだした。

「湯沢を因幡薬師で斬ったのも、あの男さ」

山崎も、そう踏んでいる。

土方は立ちあがった。近藤に報告するためである。

近藤は部屋にいた。土方はいままでの一切を報告し、「事が事だけに哀れですが、これは捨てておくわけにはいきますまい」

「斬ろう」

近藤は、いった。田代は一種の狂人とみなしていい。捨てておけば、また隊内でどんな騒動をおこすかわからない。

「が、土方君、これはひそかに。——」

「とすれば、討手は？」

「加納惣三郎がいい」

「——そいつは」

むごい、という顔を土方はした。が、すぐ眼をそらした。近藤の口辺に、微笑が澱んでいる。永い盟友の土方でさえはじめてみるような怪態《けたい》な翳りのある笑いで、みだらな、という形容が、ややあたっているだろう。愛人に愛人を斬らせる、と異常な情景の想像が、近藤の奥底にあるものを口辺に浮びあがらせた。

「討手は、惣三郎一人でいいかな。腕は討たれる田代と互角だが」

「いや、加納ひとりがいい」

「むりかもしれぬ。わるくいけば逆に斬られる」

「ならば、介添役をつけよう。君と沖田君。これなら大丈夫だろう」

「私か。——」

気が重いな、といってから、やっと破顔《わら》った。

四

「私が？　田代さんを？」

惣三郎の唇から血の気が褪《あ》せた。が、すぐ、その同じ唇から微笑が綻《ほころ》びてきて、やがてひどく酷薄な顔になった。

「やってみます」

（どういう気なのか）

土方は、惣三郎を冷たくにらみすえ、

「討手は、君ひとりだよ」

「はい」

落ちついている。

やがて、手筈がきまり、加納惣三郎は屯営で日没を待った。ただし土方、沖田総司の介添役は、屯営にいない。

待ち伏せている。

亥《い》の刻、土方らは鴨川の四条中洲に降り、草むらの中に立った。待っている。ほどなく、月が出るだろう。そのころに惣三郎が、愛人の田代と一緒に、ここへやってくる。田代は惣三郎に、「祇園へ行きましょう」とあざむかれているはずであった。

洲の両側は瀬である。東西二つの瀬に、それぞれ橋がかかっている。祇園へ行く者はこの中洲を横切らねばならない。

「来た」

と、沖田がいった。沖田はこの夜、体でもわるいのか、声に元気がない。というよりは、ほとんど黙りこくっていた。ただひとことだけ、土方に囁いた。

「私は、あのふたり、どちらも嫌いだな、顔を見るのも。そうだな、声をきいてさえ、こう、ぞっとする。土方さんは、どうです」

土方は、答えなかった。始末にこまる感情であった。数多く、隊士を粛清してきたが、どの場合にも、処断する土方の内側に、土方なりの正義があったつもりである。こんどのばあい、どの正義を発動すべきだろう。

「来た」

と、沖田はもう一度いった。

影が二つ。

土方らの眼の前を過ぎようとしている。加納惣三郎らしい影が、急にとまった。動いた。

抜きうちで、田代彪蔵の影を斬りさげようとしたがおよばず、田代の影は、かるがると飛びさがった。キラリ、と田代は刀をぬいた。月は、まだ昇らない。

「惣三郎、裏切ったな」

凄惨な声である。

加納惣三郎は、声をたてて笑った。背後に副長土方と、一番隊長沖田がついている。そんな他愛もない傲りが、惣三郎の声をいっそうカン高くさせた。

「田代さん、因幡薬師の一件、それに堀川で山崎監察を待ち伏せた件、証拠はあがっている。隊規により、惣三郎が誅討します」

「待て、なんの証拠だ」

田代の声に、意外そうな響きがあった。土方は不審を覚えた。

（これは、ちがうのではないか）

湯沢藤次郎を因幡薬師で殺したのも、あるいは惣三郎のほうかもしれない。そのころはまだ田代に愛情をもっていて、犯した湯沢が憎くなったものか。考えられることだ。

その後、山崎に愛情が移って、田代の執拗さが疎ましくなってくると、こんどは、それを陥れるために小柄を盗み、山崎を擬装要撃した現場に落しておく。これで、筋が立つ。

が、所詮は想像である。

こういう異常な愛情のなかにいる惣三郎のような男の心情など、土方の想像には及びもつかない屈折があるのかもしれない。

月が、東山に昇った。

田代彪蔵が、憎悪をこめて殺到した。力まかせにふりおろしたのを、加納惣三郎は、つばもとでかろうじて受けた。

田代は、膂力がつよい。

そのまま、押し切ろうとした。田代の刀の物打が、惣三郎のひたいに触れた。刃が、ふるえている。

田代は、渾身の力をこめた。惣三郎の左足のクルブシから砂が崩れ、腰がくずれた。

「あっ」

悲鳴をあげた。

その顔を、月が白くした。惣三郎の唇がまるくひらき、うめいた。「ゆ、ゆるしてくれ」

なおも田代は、力をこめた。惣三郎はほとんど夢寐《むび》の語のように、数語口走った。なにを口走ったのか、物蔭にいる土方らの耳にまでは聞きとれない。聞きとれたところで、土方らには、理解しがたい言葉だったろう。この二人だけが、閨《ねや》で戯《ざ》れかわしていた、いわば異形《いぎょう》の愛語だったのかもしれない。

妙なことに、田代が刀の物打に籠めていた渾身の力が、その数語で、霧のように消えてしまったのである。

同時に、惣三郎は身を沈めた。飛びのいて退きざまに胴をはらった。さらに踏みこんだ。

田代は、すでに倒れている。惣三郎は、狂人のように走り寄って、一太刀撃ち、さらに一太刀を加えた。

土方と沖田は、だまって現場を離れた。草を踏み、やがて砂地を踏み、さらに西の橋を渡りおわったとき、沖田はふと立ちどまった。

「そうだ」

と、この男はつぶやくようにいった。

「用を思いだした。ちょっと中洲までひきかえしてきます」

この男の用がどういうものか土方にはわかっている。

土方は、鴨川堤を、南へ歩いた。数歩あるくうちにやりきれない感情がつきあげてきて、

(化物め)

と、唾をはいた。

唾が地上に達するころ、堤の下で、低い、しかし特徴のあるうめき声がきこえ、すぐ瀬の音にかき消された。

（惣三郎め、美男すぎた。男どもに弄《なぶ》られているあいだに、化物が棲みこんだのだろう）

土方は、和泉守兼定の鯉口を、そっと左手の指でゆるめた。

抜きうちに、斬った。おさめた。桜の若木が、梢で天を掃いて倒れた。

胸中の何を斬ったのか、当の土方自身にもわからない。

胡沙笛を吹く武士

一

祇園林《ばやし》の小道を東にのぼったところが、真葛《まくず》ヶ原《はら》である。

京の町は、一望にみえる。

小つるは、さらにのぼった。踏み石を点々と据えただけの狭い石段が雑木の急斜面半丁ばかりつづき、やがて中腹に寺がある。

長楽寺。

濡れて紅葉《もみじ》の長楽寺、——と、このふもとの祇園遊里の妓《おんな》どもが唄うあの長楽寺のことである。山の小寺だから、参詣人の影はみえない。

小つるは、毎月、母親の命日には、この紅葉の寺に詣る。

慶応二年一月二日。

むろん、紅葉はない。寺をかこんでいる楓樹の群れは、ただ枝を一月の天に突きさして、寒に堪えている。

詣ってから、坂をくだろうとした。不意に石段の右手の林から、耳にしたこともない奇妙な音曲がわきあがって、すぐ消えた。

（狐狸《こり》か）

と思ったが、まだ昼さがりである。小つるは、おそろしさに堪えた。すぐその奇妙な音曲は、復活した。笛である。笛ではあったが、小つるがかつてきいたこともないような楽器であった。

横笛でもない。尺八、一節切《ひとよぎり》のたぐいでもない。小つるは京そだちだから、笛には多少の知識があった。尺八、耳の底にある音色《ねいろ》の記憶を懸命にまさぐった。狛笛《こまぶえ》、神楽笛、篠笛《ささぶえ》、天吹《てんぷく》、簫《しょう》、ひちりき、明笛《みんてき》、そのいずれも聴きおぼえているが、いま楓の林のなかから聞えつつある音色は、そのいずれでもなかった。

やや、尺八に似ている。が、それよりも音色が複雑で、瀬を川蝉が渡る羽音のようなわずかな湿りがあり、聴いているうちに、なにか、嫋々《じょうじょう》とした哀しみのために、このまま血が透きとおってゆくのではないかとおもわれた。

小つるはおそろしくなって、もう一度寺へ引きかえした。僧にきくと、

「御所か、本願寺の伶人《れいじん》どすやろ。音曲の稽古に、この林まで、みな一人でお居やす。たれの耳にも障《さわ》らんさかいな」

安堵して寺を辞し、石段を五、六歩降り、意を決して右手の楓樹の林に入ってみた。

木の下に、人がいた。

武士である。

大たぶさにまげを結い、服装は木綿の羽織に小倉の袴、といった粗末なものだが、大小の拵えだけはわずかに気がきいて、銀のつかがしら、蠟色《ろいろ》の鞘、それに紫の下げ緒をのぞかせ、長い足を枯草の中に投げだしている。色の白い、彫りのふかい顔だった。

武士は、吹く息をとめた。

「どなたです」

優しさのかけらもない、きびしい表情でいった。小つるは、逃げようとした。

(わるかった)

と、若い武士はおもったのだろう。急に人のいい微笑をしてみせた。

小つるは、ほっとした。武士に媚びるようにいった。

「そのお笛は、どういうお笛どすぅ?」

「こさぶえ」

武士は、小つるに見せてやった。

小つるが手にとってみると、長さは一尺二寸ほどのもので、ただのきたならしい樹皮をまるめただけのものである。なかは、変哲もない空洞であった。

こさぶえ。

胡沙笛と書くらしい。武士は、「むかし、蝦夷《えぞ》（アイヌ）が吹いていたものだ」といった。武士の故郷は、奥州南部領である。領内には、蝦夷の子孫といわれる聚落がまだいくつか残っていて、こういう素朴な笛を吹く老人がいる。幼時、かれらから習った、という。

「故郷《くに》では、いやがるのさ」

と武士はいった。武士の故郷では、この異民族の笛がきこえはじめると、天が陰々としてきて、ついに風が出、雨雲が降り、漁師などの話ではその翌日あたりはしけになることが多いという。音色がさびしすぎるからであろう。

「京の人はまさか厭がるまいが、市中で吹くのは遠慮して、非番のときはときどきここへきて吹く」

「あの。……」

と、小つるは遠慮気味に、もう一曲きかせてもらえまいか、とねだった。武士はおどろいたように眼をみはり、

「あんたは、この音《ね》が好きかね」

といった。聞きづらい奥州なまりである。しかしその人のいい表情で、小つるは、相手の意味が十分汲みとれた。

「聴かせてほしおす」

「そうか」

笛を天にむけた。小つるは、しばらく曲を考えている風情だったが、やがてびょうびょうと吹きはじめた。小つるは、足をそろえ、そっと草の中にしゃがんだ。笛は、ときに雲に咆え、ときに地にむせび、ときに、小つるの体のなかに吹き籠って、哭《な》いた。

小つるは、武士の横顔をそっとみた。

奥州の人というのをみるのはいまがはじめてであったが、平べったい顔の多い畿《き》内人《ないじん》とはちがい、まだ童臭をのこしているその彫りの深い目鼻だちの翳《かげ》に、どこか寂しさが溜まっていた。この武士の故郷は京からみれば、文字どおり陸奥《みちのく》であろう。それが、故郷をしのぶように、独り、王城の山の中で蝦夷か、北狄《ほくてき》の詩を吹きならしている。

見つめているうちに、この武士そのものが都に迷いこんだ北狄のように思え、北狄の孤独を無心に詩《うた》いあげているような気がしてきて、涙がにじんできた。いそいで、袂で眼をぬぐった。

「どうなされた」

武士がおどろいて、のぞきこんだ。真剣に心配している顔だった。

「いいえ」

と見あげると、さきほどまで青かった空がいつのまにか雲がひくくおりはじめている。

草の根を、風が吹きすぎた。まさか、武士の胡沙笛のせいでもあるまいが、このぶんでは、麓に降りるころには、雨になろう。

二人は、だまって歩きはじめた。

祇園林にまでおりたときには、すでに本降りになっている。

二人は、林の中の茶屋に走った。二階の一室に通された。

隣室をあけると、臥床《ふしど》がある。小つるは、この家が、はなしにきいている祇園林の出逢《であい》茶屋であることに、その臥床をみて、はじめて気づいた。武士は、ただ黙然と、連子窓《れんじまど》からみえる空をながめている。まだ京馴れぬ武士は、ここがどういう家であるか、気づいていない様子であった。それが、小つるを安堵させ、同時に、自分でもうろたえるほどの激しい想いを、この武士に持った。

武士は、新選組隊士鹿内薫《しかないかおる》である。

二

小つるは、祇園町の髪結いで、建仁寺町の路地奥に住んでいた。

その後、夜陰、鹿内が忍んできて、二度、祇園林の出逢茶屋で落ちあった。が、奇妙なことに、鹿内はただ物語をするのみで、小つるの手さえにぎらなかった。存外、おどけ者でもある、というのが小つるの最初の印象とはちがっていた。これは小つるをよろこばせた。鹿内は、郷里の習俗、南部郷士の暮らし、鹿内を育てくれた小者左兵衛のはなし、など、さりげなく話しながらも、骨太い諧謔《かいぎゃく》があった。こういう骨太なおかしさは、小つるの知っている上方《かみがた》人間にはなかった。

しかし、それにしてもどういうことであろう、鹿内はそんな遠い故郷の話を、こまごまと小つるに聴かせるだけの情熱で、逢いにくるのだろうか。

三度、逢った。

小つるは、鹿内を観察することが楽しくなってきた。鹿内が、小つるを知ってからきわだって変化した点が、一つある。

服装である。

あの粗末な紋服をやめた。黒羽二重の羽織袷《はおりあわせ》を用いるようになった。ただ袴までは手がまわらないのか、相変らず薄よごれた小倉の白袴であった。

三度目の祇園林の出逢茶屋で、

――お袴を仕立てて差しあげましょう。

というと、小つるが、あとで哀しくなってしまったほど、かれは子供っぽくよろこんだ。

四度目のとき、仙台平《せんだいひら》ができた。

「似合いますか」

鹿内は、立ってみせた。——似合う。血の透けてみえるほど色の白い男だし、肩も厚い。堂々としていて、貴種《きしゅ》を感じさせるような気品があった。

(鹿内薫は、かわった)

と思ったのは、小つるだけではなかった。組頭の助勤原田左之助もそうである。左之助は伊予の産だが、気質は短気粗豪で、隊士が一様に畏怖している一徹者である。しかし、鹿内が入隊した当初から、原田左之助はこの若者を愛していた。

「あいつは、人間じゃねえ」

ともいっていた。

鹿内の豪胆さをほめたのだ。隊中、鹿内ほどの胆力はめずらしい。

文久三年八月のいわゆる禁門の政変で京都政界から失墜した長州藩は、以後幕府から朝敵同様の扱いを受け、同年十二月以降、幕命により、京に潜入する過激浪士は、みつけ次第、新選組、見廻組の手で捕殺されることになったが、その翌年元治元年三月、長州系の浪士団十数人が、大坂から幾人かずつ梯団になって京都に潜入したことがある。

「どうやら、寺町丸太町の旅宿伊吹屋に数人潜伏しているらしい」

奉行所の諜者からそういう報告があり、新選組では、原田左之助以下十名をして急襲せしめた。

「逃がしちまった」

原田は苦笑して帰営した。徒労におわった。居たことは居たらしいが、もぬけのからだったからである。しかし、同行した鹿内薫は、(この巣には、もう一度戻って来るのではないか)という予感がした。その旨を原田に具申すると、

「まさか」

と笑っていたが、それでも、副長土方歳三にまで取りついでくれた。土方は、真顔でそれを聴いた。土方は、原田と同様、早くから鹿内の人柄を買っている。折りがあれば、助勤に抜擢してやろうと思っていたらしい。

「鹿内君に手柄をたてさせてやり給え」

と、隊の金箪笥から機密費を出した。

それで衣裳をととのえ、「奥州塩竈《しおがま》明神の禰宜《ねぎ》平田右京」という体《てい》にして、会津本陣から胆のすわった中間一人を借りうけ、鹿内は単身、問題の伊吹屋に投宿した。名目は、京都の吉田神道家へ、受領《ずりよう》頂戴のあいさつのため入洛、ということである。

鹿内は、十五日間、この旅館にひとり起居していた。十五日目の夕、案の定、四人の浪人が、舞いもどってきた。

宿の亭主にきくと、たしかに先月まで投宿していた西国者であるという。いずれも藩から選抜されているだけに、屈強の者である。

鹿内は、すぐ、中間を屯営に走らせて報告させるとともに、なお監視した。ところが、ほどなくかれらは出立の支度をととのえはじめた。

すでに、夜である。

鹿内は意を決し、刀の目釘を十分にあらため、廊下へ出た。彼らの部屋は、二階の東に面している。唐紙をあけた。

かれらは、ぎょっとふりむいた。

「何者だ」

「新選組鹿内薫という者です」

ぱっと抜き打ちに斬ってきた。鹿内はそれを目もとまらぬ素早さで摺りあげ、真向から斬りおろした。死体は、一たんはねあがるように反ったが、どっと横倒しに斃れた。

乱闘になった。

鹿内は大刀を使わない。この宿の天井の低さを考えて、一尺九寸の長脇差を用意し、それをくるくると巧みに使った。

三人まで斬った。

四人目は、障子をあけて手摺りを乗りこえ、下の丸太町の往来へとびおりた。鹿内もあとを追って飛びおりた。

敵は、逃げずに待っていた。鹿内がとび降りて体《たい》の崩れたところを、両断するつもりだったのだろう。

が、鹿内は落ちついている。飛びおりながら脇差を投げつけ、相手のひるむすきに地上に降り、奥州鍛冶宝寿《ほうじゅ》二尺三寸八分をふりかぶって、右胴を払い、外されるや、踏みこんで突きに変じた。が、そのとき刀が、ぼうしを欠いているのに気づいた。

「やめだ」

一歩さがり、刀をひいてやった。相手はほっとしたのか、物もいわずに逃げ去った。

そういう閲歴がある。

土方はその武功に驚き、すぐ助勤に昇格させようとしたが、土方の献案をめずらしく近藤がおさえた。

「すこし、様子をみよう」

理由はあかさなかったが、一つには、鹿内の風采がわるい。いま一つには、とっさの場合、聞きとれぬほどの訛りをもっている。指揮役になるのはむりだろう、というのが近藤の理由だったようである。

それが、近頃、人変りしたように垢ぬけてきている。

「鹿内、どうしたんだ」

と、原田左之助が半ば不審がり、半ばからかうのも、むりはなかった。むろん、原田にはおよその推測はついている。

（女が、できたのだろう）

以前なら、原田左之助はそういう機微のわかる男ではなかったが、ちかごろ、近藤のゆるしを得て、妻をめとった。隊中、近藤、土方以下、ほとんどが独身もしくは国もとに妻子を置いている者ばかりのなかで、正妻を京にもつというのはめずらしい事件であった。妻はおまさといい、仏光寺の四畳半町の仏具商の娘で、屯営の近所の御堂前筋《みどうまえすじ》で小さな借家を借り、新世帯をもった。すでに、おまさの腹に子が宿っている。

「原田君、気がついているか」

と、副長土方がいったのは、それからしばらくたってからである。

「鹿内薫のことだ。以前から実直で精勤な男だったが、ちかごろいよいよ働きが冴えてきているようだな」

「奴《やつ》」

原田は、無愛想にいった。

「女ができているようです」

「結構だ」

土方は、いつになく明るく言った。

「励みがでるのだろう。女というのは、ほどほどな薬になるものらしい」

——鹿内君。副長がそういっている。

と、原田が鹿内薫につげたのは、その日の夕である。鹿内は、首筋まで赤く染めた。

「どこの女だ」

「うそですよ」

狼狽しつつも、鹿内のうれしそうな顔が、なにもかも証明していた。その後、原田の組では、鹿内の女を、「薬」とよぶようになった。

——おい、薬は達者か。

そんなぐあいである。

が、かんじんの鹿内は、薬を、隊士らが野卑な想像でいうぐあいには服用してはいなかった。不幸といえるか、鹿内という男は、この年になるまで女というものをまるで知らなかった。

小つるに触れるのを畏れた。小つるは、貴人の娘でもない、たかが女髪結いという卑賤な者だが、しかし奥州のさらにその奥から出てきた鹿内にとっては、王城の女という美しい幻影がある。むくつけく振舞って手折《たお》りを急ぎ、そのために嫌われはせぬか。

だから、咄《はなし》ばかりをした。

嫌われまいと思う一心で、隊からわたる手当てを、衣服にあてもした。鹿内にすればただそれだけのことだ。それがどうしたということだろう。

三

「南部の殿様がね」

と、鹿内は、祇園林の出逢茶屋で小つるにいった。二百余年のむかし、慶長十九年の大坂ノ陣で、南部の殿様が、江戸の家康から出陣を命ぜられたときの話を鹿内薫はおもしろく話した。

もともと奥州南部の地というのは、南北八十里、東西三十里という三百諸侯のなかでも最もひろい封土を占めているわりには、磽确荒蕪《こうかくこうぶ》の山野が多く、表高は二十万石にすぎない。

「日本の果てだ」

と、鹿内は遠い眼をした。その土地の武士が、百騎二百騎と群れをなして上方《かみがた》の地にやってきたのは慶長十九年の大坂ノ陣のときが最初で、最後の経験である、と鹿内はいう。

時の殿様は南部利直で、江戸幕府から陣触れがとどいたものの、かんじんの家臣の家来、足軽、小者が気が遠くなるほど雲烟《うんえん》はるかな上方の地へ遠征することをきらい、仮病を使う者、暇《いとま》を乞うて帰農する者が続出し、動員がほとんど不可能になったというのである。

「それで？」

小つるは、興味をもった。京者からみれば奥州の果てなど、仏典にあるえたいの知れぬ王国のような感じがするのである。

「それで、殿様はどうおしやしたん？」

「蝦夷を傭《やと》ったさ」

そのころは、南部の海浜に、まだ幾つかの蝦夷部落があった。かれらは剽悍《ひょうかん》死を怖れずという伝説的種族だったから、南部家では、微温的ながらも多少の保護政策はとっていた。しかしながら、この場合、

「上方へ戦《いくさ》にゆく」

とはいわず、おそらく甘言をもってかれらをだましたのであろう。かれらに足軽

の仮装をさせ槍組、弓組、荷駄に組み入れ、はるばると大坂にでかけた。

大坂冬ノ陣における南部隊の攻め口は、加賀前田勢の右翼で、敵方の平野口の抑えとして、平野川の西岸に布陣した。

「むろん、蝦夷を軍勢として仮装させているというのは他家に対しては極秘だが、南部家としては、おそらくかれらが勇猛果敢な働きをすると内心期待していた」

ところが、いよいよ戦になり、敵味方から射ちだす大小の銃砲が摂河泉《せっかせん》三州の天地に轟きはじめたとき、蝦夷たちは仰天した。かれらにとって火薬の爆発音は、まったくはじめての経験だったのだ。陣地をすてて四方八方に逃げ散り、南部家の武士は戦どころか、かれらをつかまえに走ることでせい一ぱいだったという。

「そういう土地だよ、私の故郷《くに》は」

鹿内は、おかしそうに笑った。その南部人が、いま、花の都にきている。それがあんたの眼の前にいる私さ、と、鹿内はまた笑った。孤独なのだ、という気持を、小つるに知ってもらいたかったのだろう。が、南部人特有のはにかみで、そうは生《なま》にいわない。こんな、小つるがきけばお伽話のような諧謔を物語っては、おかしみに包んで訴えている。

(好き。……)

と小つるは思った。

「好きどす」

と、思いきって口に出して呟いてみせた。が、そっと眼をあげてみると、鹿内はただ頰を染めているだけであった。小つるは、悲しくなった。これ以上、どうすればいいのだろう。小つるは、指先で、畳のふちをなでた。幾度も、なでた。

長い沈黙があった。

小つるは、ふちをなでながら、ひたすらに待った。それを見つめている鹿内の息が、しだいに荒くなっているのを知っている。それにつれて、小つるの息はいよいよほそくなった。ほそく、しずかに。

押し倒された。

そのあとの鹿内のふるまいは、小つるが何度か気を喪いかけたほど激しかった。小つるの胎内で、奥州の駒が蹄を鳴らして駈け荒れているような思いがした。気がついたときは、小つるは、掛け布団のはしを必死に嚙んでいる自分を知った。

「小つる」

あとで、鹿内はうれしそうにいった。

「世帯を持とう」

「あの」

小つるはいった。

「本当《ほんま》どすか」

思いもかけない世界が、にわかにひらけたように思った。身寄りのない小つるには、世帯、という言葉が、どれほどの響きをもってせまるか、ひとにはわからない。い。世帯をもつ。髪結いも、小つるはやめることだろう。宿の人のためにはかまをたたみた

「しかし」

と、鹿内はいった。助勤にならなければ、営外に寝泊まりすることはゆるされない。

「毎日、お逢いしとうおす」

「私も」

鹿内は、また抱いた。が、こんどは小つるは乱れなかった。頭のなかで、さまざまの計算が湧いては、消えた。

いくらかの小金がある。それで、借家の敷金《しき》ができるだろう。はじめは、非番の昼に通ってきてくれるだけの隠し妻でいい。暮らせるだけの経費《ぞうよ》は、鹿内の隊からの手当てでまかなえるのではないか。

そう持ちかけてみると、鹿内は、「お手当てはその月によってちがうが、三両はある」といった。それならやってゆけるのではないか、と小つるがいうと、鹿内は、

「ああ」

と、おどりあがるような声をあげた。小つると鹿内の歳月は、その日から別の意味をもった。

京の人の口はうるさい。小つるは、出入りの茶屋や、ひいきにしてくれていた芸妓の置家を一軒一軒まわって仕事を廃めるあいさつをしたが、世帯をもつとはいわず、からだの調子がすぐれないから、とそれを理由にした。

七条から南にさがると、借家も廉い。小つるは、塩小路に手頃な家をみつけ、使い古しの世帯道具をそこへ持ちこんだ。

二人は、運がいい。

その直後に、隊が増員され、鹿内薫は抜きんでられて助勤になった。暮らしは、楽になった。

「鹿内、うれしかろう」

原田左之助がよろこんでくれた。

四

が、助勤に抜擢されてからの鹿内薫に、小さな変化があった。

元治元年六月の池田屋の斬り込みのときのことである。このとき新選組は二隊に編成された。局長近藤が一隊わずか五、六人を指揮して三条橋畔池田屋に指向し、副長土方が二十数人を指揮して、木屋町三条上ル料亭「丹虎《たんとら》」こと四国屋十兵衛方にむかう手はずになった。

理由は、この夕、最後に入った情報では、過激浪士の密会は池田屋ではなく、四国屋である、という見方が濃厚になってきたためである。余談だが、当時四国屋は、土州、長州系の過激志士の巣窟の観があり、土佐勤王党の領袖武市半平太《たけちはんぺいた》などは、かつてこの料亭の離れ座敷に起居し、佐幕派要人の暗殺を指揮していたことがある。

鹿内は、土方隊に属した。

土方がとくに取りはからったらしく、この男にしてはめずらしく上機嫌で、

「鹿内君、着物をぬいでみろ」

といった。鹿内は、そのとおりにした。まず、羽織をぬぎ、着物をくつろげ、両肩を抜いた。下に、隊から支給されている鎖《くさり》の着込みをつけている。

「破れている」

土方は、気づいていたらしい。鹿内の右胸の一ヵ所を指でついた。銅銭ほどの綻びがあった。そこを槍で突かれれば串刺しになるだろう。

「いいです」

「馬鹿」

土方は、自ら蔵に足を運んで、新しい着込みをとりだしてきて、与えた。

「更《か》えろ」

鹿内は、感動した。隊士のたれにも特別な親しみをみせようとしない土方にとっては、異例のことである。

隊は、三人一組になった。鹿内は、そのうちの一組の指揮者になった。

午後八時、出動。

といっても、壬生の屯営を、一組ずつ、間隔をおいて出てゆくだけのことである。各組はそれぞれ道をかえて木屋町へゆき、その会所に集結する、というのが襲撃の準備法であった。

「それまではいっさい隠密に」

といわれた。

鹿内組は、提灯もつけず、釜座《かまんざ》を北上してわざわざ二条まで出て、東へ折れた。当夜は祭礼の宵だが、それでも二条通りは、諸大夫や御所の有職《ゆうそく》の絵師、学者などの住居が多いから、陽が落ちると無人の町のように静まる。

「しずかだな」

組下の摂州尼崎浪人平野源次郎がいった。平野はそのあと、しきりと、仲間のおなじく摂州尼崎浪人神田十内に話しかけた。神田も、堰《せき》をきったように私語しはじめた。西国者は、鹿内などの眼からみると、ひょっとすると自分たちとは人種がちがうのではないかと思うほど饒舌《じょうぜつ》である。

が、べつに内容はない。ただ舌の回転を生理的に愉しんでいる、という喋り方であった。

もっともいまの場合、平野、神田は、舌を回転させることで恐怖をまぎらせているのかもしれなかった。あと半刻ののちには、生死の運命もさだかではない修羅場が待っている。鹿内でさえ、こわいのだ。

「鹿内さん、相手は何人でしょう」

と、平野が問いかけた。詳しい事情は、かれら平同士はなにもきかされていない。

「私も、よく知りませんな」

と無愛想に答えた。鹿内は、自分の組下にまわされたこの二人の饒舌家に好意をもっていない。おどかしてやろうと思った。

「一説では、百人といいます」

不幸なことに、鹿内の言葉には、篤実なひびきがある。平野、神田にとって、冗談とはとれなかった。

「——」

饒舌家たちは、沈黙した。

あきらかに、動揺している様子だった。

(古来、弓矢の道では、上方者などは口ほどもないものだ)

小さな優越感があった。しかしなぜ、隊でも腰ぬけで通ったこの二人が、自分の組下にまわされたのか。

「が、鹿内さん」

平野がいった。

「いかに近藤先生、土方先生でも、百人の敵にたった二十数人で斬りこむというのは、軍略上どうでしょう」

「会津藩兵が包囲するはずです」

「とは申せ……」

「すこし、だまりませんか」

富小路に、川越藩邸がある。

その門前を通りすぎたとき、路上が真暗になるほどの人影の群れをみた。あとでわかったところでは、当時、西陣の浄土宗浄福寺に屯集していた薩摩藩の激徒十数人が、市中で飲んでの帰りだったらしい。この連中は、自藩の薩摩藩が公武合体の穏健主義をとっているのにあきたらず、

——藩邸手狭につき、私宿を設けます。

と称して、浄福寺に起居し、ときどき黒谷の会津藩本陣におしかけて行っては藩士に喧嘩を吹きかけるなどの狼藉が多かった。思想的には、長州の同調者といっていい。

当然、鹿内ら三名は、せまい路上で、この多数の人の波にのまれてしまった。

「提灯もなく夜分歩行するとは不審な。何藩の御家中でごわす」

「新選組だ」

とは、当夜にかぎって言えない。鹿内は、不審の者ではない、お通しねがう、と舌の渋るような奥州なまりでいった。

「やあ、こいつら、会津じゃ」

一人が、躍りあがるようにいった。薩摩者にすれば、奥州なまりといえば、南部も会津もおなじにきこえるのだろう。

「ち、ちがう」

と、平野と神田が、こもごも言った。

「では、何藩でごわす」

「――」

言えない。妙なもので、「新選組何某である」と隊名を名乗れば、背景の威力でこちらの気負いも倍するのだが、いまは、個人でしかない。それが平野を臆病にさせた。

わっと、遁げだした。それにつられて神田もにげだした。鹿内も、不覚だが、かれらの臆病にひきずられて逃げた。

一太刀、背後から斬られた。鎖を着込んでいるから怪我はなかったが、羽織が縦に一尺ばかり裂かれた。

鹿内は、このとき、かつて味わったことがないほどの恐怖が、全身をつらぬいた。夢中で駈けた。薩摩人が、足音をとどろかせて追ってきた。七人や八人ではない。

ときどき追いついた者が、

「きゃあーっ」

と、この国人特有の示現流の叫声をあげて一颯、二颯と斬った。あやうく避けたが、鹿内の足は宙を舞うようで、思うさまに走れない。

（小つる。——）

と思った。縋るような、祈るような、哭きだしたいような、異常な気持であった。死ぬ。死ねば、小つると、その胎内に宿っているらしい子は、どうなるのだろう。おれは生き残らねばならぬ、とおもった。人間とは儚いものだ。そう思った瞬間、新しい恐怖が全身の血を凍らせ、鹿内薫はまるで別の人間になった。もはや自分のぶざまな逃げざまを、恥ずかしいとも思わなくなった。勇気と廉恥ある心映えこそ、奥州者の唯一の誇りであると信じていた、そう顧みる機能は、すでに別人の鹿内にはなくなっている。

高倉御池の八幡社の境内を通りぬけて姉小路に出たときは、やっと追手からまぬがれた。

（木屋町へ行かねばならぬ）

そうは思ったが、肝心の組下の平野、神田はどうしたろう。

鹿内は、懸命にさがした。

木屋町集合の刻限を気にしつつ、町々を駈けあるいた。ついに寺町通押小路、通称上本能寺町という辻で、二人を発見した。

が、すでに死体になって横たわっていた。

平野は、薩摩の示現流特有の異常な太刀行きの早さでやられたらしく、右袈裟、胸まで断ち割られ、酸鼻をきわめている。そのそばに神田の腕が落ちていた。さらにそのむこうに、神田の死体が正座したまま、ぐったりとうずくまっている。首がなかった。

（――これは）

どうしたものか。

茫然とした。

とにかく、そばの本能寺の門番を叩きおこして死体の始末をさせ、あとは無我夢中で三条通を走った。

会所につくと、奥の一室で、副長土方が、錆《さ》びた鉢金《はちがね》をまぶかにかぶりながら、和泉守兼定二尺八寸を膝の上に横たえ、眼をつぶっている。鹿内の眼にその姿が、鬼神のようにみえた。

「鹿内薫、来着しました」

（ふむ？）

という表情で顔をあげた土方の眼に、不審が浮んだ。鹿内の顔が、幽鬼のように蒼ざめている。

「どうした」

「ふ、ふかくで、ございました」

土方は、何事か、不吉なものを察したらしいが、まわりに多勢の隊士がいる。出陣を待っている。土方は、士気への影響を考え、

「あとできく」

言ったきり、眼をつぶった。想像はしている。平野、神田の二人は、途中から逃げたのだろう。

刻限がきた。

土方は、立ちあがった。それにつれて二十余人の隊士が立ちあがった。

「出る」

疾風のように駈けだした。

土方は、まず鴨川に面した裏口をおさえ、木屋町の南北をかため、当の丹虎に押し入ったのは彼自身が指揮する数人だけだったが、問題の激徒は一人もいなかった。

――やはり、三条小橋畔の池田屋か。

土方はすぐ、三方に分散した隊士を、丹虎の入り口に集めた。夜中のことで、この間、相当の時間をとっている。すでにこの時刻、池田屋に指向した近藤は、自分以下六人の隊士とともに屋内に突き入り、二十数人の参集者を相手に勝敗不明の乱闘をつづけていた。

「どうやら、池田屋らしい」

土方がそういって一同の顔を見渡したとき、この緊張のなかで、まったく一同とは別の表情がまじっているのに気づいた。その顔は、「丹虎」と書かれた軒行燈の下で、うそ寒そうに浮かびあがっている。

（鹿内。――）

と思ったときは、土方は隊士の先頭を駈けだしていた。

三条小橋の池田屋では、隊士の一人一人が阿修羅のような働きをした。

局長近藤が江戸の養父周斎に送った手紙のなかに、

――兼《かね》て覚悟の徒党の族故《やからゆえ》、手向《てむかい》戦闘、一時余《いっときあまり》（現在の二時間余）の間に御座候。

とある。

戦闘なかばごろから、屋内外を駈けめぐっていた局長近藤は、隊士の者とすれあうたびに、

「おう」

「おう」

と励ましの声をかけた。

何度か、鹿内薫の顔も見た。そのつど擦れちがった場所はむろん異なっていたが、奇妙なことにいつのときも、鹿内のいた場所には、敵がいなかった。最後に出会ったときは、鹿内のほうからツト避けるように闇に消えた。

五

池田屋襲撃の直前、上本能寺町の辻で隊士、平野、神田の二人が、薩摩者らしい連れにやられた一件については、鹿内の申し立てにより、隊では不問に付された。

――戦ったが、二人斬られた。当方も数人は斬った。しかし木屋町での集結時刻がせまっていたため、やむなく争闘の場所をすてて、命令の場所へ赴いた。

鹿内の申し立ては、間然するところがなかった。が、鹿内という男は、そのまま、他人を瞞着《まんちゃく》しきれる才能はなかった。その生活に堪えきれなくなった。

(脱走しよう)

と、決意した。

小つるがいる。

彼女が、なにもかも、男としての自分を変えつつあることに、鹿内も気づきはじめていた。あの富小路の川越藩邸の付近で薩摩藩士に出会ったときも、いつもの自分なら、踏みとどまって及ばぬながらも斬り死にしたことであろう。

それが、魔がさした。

小つるがいる。

世帯をもった。子を宿した。そのことが、男をどう変えるかということまで、当初、鹿内は気づかなかった。

おなじ境遇に原田左之助がいる。しかし原田は、別な質の人間だったらしい。いささかも変化していないどころか、いよいよ命知らずの左之助の本領を発揮している。

(おれは、もともと新選組に入るべき人間ではなかったのだ)

「遁げよう」

小つるに相談した。小つるは、ふしぎな顔をした。

「どうして食べて行くのどす」

京女は、性根がすわっている。この王城の地の女は、男を好いても惚れぬ、という。惚れて心中だてをするような度外れたところが微塵もなかった。うそではなかった。小つるがなによりも証拠だった。

「逃げて、知らぬ他国で、もう一ぺん女髪結いにもどれと言わはるのどすか」

「いや、そこまでは」

考えていない、何処へ、どう逃げる、それも考えていない。とにかくこの新選組の影響下にある京、伏見、大坂から一刻も早く脱出したかった。

「田舎は、厭どす」

京以外に住むならば死んだほうがましだ、と小つるはいった。京の女の九割は、こういう場合、同じことをいうだろう。

「おれの故郷《くに》へ、行かぬか」

「南部」

小つるは、小さく叫んだ。なるほど、祇園林の出逢茶屋で、いろいろと南部のはなしをきいたときは、それはそれで面白かった。がそれも、小つるの眼からみれば半ば異国にちかいそういう僻陬《へきすう》の地に生れずにすんだ、という幸福感が、小つるを笑わせた。

「厭どす」

小つるは、にべもなかった。すでに、腹がせり出し、眼にくまができていた。皮膚の色は、あいかわらずぶきみなほど白い。

数日すぎた。鹿内の気持をいよいよ絶望的にさせたのは、池田屋の斬り込み後、新選組の編制が大きく改変されたときである。

隊の幹部の呼称がかわり、組長、伍長、監察、武芸師範頭、ということになって、助勤制は廃止された。たいていの助勤は、新編制における幹部になったが、鹿内薫の名はなかった。平同士に落ちたのである。

理由が、わからなかった。それとなく、原田左之助にきくと、この新編制における十番隊組長は、はじめて気づいたらしく、「なるほど、君の名がない」と頭をひねっていたが、すぐ、

「女房を可愛がりすぎるからじゃねえか」

と笑った。この男の粗大な神経では、鹿内の気持などはわからない。

しかし、原田は多少気になったらしく、土方にきいた。

「知らん」

土方は、にべもなかった。原田は、「そうか」といったきり、彼自身も鹿内のことは忘れてしまった。

が、土方がそう答えたことについては、理由がある。近藤が、鹿内をひどく嫌うようになっていた。「怯懦《きょうだ》だ」という。この組織にあっては、致命的な評価であった。だから、助勤の位置から落とされた。しかし、土方はその理由を原田に洩らさなかった。公言すれば鹿内の怯懦は、死に価する。土方には、まだこの寡黙で涼やかな眼をもった奥州武士に対する愛情が残っていた。

——もう一度、機会を与えよう。

土方には、そんな気がある。しかし土方は常に隊士に対しては、石のように無表情な男だった。鹿内にも、沈黙していた。

慶応元年の正月に、小つるは、無事分娩した。鹿内に似て、眼の美しい女児だった。鹿内は、故郷に残している祖母の名をとって加穂《かほ》、と名づけたかったが、小つるは田舎くさい、といって反対し、顔見知りの祇園社の禰宜《ねぎ》にたのんで、その、と名づけた。鹿内はあまり感心しなかった。

慶応二年八月。

そのは、育ちの早い子で、数日伝い歩きをしただけで歩けるようになった。片言もいえた。鹿内は溺愛した。溺愛しているという評判が、隊内に立った。誰もが、白眼をもって、鹿内をみた。隊中、すべて人並みな幸福のそとにいる。妻子をもって国事に殉じられるか、というのであった。それもある。嫉《ねた》みが大きかったろう。それに、妻子を持ってからの鹿内が、ひどく卑小で貧相な印象を仲間に与えつつあった。「烈士」にふさわしい昂揚した志士の精神が、いつとはなくしぼみつつあったのだろう。

その八月。

二十九日の夜である。三条大橋の橋畔の定制札場《じょうせいさつば》にたてられている公儀の制札が、何者かにぬりつぶされ、鴨河原に捨てられた、という事件がおこった。幕府への侮辱である。

制札の文言《もんごん》は、「朝敵」長州人に対する取り締まりの要綱を公示したもので、「(前略)潜伏落人等、見当候者は、速に申出候はば、御褒美可被下《くださるべく》候。若《もし》、隠置き他より顕《あら》はれ候はば朝敵同罪たるべき事」とある。

奉行所では、やむなく新調して立てた。がそれも塗りつぶされて捨てられた。さらに新調、さらに棄損、というわけで奉行所では手を焼き、新選組に手配を依頼した。

下手人の推察はつく。

長州に同情的な土州藩士か、それに同調する浮浪志士であろう。近所のうわさでは、十数人という多人数だという。

「原田君、これは十番隊に」

と、近藤、土方は、左之助に命じ、十番隊士二十数人のほかに、剣術師範方から、池田小太郎、服部三郎兵衛、田中寅雄らが臨時に配属された。土方は、さらに指名した。

「探索方としては橋本会助君、それに鹿内薫君、この両君の労に待ちます」

早速、十番隊を中心に、夜ごとの警戒配置がきめられた。

隊士を三班にわけた。

第一班は、三条小橋東畔の北側にある酒商の店内にひそみ、第二班は大橋を東へわたった茶店の奥で待機して大橋を東西におさえるとともに、主力十人は原田左之助みずから指揮し、先斗町《ぽんとちょう》町会所に陣どった。

さて、二人の探索である。

これは、菰《こも》をかぶった乞食に扮《ふん》し、橋上ですわった。

数夜、何事もなかった。夜がふけるとこの態勢を解いて帰営し、翌日、日没とともにふたたびこの態勢に入る。

九月十二日夜、京の空は雲は幾片か浮かんでいたが、この季節にふさわしい晴夜といえた。午後十時をすぎて、月は中天にかかった。橋上は、真昼のようにあかるい。

鹿内は、その夜、制札場の木柵のすぐそばで、菰をかぶってすわっていた。脇差一本を抱いている。

月がときどき雲に入るたびに、鹿内はほっとあごをあげた。闇だけが、鹿内をまもってくれる。

その刻限、雲が去った。月が、無残なほどに鹿内の姿を照らした。そのときである。南に、人の話し声がわきおこった。足音が、磧《かわら》づたいに聞えてきた。鹿内は、ふりかえった。月下にありありとみえた。人の影が、八つ、九つ、悠々と近づいてくる。

やがて、鹿内のそばにきた。

「なんだ、乞食か」

一人が、微醺を帯びた声調子《こわ》で、いった。あとでわかったことだが、いずれも河原町の藩邸を根城にしている土佐藩士で、沢田甚兵衛、宮川助五郎、松島和助、藤崎吉五郎、安藤謙治、岡山禎六《さだろく》、中山謙太郎、早川安太郎の八名である。土佐者らしく粗暴剽悍の徒で、幾度か剣戟のなかをくぐってきている。

「乞食、呉れてやる」

橋板の上に銅銭が落ちて鳴った。鹿内薫は、このとき立ちあがるべきであった。

駈けて、すぐそばの先斗町町会所の本陣に急報すべきであった。それだけが、鹿内の役目であった。現に、立ちあがろうとした。が、腰が、吸いついたように橋板から離れなかった。

胴がふるえている。

(小つる。——)

顔が、うかんだ。すぐ消えた。が、そのの、幼児特有の甘酸っぱい肌のにおいが鼻に満ちたときは鹿内は、死ねぬ、と思った。いま立ちあがって駈けだせば、土佐者どもは、押し包んでなますのように斬り刻むだろう。

が、勇者はいる。

橋本会助である。この水戸脱藩、十番隊隊士は、巧妙な扮装のまま悠々と歩きだし、制札場の木柵を越えようとしている土佐藩士に、

「よいお月夜でございます」

とあいさつさえして、通りすぎた。先斗町本陣に報じたのは、この橋本会助であった。

原田以下は、出動した。

激突した。

土佐藩士八人も必死に働いた。たちまち、新選組側は、伊藤浪之助がコブシを斬

られて刀を落とした。が、ほどなく小橋の酒商の班、大橋東詰の茶店の班が駈けつけ、二十余人という大人数になって、それも月明を幸い、いずれも先を争いながら踏みこみ踏みこんで闘ったために、土佐藩士は藤崎吉五郎が原田左之助に斬られて即死、安藤謙治は手負いのまま逃げのびたが、すでに死を悟って河原町の路上で切腹、宮川助五郎は全身に数十創の刀傷をうけ、ついに乱刃のなかで気絶したところを捕縛、あとはいずれも瀕死の深手を負いつつ礦へとびおりとびおりして、南北に逃げ散った。

新選組側は、浅手数名。

翌日、京都守護職会津侯から使者が来、感状が渡され、働き抜群な者に褒美、負傷者にそれぞれ見舞金を賜わった。たとえば、原田左之助以下四名に各二十両、ほか五名に各十五両、ほか二人に各七両二分、その他一様に金千疋が渡った。

橋本会助は、褒美十五両。むろん、探索の功である。

鹿内薫は、黙殺された。

「士道不覚悟」

と、近藤は、土方にいった。事件があって数日後のことである。

「そうか。……」

土方は、視線を落とした。士道不覚悟、とはもはや批評ではない。新選組の紀律における最大の罰目であった。切腹、断首、密殺、いずれかの処置が、この該当者に待っている。

「どうだ」

「ふむ――」

土方は、思案している。鹿内の救済法を考えているのではなかった。不覚悟、と断定された瞬間から、鹿内薫は、新選組隊士であることから消えている。あとはその無縁の人間を、たれに斬らせるかであった。

「原田君」

と、土方は、自室に左之助をよんだ。

「君の隊に、怯懦の者がいる。捨てておけば隊が腐る」

「たれです」

原田は、むろんわかっている。が、原田にも、妻がいる。茂《しげる》と名づけた二歳の男の子もいる。人間、もともと痴愚なものだ、ということを、この男もようやくわかるようになってきた。できることなら、鹿内薫を救けてやりたかった。

「原田君、わからないか」

「………」

「君ほどの人だ。わかっているると思っていたが、わからなければそれでいい。十番隊の士道不覚悟、これは不問に付しておく」

「土方さん、よくねえよ、言いかたが」

原田は、当惑したように立ちあがった。土方の言い方では、わからぬ、といえば、原田自身が、鹿内と同様の不覚悟、ということになるではないか。

「鹿内を、私が始末します」

「わかってくれて、ありがたい。とくにあんたを討手に選んだ意味も、わかってくれていると思うが」

「ふむ」

原田は、退出した。自分を討手に選んだのは、鹿内の二ノ舞いを演ずるな、という意味だろう。土方はかつていったことがある。

「新選組がある。里心がある。この二つは、氷炭のごとく相容れない」

家庭的な世上普通の人情こそ新選組を腐敗させるものだ、という意味だろう。

「巡察に出る」

と、原田は、十番隊にもどって、いった。

「同行は橋本会助君、鹿内薫君」

「はっ」

橋本会助が立ちあがった。すでに、原田から意を含められている。鹿内も立った。

祇園石段下まできてから、原田左之助ははじめて、鹿内に声をかけた。

「のぼり給え」

薄暮である。

境内を東へ突ききれば、一条の道が真葛ヶ原から祇園林へ通じている。この刻限、人影の絶えることを原田は知っていた。

やがて、林のなかに、三人は立った。

「鹿内君、君も武士だ。きょうの巡察がどういう用であるか、うすうすわかってくれていると思う。抜き給え」

鹿内は、はっ、と欛《つか》に手をかけた。恐怖があった。恐怖のまま、原田の白刃が右肩へ吸いこんだ。鹿内は、どうと倒れた。

浅い、なお意識があった。

思った。すべては、この林の中からはじまったのだ、と。

「橋本君、とどめを」

橋本会助の刀がきらめき、逆《さかしま》に垂れた。仰臥しながら鹿内は、眼を見はり、その切尖が近づいてくるのをみた。やがて、それが胸に吸いこまれ、すべてが終わった。

三条磧乱刃

一

　芸州浪人国枝大二郎が隊に入ったときは、新選組はすでに壬生から移って、西本願寺の堀川ぞいの一角に仮営していたころである。新入隊士はすぐ西本願寺太鼓楼の階下大広間に収容されたが、境内での歩行は自由だった。

（りっぱなものだ）

　本願寺が、である。

　黒書院にまわってみた。

　ここは、新選組に収用されていない。かつて秀吉の伏見城の遺構であったという壮大な建物である。

　国枝大二郎の生国芸州は、安芸門徒といって、本願寺の法義さかんなところだ。熱心な念仏行者だった祖母の感化もあって、興味がふかい。

（さすが、御本山だな）

　黒書院の長い縁を歩いてゆくうち、庭へおりる階《きざはし》のところで、一人の老人が日向ぼっこをしているのを見た。

近づくと、武士である。居眠っている。

(寺侍かな)

それにしては、顔が田舎くさい。真黒な顔に、百姓のような日焼けじわがあり、総髪にむすんだ髷に、白髪がまじっている。頭が大きく、鼻が低く、鼻の下の思いきって長いごく気楽そうな顔である。粗末な綿服を着ていた。

やがて武士は眼をさまし、

「新選組のひとかね」

と横柄にいった。大二郎は幾分気負って、

「そうだ」

といった。しかしふと老武士の小びんにはげしい面擦れの痕のあるのをみて、やや、態度をあらためた。本願寺の家老は、下間筑前守《しもづま》である。かれら寺侍一統のなかにも、これほど剣術に精練な人物がいるのだろうか。

「御流儀は、何です」

国枝大二郎はきいた。が、老武士は間のびした口調でこたえた。

「浄土真宗だよ」

「いや、剣のほうの」

「ああ、剣術のほうか。わしは若先生や歳さんらと同じ流儀で育ったが、筋があまりよくないせいか、からっきし下手だよ」

(若先生？)

どうも話の様子がおかしい。まさか、と思って訊いてみた。

「失礼ながら、貴殿は本願寺の御坊官ではなく、隊のお方でござるか」

「ああ、隊にいるよ」

「これは」

国枝大二郎はあわてて立ちあがった。新入りらしいしくじりだ、とわれながら狼狽し、

「失礼します」

名もきかずにその場から離れた。あとで気づくと、冷汗で背がびっしょり濡れていた。

平隊士は大広間に詰めこまれている。ここへはめったに幹部の連中は顔をみせなかったが、例外は、一番隊組長の沖田総司であった。個室が窮屈らしく、平隊士のごろごろしている広間へよく遊びにきた。

気さくな男だから、たれかれなしに話しかけた。

「沖田先生」

みながそういうと、

「先生はよしてくださいよ」

そんな調子である。新選組きっての天才剣士といわれた沖田総司は、まだ二十を二つほど過ぎたばかりで、国枝より若い。

その老人のことを、沖田にきいてみた。沖田は思いあたらないらしく、首をひねって、

「はて、いくつぐらいの人でしょう」

「さあ、六十くらいでしょうか」

「冗談じゃない。近藤先生だって三十を二つ三つ出たばかりですよ。新選組にそんな年寄はいませんよ」

「しかし隊の者だ、とおっしゃっていましたし、その上、流儀は若先生や歳……」

国枝には、この若先生、歳さん、という意味がわからない。が、ここまで聞くと、沖田総司は弾けるようにわらいだした。

「わかった。井上の源三郎さんだ。しかしひどいなあ、あんたはそれだけでも隊則違反で切腹ものですよ。井上さんは六十じゃありませんよ。なるほど隊じゃ飛びぬけて年配だけど、それでも四十三、四です。しかし、六十とはよかったなあ」

「申しわけありません」

「いいよ、そう見られた井上のおじさんのほうが悪いんだもの」

沖田は、おじさん、といった。言葉の裏に、骨肉の間柄のような温かさがこもっている。

「そうでしたか、井上源三郎先生。――」

「ええ、六番隊の組（隊）長です」

あっ、と思った。すれば、大幹部ではないか。

（あの百姓の御隠居のような人が）

二

国枝大二郎は、部署がきまって、局長付にまわされた。この役は小姓ともよばれた。実戦には近藤の旗本になり、平素は近習の仕事をつとめる。

自然、幹部と接する機会が多くなった。

例の六番隊組長井上源三郎も、背を曲げて局長の部屋にやってくるが、井上は近藤のことを、ときどき、

「若先生」

と、よんだりしていた。しかも近藤のほうも、この井上源三郎にだけはどことなく態度がちがい、いつもいたわりがあった。ときどき故郷《くに》のはなしをしては、

「井上さん、故郷の納豆が食いたいなあ」

そんなことをいうのである。

副長の土方歳三も、おなじだった。隊士のあいだで、

――あの仁は韓非子《かんぴし》のいう酷吏だ。

といわれているこの男でさえ、井上源三郎に対しては、物腰がやさしい。

（どうやら、一種の勢力のある人らしい）

と国枝大二郎はそう思った。が、しかし仔細に観察すると、そうでもなさそうなのである。

井上源三郎自身、局長、副長からそれほど立てられているくせに、そういうことにちっとも傲《おご》るふうがない。隊内政治もやらない。第一、無口なのだ。

飄々としていた、といえば聞えはいいが、禅骨をおびているというほどの高級なものではなく、要するに百姓の御隠居ふうなのである。

（おもしろいおひとだ）

廊下ですれちがったとき、国枝大二郎が丁重に頭をさげると、井上源三郎は、野良で腰をのばすような恰好をして、

「ああ、あんた」

思いだしたらしい。

「わしに宗旨をきいたひとだね」

どうも、間のびしている。

「いいえ、あのときは剣術の御流儀をおうかがいしたつもりでした。しかし井上先生とは存ぜず、ご無礼仕りました」

「そうでしたかな」

ふわっ、と微笑して、行ってしまった。

(へんなお人だな)

おかしくなった。

新選組では、出動部隊が十番隊まである。それぞれの隊の指揮官は、沖田総司、原田左之助、藤堂平助、永倉新八、斎藤一といったいきのいい剣客ばかりだが、その中にまじってあの老人がよくも六番隊を指揮できたものだ、と国枝はなかばあきれる思いだった。

(どういう人だろう)

興味をもった。

局長付の同僚に、福沢圭之助という先輩がいる。常州の郷士の次男坊である。のちに伍長になった男だが、物事に明るい男で、

「井上さんのことか」

と、くわしく話してくれた。

要するに新選組というのは、武州南多摩の農村に流布されていた天然理心流の剣術道場から成立したようなものである。土方、沖田もその流儀の門人で、局長近藤勇は、その道場主であった。

「近藤先生は、流儀の道統では、四代目にあたられる」

三代目は近藤周助（隠居して周斎）で、勇は十六歳のとき、周斎に見込まれて養子に入り、二十五歳のとき、道統のすべてを継承している。

この四代目の披露は、いかにも武州在郷の田舎流儀らしく、はでな野試合をやった。場所は府中宿の明神境内東の広場である。安政五年のことだ。

この野試合は紅白両軍にわかれ、赤の大将は御嶽堂紀《おんたけどうただす》。白の大将は、副長土方歳三の義兄佐藤彦五郎（日野宿大名主）である。

近藤はむろんいずれにも属せず、本陣総大将、という役目で、旗本、軍師、軍奉行、軍目付などをものものしく従え、勝負の判定をする。

野試合には、門人百人ほど出た。

たとえば、副長土方は当時二十四歳で、赤の大将の旗本の一人にまじっていたし、沖田総司は十五歳の少年で、近藤の本陣の太鼓役をつとめた。

井上源三郎老人は、この日、本陣の鉦《かね》役として出場している。

「ほう、鉦役。——」

べつにめずらしい逸話でもあるまい、と国枝大二郎は拍子ぬけした。要するに野試合開始が沖田少年の太鼓ではじまり、終了が、井上老人の鉦で合図される、というだけの役目ではないか。

「ところが」

と、福沢圭之助はいった。

「さきごろ、近藤先生のお供をして江戸にくだったとき、牛込二十騎町の周斎先生の御隠宅で古い門人帳をみせてもらったが、弘化元年の帳簿にちゃんと井上源三郎先生のお名前が御実兄の井上松五郎一俊《かずとし》という方とならんで出ている。齢を繰ってみれば、当時、近藤先生が十一歳、土方先生が十歳、むろんどちらも入門されてはいない。沖田さんなんざ生れているかどうか、わからないころだよ」

(なるほど)

すると、近藤、土方、沖田にとって、源三郎は大先輩にあたるわけだ。おそらくかれらは、入門して源三郎から剣の手ほどきをうけたのであろう。

ところが当の源三郎は剣歴が古いわりには一向に上達せず、後進の近藤が師匠の養子にえらばれ、土方が師範代になり、沖田総司などという稀有の天才は十代で免許皆伝になったというのに、源三郎は四十になっても目録でしかなかった。

それでも剣をやめず、道場の内弟子として黙々とつとめた。

近藤一統が幕府の浪士募集に応ずるときも先輩への義理で、

――井上さんも、どうです。

と声をかけた。断わるかと思ったが、

――ええ。

と応え、黙々と京都へついてきた。こういう点、実直な作男のような人柄らしい。

新選組結成後、近藤、土方は、この人を助勤（士官）とし、隊の制度をかえてから六番隊の指揮者とした。むろん後輩としての義理でそうしたのだが、源三郎も、黙々とそれにこたえた。

元治元年六月の池田屋の斬り込みにも参加した。働きは可もなく不可もなかったのであろう。事件後、近藤が、養父周斎や故郷の連中に書き送った手紙にも、土方、沖田、藤堂などの働きは報じていても、井上源三郎については一語もふれていない。

こういう井上源三郎と、国枝が急速につながりをもつようになったのは、慶応元年七月である。

この日、局長付を免じられて井上源三郎の六番隊に配属されたからであった。

「ああ、あんた。お宗旨をきいた人だな」

と、井上は懐しそうにいった。

配属されてみて気付いたことは、井上の六番隊というのは新選組の用兵上、どうやら予備隊として使われているようであった。隊士は二流以下の剣客である。きめられた市中巡察には出るが、大物の手入れのときには屯営の留守を命ぜられた。近藤、土方がよく使うのは、一番、二番、三番、八番、十番という隊で、組長以下剣術精練の者を配置していた。

巡察に出ない日は、屯所の道場で剣術の稽古をするのが、隊務の一つになっている。

壬生屯営時代の井上源三郎のことを、子母沢寛氏は、昭和初年、京都壬生の八木家（壬生郷士の家。新選組宿所の一つだった）を訪れられ、当時まだ存命していた八木為三郎氏に左のような懐旧談を聞き書きされている。

（前略）この沖田が近所の子守や、私（為三郎氏）たちのような子供を相手に往来で鬼ごっこをやったり、壬生寺の境内を駈け廻ったりして遊びましたが、そんなところへ井上源三郎というのがやってくると、

「井上さん、また稽古ですか」

という。井上は、

「そう知っているなら、黙っていてもやって来たらよかりそうなもんだ」

と嫌な顔をしたものです。

井上はその時分もう四十位で、無口な、それで非常に人の好い人でした。隊士の剣術の稽古は、所属隊にかかわらず局命で任命されている剣術師範から手直しを受けることになっていた。師範頭は、沖田総司、永倉新八、池田小太郎、田中寅雄、新井忠雄、吉村貫一郎、斎藤一である。

が、かれらは隊務でいそがしい。

結局は、平師範の井上源三郎などが、非番のときには、実直に道場に出る。

——信ずべきは、ああいう人だ。

と、近藤はつねづねいっているらしい。

いわば、実体《じってい》の作男が、畑仕事のない雨の日には、納屋で縄をなって、わずかでも主家に報じようとしているに似ている。

が、剣は縄ないではない。

老齢凡骨の井上源三郎は、師範役として道場に立っても、若い気鋭の平隊士のはげしい籠手《こて》撃ちを食い、竹刀をとりおとすこともあった。そんなときは、

「ホウ、ホウ」

と、井上源三郎は奇声をあげるのだ。感心した、まいった、という正直な嘆声なのである。

だから、撃ちこんだ若い連中も、決して軽んずる気にはならず、むしろ、井上の

人柄の温かさにうたれてしまうのである。

副長の土方は、こういう井上源三郎を心配した。指揮者が平隊士に負けては、統制上まずくはないかと案じたのである。

「井上さん。非番のときはそう律義に道場に出ることはありませんよ。すこし骨をお休めになったらどうです」

そう注意したことがある。が、井上にはその真意が通ぜず、

「なあに、歳さん。私は道場に出るのが、むかしからの仕事だから」

そんなことをいった。

国枝大二郎は、井上の稽古を受けたことがなかった。遠慮したのだ。

(自分のほうが、万一、強ければ。——)

それを怖れた。国枝もさほどできるほうではない。利方得心流という中国方面でわりあい行なわれている居合術だけは皆伝をうけているが、剣のほうは中西派一刀流の指南免状から四段階下の「かな字」という段階まで進んだにすぎない。未熟である。

しかし、井上源三郎のいかにも不器用そうな竹刀わざからみれば、多少立ちまさるのではないか、と思われた。

「お宗旨さん」

と、組長の井上は、国枝大二郎のことをそう呼んだ。百姓らしい揶揄である。

「私はいそがしくて、あんたに稽古をつけてあげる機会がないが、いつかはみっちり稽古をしよう」

「ありがとうございます」

じつは道場でも逃げまわっているのだ。しかし井上のほうが、しんから済まない、という顔つきでいる。

(いい人なのだ)

有能な指揮者でないために、隊士のなかにはいやがる者も多かったが、国枝大二郎はこの人のためには命も要らない、と思った。

井上源三郎の剣術は、そばからみていると、足わざに難があった。

左足を前へ踏みすえるのである。しかもまたを大きくひらいている。国枝大二郎の学んだ中西派一刀流では、これを「撞木足《しゅもくあし》」といってひどく忌みきらった。進退自由ならず、器用の働きはできないのである。

ある日、道場に出てみると人があまりおらず、井上源三郎が、胴をつけて無聊そうにすわっているのをみた。

(まずい。——)

と思ったときには、井上がうれしそうに立ちあがったときだった。

「お宗旨さん、一汗かこう」

「はい」

やむなく支度をした。これが、後日のさわぎのもとになろうとは、むろん二人とも知るよしがない。

立ちあった。

すぐ井上は、面にきた。及ばず、国枝は撃たれた。

(井上さん、出来る)

国枝はうれしくなった。負けたうれしさのあまり、大きく踏みこんだ。

胴を撃った。

井上源三郎がよろめくぐらい、はげしい撃ちだった。しまった、と思ったが、あとは無我夢中で竹刀撃ちをした。

やはり、井上は老練である。不器用にみえて、国枝より身動きに無駄がなかった。

国枝はたびたび撃ちこまれ、疲労するにしたがって力量の差をみとめざるをえなくなった。いい加減に竹刀をひきたくなったが、井上は、

「まだまだ」

と面鉄《めんがね》の中でいう。執拗な稽古である。しかも間断なく動いては、撃ちを稼ぐ。

(かなわん)

ついには眼のさきが真暗になったが、それでも井上は放さない。

腹が立ってきた。

捨身で撃ちこんだ。相手の出方にもかまわず、踏みこみ踏みこみしてゆくと、妙に入る。面をとり、胴をとり、二、三度突きをとった。

が、疲れているから撃ちが浅い。いわば棒振り芸である。その棒振り芸が、井上も疲れているせいか、ぽんぽんとあたる。

そのとき、武者窓の外から見物していたらしい者が、

——大した芸だ。

と、笑ったらしい。あとできくと、もっとひどい悪口をいったようだが、当の井上、国枝両人にはきこえなかった。

稽古がすんで、詰間《はい》にもどると、居残りの隊士たちがさわいでいる。

——不敵なやつが侵入った。

というのだ。

きいてみると、いかに不用心な本願寺境内とはいえ、道場のそばに見知らぬ浪士《ろうし》体《てい》の男二人、内部をうかがっていて、高声で嘲笑したというのである。

——新選組とは、この程度か。

そんなことも言ったらしい。通りかかった隊士がききとがめると、悠々と阿弥陀

堂のほうへ立ち去ったという。

(隊の客か)

と思って、追わなかったらしい。ところが隊にはそのとき、外部から来訪者は一人も入っていなかった。

——屯営内に曲者が侵入した。

と、監察部では騒ぎはじめた。しかも隊の剣術を揶揄したとあれば、これは聞きずてにしておくわけにはいかなかった。

言葉は肥後なまり。

人体《にんてい》は、一人は右こめかみに三寸ほどの刀傷のある長身の男で、紋は三星《みつぼし》、いま一人の男は特徴のとらえどころのない二十四、五の人物だが、紋は風変りである。鉞《まさかり》のぶっちがいというもので、めったにない。

道場の武者窓で揶揄された事件は、壬生の最初のころ一度あったが、すでに新選組が洛中の治安を武力で鎮めている今日、屯営の半丁四方に近づく武士もないくらいである。

この事件は、副長の土方などはひどく気にした。新選組のこけんもある。いかに寺に仮営している当節とはいえ、城に侵入されたも同然だというのである。

「調べろ」

と、監察に命じた。

「が、あのとき道場で稽古をしていた者は、たれとたれか」

もっともこれは土方にとって重要な問題ではない。事のついでに訊いたのである。

監察の吉村貫一郎が調べた。盛岡の浪士で武芸名誉の男である。

「井上先生と、国枝大二郎君です」

ちょっと軽侮したような微笑をうかべた。

土方は、沈黙した。

吉村は機敏にその顔色を察した。考えてみれば井上源三郎は、局長、副長と同流儀、同郷であり、しかもかつては兄弟子であった。それ相応の依怙贔屓の情があろう。

「いや、誹謗者は国枝の未熟をあてこすったのでしょうが」

ぎょろり、と吉村をみた。そんなごまかしに乗る土方ではない。

「いや、御苦労でした」

と吉村をかえしたあと、土方は井上の部屋を訪ねた。相部屋の沖田だけがいた。

「総司か。井上さんは？」

「庫裡《くり》の裏の井戸にいらっしゃいます」

日は暮れている。土方は提灯をもってそのほうにまわってみた。

なるほど、井戸端に提灯を置いて、その明かりの下で洗濯をしている男がいる。井上源三郎である。

土方は、いやな顔をした。新選組六番隊長のやることではなかろう。

「井上さん。そういうことは、隊の小者におまかせになったらどうです」

「歳さんか」

日焼けした顔をむけた。

「やらせてはいるがね。しかし自分でやったほうがきれいになるよ」

きれい好きでもある。それに、洗濯が上手なようでもあった。江戸小日向《こびなた》柳町のぼろ道場に起居していたころは、土方も、この先輩と一緒に井戸端で洗濯をしたものである。

「しかし、夜分洗濯物をかかえて井戸端でごそごそしておられるようでは、隊士のしめくくりがつきません」

「そうだろうか」

首をひねったのは、我《が》をたてるつもりではなく、利口な歳のいうことだ、そうかもしれない、と井上は思うのだ。

「それから、井上さん、例の一件ですが」

「ああ、あれは御迷惑をかけたな」

自分がわるいようにいう。

「ばかな」

土方は、この老先輩の人の好さが、複雑な意味で、腹がたつのだ。

「井上さんに何の落度もありませんよ。ただ侵入した不逞浪人は、隊として打ちすてておくわけにはいかない。いま監察に市中を探索させていますが、この始末は井上さんと国枝君にしていただきます。人数が必要なようでしたら、いくらでもお貸しします」

「仕事だな」

忠実にやらなければならない、そういった表情でうなずいた。

土方は、出身道場の古参だった井上とは、どんな会話を交わしてもいつもこの程度の食いちがいがあった。武士の情けで、雪冤《せつえん》の機会をあたえてやったつもりなのに、仕事だな、と実直にうなずくのである。

（こういうお人だ）

土方も、気にはならないが、じれったくはある。

三

翌日から、井上源三郎は、監察の部屋に詰めっきりになった。居催促をするのである。

「まだかね、三星紋と鉞紋は」

監察は、山崎蒸、篠原泰之進、新井忠雄、芦谷昇、尾形俊太郎、吉村貫一郎の六人がいる。いずれも武芸は一流でしかも才走った連中だから、閉口した。

「井上先生、そうそう居催促をされてもいますぐ降って湧くわけじゃありませんから、どうぞおひきとりください」

仕事の邪魔だ、といわんばかりにした。しかし井上も、これが仕事だといわんばかりで、なかなか引きさがらない。

監察では、所司代、町奉行所の偵吏にまで人相書をまわして依頼してある。その報告を待つしか仕方がない。

一方、国枝大二郎は、毎日、単独で市中をうろついた。

国枝は、悲痛なものである。自分の未熟さのために、隊全体の剣技がそしられた。同僚も、そういう眼でみている。

(見つけ次第、及ばずとも、斬る)

が、容易に見つからない。第一、雲をつかむようなはなしであった。浪人か、それとも歴とした藩の藩士なのか、主持ちならどの藩のどの藩邸にいるのか、せめてそれだけでもわかればいいのだが、顔も知らないのである。

紋のほかに、もう一つ有力な手がかりがあった。肥後なまり、ということである。三条大橋を東へ渡ったたもと、その西側の家並みのとっかかりに、

小川亭

という小粋な旅館がある。付近に肥後藩士が多く住んでいる関係で、ここは、同藩の過激家たちの巣窟になっており、去年池田屋の変で討たれた肥後藩尊攘派の大物宮部鼎蔵、松田重助なども、ここを根城に市中に出没していたことは、新選組でも知れている。女将おりせ、若嫁のおてい、というのがしっかり者で、池田屋の変のあとも、その侠気を頼んでやってくる諸藩の志士を巧妙にかくまうらしい。

——肥後者なら、小川亭が臭い。

隊でそういわれて以来、国枝大二郎は、日に二度はこの家の前を通ってみる。

八月のある日のことだ。

空が、明るすぎた。その午後、いかにも急ぎの用といった足どりで小川亭の前を通りかかると、ぐらっと格子があいて、長身の武士が出てきた。

（こいつだ）

右のこめかみに、刀傷がある。すぐそのあとから、眼の細い、軽捷そうな足腰をもった男が、刀傷のあとにつづいた。刀傷は無紋の絽羽織だから紋所はわからないが、後から出てきた男は、鉞の紋である。

鉞はちらりと大二郎のほうをみたが、気づかぬふうで、すれちがい、二人談笑して三条大橋を西へ渡りはじめた。

国枝大二郎はそのまま通りすぎ、折りよく、このあたりで俗称弁天町とよばれている家並みの角で、隊の密偵の小者に逢い、あとをつけるように命じた。

「へい。しかし旦那はこれからどちらへ」

玄人である。大二郎に、祇園の会所で待っていてくれと逆に指図し、姿を消した。

が、日没になっても、小者は、約束の祇園の会所に来なかった。

(妙だな)

それが、死骸になって先斗町の鴨磧《かもがわら》にころがされていると知ったのは、夜も初更をすぎてからである。

町役人に案内されて現場へ行ってみると、右肩一刀で絶命している。斬り手のすさまじい腕を想像して、思わず、総身に粟つぶが立った。

帰って、井上源三郎に報告した。源三郎はだまってきいていたが、やがてごそごそと袴のひもを結び直しはじめた。

「どうなさるのです」

「出かけよう。小川亭へ」

「いまから?」

もう追っつけ、十時《よっつ》だろう。源三郎は、近所の畑へでも出かけるふぜいである。

沖田が、寝床からそれをじっと見ている。

井上、国枝の二人は、屯営を出た。幸い、肉《み》は薄いが、東の空に月がある。

「さすが、夜になると冷えるな」

六条通りを月にむかって歩きながら、井上は背をすぼめた。いまからたった二人で小川亭へ斬り込むにしては、威勢がわるすぎた。

「いますこし、聞きこみを固めてからにされてはいかがです」

「見つけたときに草をひけ、という諺が、わしの故郷《くに》にあるよ」

と井上源三郎がいった。故郷、という言葉で記憶を刺激されたのか、故郷では、三日の月の夜は狸が毛を干す、という途方もないはなしを錆《さ》び錆びした声で語りはじめた。

「狸というやつはそれほど自分の毛を大切にしている」

「左様ですか」

「狐はどんなものだろう」

「さあ」

国枝大二郎は、返答にこまった。狐も、三日の月に毛を曝すのだろうか。

「日野宿の鎮守に狐穴があってな。ここの眷族は利口が評判で、宿場はずれの飯能屋という店へときどき酒を買いにくるが、ちゃんと金をおいてゆく」

「木の葉ではないでしょうか」

「そう思うだろう。それがちゃんと青錆の出たりっぱな通宝だ」

「はあ」

「利口なものさ。土方さんの生家《いえ》に、源、てえ作男がいてね。おれとおなじ名の源三郎だが、これは芋つくりの名人で、あの在所の石田村では芋源といわれたくらいさ。あの村に浅川という川が流れていてね。この浅川で泳いでいる隣村の子供が、よく芋を盗《と》りにきた。源が死んだときに、この子供らが芋の大きな葉をかついで葬式にやってきたよ。村では河童じゃないかと思って気味わるがったが、おれは河童じゃないと思っている」

「なぜです」

「なに、こどものころの土方さんもその中にまじっているのを見たからさ」

松原通りへ出た。

やがて鴨磧の瀬にかかった三つの板橋を渡って東岸へ出た。宮川町を北上した。

「そうそう」

源三郎は思いだしたようにいった。

「屋内へ斬り込むときはね。刀をできるだけ短くもつんだよ」

「と申しますと？」

「両コブシを鍔《つば》のほうに寄せてしまうのさ。なるべく面撃ちはやめる。天井板を切り裂いたり、鴨居に撃ちこんだりするからだ。できるだけ、こう……」

「柄《つか》をみじかく？」

「そう。それでできるだけ機をみて突きに転じることだな。しくじれば短切にひいてもう一度突く。これだけが秘訣《こつ》だが、なかなかそうは思っても、いざとなると思うとおりにはやれなくてね」

井上源三郎は、ちゅんと洟《はな》をかんだ。

小川亭の前まできた。四間間口の紅殻《べんがら》壁の家で、腰板に犬矢来《いぬやらい》の袴をかぶせている。井上源三郎は、左の袴のももだちをうんととってから、

「あけてくれ」

と、戸をたたいた。

四

二階に寝ていたのは、肥後藩士菅野平兵衛である。刀傷がある。

「御用改めらしおす」

と、小川亭の若嫁おていがあがってきた。

「来るだろうと思った。宵からだいぶうるさく纏わりついていたからな」

落ちついている。

「何人だ」

「格子の隙間から見ただけどすさけ、あんばい見えまへんけど、何やら、人影は二人きりどすえ」

「ふたり?」

首をひねったが、横で支度をはじめている同藩の宇土《うど》俊蔵に、

「君は、藩邸へ走って人数をよんでくれ。私はあとから出る。相手は二人だというが、実際はそうではあるまい。十人、とみている」

宇土俊蔵は階下裏戸から、鴨磧にとびおりた。影のように走った。引きつづき、菅野平兵衛もとびおりた。

そのころ、すでに井上源三郎、国枝大二郎の二人は、階上にあった。

「まだ、床が温かい」

と、井上は、隠居のおりせにいった。おりせは当時、痛風を病んでいたというが、応答は若嫁にまかせない。

「温《ぬ》くおすか。お気のせいやおへんか」

かん高く笑い、京の気丈女らしく、さまざまと巧弁を弄した。井上源三郎の表情

からありありと自信が消えた。

「そうか」

「いや、井上先生。裏口を見ましょう。そのまま、鴨磧につづいているはずです」

鴨磧に一人残った肥後藩士菅野平兵衛は、小川亭の石垣の下に身をひそめ、白刃を抜きそばめたまま、去ろうとはしない。

菅野平兵衛は、去年池田屋で斬り死にした同藩宮部鼎蔵の義弟で、門弟でもある。宮部の死を聞いて憤慨し、同志宇土俊蔵をさそい、

――一死、幕吏に報復せん。

と上洛してきた。まず参拝者にまぎれて西本願寺境内に入り、わざと境内で迷った体《てい》で新選組屯所にまぎれ入り、道場のまわりをうろつき、嘲声をのこして立ち去ったのである。

かねて、肥後藩邸の者と相談し、会津藩、新選組への復仇の手はずを整えている。いまも宇土俊蔵を走らせたのは、その心づもりがあってのことだ。

菅野平兵衛は江戸で北辰一刀流を修め、免許皆伝まで得た。宇土俊蔵も、同流の大目録を得ている。

豪胆な男だ。単身新選組隊士をひきとめ、加勢の来るまで戦おうというのである。

――内儀、すまぬが。

と、裏木戸まできて、井上源三郎はいった。

「裏口《ここ》から、礦に降りたい」

「ご苦労はんどすな」

「提灯を五つばかり用意してくれ。それと梯子を。——」

やむなく、小川亭では用意した。

「五つも提灯をどうなさるのです」

国枝大二郎は、不審におもった。奇計でもあるのかと思った。が、井上源三郎にそれほどのけれんがあるはずがなかろう。

提灯五つを梯子の基部に結びつけ、灯を点じたまま、石垣ぞいにそろそろとおろした。五、六間四方のあいだ、闇をはらいつつ、梯子はおりてゆく。

(なるほど、大した知恵だ)

というより、古い隊士らしい経験の力というものだろう。

「どうだ」

声がおちついている。

「お宗旨さん、下をのぞきこんでくれ。妙なのはいないか」

「居ないようです」

「私が、まずおりる」

井上源三郎は、不器用な手つきで、ゆっくりと降りはじめた。

五

沖田総司は、井上が出たあと、外出の支度を整えて、土方を副長室に訪ねた。

土方は、すでに寝ていた。総司ですよ、と声をかけてから部屋に入り、手燭の灯を行燈にうつした。鎖を着込んだ姿をみて土方がおどろいた。

「なんだ、夜中、その恰好は」

「別にすき好んでやっているわけじゃありませんよ。あなたが悪いんです」

「おれが？」

「井上さんの一件。ああいう物の言いかたをすれば、当人は死勇をふるいますよ」

「死勇？」

「そう。つい先刻、井上さんは、例の国枝大二郎一人をつれて、肥後者の巣の小川亭へ討入りに出かけました。あれは死ぬ気です」

「源さんには、むりだ」

「むりだが、ああいうお人です。しんから隊にわるいことをした、と思って出かけたのでしょう」

「ばかな」

土方は起き、いまいましそうに衣服をつけた。源三郎先輩というのは所詮は近藤、土方、沖田の足手まといだが、あれを殺しては、郷里の連中にあわせる顔がない。源三郎の兄の松五郎、叔父の源五兵衛、いずれも土方の生家《いえ》とは遠縁になる。しかも同流の皆伝者である。これらが、故郷を出るときに、源三郎をよろしく、とはるか年下の近藤、土方に頼んだ。

「総司、手の者を駈けさせろ。近藤さんと私とは、あとでゆく」

沖田の一番隊が出た。

土方は、局長付の福沢圭之助一人を連れて、堀川七条の南にある近藤の休息所を訪ねた。これは興正寺門跡の下屋敷だった建物で、公卿好みの瀟洒な屋敷である。

（たいそうなものだ）

と福沢圭之助がおもったのは、近藤の休息所のことではない。たかが凡庸な幹部一人の命のことで、局の大幹部が、夜陰、血相をかえて動くということである。

新選組は、隊士のいのちなど、ちりほどにも思っていないところだ。多くの有為の材が、切腹、断首、捨て殺しにされてきた。その新選組が、井上源三郎程度の男のために、なぜこれほど騒がねばならぬ。

（そういう仕組みに出来ている）

福沢圭之助は、見ている。この新選組を牛耳っているのは、天然理心流の同郷仲間たちなのだ。近藤、土方、沖田、そして井上。沖田、井上には政治性はないが、かといって局の機密はかれらだけで握っている。たとえば、初代局長芹沢鴨を斃して近藤が新選組の棟梁になったときも、暗殺に動いたのは、土方、沖田、井上で、江戸以来の同志であるはずの藤堂平助、斎藤一らも加わらなかった。強烈な郷党閥、流儀閥の意識で新選組は動いている、と常州出身の福沢圭之助はおもった。

「なに、井上さんが？」

と、近藤は部屋に入ってくるなりいった。見ぐるしいほど、狼狽している。

「たれたれをやった」

「沖田君の組です」

「いけない。斎藤、原田、と動いて貰おう」

「すぐ」

と、土方は福沢圭之助に眼くばせした。福沢は屯営へ走った。

屯営では、寝入りばなをおこされた隊士が廊下を右往左往して大騒ぎになった。支度をする者、手槍をもって庭へとびおりる者、伍長ごとにとりあえず小人数をまとめて駈け出そうとするが、行くさきがわからず、

「どこだ、どこへ行く」

とわめいている者。

みな、よほどの事態が出来《しゅったい》したものと思っているようである。井上源三郎とたかが新入りの隊士一人を迎えに行くだけが目的とは、三番隊斎藤一、十番隊原田左之助も知らない。

「小川亭へ討ち入る。場所は大和大路三条下ったところだ。相手は肥後のやつらしい」

原田は、そうどなって歩いた。

「近藤、土方両先生も出られる」

斎藤一は、そう触れまわって、隊士を鼓舞した。局長、副長がそろって現場の指揮をとるのは、池田屋ノ変以来、たえてない。当然、事態の重さに、湧いた。

ただ監察部だけは、不審に思った。小川亭がそれほどの大手入れなら、当然、事前にかれらの活動があるはずである。

「山崎君、妙ですな」

吉村貫一郎がいった。利口な山崎は、この騒ぎのなかで、肝心の近藤、土方の姿が見えないのに気づいていた。

「吉村さん、近藤先生は？」

「沖田君の一番隊を率いて、すでに現場へ急行されていると聞いています」

「相手は肥後の連中といいましたな？」

「肥後の？」

吉村は、はっとした。例の一件の探索を命じられていながら、進んでいない。あるいは局長、副長のほうで、別に情報《ききこみ》をつかみ、監察部が置いてけぼりのまま、今夜の手入れになったのではないか。

「山崎君、とりあえず現場へ行こう」

厩舎で、馬の支度をさせ、二頭ならべて夜の町を駈けだした。

六

井上源三郎が、五つ提灯の腰袴をつけた梯子をおりようとしていたとき、すでに事態は右のようになっている。

梯子の根の付近で、肥後藩士菅野平兵衛が息をころしてうずくまっていた。

井上が、中ほどまで降りた。

菅野平兵衛は立ちあがると同時に、梯子に抱きつき、空《くう》へ翻《ひるがえ》した。

「あっ」

国枝は石垣の上で叫んだ。井上の体が、高さ五間ほどの闇を、無言で落ちた。

さっと走り寄った影がある。

井上は起きあがるなり、抜きあわせた。影は、太刀筋正しく踏みこんでゆく。ひどく軽快な気合いがきこえた。

井上とは、段がちがう。

国枝は、思いきって飛びおりた。一丈はある。右のかかとの骨が、磧の石で泣いた。容易に立ちあがれなかった。そこへ菅野平兵衛の太刀が殺到した。

びゅっ、と耳もとで鳴った。

国枝は、どうして避けたのかわからない。ころがりながら逃げた。右足の痛みは忘れた。が、十歩ほど走って、足を物にすくわれて倒れた。人が倒れている。井上源三郎である。

「足を折ったらしい」

と、源三郎はいった。

幸い、菅野は追って来ない。二人一緒になったことで、警戒したのだろう。すでに、提灯の灯はない。闇である。

やがて、川下、三条の橋上、堤の上の大和大路のあたりで、人の足音がきこえた。

国枝は、観念した。ここでできるかぎり戦い、井上を自分の手で刺し殺すばかりだとおもった。

剣を、八双にかまえた。

右足で、磧を踏んだ。踏みかためた。肥後藩士菅野平兵衛は、上段のまま用心ぶかく近づいた。

そのとき、双方の耳が、頭上の小川亭でのはげしい物音をきいた。雨戸がこわされ、人が乱入した模様であった。

菅野は、はっとした。

（藩邸の加勢か）

顔をあげたとき、国枝が斬りこんだ。摺《す》りあげて菅野は撃ちかえした。国枝は、あやうく刀の物打で受けたが、相手は長身である。頭を、幅一寸ほどにわたって切りこまれた。撲られたような衝撃を受け、血が、皮からはじけとび、眼、頬、鼻わきに流れてきた。

（斬られたか）

あとは捨身になった。踏みこんで打ちおろし、何度も打ちおろした。が、手ごたえがない。はっと気づいたときには、菅野平兵衛の影もなかった。

国枝は、頭からのめりこむようにして、暗い磧に崩れた。気を喪った。

三条大橋の東詰から、飛びおり飛びおりして磧を走りはじめたのは、沖田総司の隊である。

それよりもさらに川下の縄手の堤から磧に降りたのは、肥後藩の壮士十二人であった。

そのときすでに、原田左之助の十番隊が、小川亭の戸を破って、裏口に出ている。沖田隊と肥後藩士が、駈けちがうようにして、礑が入りみだれたのは、小川亭裏よりも、ややさがったあたりだろう。

「何藩の方か。当方は新選組である」

と、沖田が闇の中でいった。

そう呼ばわったときには、気の早いこの男は、一人を斬り斃している。

相手は、藩名を名乗らなかった。藩に迷惑のかかるのをおそれたのだろう。もっとも、この夜、礑に出た士は、肥後藩邸にいるとはいえ、諸藩の脱藩浪士が多かった。

血が、ぱっ、と闇に匂った。沖田隊の者が肥後側に斬られた。闇で、敵味方の判別がつきにくい。

沖田は呼子を吹いて隊士をさがらせ、あとに残った敵の影を一つずつ数えた。

「十一人」

数えおわってから、味方に動くなと命じ、たった一人で、敵の影へ突き入った。

一人のほうが働きやすいと思ったのだろう。

同時に、敵は川下へ崩れた。沖田に崩されたのではなく、小川亭裏の方角から、原田左之助の隊が、剣をそろえて突っこんできたからである。

崩れながらも肥後側は、ときに数人ふみとどまっては、新選組側を斬った。原田の組下の佐原銀蔵という盛岡藩脱藩の隊士が全身に二十数創をうけて斃れたのは、このときであった。原田は、

「包め、包め」

と、間断なく咆えまくった。

敵はそのたびに、包囲をおそれてどっと遁げた。肥後側が一人、原田がぶんぶん振りまわしている刃《やいば》にあたって、腕を切りおとされた。

「退けえっ」

肥後側の菅野平兵衛は、泣くような声で下知し、下知しながら逃げた。

「追うな。あの連中、どうやら正銘の肥後藩の家士らしい。あとが面倒になる」

原田も、組者の足をとめた。このころ、沖田隊は、骨折している井上源三郎と、国枝大二郎を戸板に乗せていた。

堀川へ帰る途上、国枝は息をふきかえした。頭の裂傷は、すでに血がとまっている。

この夜、新選組側の損害は、絶命三、深傷《ふかで》三、浅傷《あさで》五人であった。死者のうち一人、深傷の三人は、どうやら闇のために味方に斬られたものらしい。

未明、帰営した。

局長付の福沢圭之助が、本願寺太鼓楼前の堀にかかった石橋のそばで、引きあげてくる隊士を出迎えた。

死者、怪我人が、まず運び入れられた。それらの列の最後に、井上源三郎と国枝大二郎の二人の戸板が運ばれた。死んだのか、と福沢圭之助がおもわず提灯を近づけると、

「福沢君か」

と意外に元気な声で、井上が戸板の上でいった。後続する国枝大二郎も、大きな眼をひらいて、星を見つめていた。

(死者三人か)

天然理心流の同門者を救うために、近藤、土方が払った代価である。

井上は生きている。

福沢にはなにか、その死が不都合におもわれた。

しかしその井上源三郎も、それから数年後には死んだ。明治元年戊辰一月三日、鳥羽伏見の戦いで銃弾により戦死。当時、新選組の総指揮者だった土方歳三が、飛弾のなかでみずから繃帯をまいてやり、源三郎はその腕の中で息をひきとった。苦悩のない死相だった。

海仙寺党異聞

一

沖田総司の統率する一番隊の伍長で、甲州浪人中倉主膳という男がいた。

「主膳か」

ひとは、吐きすてるようにいった。

人柄はそれほど悪くはないのだが、朋輩のために一肌ぬぐといったところが微塵もない。自分の小さな利を、目を光らせて守っている。それが顔つきにまで出ている、という種類の男である。

評判がよくなかった。

「決して悪い人じゃない」

とことごとに弁護していたのは、同国の巨麻郡《こまごおり》の郷士の出で長坂小十郎ぐらいのものであった。事実、中倉主膳は、他人に金を借りて倒したこともなければ、朋輩の悪口をいったこともない。迷惑をかけたことがない。

が、迷惑をかけたことがない、ということは、こういう命知らずの集団では、さほどの美徳でもなかった。むしろ、抜けめがなくて我利に執着がつよく愛嬌がない、そんな眼つきだ、そのほうが悪徳である。

「悪いひとじゃありませんよ」

という長坂小十郎自身も、本心から、中倉主膳を、

――いい漢《おとこ》だ。

と思っているのではなく、同国人なのであった。中倉主膳は、甲州の同郡同郷の出であった。そのうえ、小十郎は、主膳の口ききで入隊している。義理がある。それだけのことだ。一緒に酒をのんだこともない。

――変事がもちあがった。

慶応二年正月の晦日《みそか》のことである。当時、局長の近藤は、公用をもって芸州広島にくだっており、留守は副長土方歳三が統管していた。

――局長の留守中は、隊律隊規いよいよ厳重に服していただきます。微罪たりとも悖反《はいはん》はゆるしませんから、そのおつもりで。

と、土方が全員をあつめて申しわたしてある。土方は言葉どおりにやる男だ。かえって近藤がいるときよりも、営中は粛然とした。

時がわるい。

その日、日没後であった。中倉主膳が、全身朱をあびたようなすさまじい姿で、

花昌町《かしようまち》――七条堀川の不動堂村――の門長屋にころがりこんできた。

「どうなさいました」

非番の隊士が数人寄ってきた。

「医者だ、医者を、頼む」

自分でさわいでいる。すぐ、門長屋へかつぎ入れ、隊の小者が走って外科をつれてきたが、手当ての最中、みぐるしいほどに痛みを訴えた。

「なに。中倉君が。――」

土方は、監察山崎蒸《すすむ》の報告をうけた。こんな事件には、日常、馴れている。

「傷のぐあいは？」

落ちついて、たずねた。

「あの様子では一命は取りとめそうです」

「いや、どこをどう斬られたときいている」

「右の肩甲骨《かいがらぼね》から背骨のあたりにかけて五、六寸は斬られていますが、浅傷《あさで》です」

「背中だな」

山崎はうなずいた。

土方は、不快な顔をした。

中倉主膳のはなしによると、八条坊門通りから屯営へ帰るために、塩小路の土橋を渡ったところを、背後からやられた。夜である。月もなかった。不覚はやむをえない。

「それで、斬りつけた相手を、中倉君は仕止めたか」

「追って行ったがとりにがしたそうです」

（うそだろう）

土方は、そんな微笑を片頰にうかべた。

追うほどの気組みのある男なら屯営にもどってからあれほど見ぐるしい傷騒ぎはしない。自分の血におどろいて、前後も考えず屯営に逃げこんだのではないか。

——これは切腹ものだな。

隊のたれしもが思った。隊規に市中で私闘に及んで傷《て》を受け、しかも相手をとりにがした場合は切腹、とある。が、事情によっては、必ずしも罰はうけない。

「山崎君、念のため事情をしらべてもらいましょう」

土方は、いった。

が、山崎ら監察が事情をしらべるまでもなく、隊士のあいだで、主膳にとって不利なうわさが立った。

——斬《や》られた場所は、情婦《おんな》の家だ。

という。

主膳には、情婦がある。お小夜という可愛い名だが、流れ者の女行者らしい。その女を七条坊門通りを南に入ったあたりの農家の離れ座敷にかこっている。これは隊規に触れない。伍長以上は、屯営外に休息所をもつことが黙認されているからである。

あとでわかったことだが、その日、中倉主膳は、お小夜のもとで泊るべく、裏の枝折戸から入った。お小夜はいそいそと迎えた。主膳は座敷にあがり、押入れを背にすわった。

余談だが、お小夜という女については、長坂小十郎は、この主膳の休息所で一度見て顔は知っている。美濃加納城下の生れともいい、備後福山で宿場女郎《めしもり》をしていたともいうのだが、素姓はさだかでない。京で女行者をしていたというから、いまでも切り髪である。色が浅黒く痩せがたで眼に表情のある、男好きのする女であった。声のうつくしい、巧弁な女であった。

――おい。

と、主膳は、自分のひざもとを見て不審に思ったらしい。膳が用意されている。それに煮魚が一尾、それに銚子が一つ、杯が二つ。

「機転がきくでしょう」

お小夜は、しらしらと笑った。

「もういらっしゃるころだと思ってね。いま、お箸をもってきます」

「そうか」

主膳は、いかにも吝《しわ》そうな手つきで魚をひっくりかえしてみた。片側の肉は、骨がみえるまでむしってある。

「おい。――」

主膳は、お小夜の右手をつかんだ。

「痛い。なにすンのよ」

「なんだ、これは。ちかごろ、どうもお前の素振りがおかしいと思っていた。言いひらきがあるならいってみろ」

「変に、かんぐるもんじゃないよ。さっきは言葉賑わせであんなことをいったが、ほんとうはこれは角の植木屋に出した膳さ」

「うそをつけ」

押し倒そうとした。お小夜は、たくみにふりはらって逃げた。

「わっ」

と叫んだのは、主膳のほうである。

顔一ぱい口をあけた。やがてどっとうつぶせになり、黒塗の膳を自分の顔でぐゎん、と叩いた。

背が割れている。

血が、飛んだ。

と同時に押入れの中からとびだしてきた武士は、血刀をさげたまま主膳の体をとびこえて土間におりた。

「お小夜、そいつは死ぬ。逃げるんだ」

やがて主膳は、胸の重さで膳を押しつぶした。眼がくらんだ。死が、来ている。夢中で、医者、医者、とよんだらしい。

その声を、農家の母家の者、裏の職人長屋の連中が、みなきいた。近所の者は、お小夜のもとに間男がかよっていることも知っており、いつかこうなるものと予想していた。

が、かれらは修羅場をおそれて、鳴りをひそめていた。やがて近所の口が鳴りだしたのは、新選組監察部の小者が聞き込みにまわってからである。上《かみ》の聞き込みとなると、京はわりあい口がやわらかい。

そのお武家様はちょいちょいいらしてました。どうやらそこの本圀寺《ほんこくじ》にいらっしゃる水戸様の御家中のようで。

そういう話を継ぎあわせて、人相書もできた。

が、新選組にとっては、逃げた姦夫姦婦などに関心はない。問題は、士道にもとり、隊名をはずかしめた中倉主膳の始末である。

——切腹。

だろう、というわさが高い。平素の人徳である。同情する者がなかった。といって、主膳は悪事をはたらいたわけではなく、悪事の被害者なのだが。

しかしこの集団にあっては、別の道徳法律が支配している。主膳の生き恥は、士道悖反《はいはん》である。士道とは、男道《おとこどう》のことだ。漢《おとこ》とはかくあるべきものだという勁烈《けいれつ》な美意識である。近藤、土方は、本来烏合の衆である新選組の支配倫理をここに置き、これをもって隊法の最高のものとしてきた。

——諸事、士道ニ背ク間敷事《マジキコト》。

「山崎君。中倉主膳の容態はどうだ」

と、数日後、土方は思いだしたようにきいた。

「だいぶ、いいようです」

「それァ、よかった」

ちょっと考えて、

「すわれるかね」

「いや、まだそこまでは」

「それならいい」

「なんなら、医者をここへ呼びましょうか」

「いい。体に力のつき次第、処断する」

「切腹ですな」

「斬首」

斬首は、武士としての礼遇を半ば停止されたかたちの刑といっていい。

十日後、長坂小十郎は、副長室によびだされた。土方はいった。

「きょうの午後、中倉君の斬首がある」

「はっ？」

小十郎はおどろいた。

「太刀取りは君」

二

長坂小十郎は、新選組隊士のくせに、人を斬ったことがない。隊では、会計方である。（この部署は、監察と同じように副長の土方に直属し、蛤御門ノ変のような戦の場合はべつとして、普通、市中巡察には出ない。）

小十郎は、おなじ甲州人でありながら、中倉主膳とはちがい、ひどく隊内での受けがよかった。

背は五尺七寸。大男である。ややあばたがあり、眉が薄く、眼が並みはずれて大きい。ひどい面貌である。

――あの面相では子供が癇《かん》の虫をおこすだろう。

と、蔭口をいわれた。「竈《へっつい》の番人」ともいわれた。どの家のかまどにも祀ってある三宝荒神のことである。似ている。朋輩のあいだで人気があるのは、ひとつにはこの憎めない面相のせいだろう。

入隊後、すぐ会計方にまわされた。

篤実な性格で、すぐ伍長並みになった。べつにそれを喜ぶふうもなく、平隊士や新参に威張りもしなかった。会計方は、会費の保管、隊士の手当てや商人への支払いの算用、資材の調達などがしごとである。御用部屋は、台所の横にある。

「竈の番人」とは、いつも台所わきにすわっているからでもあった。

土方は、小十郎に太刀取りを命ずる前に、隊の剣術師範も兼ねている沖田総司をよんで、技倆をたしかめた。

「長坂小十郎のことだが」

「ああ、三宝荒神」

もう、それだけで沖田のような若者には、つい笑えてくるらしい。小十郎のとくなところである。

「どれくらい、できる」

「さあ」

「道場で稽古をしている様子かね」

「しやしませんよ、いつも台所わきで、竈の番をしている」

「しかし」

入隊のとき、流儀名と師名を書き出すきまりになっている。

「それによると、居合が堪能らしい。いや堪能どころか、甲州の長坂家といえば、水月流《すいげつりゅう》居合術の宗家だそうだが」

「あ、そうか」

沖田はそれで思いだしたらしい。

「私は見ていませんが、一度こんなことがあったそうです」

隊の剣術師範役で加賀藩脱藩の田中寅雄がある日、稽古不熱心な会計方全員をしかりつけたことがある。

「諸君とて、新選組隊士ではないか」

といい、全員道場にひきずり出し、一人ずつ稽古をつけて、こっぴどくたたきのめした。やがて小十郎の番になったとき、田中はふと思いだして、

「長坂君。あんたはたしか、居合を使われるそうだな」

「なかなか」と小十郎は額ごしに手をふって、
といった。

「おみせするような芸ではありませんよ」

「御遠慮はいらぬ。見せていただく」

田中は、意地がわるい。それに心形刀流《しんぎょうとうりゅう》の達人である。宝山流の居合術の心得もある。

やむなく、小十郎は立ちあったが、面籠手《めんこて》はつけない。しかも竹刀のかわりに、木刀一本を無造作にもって道場の中央にうずくまった。これには、田中もおどろいた。

「木刀か」

「竹刀では勝負がわかりません。田中先生も素面素籠手、木刀でおねがいします」

木刀は真剣も同然である。負ければ十中八九は死ぬ。

「よそう」

田中も苦笑して、小十郎を稽古相手からはずした。

稽古といえば、そのときぎりであった。だからいまだに、小十郎の腕がどれほどのものか、隊のたれもが知らない。

「妙な男だな」

土方は、思案した。そのあと、小十郎をよんで太刀取りを命じたのである。

（こまった）

と、小十郎は思ったが、隊にいる以上、副長の命に言葉をかえすことはできない。

話は前後するが、じつをいうと、長坂小十郎は新選組に入るために京へのぼってきたのではなかった。

京の室町《むろまち》に沢瑞庵《さわずいあん》という蘭方医がいる。甲州での同村の出の人物で、この男を頼って蘭方医になるために出てきた。できれば沢瑞庵の紹介をもらい、大坂の緒方洪庵塾に入りたかった。

小十郎が京にのぼった齢は二十二。路銀の用意がとぼしかったために、京へついたときは嚢中《のうちゅう》、銅銭がわずか残っているにすぎなかった。しかし苦にはならなかった。瑞庵が学僕にでもしてくれるだろう。

ところがあてがはずれた。室町に瑞庵を訪ねてみると、すでにその屋敷には別人が住んでいて、瑞庵は一月前に死んでいたのである。家族は、瑞庵夫人の実家の丹波亀山に退転したという。

途方に暮れた。

京には、甲州人がすくない。頼るべきあてがないままに、二日ばかり旅宿で水ばかり飲んで暮らした。やっと、中倉主膳という者が新選組に加盟していることを思いだし、とりあえず借銭をするために訪ねてみた。

——ああ、君は長坂の。

主膳はよろこんだが、主膳は金を貸すよりも、入隊をすすめた。支度金も出る、食えもする、それに長坂家といえば、水月流居合術の宗家ではないかと、主膳は説いた。

「さあ」

なるほど小十郎は、家の四男だが、父から家芸はきびしく仕込まれはしている。しかし武芸で身を立てるのは、気がすすまなかった。

「では、算用、帳付《ちょうつけ》はできるか」

できるどころではない。小十郎は十六の年から三年間、家計をたすけるために庄屋の手代をつとめている。

「それゃ、ちょうどいい。河野甚三郎という会計方が事情あって死んだ(切腹)ために、席があいている」

推挙されて、即日採用された。以来、長坂小十郎は、新選組隊士になったという実感はあまりなかった。かつて、家計のために郷士長坂家よりも家格の下の庄屋の手代になっていたように、一時のつとめのつもりでいた。だから出来るだけ、自分の武技などはひとに見せないようにしてきた。

（こまる。――）

その自分が、斬首の太刀取りをつとめるばかりか、縁ある同国人の首を落さねばならぬとは。

その刻限がきた。

中倉主膳は、不浄役の小者二人に連れられ、むしろの上にすわらされた。染縄で羽がいに縛られ、目隠しはない。

主膳は、どういうわけか真黄色の顔をしていたが、思ったより落ちついていた。小十郎が声をかけると、やっと気づいたらしく、

「ああ君か」

とひどく懐しそうな笑顔をしてみせた。やはり、他人よりも同国人の手で送られることに、主膳は多少のよろこびがあったのだろう。

「長坂君。国の者に会ったら、斬首でなく切腹だったといっておいてほしい」

「心得ました」

「ところで」

主膳はいった。

「君にはだまっていたが、京には、もう一人甲州の者がいる。四条寺町で櫛屋《くしや》を営む利助という男が国の教来石《きょうらいし》の出の男だ。親切な男で、いろいろと便宜をはかって

くれる。これを君に譲っておく」

遺産でもわけるようにいった。

——さあ、長坂君。

と、監察の吉村貫一郎が、眼で、私語をつつしむように、と注意した。刹那、長坂小十郎の太刀がきらめいた。

首が、前の穴に落ちた。主膳はまだ自分の死を知らないのだろう、首が、話のつづきを物語ろうとしているように、口を半ば、ひらいている。

(いやだな)

数日、ぼんやりすごした。

そのうち、余暇をみつけて、四条寺町の櫛屋利助の店に行ってみた。小十郎は、主膳の最期のこと、お小夜という女のこと、自分の郷里のこと、自分ははじめ医者になろうと思って京にのぼってきたことなどを物語った。

むろん、どのことよりも主膳の死に、利助はびっくりした。もっとも驚きの何割かは、主膳への貸し金のこともふくまれている様子だったが、それを口にするほど未練たらしい商人でもなさそうだった。

「しかしあなた様も甲州の人とはおどろきました。死んだ中倉様は、左様なことはひと言も申されませんでしたが」

吝《しわ》い男なのだ。主膳はこういうことでも、独り占めにしておきたかったのだろう。吝嗇《りんしょく》は人の性癖の問題で、悪徳ではない。しかも主膳の場合、その吝嗇が、当人が死んでみるとかえって子供っぽい印象で思いだされ、小十郎には、いじらしくさえ思われてきた。

「中倉さんは運がわるかったのだ」

小十郎は、めずらしく多弁になった。この多弁が、隊に帰ってからも、つづいた。自然、勢いで、語調が同情的にならざるをえない。

「長坂君、あまり中倉のことをいうのはよしたほうがいい。上に聞える」

と、たしなめてくれる親切な朋輩もいた。しかしそういう朋輩ばかりではない。

——長坂は、どうやら仕置に恨みをもっているようだ。

という者もいた。一種の悪意がこもっていた。むろんそれは、小十郎そのものへの悪意ではなく、生前の中倉主膳への悪意の肩代りである。

小十郎は主膳を弁護すればするほど、主膳の遺産である「悪意」を背負いこむかたちになった。

——長坂小十郎は、同国のよしみで例の水戸者をさがし出して主膳の仇討をしようとしているらしい。

とも、うわさされた。

が、当の小十郎の本心は、それどころではない。主膳の死を機会《しお》に、なろうことなら隊から身を退《ひ》いて本然の志望の道に進みたかった。しかし隊を脱することは至難である。局中法度《はっと》にある。

「局ヲ脱スルコトヲ不許《ユルサズ》」

三

「長坂君、どうだろう」

と、土方はめずらしく笑顔でいった。この男は、隊内のうわさのすべてを知っている。

「君は、会計方をやめては。私は君の人柄も好きだが、なによりも驚かされたのは、君の腕だ。惜しい」

「いいえ、私などは」

と狼狽したが、土方はそれを小十郎らしい謙遜と察して、かえって好意をもった。

「君が、死んだ中倉主膳の仇を討ちたいといっていることも聞いている。そのためにも、市中巡察の諸隊に入るほうが、諸事、都合がいいだろう」

翌日、屯営の玄関わきに掲示が出た。小十郎は、一番隊の伍長にされてしまっていた。沖田総司の隊の伍長といえば中倉主膳の職であった。その空席を埋めた、というより、主膳の遺産を継いだ、ということになる。

——こまった遺産だ。

(ばかげている)

と思ったが、だんだん日数がたってみると、隊の責任者の沖田総司が、外から見ていたよりも気さくで心の温かい若者だとわかってきた。つい、小十郎も、このあたらしい環境になじむようになった。順応性がつよい。沖田も、なぜか小十郎を立ててくれて、

「長坂さん、なにかご不自由なことはありませんか」

などと、問うてくれた。だんだんわかってきたことだが、死んだ中倉主膳が、自分自身の箔にもなると思ったのか、長坂家というのは甲州でもよほどの名家であると吹聴していたらしい。事実、武田信玄の一族だった長坂釣閑斎《ながさかちょうかんさい》の子孫で、戦国の末、武田の滅亡とともに土着して郷士になった家系である。紋も、丸に武田菱《びし》の崩しだが、近年、微禄して小十郎が育ったころは見るかげもない。

しかし、ひとは、小十郎の人柄のよさから推しはかって、

(さすがに)

と、思うらしい。その遠い祖先のけんらんたる栄えを想像してくれるのである。

もともと甲州という国は、自慢のたねがない。せいぜい富士と、戦国の武田家の

物語くらいのものである。（われわれはその武田の甲州者だぞ）と、死んだ中倉主膳は、長坂家の家系を吹聴することによって、ともすれば嫌われる自分の存在を、別な印象に変えようと努力していたようにもおもわれる。

それが小十郎には、いじらしい。

（案外、中倉さんとは、面白味のある人だったのかも知れない）

三月のある日、小十郎は、副長の土方が使っている御用部屋によばれた。

——長坂です。

と、唐紙をあけてみて、おどろいた。

ずらりと、監察がならんでいる。筆頭の篠原泰之進、それに、山崎蒸、吉村貫一郎、尾形俊太郎、新井忠雄、芦谷昇。

「やあ、長坂君」

土方は上機嫌だった。

「君がさがしている例の水戸者についての相談だが」

「ああ」

忘れかけていた。

「監察の諸君も、ずいぶん手をつくしてくれている。まだ所在はわからないが、水戸の本圀寺本陣にそれとなくさぐりを入れてみると、名前だけはわかった。従士で、う」

　赤座智俊《あかざともとし》という男だ。名前からみると、お坊主から京都警衛方にまわされた男だろ

う」

　赤座智俊、お坊主あがりながらも、神道無念流の皆伝者だという。しかし、いか

に狼狽している場合だったとはいえ、中倉主膳を仕止めずに遁げたところをみると、

さほどの腕でもないとも思える。

「事件後、脱藩している、と水戸藩本陣ではいっているが、実際どんなものか。藩

邸にかくまわれているのかもしれない」

　そのあと、なにかと監察たちから助言や観測が出た。終わって、土方は赤座の人

相書を一枚、くれた。みごと仇を討て、ということだ。

　小十郎は、櫛屋利助をたずねた。こまごまといきさつを話したうえで、

——仇など、べつに討ちたくないのだが。

　というと、利助はいんぎんに微笑み、

「御災難でございますな」

　といった。

「いや全く。死んだ中倉さんという人は別に毒にも薬にもならないお人柄だったし、

私とはそれほど濃い触れあいもなかったのだが、人間いろんな破目にあうものだな。

なくなられてから、にわかにこんなことになってしまった」

「私も、その人相書のお武家をさがしておきましょう。幸い、お小夜という女は知っておりますから、まるっきり手がかりがないわけでもございません」

「いや、気にとめてもらうと、かえってこちらが重荷だ。愚痴だと思って聞きながしておいてください」

ところが数日して、意外な聞きこみが入った。櫛屋利助からではない。隊の監察部のほうからである。

赤座智俊は、水戸藩邸を出てから町道場の師範代をつとめているという。しかもその道場には水戸藩士が多勢出入りをしていて、ちょっと討ちこむ隙がなさそうだというのである。

四

小十郎は、出かけてみた。

行ってみると、町道場ではなかった。場所は寺町の海仙寺という寺で、庫裡《くり》を借りている、借りてからまだ十日だというから、察するに水戸藩有志の間で、赤座智俊をかくまうためにわざわざ開いたものらしい。

やがて、さらに詳しいことがわかった。

監察の山崎蒸の調べによると、元来藩情に騒動の絶えない水戸藩では、最近また極端な過激派が出来、その一団が、「本圀寺本陣はせまい」という理由で、この海仙寺に分宿したのだという。

「何人ぐらいです」

「さあ、十人ほどのものではないか。しきりと薩摩や土佐藩の者と交通しているらしい。水戸では連中のことを海仙寺党とよんでいる。赤座智俊は、その連中に剣術を教えているようだが、一歩も外へ出ない」

「長坂君、そいつはむりですよ」

と、沖田総司がいった。寺の練塀を乗りこえて討ち入ることも不可能ではないが、そうなれば会津守護職（新選組）と水戸徳川家とのあいだに紛争がおきる。

（しかし、お小夜はどうしているのだろう。まさか女を寺に囲っているはずはないから、赤座は、お小夜のもとに通うときだけは一人にちがいない）

小十郎は、櫛屋利助を訪ねて、探索がそこまで進んでいることを打ちあけた。

「要はお小夜がどこにいるか、ということがわかればいいのですが」

「やはり」

利助は小首をかしげた。

「長坂さんは、その赤座様とやらをお討ちになるおつもりでございますな」

「勢い、というものですよ。周囲にわいわい言われてここまで来てしまえば、討たざるをえません。討たねば臆病者というかどで」

と、小十郎は自分の首に手をあて、

「飛びます」

「では、お逃げなさい。はばかりながら、利助が、装束、路銀などは用意してさしあげます」

「さあ、逃げられるものかどうか……」

いままで何人もの隊士がそれを試みて、失敗してきている。

「まあ、利助さん、こいつは討つほうが簡単ですよ。討つのは赤座智俊だけが相手だが、脱走すれば、新選組全員を相手にしなければならない」

「なるほど」

利助は、複雑な微笑をつくった。送りだされて土間におりたとき、長坂小十郎は無邪気な声をあげた。

「これが櫛の荷ですか」

荷が大きすぎる。それも、いつも土間にころがしてある。

「いや、櫛だけではございません。——ちかごろの京の商いはね」

と、利助は意外なことをいった。昔とちがい、江戸同然に諸藩が藩邸を置き、藩士多数を常駐させはじめているから、藩邸御用の諸道具小間物、日常品などを商う面が大きくなっているというのである。極端な例では、因州屋敷に出入りしていた菓子屋が、武具などまで納めているという。

「そいつはおもしろい。利助さんもなかなか商いにぬけめがないようだ」

小十郎は笑いながら出ていった。

出て行ったあと、利助は奥座敷から中壺の廊下を通って離れに入った。

「お小夜、帰ったよ」

と、障子のそとから声をかけた。物音がして、やがて、

「帰ったかね」

と、男の声で、返事がもどってきた。赤座智俊である。

「入ってよろしゅうございましょうな」

「いや、いま片付けさせている」

真昼から、抱きあっていたらしい。利助に妙な想像をさせるさまざまな物音がして、やがて静まった。

利助は、入った。

この離れを、赤座とお小夜に貸している。

赤座は、裏塀を乗りこえてくる。塀は、海仙寺の塀で、利助の家とはちょうど背中あわせになっていた。海仙寺、櫛屋利助は、それぞれ別の往還に面しているから、

京の地図に不馴れな者には、ちょっと気づかれない。

——お小夜。

と、利助がよびすてにするのは、この女はかつてこの櫛屋に奉公していたことがあるからである。もとは女行者で、行き倒れになっているのを利助が助け、婢女に使っていたが、婢女になっても髪形を改めないばかりでなくものごとにぞんざいで、利助もてこずった。それでも暇を出さなかったのは、一度や二度、男女の縁を結んだからに相違ない。

そのうち、店に遊びにきていた新選組の中倉主膳がお小夜をみて、

——わしにくれぬか。

といったので、よろこんで手放した。ところが、同じように利助の店によく遊びにくる水戸藩の赤座智俊ともお小夜は出来ていたらしく、中倉主膳に囲われてからも、ちょくちょく出逢っているということは、利助も気づいていた。

が、他人の色事に、苦情をいう筋合いでもないし、それに、利助は、赤座の橋渡しで水戸藩邸にも品物を納めている。だから中倉主膳があゝいう仕儀になったあとも、赤座に、離れにお小夜を住まわせろといわれれば、ことわれない立場にいた。

櫛屋利助にとって、なによりも商いが肝腎である。

「赤座様、もうそろそろ、この離れもあぶのうございますよ。あの長坂小十郎て人

は、お人柄で血のめぐりもわるいようだが、万一てことがございます。そうなれば、あたくしも無事ではございません」

「立ち退け、というのかね」

「潮のようでございます」

「それより利助、新選組がこわくなったのだろう」

「いや、長坂はまるめますが」

「すると、おれが迷惑なのかえ？　そいつは料簡ちがいだよ。主膳が生きていることろ、あいつがお前の店で無駄話をする。それをあとでおれがお前の口からききこんで、ずいぶんと、薩摩の連中によろこばれたものだ。櫛屋利助は密偵だ、という旨をかいて新選組屯所に投げ文すれば、お前はどうなる」

「そいつは」

真蒼になって、ふるえている。なるほど水戸藩御用の仕事をとるために、赤座にそんなことを洩らしたこともあったが、利助にすればあくまで商いのためで、新選組や中倉主膳に悪意があってのことではない。

「赤座様、それはひどすぎる」

「じゃ、座敷は貸しておくさ」

丸い顔で笑った。

脂肪質で、市松人形に似ている。赤座は、いかにも苦労知らずの坊っちゃんという顔で人間もべつに悪い男ではない。いい気持になって凄んでいる。その証拠に利助が、

――負けました。

と半分冗談、半分本気で頭をさげると、いい気持そうに笑い、

「お小夜、どんなものだ」

と、誇ってみせた。ばかげている、そんな顔をしたのは、お小夜ひとりである。

お小夜だけは、男どもとちがってどういう立場もない。覚めている。

「長坂小十郎を人知れず、斬《や》ってしまえばいいんじゃないか」

と、赤座にすすめた。

「人知れず？」

「そう」

あごをひいた。

「できるか。これだけの殷賑《いんしん》の府だ。人知れず、というわけにはいくまい。もし顕《あらわ》れて下手人は水戸藩士、となれば、会津藩とのあいだに大悶着がおきるぞ」

「大丈夫さ」

「まさか、お小夜、色仕掛でどうこうするつもりじゃあるまいな」

「京はね」

お小夜は、いった。

「諸国からどんどんお侍衆が入ってきてくれるので、女の数のほうがひでりなんだよ。だれが、あんな三宝荒神。——」

薄い唇をゆがめた。

五

「使い？」

小十郎は、不審に思った。使いは、屯営の付近で遊んでいた子供で、女から手紙をことづかったという。

抜くと、お小夜からだった。——ああいうことで心ならずも水戸様御家中の某にさらわれ困《こ》うじはてているという。

「相談に乗ってほしいというのですよ。存外お小夜は、中倉さんに実《じつ》があったのかもしれませんな」

と、小十郎は沖田に手紙をみせた。沖田はこの問題の背景に、それほど複雑な事情があろうとは、想像もしていない。

「案外なものだな」と、感心した。まだ二十を幾つも越していない沖田には、女というものへの憧憬《どうけい》がうせていないようであった。

「会いに行ってあげたほうがいい。赤座の動静がつかめるかもしれない」

場所は、祇園真葛ヶ原のよし幸《こう》、と指定してある。

その夕、小十郎は出かけた。

むろん、単身である。

四半刻《しはんとき》ばかりたってから、沖田がなにげなく土方にそのことをいった。

「……え？」

土方が驚いたのは、そのことではない。沖田や長坂小十郎の信じられぬほどの人の好さであった。

「総司、正気かね」

と、土方がいった。

沖田は、ちょっとふくれてお小夜の手紙をみせた。うまい筆《て》ではないが女らしい筆づかいで、自分のあの前後の心情や、現在の窮状をこまごまと書き、その末尾に、

——なにとぞ、亡くなった旦那さまのお供養と存じ召され、小夜によきお智恵をお授けくだされたく、このこと神かけておたのみ申しあげ候。

「どうです」

「馬鹿だなあ。とんだ狐だよ。この手紙のとおりのしおらしい女なら、男を真葛ヶ

原のよし幸などによぶものか」

「どういう場所です」

「出逢茶屋《であい》じゃないか」

京のお店者《たなもの》や寺小姓などが、女と忍び逢う家である。

「一番隊は、組頭も組下も、人の好い馬鹿がそろっている」

「それでは何ですか、土方さん、出逢茶屋を知っている者が利口で、知らない者が馬鹿というわけですか」

「屁理屈をこきやがる」

沖田に、行ってやれ、とあごでしゃくった。

が、実のところ、長坂小十郎は、それほどのお人好しでもなかった。服装は黒木綿の羽織に白小倉の袴、高足駄、といった外観だが、鎖帷子《くさりかたびら》を着込んでいる。鎖は、手の甲までずしりと鉄籠手の蔽った重いやつで、めだたぬように、両手をふところに入れて歩いた。

「ここは、よし幸かね」

と格子をあけるなり小女にきいた。小女はお小夜から小十郎の人相をきいていて、

「お待ちかねどす」

といった。

が、小十郎はあがらず、小女に幾何《いくばく》かのぜにをにぎらせ、

「すまないが、私をつけている人数がいるらしい。ちょっと外へ出て、数をみてくれないか」

と頼んだ。

小女はいやがりもせず、格子戸を出て、露地を通りぬけ、用ありげに林のあたりをひとまわりして戻ってきた。

「三人はんどす」

「武士かね」

「へえ」

上へあがった。

お小夜が、待っていた。小十郎は、

「やあ」

と立ったままあいさつをして、隣室への唐紙をあけはなった。無人である。

やっと、着座した。

「御用は？」

「ずいぶん、御用心ですのねえ。唐紙のむこうなんぞに、人を隠しておきませんよ」

「いや、わるかった」

お小夜は、銚子をとりあげた。小十郎は手もとの杯で受けたが、飲まなかった。お小夜はちょっと鼻白んだが、それでも自分の演技に自信があるらしく、あれからのちの自分の境遇を語りはじめた。

「中倉さんを斬ったのは、水戸の男だということはわかっているが、名は何という男だろう」

たしかこういう名だ、とお小夜はうそをつき、その男におどされてずいぶんつらい目に遭ったが、いまは逃げだして、深草のほうで一人で住んでいる、といった。

「ほう、ほう」

と、小十郎は合槌をうちながらきいた。お小夜は、涙声をまじえたり、ちょっと間をおいたり、小十郎が聞き惚れるほどの咄のうまさである。

「それで、いまなにをして食っています」

「お加持」

流し目で小十郎をみた。

「ああ、あんたは行者だったな。私も、中倉さんが死んでから、妙にいろんなことがあったが、一度、あんたにお加持でもしてもらわねばなるまい」

「そりあ、して差しあげますとも」

「お加持とは、どういうことをするのかね」

「そうね。……」

お小夜は、考えこむように首をかしげた。膝が、崩れている。

「ここじゃ、できない」

「そりゃ、そうだろう。護摩壇《ごまだん》などが要るはずだ」

「いっそ」

嬉しそうに、眼をあげた。

「今夜はどうでしょう。ちょうど寺町の海仙寺という真言寺が、あたしの懇意な寺ですから、本堂を貸してくれます。ちょっと待って。使いを出しますから」

返事もきかずに、そそくさと階下へおりてしまった。察するところ、小十郎を真葛ヶ原で始末する予定を、いそぎ海仙寺に変えるつもりらしい。

そのほうが、人に洩れずにすむ。ほどなくあがってきて、

「さあ、参りましょう」

と、小十郎の体に触れた。お小夜は、ぎょっとした。ずしりと、鎖を着込んでいる。

「わかったかね」

小十郎が笑ったときには、お小夜は当身を食って折崩れていた。念のため、手足

をしばり、猿ぐつわをはめた。

（智恵の浅い芝居を打ちやがる）

よし幸を飛びだし、宙をとぶようにして寺町海仙寺に先きまわりをした。

小門があいている。

入ると、幸い、水戸海仙寺党の連中がまだ戻っていない。

庫裡の奥座敷に入り、念のため刀の目釘をしらべてから、うずくまった。

やがて、門のあたりから足音に入りまじって話し声がきこえてきた。

足音は、廊下に移った。すくなくとも、五人はいるらしい。

――暗い。たれか行燈に灯を入れろ。

と、一人がいった。

その行燈から、三尺の位置、衣桁のかげに長坂小十郎は、右膝をたてて、かがんでいる。

男が、燧石《いし》を打ち、付木《つけぎ》に火をつけ、それを行燈に差しのばし、火を移した。

その瞬間、首が落ちた。

「あっ」

と、騒ぎかけたその背後の男の両脚を薙ぎ倒し、ふたたび剣をおさめ、柄をにぎったまま蹲踞《そんきょ》にもどった。

小十郎はじっと、残る三人をねめまわしている。薄気味がわるい。というより、どぎもをぬかれて、茫然と立っている。

そのなかに、赤座智俊がいた。

「赤座。――」

声をかけた。抜かせようとした。抜く瞬間を斬るのが、居合の常識である。が赤座もそれを知っているのだろう、壁づたいに縁側へむかって動きながら、容易に抜かない。

そのうち、あとの二人が抜いた。小十郎は落ちついている。それを黙殺した。一人が、恐怖を払うためか、ありったけの声を出してわめいた。

喚き声のとぎれたときが、その男の動作に移ったときだった。白刃が上段から落ちてきた。

壁ぎわの赤座は、その瞬間を待っていた。小十郎が抜く、そこを撃つ。居合は鞘のうちの勝負という。一たん抜いてしまえば、居合の術者は、よほどの達人でも二流、三流の剣客が多い。

赤座智俊は、待っている。

正面の男の白刃が、小十郎の頭上を襲った瞬間、小十郎の剣は、鞘を走った。男のつまさきがのびあがって、畳をはなれた。血が飛んだ。よりも早く、赤座智俊は、抜き打ちに、小十郎を斬りさげた。

が、その太刀は、宙にとまっている。小十郎の左籠手が、赤座の白刃を受けていた。右手が大刀を捨て、脇差のツカをつかんだ。

それも刹那である。左籠手で受けとめるよりも、脇差の鞘走るほうが早かったろう。赤座は、どっと斃れた。

そのころには残る一人は、逃げ去って居ない。気がゆるんだ。小十郎は刀をとりなおし、作法どおりしようとした。どうしたことか、そのときになって全身が慄えはじめてとまらない。刀をもちかねるほどにひどい。

（ちぇっ）

頸へ、振りおろした。がちっ、とこめかみにあたった。

あわててやりなおしたが、刃はあごではねかえった。

やむなく、頸に刃をあて、押し切るようにして切りはなし、赤座の羽織でつつんだが、さてこうなると、この場を去ろうと思っても膝がふるえて歩けない。

（門のほうに、まだ敵がいるのではないか）

逆の縁側へとびだした。夢中で裏塀を乗り越え、町家の庭へとびおりた。

家人が騒いだ。その家が、櫛屋利助の家であるとは、利助が出てきてからでも、小十郎は信じられなかった。

この夜、長坂小十郎は、赤座の首をもって新選組屯所に駈けもどったが、驚いたのは土方だったろう。

「長坂君、このこと、たれにもいうな」

と、路銀と、三十両の餞別を渡した。赤座の首はいい。土方にとっては、まさか小十郎が水戸藩の海仙寺宿所に斬り込み、藩士四人を斬ろうとは思いもしていなかったのだろう。

あとで沖田に、

「総司、おれもすこし遊びすぎた。長坂があいう愛嬌のある男だから、からかい半分にけしかけてやったのだが」

といった。

当時、本圀寺本陣で羽ぶりをきかせていた水戸藩海仙寺党は、この一夜で雲散霧消している。奇禍というほかない。横死した者は、赤座智俊、関辰之助、海後《かいご》猪太郎、御横目足軽の水谷重次。

長坂小十郎は、その足で長崎へ行って医業をおさめた。土方がくれた路銀と餞別のおかげだが、考えあわせてみるとこれも中倉主膳の一種の遺産とも言えなくはない。

維新後、麻布笄町《こうがいちょう》にあった御船手方の旧幕臣の屋敷を買い、開業した。名を広沢一豊とあらため、たれかれなく人の世話をするので人気があった。

沖田総司の恋

一

（総司が、妙な咳をする）

と土方が気づいたのは、「文久」が「元治」と改元された三月のころからである。

この年、御室《おむろ》の遅咲きの花も済んだというのに、不意に霜の降るような朝があったりして、京畿の気候は不順つづきであった。

近藤に話してみた。

「つまり、どういう咳だ」

「さあ。蝶をとってきて、こう、掌《たなごころ》に入れて、ぱたぱたさせているような、そんな咳かな」

「蝶を？」

「いや、もののたとえだ」

「お前のいうことはわからぬ」

そんな表現は近藤の頭にはむかなかった。想像力にとぼしい。それだけに、自分や他人の将来を陽気に考えるところがあった。が、副長の土方には田舎剣士のあがりにしてはそれがありあまるほど、あった。下手な俳句もつくるし、人の片言隻句から心情の動きを察したりもした。しかしそれだけに、近藤よりも物事の将来を暗く予想しがちで、このばあいも、つい、その癖《へき》が出ている。

「ひょっとすると、近藤さん、あいつは労咳《ろうがい》（肺結核）かもしれねえな」

「ばかな。咳ぐれえは、おれだってする」

「あんたの咳とはちがう」

「思いすごしだよ。あいつの咳は、子供のときからだ」

近藤はとりあわなかった。あの陽気な沖田総司が、労咳ということは考えられない。

「まあ、いずれ、いい医者があれば診せるようにしよう」

と近藤はいった。

近藤にとっても土方にしても、沖田は実の弟のような気がする。現実、どちらも末弟のうまれで、弟というものをもたなかったから、そういう実感でいた。

この年、沖田総司二十一歳。近藤勇三十一歳。土方歳三三十歳である。これに井上源三郎をふくめて、四人が、天然理心流宗家近藤周助（周斎）の相弟子《あいでし》であった。

このうち近藤が、十六歳の嘉永二年に周助の養子になっていたが、かといって近藤がかれらの師匠ではない、あくまでもたがいに、周斎の弟子である。それだけに、この四人は、三多摩気質《かたぎ》のいわば朋党根性がつよく、ちょっと同時代の、他の武士の仲間にはみられない「友情」があった。筆者の余計な差し出口だが、「友情」というのは当時そういう言葉もない。明治以後に輸入した道徳だし、概念であった。当時は「忠孝」というタテの関係のモラルが男子の絶対の道徳である。しかし「友情」は現実には存在した。上州、武州の若い連中のあいだでとくにその色彩が濃厚であった。が、「友情」とか、「友愛」とかとはいわない。

——義兄弟。

という。この同流儀の四人は、たがいに義兄弟のつもりでいた。齢からいえば、沖田が末弟であったが、しかしかれは九歳で入門しているから、年少のころ雑流を修めて二十すぎで入門した土方などよりは法臘《ほうろう》（弟子入りの日から数える年齢）からいえば先輩になる。——さて、沖田総司。

奥州白河浪人

と、結盟のころ、近藤は沖田の家柄を重んじてそう公称させていたが、半ばうそ、半ば本当である。沖田自身が白河藩の士籍にあったわけではなく、父親がそうであった。沖田がうまれたころ、父親は浪人して、日野宿の名主佐藤彦五郎家の近所に住んだ。この佐藤家へ、土方歳三の姉が嫁《い》っている。

奇縁だが、佐藤家も数代前、奥州から武州日野に移った家系であった。その縁から、沖田家の面倒をよくみてやった。沖田の父は、佐藤家の世話で、手習いの師匠でもしていたのではないか。しかし、沖田総司のおさないころ、死んだ。

母はすでに亡かった。両親とも、労咳であったかとおもわれる。

総司は、姉のお光に養われた。九歳からのちは、近藤周助の内弟子になった。

お光。

沖田林太郎の妻。

お光は、日野宿でも評判の美人だったといわれる。総司が物心つくころには、婿養子をとって沖田家をついでいた。夫婦とも物静かで、近郷の百姓から「ご浪人さんの家」といわれて、親しまれていた。家風は、白河藩士の風をのこし、日野あたりの雑駁な人気に染まらなかったから、かえって敬愛されていたのかもしれない。

そのお光の婿林太郎は、これが新選組仲間の井上源三郎の実家である八王子千人同心（幕臣中の卑役）井上松五郎家からきた。というから、関係がじつにこみ入っている。

要するに、新選組の中核であった近藤、土方、沖田、井上の四人は、おなじ日野周辺の出身だっただけでなく、なにかのかたちで、遠縁近縁の縁族になっているということだ。たがいに、武州流の「義兄弟」だというのは当然なことだろう。

沖田総司が、同志とともに江戸を発つとき、姉のお光が道場まできて、近藤と土方に、

「総司のこと、よろしくおねがいします」

と、細い指をそろえて頼み入った。姉のお光にすれば、まだ幼な顔のぬけぬ総司が、ひとり家郷を離れて京へのぼるのが、不安でならなかったようである。近藤、土方の前に、総司にもあらためて手をつかせ、

——総司さん。若先生を父、土方さんを兄と思ってお仕えしますように。

と、お光は、さとした。

「いやだなあ」

総司は、頭をかいて照れくさがったが、近藤、土方は大まじめで、

「実の弟以上の気持で、お引きうけします」

といった。もっとも老師匠の周助からみればおかしかったろう。引きうけるどころか、竹刀をとらせては、近藤、土方も、このはたちの若者におよばない。何万人に一人という天稟《てんぴん》を持って、沖田は生れついていた。沖田総司にもし欲があれば、一流を樹てることもできたし、江戸で道場の一つも持って門人を取りたてることもできた。

が、この奥州浪人の遺児は、欲というものを置きわすれてこの世にうまれてきた

ような若者であった。おもしろい話がある。土方歳三の長兄為次郎というひとは盲人だったために家督を弟喜六にゆずり、自分は早くから石翠《せきすい》と号して隠居し、素人ばなれした義太夫を在所在所に教えて歩いたり、俳句をつくったり、近在の女郎屋に流連《いつづけ》して盲大尽といわれてよろこんだりした世外人《せがいじん》だったが、この石翠が沖田を少年のころから可愛がり、「総司のやつの声をきくと、おらア、物哀しくなるんだよ」と言い言いした。

――物哀しい。

といってもべつに陰気な声というわけではない。どちらかといえば、ふわっとした丸味のある、明るすぎるほどの声なのだが、声に、性根のあくがなかった。無欲すぎるのである。そういう性格の感じを、盲人特有の過敏さでそんなふうに表現をしたものであろう。

――その沖田が、京にのぼってわずか一年目で、気になる咳をしはじめたのである。

土方は、当然、気にした。

――総司、おめえ、馬鹿か。なぜ医者にいかねえ。

「労咳じゃありませんよ。土方さんはいやなことをいうなあ」

と、何度すすめても、沖田は笑ってばかりいるだけで、行こうともしない。近藤

も、二、三度すすめたが、

——はあ、そのうちに。

とお茶をにごしていた。

そのうち、近藤も土方も、わすれた。薄情というわけではない。百叩きに遭っても死にそうにないこの二人は、他人の病気の心配をそれほどしつこく念頭に溜《とど》めておくぐあいには、神経ができていなかった。もっともお光がそばにいたら、おそらく泣いてでも医者へひきずって行ったにちがいない。

二

その沖田総司の病状が突如悪化したのは、元治元年六月五日池田屋斬り込みの夜であった。

この夜、土方の率いる別働隊が現場に到着するまでのあいだ、池田屋の土間、二階、庭で、近藤、沖田、永倉、藤堂、それに近藤周平（板倉侯の落胤という人物で、この時期、近藤が養子にしていた。齢十七歳）を入れてたった五人が、多勢を相手に奮迅した。周平は戦力にならない。すぐ手槍を折られて戸外にひきさがり、藤堂は二、三人に傷を負わせたあと、額を叩き斬られて昏倒した。斬りこみの初期、事実上の戦力は、二階が近藤と永倉、階下は沖田総司ただひとりであった。

沖田は、つねに平青眼《ひらせいがん》。一種の難剣で、やや刀尖がさがり目、右に傾いている。それで押してゆき、敵の刀とふれあうと、石火の速さですりあげ、斬った。まるで沖田に斬られるために、敵は刀下に吸いよせられてくるのではないかと思われるほど、この若者の働きはみごとであった。

土間では、斬り、廊下では、突いた。長剣は、天井の下では自在にふるえないからである。

沖田の突きといえば非常な難剣で、壬生の道場でも、隊士のなかで受けとめる者がいなかった。

まず青眼から刃をキラリと左横に寝かせる。どん、と足を鳴らして踏みこんだときには腕はのびきり刀は間合《まあい》を衝いて相手を串刺しにした。沖田の突きは、三段といわれた。たとえ相手がその初動の衝きを払いのけても、沖田の突きは終了せず、そのまま、さらに突き、瞬息、引く。さらに突いた。この動作が一挙動にみえるほど速かった。この突きで、つぎつぎに相手は斃された。

屋内での乱闘は二時間つづいた。

沖田は裏へ逃げる敵を追って、縁側から真暗な裏庭へとびおりた。足もとがみえない。不覚にも死体につまずいてころんだ。すぐ起きあがった。

そのとき、かつて経験したことのない悪寒を覚え、膝が力をうしなった。生温かいものが、気管の奥からこみあげてきた。総司は咳きこもうとして、刀を地上に突きたて、体をささえた。

（死ぬ。――）

と思った。なぜおもったか。からだの異変による予感だったか、それとも背後から襲ってきた殺気がこの剣客にそう予感させたのか、どちらであるかはわからない。とにかく、剣が闇にうなって、沖田の頰を、髪ひとすじで、かすめた。

沖田は、とびさがって下段に構えた。剣が、防禦へおちている。すでに眼がくらんでいた。

相手は長州尊攘派の領袖の一人といわれた吉田稔麿《としまろ》である。今夜の会合の座長格であった。稔麿もすでに肩に深傷《ふかで》をうけ、半身、水からあがったように血で濡れている。稔麿も、もはやこれ以上生きつづける自信を喪っていたであろう。

最期を予感して、しきりと敵をもとめていた。斃して、死のうとした。松陰はこの男を門下の第一に推したが、学才だけではない。長州武士の典型のようなところがあった。

稔麿は、悪鬼のような形相をしていたのであろう。

そこに、沖田がいた。

稔麿二十四歳。飛びこむなり、上段から斬りおろした。沖田は、無意識にそれをはねあげたとき、腕のあがった拍子に、再び気管に血があふれた。不幸にも大喀血がおこった。

呼吸がとまった。

昏から、血の気がひいた。かろうじて残った力が、この若者にいわゆる無想剣というべき動作をおこさせた。総司は刀をふりおろした。稔麿は、右肩にそれを受けた。

倒れた。

稔麿は一太刀で絶命したらしい。沖田も同時におびただしく血を吐きながら、その場に折りくずれ、気をうしなった。

数日、沖田は隊で寝た。喀血のことはだれにもいわず、「あれは返り血ですよ」といってすましていた。

隊士の傷手当てについては、討入りの翌早暁に会津藩から外科数人がきて治療したが、総司の体には手傷がない。医者たちは、不審におもった。

「この仁は、内科《ほんどう》のほうだな」

と、脈をみながら、医者同士がささやき、解熱剤をのませた程度で、べつに手当てもせずに帰った。労咳とは思わなかったにちがいない。

ところが翌日、会津藩の公用人外島機兵衛《とじまきへえ》が負傷者を見舞いにきて、帰りぎわ、

「近藤さん」

と、別室へともなった。「沖田君はひょっとすると労咳ではないか」と低声《こごえ》でいった。労咳とは、不治のようにいわれ、もし発病すれば家族からでさえきらわれた時代である。隊の責任者である近藤の思惑を配慮して、世馴れた外島機兵衛は低声でいった。

「まさかとは思いますがね。京にはあの病気にいい医者がいます」

と、外島は、会津藩からその医者に頼んでおくから熱がさがれば通わせるほうがいいのではないか、と言い添えた。

「それはありがたい。いずれ」

「そう、あわてることはない」

怪我人の手当てで、屯営が修羅場のようになっているときでもある。それに、近藤も外島も、沖田の大喀血を知らないから、まだその程度にたかをくくっていた。

池田屋ノ変のあと数日、近藤も土方もその事後処理の隊務に忙殺され、沖田の病状を気づかってやるゆとりもなかった。

沖田はひとり臥ていた。

十日ほど経って気分がよくなったらしく、むくむくおきあがってきてしばらく屯営内を歩いていたが、やがて、ちょっと外へ出るから、と朋輩に言い残して、元気で出た。

——どこへ行く。

とは、たれも訊かない。それほど沖田の態度は明るくて、自然だった。

沖田は屯営を出ると、急に懶《ものう》そうな歩きかたになった。

四条通りに出た。

右へ折れた。四条通りのはるかなむこうに東山がみえ、その上に、峰一つほどもある大きな夏雲がうかんでいた。沖田は暑い日盛りの四条通りを歩いた。ときどき、神社の境内に入りこんでは木陰でやすんだり、茶店で息を入れたりした。

南北の烏丸通りに出た。

その四条通りに面した東側の角に、芸州広島藩の藩邸があり、その東隣りは水口藩の藩邸。

（水口屋敷の、もう一つ東の黒板塀だ、と外島機兵衛どのはいっていたな）

医者へ行こうとしているのである。近藤や土方にそれを言うのは、心配を強いるようで沖田はいやだとおもった。告げずに出た。

医者は、半井《なからい》玄節といい、外島機兵衛の話では、町医者ながら、どこかの門跡を通じて法眼《ほうげん》の位をもらっている人物だということであった。

（どうしよう）

門前で、ためらった。人見知りのひどい若者で、少年のころからそれが抜けない。医者ぎらいは、一つはそのためなのである。

黒塀のすそに犬矢来《いぬやらい》の竹がならんでおり、塀のむこうに、青葉楓が若葉を栄えさせながらのぞいている。そのすき透るような緑が、陽を受けて沖田の眼に沁みた。武州育ちの沖田は、京の草木の美しさが、堪えられないほどに好きなのである。

少年のころ、姉のお光に唐詩を読んでもらった。たれの詩だったか、五月の都城の若葉を詠んだ詩句があったが、そのとき沖田はおもわず両掌で眼をおさえたことがある。その詩句の情景が、沖田の眼には痛いほどにあざやかだったのである。

そのとき、不意に、背後で声がした。ふりかえると、娘がいた。老女を連れている。

「なにか、ご用でございますか」

と、娘がきいた。入りそびれている、と娘はおもったのだろう。沖田にも、この娘が、半井家の家人で、たったいま外出から戻ってきたということが、様子でわかった。

「いえ、ち、ちがいます」

とあわてて足早に二十歩ばかり祇園社の方角に行ったが、そこで立ちどまった。

ふりむいてみた。

娘はまだ立ちどまって、けげんそうにこちらをみている。

沖田は、頭をさげた。

娘はそれがおかしかったのだろう。くっ、くと笑ったが、あわてて真顔にもどり、

——どうぞ。

そんな素振りで、うなずいた。

沖田は、大いそぎで戻ってきた。自分ながらそのぶざまがいやになり、こんどはおこったような顔で娘の前を素通りしてゆき、門を入った。しかし入ってから、失礼だと思ったのだろう、あきれている娘に、

「患者です」

と、いった。

娘は微笑してうなずいてくれた。うなずくと、細面なくせに、あごがくくれた。形のいい唇をもっている。

「あの、先生に取りついで頂けませんか。会津藩公用人外島機兵衛どのからお話は通じてもらっていると思いますが。——私、沖田といいます。あの、総司ですが」

総司ですが。といったとき、沖田は、ぱっと陽が射すように微笑《わら》った。なんだか子供のようなひとだ、とお悠はおもい、上眼でうなずいてやった。娘は、お悠とい

った。半井家の二人目の子で、長男は鉱太郎という風変りな名前である。これは、大坂の緒方洪庵塾で、蘭医を修業している。

診察室に通された。

半井玄節が、出て来た。ちかごろの風で、医者といっても、髪を貯えている。五十近い眼のするどい人物で、一見医者にはみえず、大小を帯びさせれば立派に大藩の家老として通るだろう。

「外島さんから、きいていました。会津藩の御家中ですな」

いや、会津藩には縁があるがその藩主の松平中将御預《おあずかり》浪士で壬生に屯所をもつ新選組の者である、といおうとしたが、言いそびれた。外島がそう紹介したのは、新選組の人気が、京ではさほどよくないことを考えたからであろう。

「なに。血を吐いた?」

診察しながら、玄節はおどろいた。

「どこで、どういうぐあいに。――」

「――それは」

沖田は詰まった。

「道場でした」

「ふむ」

「稽古をしておりましたとき」

「ああ、稽古中に」

「そうです」

まさか、池田屋に斬りこんでさんざん人を斬り、最後に吉田稔麿を斬ったときに大喀血をした、とはいえないではないか。

「私も若いころ、やったがね」

半井玄節は因州鳥取藩士の家にうまれ、京都の医家半井家の養子になった。やった、というのは、鳥取時代だろう。

「あれは、いけない。とくにあんたのような体質のひとにとっては。埃のしみこんだかびくさい面籠手をつけて、薄暗い道場で、あれをやる。あんたのようなひとにはよくありませんよ。どうせ大した素質があるわけではなかろうから、さっさとおやめなさい」

「はあ」

「薬は、差しあげる。しかしかんじんなことは、風通しのいい、直射《じかび》のささぬところで寝ていることだ。これをまもるなら、薬を差しあげる。守らないなら、むだだ。どうです」

「ええ」

微笑した。守れるはずがない。

「ちゃんと臥ています」

（いい若者だな）

そんな眼を、玄節はした。娘が、年頃になっている。いままで気にもしていなかったのだが、急にちかごろ世間の若者が眼につきはじめていた。婦人が、着物の柄でも選択するような眼で、玄節は沖田をみた。が、ぶしつけには、家柄のことなどは訊けない。

「奥州の会津とは、どういう所です」

「いえ、私は存じません」

「ああ、江戸の御定府《じょうふ》だったのか。しかし江戸育ちでもお国ぶりはあらそえない。あなたには、わずかに奥州なまりがある」

そのとおりなのだ。

沖田は歯切れのいい江戸弁をつかっているつもりだが、どうかすると、親ゆずりの奥州なまりがでる。両親が育ててくれた期間はほんのわずかなのだが、脳のどこかにしみこんでいるらしい。

辞去するとき、娘の姿がみえなかった。沖田は、小さな失望があった。

しかし、安堵もした。まだ、異性にどう接していいか、よくわからなかったのである。

三

「総司のやつ、妙だな」

と、土方が近藤にいったのは、京に秋が立つころである。

五日に一度は、屯営から一人出て、四条通りを東へゆく様子であった。途中、隊士に出遭っても、持前の微笑をうかべるだけで、どこへ何をしに行くともいわない。

「まさか」

近藤はちょっと気色ばんだ。お光にたのまれた手前がある。

「まさか祇園か、二条新地かなんぞに、わるい女ができたのではあるまいな」

「いつも昼だよ」

「昼あそびということがある」

「しかし近藤さん、あいつは女が嫌れえらしいんだ。おれは江戸のころから知っている」

「歳、お前も総司のことになるとその自慢の三白眼が曇りやがるようだなあ。人間、男とうまれて女がきらいだというばけものがあったらお目にかかりてえ。叩っ斬って退治してやる。歳、総司はまだ女がこわいのだ。子供だよ」

「あんたも総司のことになると、眼が曇るらしい。あいつも二十一になっている」

「はは、早えもんだな、歳」

と近藤は鼻の頭をなでた。

この二人は、お光に頼まれたことといえば、そんなことだと思っている。お光が事情を知れば、あんたらも頼み甲斐がないといって泣くだろう。

十月もなかばになった。京は季節の都である。季節ごとに東山の峰々の彩色《いろどり》がかわったり、社寺の年中行事があるために、大路小路を往き来するひとまで季節の色に染まるのかとおもわれるほど、変り目ごとに印象があざやかであった。

そうしたある日、土方は、午後から出かけようとするのをみて、

「総司、待った」

といった。

「どこへゆく」

弱ったな、という表情を沖田はしてみせたが、罪のないうその上手な若者だから、

「紅葉を見にゆくのですよ」

「ほう、どこへ？」

「清水寺《きよみずでら》」

これは、本当である。ところが、

「おれもゆく」

と土方はいって、意地わるく沖田の顔を見た。ありありと狼狽している。土方は、沖田が清水へゆくのではないとみていた。

「さあ、行こうじゃないか」

沖田はやむなく、土方のあとについて壬生の屯営を出た。

京も八坂の塔から三年坂をのぼりはじめると、急に樹木の茂りで体が冷えはじめるのをおぼえる。

この三年坂をのぼりつめると、松原のほうからのぼっている清水坂の中途に出る。

「おい」

と土方はいった。

「本当に清水寺へゆくのじゃないか」

「それが、ほんとうなんですよ」

沖田は情けなさそうにいった。

「総司、隠しちゃいけないな」

土方はのぼりながらいった。

「おれは、お光さんから頼まれている。お前にもしものことがあると、腹を切らなくちゃならないんだ。わかってるかね。京の妓《おんな》は口あたりはいいが、性はわるいよ」

「そうですか」

沖田は小さな呼吸でいった。表情に出すまいとしている。

「そうさ」

その上の石段をあがると、正面に朱塗の仁王門がある。その坂にさらに高い石段がそびえており、のぼりつめると八脚《やつあし》の華奢《きゃしゃ》な西門が、星霜に古びて立っている。

二人は有名な清水の舞台に出た。

下は、断崖である。のぞくと、まだ紅葉には早いが、楓の葉が、渦をなすようにして谷に満ちていた。

西をみれば、はるかに天がひらけ、西山の峰々がかすみ、王城の屋根の波が眼いっぱいにみえる。

「驚いたな」

土方は、この男にはめずらしく無邪気な声をあげた。豊玉《ほうぎょく》、この男の俳号である。故郷《くに》にいたころからいまにいたるまで、ひそかに下手な発句をひねっていることを、沖田は知っていた。

「清水、清水と評判は江戸でもきいたが、京にきてから来るのははじめてだ。お前のうそのおかげだよ」

「うそじゃありませんよ」

沖田は、はえぎわのきれいな太い眉をさげ、やるせなさそうにいった。

「知ってるさ。お前の清水は、もっとお白粉臭えところだろう」

（あ。——）

と、沖田はうれしそうな顔をした。土方が気づいていないことを知ったのである。

「谷へ降りましょう」

ふたりは、ふち苔の厚い石段を踏みながら、歩一歩と楓葉《かえでば》の海へおりて行った。

しばらく楓の森を歩いていたが、やがて沖田が土方をそれとなく誘導するようにして、音羽の滝の前に出てきた。

「ああ、これが音に名高い音羽の滝か。しかし本当かね」

滝というものではない。楓の枝がかぶさった石垣の上に、石樋《いしどい》が出ている。その石樋からほそい水が三すじ、糸をひくようにして落ちているだけである。

「本当ですよ」

「いや、一つ利口になった。おれが関東《くに》にいるころ想像していたところでは、あまり名高いから、轟々瀑々《ごうごうばくばく》と落ちている飛瀑《ひばく》だろうと想像していた」

「土方さんの想像というのは、いつもそうですすよ」

沖田は、くすっとわらった。

「なんだと？」

「いや、なんでもない。しかし茶にうるさい京の人は、茶をたてるときはわざわざこの音羽の滝を汲みにくるそうですよ。水がやわらかいと言います。だから滝は轟々瀑々だけがいいというわけではありません」

「そりゃあ、そうだろう」

音羽の滝の前に、床几に緋《ひ》毛氈《もうせん》を敷いた掛茶屋《かけぢゃや》が、紺ののれんをかけてならんでいる。

沖田は、なにげなくそこへ腰をおろした。土方も、同じように腰を掛けて並んだ。

この男には、沖田のたくらみがわからない。

茶屋の小女が出てきた。伊予《いよ》絣《がすり》の着物に赤いたすきをかけ、赤の前垂れをつけている。土方がふとみると、ひどく美しい。

それが、沖田とはすっかりなじみらしく、

「またお餅どすか」

と、愛想よくいった。

（ははあ、女とはこいつか）

土方は油断のならぬ眼をぎょろつかせている。ちょっと安堵もした。京の音羽の滝の茶屋の婢《おんな》なら、江戸の社寺の境内にちかごろさかんに出盛っている水茶屋の女よりまだ無害なようである。

（総司らしくて、しょうべん臭え）

土方は、うれしくなり、

「なんだ、総司、お前は毎度ここへきて餅ばかり食っているのか」

「ええ」

「おかしなやつだな。そういえばお前、ちかごろ酒をふっつりやめているようだが、餅のほうに鞍替えしたのかね」

「酒だけは」

半井玄節にとめられている。

沖田の眼に、ちらっと暗い翳がさしたが、すぐ明るい表情にもどり、

「ただ飲める、というだけで、もともと好きではなかったんですから」

といった。

「それで、やめたのかね」

土方は、首をひねった。ふと気づいて、

「総司、お前、ちかごろ頭痛はしねえか」

「しませんよ」

「熱っぽい、てことはないだろうな」

「ありませんよ」

「うそをつけ。咳なんかしてやがるくせに」

「あれは癖ですよ。私は痰持ちですから。どうも京都にきてから水があわないのか痰が多くなったような気がする」

「そうかね」

ころりとだまされている。

そのとき、さっと陽が射し、楓の茂みから落ちてくる木洩《こも》れ日が、土方の足もとにまるく輪をえがいて落ちた。土方は、よろこんだ。

「これァ、句が出来そうだ」

腰からいそいで矢立をぬき、句帳をとりだした。

沖田は、だまってあたりを見まわしていたが、やがて、頬に赤味がさした。が、すぐ眼をふせた。
五、六人、茶店の前を白衣の女行者が通ったとき、沖田はほっとしたようにふたたび眼をあげた。
行者のむこうの滝口に、娘がいる。かがんで、袂をひき、白い腕をさしだして、ひしゃくで滝を汲んでいた。

そばに、老女がいる。

ふたりとも、茶店の奥まった床几に腰をかけている沖田に気づかない。

沖田は、あれから二度目に四条通りの半井玄節の屋敷に行ったとき、黒塗のきれいな手桶をさげた娘が玄関を出てくるのに出あった。

——ああ、これは。

と、沖田がいそいで頭をさげた。

娘も、小腰をかがめた。出かける風情で、そのまま通りすぎようとしたが、門のそばの灌木のそばまで行ったとき、

——あの、父からお体のことをうかがいましたが、毎日、ちゃんとお寝《やす》みになっているのでございましょうね。

と、医者の娘らしい、こまっしゃくれたことを訊いた。いや、訊いた、というより、なにか話題を無理にみつけてくれたのかもしれなかった。

「はあ」

沖田は、娘の手桶を見た。娘は、これは、といった表情で桶をあげてみせ、

——毎月、八のつく日には、お茶をたてます。

といった。

やがて老女にせきたてられて、門を出て行ってしまった。

「うかがいますが」

と沖田は、半井玄節から診察をうけながらもの珍しく眼を動かしながら訊いた。

「京では、桶で茶をたてるのですか」

「桶で？」

玄節もおどろいたらしい。

「どういうことかな」

「いえ、御息女が」

と、わけを話した。玄節は笑いだした。沖田はこの医者の顔が笑ったのをみるのは、はじめてであった。

「あれは、こうだ」

音羽の滝に、八の日に滝を汲みにゆく、と一件を、沖田はそれで知ったのである。

そのとき、沖田はさまざまに想像した。京者の暮らし律義で、きっと汲みにゆく刻限まできまっているだろうと考え、そのつぎの八のつく日、清水音羽の滝に行ってみた。

やはり、お悠はきた。

が、総司はそこにいない。

この茶屋の奥まった床几に腰をかけ、ちらちらと滝口のそばのお悠をみている。

それも見つづけているのではなく、盗むように見るのである。

いまも、そのとおりだった。

横の土方は、筆のさきを舐め、句作に余念がない。不意に笑いだした。

「出来た」

と、沖田のほうをみた。

沖田の視線が、滝口にかがんでいる娘に張りついている。

「総司」

「え？」

あわてて土方をみた。顔が真顔だった。

「あの。句が——どんな句です」

「何をいってやがる。お前、ちかごろ妙に色気づいたと思っていたが、他人の娘をそんな眼でみるもんじゃねえよ」

「そうですか」

沖田は、あわててばつがわるそうに眼をこすった。土方はさすがに笑いだした。

「あっはは、こすったって、はじまらねえ」

土方は、総司の昔かわらぬ無邪気さがうれしくてつい破顔《わら》ったのだが、ところが意外なことがおこった。

その声で、娘が、ふりむいたのである。

沖田をみて、

（まあ——）

と、いう表情をしてみせた。

「来ていらっしゃいましたの」

低声《こごえ》だが、かといってほんの五間ほどむこうの濡れた石畳の上に娘は立っている。声は、よく透った。

——某。

と、娘は老女に声をかけ、ちょうどよかった、休んでゆきましょう、と相談し、掛茶屋のなかに入ってきた。

沖田は、うろたえた。

土方は、そっぽをむいている。（たれだ）と、かるはずみに囁くのは武士としての節度がゆるさない。

娘が入ってくると、よしず張りの薄暗い茶屋のなかは、急に花やかになった。

——わたくしも、あ、あもを。

と老女に囁いた。

老女は、そのように注文した。

実をいうと、土方は、先刻からなにも注文していない。腹と相談して餅ほどのものは食いたくなし、かといってあまり酒好きでないこの男は、求めて酒を注文する気にもならなかった。

おれも、あもをくれ。

と、小女に命じた。

小女が、ぷっと吹きだしかけたが、土方にはわからない。娘も、老女と顔を見あわせて唇を懸命に閉じていた。

やがて、土方のそばに、あもがはこばれてきた。

「なんだ、餅ではないか」

不服そうになった。あもとは、京の女児の幼児ことばであるとは、土方は知らない。

「へえ、お餅どすぅ」

小女がいうのを、土方は横っ面で聞いて仕方なくあもを食いはじめた。

娘は、その間、しきりと沖田に話しかけて容態のことなどきき、

「沖田様。このようなところまでお歩《ひろ》いになっていいのでしょうか。父は、お寝みになっているように、と申していたはずでございますのに」

(妙だな)

餅を食いながら土方はおもった。沖田は、近藤や自分の知らないところで、別な

生活をもっているようなのである。

「ええ」

顔をまたあからめた。

「たまに、気晴らしだと思いまして」

「いつもは、お寝《やす》みでございましょう」

「寝んでおります」

(なにを言ってやがる)

土方はおもった。昨日も、自分と巡察に出て、祇園車道《くるまみち》で櫛屋《くしや》太兵衛方に押し入って攘夷軍用金をゆすっていた浮浪の士三人を斬ったばかりではないか。

「それならよろしゅうございました。すると、ときどき、この音羽の滝まで、ご気分晴らしにいらっしゃいますの」

「ええ、ときどき」

沖田はしばらくだまっていたが、やがて勇を鼓したような勢いで、

「八の日のこの刻ぐらいにきます」

「――」

お悠は、だまった。この敏感な娘は、すべてがわかったのである。

あとは、急に寡黙になった。土方のいる角度からみると、白いうなじに、あわく

血の色がのぼっている。

老女が、立ちあがり、沖田にだまって頭をさげてから、ふと気づいたようにうながされて、娘も立ちあがった。

沖田と土方にも、頭をさげた。もっともこのほうは申しわけ程度であったが。

沖田と土方が、清水坂をおりはじめたときは、すでに陽が傾きはじめていた。壬生へ着く途中までに陽は暮れるだろう。

土方は石段下の茶屋で提灯を借り、担保《かた》のかわりに印籠を置いた。

「親爺。つぎの八の日に返しにくる」

「八の日に？」

「いや、おれじゃない。この男が、だ、そうだろう、総司。気ばらしにこの男は八の日に清水へやってくる」

くすくすと笑って、

「そのほかの日は、いつも寝ているそうだ」

と、いった。

路上に出た。

坂をおりながら、土方にもそのころにはほぼ推察がついている。

「医者に通っているそうだな」

「ええ」

「やはり労咳だったのか」

「ちがいます」

沖田は、薄暮のなかできっぱりと顔をあげた。この連中にそんな病気のために心配をさせたくなかったのである。それよりも軽率に姉のお光に手紙などを書かれてはこまるのだ。お光は遠い日野で、どんなに心配するかわからない。

「疲れですよ。それに、私はすこし風邪をこじらせていた。それだけです」

「それならよいが」

土方は、言葉をそのとおりには受けとっていない。風邪をこじらせただけで、あたびたび、医者のもとに通うのはおかしい。

（やはり労咳だろう）

「なんでも相談してくれないとこまる」

「そうします」

「それとも、あの娘がめあてかね」

「ち、ちがいます。——あんな」

「あんな、なんだ」

「あんないい娘が、私になんぞ、好いてくれるものですか」

「なにもそこまでは訊いていないよ、総司」

まだ、清水坂の半ばにある。土方は、歩きながら、考えぶかそうな眼をあげた。足もとに京の都がある。坂はまだ明るかったが、街衢《まち》のほうは暮れるに早いのか、すでに灯がちりばめたようにともりはじめていた。

「京の秋の灯ともしごろというのは、いいものだなあ、総司。みな生きてやがるなあ、てえ感じがする。総司、おれたちも灯をつけよう」

「ええ」

沖田は、提灯をかかえて、かがんだ。燧石《いし》を打った。付木に、ボッと火がついた。沖田はその火を提灯のなかにさし入れて蠟燭に移そうとした。土方がそれを見おろしながらいった。

「あの娘、貰うがいい。いい娘だ。お前と似合っている。おれが父親に話してやろう」

「いやですよ」

沖田は怒ったようにして立ちあがった。歩きだした。

新選組だということを、沖田は娘にはいってない。父親の半井玄節も知らないのである。会津藩士であると思いこんでいる様子であった。

(言えやしない)

新選組隊士であることを沖田はすこしも卑下していないが、この利口な男は、京の市中の者が自分たちをどのような感情の眼でみているか、知っているのである。

京の市中の者は、伝統的に幕府の役人に好意をもっていない。なにしろ千年の王城の地である。それとは逆に、かれらは長州びいきであった。長州が御所びいきであることを知っていたし、長州藩のほうもここ一年来、意識的に京の市中の人気を得ようとして、祇園などにはずいぶん派手に金をまいた。王城鎮護のために駐屯、といわれていた新選組が、池田屋ノ変ではっきりと幕府の爪牙《そうが》であることを京の市中は知った。その証拠に、追捕《ついぶ》中の長州藩士やその系列の浪士を、京の町民のうち義侠の者は、死を賭してかくまったりした。変後、何度も、奉行所が「そのことき びしく法度《はっと》する」と触れを出したほどである。

(知れば、あの玄節先生はびっくりなさるだろう。ましてあの娘に知られたくない)

土方には、そんな感情はわからない。近藤にもわからないだろう。このふたりの男は、天地ただ、新選組を唯一なものとして懸命に生きている。沖田がたとえ話したところで、この気持はわからない。

四

「そうか」

近藤は、意外な顔をした。

「そういえば、会津藩の外島機兵衛殿が、その医者のことを申されていた。沖田はこっそり通っていたのだな」

「おれたちに心配させないためさ」

「しかし結局、労咳ではなかったのだろう」

「わからないよ。あの野郎、故郷《くに》のお光さんに、報らされるのがいやなのだろう。だが、そんなことより、いい話がある」

土方は、音羽の滝の一件を話し、

「もうすこし様子をみた上で、あんたからでも、先方に話してみたらどうかね」

といったのは、一見出すぎたことのようにみえるが、この故郷を同じくしている連中には、この連中にしかわからない別な事情と理由がある。

沖田家のことである。沖田家は、亡父の晩年にただ一人の男児として総司がうまれた。すでに男児の出生をあきらめていたために、そのころ姉のお光に養子をとった。

亡父は死ぬまぎわ、お光に、

「総司が大きくなればあれが沖田家の惣領だから、あいつを本家にしてやってご先祖の墓をまもらせておくれ。それが穏当だから」

といった。当然、当時の相続法である。相続するような家禄も田地もなかったが、先祖の位牌をまもるのが、惣領の役目であった。

だから、父は、宗次郎と名をつけた。宗家の宗。しかしその文字の下は、婿養子に遠慮して、次郎、とつけた。宗の字には、亡父の想いがこもっている。お光はむろん、父親にいわれなくてもそうするつもりであった。もっともそうするといっても、宗次郎が成人して妻帯すればお光の家の仏間にある位牌をわけるだけのことだが。

宗次郎は、元服がすんでから、そのことをお光からきかされた。

——いやですよ。

と、はにかんだ。義兄の林太郎をさしおいて、さして名誉の家柄でもない沖田家を、自分が継がねばならぬ必要はどこにもない。だから、この人の気持をはかりすぎる若者は、お光や林太郎への義理を考えて、いつのほどか、父のつけてくれた宗次郎という名を棄て、自分で、総司と名乗りをかえた。(筆者はそこを訪ねたことはないが、沖田総司の研究家で大牟田市諏訪町在住の医師森満喜子氏が、沖田家の菩提所である麻布の専称寺墓地で、総司の墓碑を見られた。碑名は、沖田宗次郎となっているという。)

近藤、土方は、その事情を知っている。だからこそ、お悠の話をきいたとき、この二人は真剣な顔をした。かれらの脳裏にうかんだ計画は、新選組隊士としてはすこし飛躍しすぎていたものかもしれない。総司に嫁をもたせるということである。齢からいえば、まだ早くもあるが、世が尋常ならば、あの齢で妻を娶る例は、むしろ普通といっていい。娶らせて、沖田家の家系をつぐ子をなさしめるべきであると思った。

「おらァ、その医者の家に行ってくる」

近藤には、行動力がある。その場で暦をめくって明日が大安だと知ると、すぐその積りにして、その夜は寝た。

五

その翌朝、半井家の奥で、小さな騒動がおこった。

何の用かは知らぬが壬生の新選組局長近藤勇が、御当家のあるじに面晤《めんご》を得たい、といってきたのである。

半井玄節は、西本願寺門跡の侍医も兼ねていた。この医師が当時すでに空名にちかかったとはいえ法眼という、医家最高の官位を得ていたのは、その縁による。半井玄節は、その「御西《おにし》ご門跡家」に出仕するため外出の支度を整えている最中であった。

「とにかく、お通し申せ」

医者にしては、玄節には胆力がある。壬生の浪士隊長がどういう難題をいって来ようとも、受けとめて流すだけの自信はあった。

玄節には、難題のすじは、想像がついている。西本願寺のことである。

西本願寺は当時、宗政の主務に立つ者のあいだに長州領寺院の出身の僧が多く、さらに西本願寺は京都移転のむかしから宮廷との関係がふかく、尊王、というよりも尊王過激派の長州的色彩が濃かった。げんに、長州人をかくまった、という嫌疑で、新選組から山内《さんない》を捜索されたことがある。（ちなみに東本願寺は佐幕派であった。幕府の祖家康が本願寺の勢力を殺《そ》ぐために徳川初期、分立させて東本願寺という別派をたてた。以来、幕府とのつながりが濃く、京都が政局の中心になっている昨今、宛然《えんぜん》京都における佐幕派中の一国家をなしていた。幕末も政情が煮えつまるころ、京都市中の東本願寺門徒は、――天朝様につこうか本願寺様につこうか、という唄をうたったくらいである。このため維新後、東本願寺は、朝廷に多額の献金をするなどして、ひどく苦労した。）

（どうせ、そのいやがらせだろう）

とみて、玄節は客間に出た。

玄節がまずおどろかされたのは、音にきく近藤が、意外に辞をひくくし、不気味にも微笑さえうかべて慇懃《いんぎん》すぎるほどのあいさつをしたことである。

「お手を。近藤殿」

と、つい法眼の格式で玄節は自分のほうが寛闊《かんかつ》な態度に出たほどであった。

しかし、近藤は京都人とちがって、ながながとは挨拶しない。東国人でしかも剣客だから、もう、頭をさげている間も、じりじりするほどに腹の中で用件の言葉が渦まいている。

それが、溢出《いっしゅつ》しはじめた。この男が格式ばると、平素の寡黙訥弁《とつべん》に似合わず、措《そ》辞《じ》がなかなか荘重多彩で、しかも朗々と出てくることである。土方はこれとは逆に、出る所へ出た場合よりもむしろ座談に表現の妙があるが、とにかく近藤の場合、この武骨な男の頭のどこからそんな音《ね》が出てくるのか、ふしぎな才能であった。

が、玄節にとっては、近藤の舌からころがり出てくる一語一語が、おどろきだった。最後に、自分の患者である沖田総司が新選組隊士であることをきいたとき、もう、平素の寛闊さをわすれ、度をうしないかけていた。そういう患者をもっているというだけでも、本願寺門跡にはばかり多いことではないか。その上、娘を、と、大たぶさの武士は、雄弁に、しかし辞を低くして願い出ているのである。

「――いや、娘は」

言おうとしたが、そのあとの言葉を考えるために、玄節は懐紙を取りだし、唇許へあてて汗を消すしぐさをした。その態度の余裕は残っていたが、断わる理由が容易におもいつかない。——ほかに縁談がある、とうそをいってしまえばそれですむのだが。

近藤は、じっと自分の眼を見ている。刺すような眼である。

玄節は、不用意な沈黙をした。気まずい間《ま》が、主客のあいだで淀んだ。近藤はその間も、剣客特有の眼で見つめている。表情の微細な動きも貪婪《どんらん》に読みとろうとする眼である。しかもただの好奇心による貪婪さではなく、相手の表情の変化によっては、すぐ手足《しゅそく》をもって応変しようとする不気味な眼の癖が、こういう、剣と無縁の座談のなかにも出ていた。

「いかがです」

と、近藤は軽く、いわば相手の青眼の太刀のみねをたたいて出方を見るような、そんないい方でいった。

しかし、近藤にはもう相手の返答がわかっている。ただ、念のため確かめて、退くべき兵なら退こうと思っていた。

「いや、悠なる者は」

と、玄節はいった。

「ひとりの娘にてまだやりとうはございませぬし、その上、もし嫁《かたづ》けるならば、医家は医家らしく、同学の後進に与えとうござる。近藤先生、ここは老父の愚痴と思うてお嗤《わら》いくだされ」

「わかりました」

ほどなく近藤は、半井家を辞した。

屯営にもどって、すぐ土方にその旨をいい、当の沖田を自室によんでいる。

沖田にとっても、このことは、寝耳に水のようなものであった。自分のためにいろいろと配慮してくれるのはいいとしても、事態は沖田を離れて、十町も二十町もむこうで空転してしまっている。

沖田は、半井玄節や、お悠に、この先輩たちのふるまいがはずかしかった。

(もう、半井家に行けない)

冷汗が、背をびっしょりと濡らしている。はずかしいというよりも、もうお悠とのこともこれでおしまいだ、と思うと、眼のさきが昏《くら》くなる思いだった。

「総司、あきらめろよ」

近藤は、とりなし顔でいっている。かんちがいもはなはだしい、とおもった。

「あいつあ、お前。西本願寺門跡の医者じゃないか。瓜田《かでん》に沓《くつ》を入れず、というたとえもある。新選組幹部たる者が、ああいう家に出入りしては、局中、どういううわさを立てる者がいないともかぎらない。いわば、敵城の娘に惚れたようなものだ。ここは武士らしくあきらめてくれんか」

「ちがうんです」

沖田は必死な眼でいった。

「いや、言うな」

近藤は、微笑しておさえた。

「おれも木強漢ではない。お前の気持はわかっているつもりだ」

「いや、ちがうんです。私はただ、あの娘をつまり、遠眼でみているだけでよかったんです。――それを」

言おうとしたが、言葉にならなかった。

近藤は、相変らず微笑をつづけて、沖田を見つめている。

(姉から頼まれているんだ、お前の。――)

何度か、うなずいた。

沖田は、やりきれなかった。絶句したまま自分でも正体の知れぬ涙が、まぶたにあふれてきて、あわてて立ちあがった。

濡れ縁から、庭へとびだした。

その夕、清水山内音羽の滝へ沖田はひとりで行った。

掛茶屋はすでに、戸をおろしている。

陽が落ちた。

沖田はなお、滝のそばにいた。一夜待っても想うひとは来ないだろう。きょうは、八の日ではない。

それでも、沖田は滝のそばにしゃがんでいた。

しぶきが、肩をぬらした。

本堂のあたりから日没偈《にちぼつげ》の読経がきこえ、やがて懸崖の上の奥ノ院に灯明がともるころになっても、沖田はじっとかがみ、ときどき細い滝に手をのばしては、水を皮膚に感じてみた。あの娘も、こういうそぶりをした。

山内をまわる僧の提灯が近づいてきて、沖田の横にツト足をとめた。

「ごくろうさまでございます」

と、僧は声をかけて去った。

滝には夜詣りの信徒がくる。そういうひとりだとおもったのだろう。

槍は宝蔵院流

一

「こんど、大層な人物が入隊する」

と盟主の近藤が、上機嫌で斎藤一《はじめ》にいったのは、文久三年の四月、すでに京の花も散ったころである。

壬生での結党直後のことで、近藤派、芹沢派をあわせて同志は十六、七人。すでに京都守護職御預《おあずかり》という身分が決定している。みな、手わけして隊士募集に駈けまわっていた。

斎藤一も、ついきのうまで、大坂から播州路に足をのばし、諸道場を訪ねては、加盟をすすめてきた。

「どういうひとです」

「宝蔵院流の槍の名手だ。大坂で道場をひらいて大そうな評判の仁だときいている。槍は千石ものだという評判だし、学問もあり、慷慨の士だという」

「お会いになりましたか」

「まだ見ない」

「楽しみなことです」

すなおによろこんだ。

斎藤一、もう何回か登場している。

剣は沖田総司ほどの天才性はないが、真剣に度胸がある。土方、沖田、永倉、藤堂、斎藤、それにずっとのちに伊東甲子太郎とともに参加した服部武雄といったところが、新選組をになった剣客といっていい。

播州明石藩の浪士で、家は代々江戸定府だったという。近藤らの天然理心流とは流儀はちがうが、早くから小石川小日向《こびなた》柳町の近藤道場に出入りしていた点、永倉新八、藤堂平助、原田左之助らとおなじである。近藤が、浪士募集に応じて西上するとき、

「私も参りましょう」

と、無造作に参加した。しかし歴とした藩士だから、江戸屋敷、国もとなどに整理せねばならぬ事柄がいくらかあって、近藤らの入洛よりもすこし遅れて壬生村にきた。近藤にとって「旗本」は同流儀の土方、沖田、井上源三郎、それにつぐ者は、永倉、藤堂、それにこの斎藤といっていい。

組織ができると、斎藤一はすぐ幹部（助勤）になった。維新後、有為転変したが、

改名して山口五郎と名乗り、いまの東京教育大学の前身、東京高等師範の剣術教官になっている。

斎藤は、その後数日して下坂し、用をすませて八軒家から淀川遡上の乗合船にのるため船宿「京屋」に入った。京屋はのちに新選組と縁ができ、御用宿同然になった店である。

薄暮、三十石船に乗船した。

当時淀川は満々と水があり、船は流れにさからってのぼる。土堤の上から曳子《ひきこ》がつなでひいてのぼるのだ。

屋根は苫《とま》でふいてあり、その下が胴の間(船室)である。三十石積だから狭い。胴の間は、芝居の枡《ます》のようにナワで一人前ずつ仕切ってあり、そのひと枡が、天保銭一枚、ときまっていた。

しかしひと枡といっても、やっとあぐらをかけるだけの狭さである。横になって眠ってゆこうとおもえば、三人前の枡を借り切らねばならなかった。

斎藤は、心得ていて、すでに朝のうちに京屋へ入って三人前の席を確保していた。満員になれば、いくら金を出しても、横臥できるだけの座席は借りきれないからである。

ところが、船が大坂八軒家の舟着場を離れようとしたころ、どかどかと五人の武士が乗りこんできた。

幸い、座席は五人前、残っている。

ゆらり、と船は岸を離れた。

斎藤は貸ぶとんをかぶりながら、薄目で武士たちをみている。

というのは、一団の年がしらで、服装、大小とも立派な武士が、

「船頭、船頭。船宿とはすでに約束をしてある。枡をひろげろ」

と、難題をいいだした。

「あきまへんな」

船頭は、にべもなくいった。当然である。枡については船宿で契約するわけで、船が出てから船上で交渉するわけにはいかない。

「ごらんのとおり、頭数はいっぱいだす。ほんな難題いうてもろうたら、客を川へこぼさんならん」

「無礼者」

「へへ、船頭にはもともと礼儀はおまへん」

(気のつよい船頭だな)

斎藤は、おかしくなった。武士の人体《にんてい》を見ると、総髪大たぶさ、色は浅黒く、ほお骨が異様に突き出ている。人体、卑しい。

そばに、前髪がとれたばかりの年少の者がいる。男と同じ十六葉菊の定紋をつけているところからみて、息子かもしれない。が、すこしも似ていない。「息子」は、色白であごが薄く、眼が重瞳《ちょうどう》で、秀麗な面《おも》だちをしている。

あとの三人の浪人風の男は、男に対する物腰からみて、門人らしい。上方なまりの、いかにもふやけた連中である。

門人のひとりが、槍をもっている。

普通、浪人は、道中、槍をもつことを禁ぜられているのだが――あるいは槍術の師匠かもしれない、とおもったとき、

(ああ)

と斎藤は、おもった。この男が、近藤がいっていた谷三十郎ではないか。

そう思ってみると、雄偉な風丰《ふうぼう》である。容貌はいかにも武芸者らしく、渾身、鳴るほどに力がみなぎっているようであった。

(なるほど、相当な人物らしい)

きき耳をたててみると、谷三十郎が船頭に要求しているのは、自分と息子の横臥するだけの枡であった。

ついに船頭が谷のさわがしさに折れて、横臥している乗客に、枡をゆずってあげてもらえぬか、と頼んだ。横臥している乗客、といっても、斎藤とほかにひとりだ

けである。富裕そうな町人だった。

「いやだンな」

町人はいって、背をむけた。

斎藤は、立ちあがった。

「入れかわって進ぜる」

船頭は、恐縮して何度も礼をいった。

が、谷は、よほど倨傲《きょごう》な男なのか、当の斎藤に頭ひとつ下げない。船頭が交渉中の相手であって斎藤ではない、あいさつは筋違いである、とでもいうのであろう。

斎藤は狭い船の中央で谷と擦れちがった。ゆらっ、と船がゆれた。

「失礼」

斎藤がいった。

「ああ」

谷は、いったようだが、斎藤の顔をみないようにしていた。暗くもある。あいさつを惜しみもしたのだろう。この尊大さは、自分の武芸への自信からきているのか。それとも一介の浪人風の斎藤に対し、自分が京都守護御支配の身分である、というそういう気おいこみからきているのか。

伏見寺田屋の浜につくと、斎藤は谷の一行に気づかれないようにまっさきに浜へとびおり、そのまま壬生郷へもどった。

ところがどうしたことか、その日、連中はやって来なかった。斎藤は別に気にもとめなかった。どうせ京見物でもしているのだろう。

翌朝、やっと屯所にたずねてきた。

「諸君、お引きあわせしよう」

と、そこはまだ同志も小人数の時代だったから、近藤がみなを一室にあつめた。

「谷先生です。槍の名人であられるから、よろしく御指導をうけるように」

近藤はいい、谷には同志の一人一人を、生国、流儀とともに紹介した。

谷は、斎藤を記憶していない。船中で、ろくすっぽ顔もみなかった証拠である。

が、息子と門人たちは、妙な顔をした。

息子、といえば斎藤は不審をもった。その定紋に、である。九曜巴《くようどもえ》に変っていた。黒羽二重に仙台平、着京してから着更えたのであろう。

(たしか、谷とおなじ十六葉菊だったな)

近藤は、ふと谷に中国筋のなまりがあるのに気づき、わけを問うと、

「いや、さすがは近藤先生であられますな。じつは拙者、生国は備中松山。代々板倉家に仕えていましたが、事情があって父の代に致仕し、以来、大坂に住もうておりますゆえ、便宜上、大坂浪人と称しております」

「なるほど、板倉家に」

近藤は、いよいよ尊敬したようである。

（板倉家。——）

斎藤は、別なことを思った。板倉家といえば譜代大名のなかでもきっての名家だが、その定紋は、いま「息子」がつけている九曜巴ではないか。

「養子の喬太郎重政《きょうたろうしげまさ》です」

とだけ、谷は息子を紹介した。

その直後わかったことだが、谷三十郎を壬生に勧誘したのは、江戸以来の同志で、伊予松山脱藩原田左之助だと知り、斎藤はこの男にきいてみた。

「なんだ、あの倅は」

「おらァ、よく知らねえんだよ」

事実、知らないらしい。原田は、伊予を脱藩《くにぬ》けして（といっても渡り中間の身分だったが）江戸へ出てくるまでの間、ほんの半年ほどの短い期間だったが、大坂に足をとめたことがある。そのころ、ひやかし半分で谷の道場に通った。

「そのころは、あの倅、居なかったな」

二

谷は、すぐ助勤にあげられ、一隊の長になり、かたわら屯所の道場で、毎日平同士をつかまえては槍の稽古をつけた。

だけではない。朝起きるとすぐ屯所の中庭に出て、りゅうりゅうと真槍をしごいた。妙に臭味のある行動だが、それはそれとしてもあざやかな槍さばきである。

「谷先生の槍は日本一だろう」

と、崇拝者が、日にふえた。

近藤も、谷には一目おいた。ずいぶん機密なことも相談している様子であった。

谷は、いよいよ尊大になった。

「諸君、剣もいい。しかしいざ合戦となればやはり槍だ。並み以上に使えるようになってもらわねばこまる」

「しかし、先生。剣はいかがです」

と、いう者があった。

「妙境に達すれば槍も剣もおなじだ。うそとおもうなら、竹刀をとって道場へ出たまえ」

谷の道場は、大坂松屋町筋にある。かれが槍術を教え、兄の万太郎が剣術を教えているから、心得がないはずはない。

腕に覚えの平同士たちが、立ち合った。

が、いずれも、谷の竹刀にびんびんはねかえされるだけで、撃ち込みもできない。

「おれに触れてみろ」

谷は、竹刀を頭上でまわしながら、曲芸のようにとびまわっては、相手を撃った。

翻弄しているのである。

（出来る。――）

斎藤は、そうみた。沖田、永倉といった連中も、谷の稽古ぶりをみてほめた。

「あれは剣でもめしを食えるよ」

と、近藤もいった。

文久三年八月十八日の政変には新選組も仙洞御所の警固にあたったが、このとき御所への道中、谷は大身《おおみ》の槍をかいこんで先頭に立ち、その武者ぶりは諸藩の評判になった。

そのころまだ存命して隊を代表していた芹沢鴨がほどなく暗殺され、新選組が近藤の一手に掌握されると、谷の鼻息はいよいよ荒くなった。

近藤の寵臣
そういう態度である。新選組は本来、同志の集団で近藤は盟主にすぎないのだが、谷の近藤に対する態度は、家来であった。

が、谷も、妙に斎藤にだけは遠慮をする。

「斎藤さん、どういうわけなんです」

と沖田などは訊きたがったが、斎藤は笑って答えない。

斎藤の察するところ、例の船中の一件の相手が斎藤だった、ということを、谷は、倅か門人（平同士になっている）から聞き知ったのであろう。それを斎藤が淡白に、

「あれは私でしたよ」

といってしまえば笑い話ですむのだが、斎藤は知らぬ顔でいる。

（われながら人がわるい）

とおもうのだが、あの男にものを言いかける気にはなれないのである。

谷は、それを薄気味わるがっている。

「どうでしょう」

と、ある日、谷三十郎はいった。

「私の槍術を試して頂けませんか」

谷には自信がある。試合をして、斎藤一という苦手を、実力で打ち砕いてしまおうとおもったのだろう。

「いや、私が負けるにきまっています」

笑って、斎藤はとりあわなかった。

その翌年、元治元年だが、春が過ぎようとするころから、にわかに谷の態度がかわった。斎藤に、である。

むろん、他の隊士に対してもおなじで、ひどく高圧的な態度になった。

副長に、土方歳三がいる。

はじめはこの小うるさい副長に対し、相手が年下ながらも、

「土方先生」

といっていたのだが、急に同僚よばわりをするようになった。

(どういうのだろう)

土方自身が、不審がった。

しかも、近藤に対しても、以前以上に馴れなれしくなった。

「あいつだけは、得体が知れねえ」

と、土方は、沖田にだけこっそり洩らして苦笑していた。

しかし沖田は、何かを知っているらしい。

「いまに土方さん、びっくりすることがおきますよ」

「なにがだ」

「言わない」

沖田は、隊士の告げ口をしたことのない男だから、土方もこれ以上問いつめるのはむだだということを知っている。

「おれが、調べるさ」

監察の山崎蒸《すすむ》をよんだ。

山崎は、隊士間のうわさばなしを集めてまわった。

しかし、わからない。

「妙ですね」

山崎も、首をかしげてしまっている。

ところが、ほどなくわかった。近藤が、自室に、助勤以上を集めたのである。

みなが入っていくと、近藤のほかに、すでに着座している者がいる。

谷三十郎

同昌太郎

このふたりである。昌太郎などは、近藤の横に、土方よりも上座にすわっていた。

昌太郎、齢十七。

谷が倅として連れてきたため隊士見習として隊務に従っているが、べつに武芸ができるわけでなく、学問があるわけでもなく、気概があるわけでもない。取り柄といえば、近藤の小姓として、多少小才がきく程度であった。

「いや、ご苦労です」

と近藤は上機嫌で、

「べつに隊務に関することではない。私一個のことですが、諸君に披露しておかねばならぬと思い、およびしたわけです。これなる谷喬太郎」

ちょっと言葉を切り、ちらりと喬太郎をみて、

「拙者の養子に申し受けることにしました。爾今、左様ご存念ありたい。そうそう、肝腎なことをわすれていた。名は周平と改めます」

といった。周平と名づけたのは、江戸にある近藤の養父であり、師匠である近藤周助（隠居して周斎）の一字をとったのだろう。

土方でさえ、この事実は知らなかったらしい。ぼう然としている。

谷三十郎のみは落ちついてすわっていた。近藤の言葉がおわると、局長に伜を縁組させたいわば実家の親として、

「よろしくねがいます」

と、頭を鷹揚にさげた。谷は、入隊後ちょうど一年で、近藤の縁戚という特別な位置になったのである。

（これだったのか）

斎藤は、ばかばかしくなった。

やがて、隊内に、この養子縁組についてのくわしいうわさが流れた。

「あれは、板倉侯の御落胤らしい」

というのである。

落胤説のある人物は、新選組にもうひとりいる。北辰一刀流の使い手藤堂平助で、これは藤堂侯のおとしだねだといううわさであった。藤堂自身も、そう信じている。諸侯の落胤というのは、当の藩公が死んだ場合、名乗って出ても、よほどの証《あかし》がなければ藩でも取りあわない。

――母親にはなにか事情があったらしい。

と藤堂もいっていた。もっとも斎藤一は、こういう出生伝説というものを一切信じないたちであった。江戸の下町には、諸侯や大旗本の落胤伝説をもった職人や火消《がえん》が多い。捨て児などで成人したばあい、近所か、自分自身がそんな出生伝説をつくりあげてゆくようである。

(周平は、本当かな)

あの紋服の一件を見ている。もっともそれが疑問の材料にはならない。道中着は、養父三十郎の古着を着、着京とともに、用意の絹服に着替えるというのも当然なことだ。

(本物かもしれない)

どちらでもいいことだ、と思っている。

ただ、斎藤の眼からみておかしいのは近藤という人物であった。近藤ほどの剣客が、からっきし手筋のよくない周平を天然理心流宗家近藤家五代目として養子にむかえた。

剣の宗家には養子が多い。手筋のいい実子がうまれればいうことはないが、期待はできない。自然、門人のなかからすぐれた者をえらんでそれに宗家をつがせるのが普通のようである。

天然理心流のばあいもおなじであった。創始者が遠州のひと近藤内蔵助長裕《ながみち》。二代目は近藤三助である。この三助以来ずっと養子相続で、周助、勇とつづいている。代々の当主は、その先代にみぬかれて相続しただけに、田舎兵法《ひょうほう》ながらも、流名をおとした者はない。

ところが四代目宗家近藤勇は、すでに名もなき田舎宗家ではなかった。例の禁門の政変（長州勢の京都落ち）いらい、幕府から、二条城での席は、浪人ながらも大御《おおご》番頭取《ばんとうどり》の扱いをうけている身分である。

すでに、南多摩郡の百姓の子ではない。素姓が素姓だけに、養子には、手筋よりも氏のいい筋目から、と思っていたのであろう。

余談だが、勇には国もとに妻子がいる。妻はつね。子は娘ひとりで、たまといった。ゆくゆく周平に、このたまをめあわせようとしたのかどうか、わからない。

とにかく、勇は、宝蔵院流槍術師範谷三十郎が隊にもちこんできた「板倉侯落胤」というものに惚れこんだ。珠玉のようにみえたにちがいない。

「谷君、あれを譲ってくれないか」

と頼んだのであろう。

「いや、大事な御預りびとで」

と、谷はもったいをつけたかもしれない。

谷のいうところでは、旧主板倉侯の側近の者が、

——御当代ではない。隆光院さまのころのことだ。御参覲《さんきん》の途上、中国筋で庶人の女にお手がついた。その後、女の家人が手づるを頼って申し出てきたが、よくあることだから御家老もとりあわれなかった。そのうち、あまり近郷のうわさが高いので捨ててもおけず、かといって智恵もないままに日がたち、しかも当の隆光院さまは御存じないままに御他界され、その上、証拠品《あかしもの》もない。幸い、貴殿は御当家に縁あるひとゆえ、この者をあずかって武士ひととおりの武芸、学問をつけてくれまいか。成人のうえ、あらためてしかるべき身分で御召抱え、ということになるよう、われわれは運びたい。ただし、板倉姓を名乗らせると、御一門御家門の位置を望んでいるようで、かえって事がまずくなる。当分は、貴殿養子、ということにしてお

いてもらえまいか。

といったという。ところが、事を運んでくれるはずの側近も他界し、当時の口約束を知る者もなくなり、中断したかたちになっている、というのである。

「たしかに、備中松山の板倉家だな」

近藤は眼を見はったにちがいない。板倉家には、本流支流をあわせて同族六家あり、三軒は諸侯、あと三軒は旗本である。諸侯の板倉家は上野《こうずけ》安中三万石、備中庭瀬二万石、それと、この備中松山五万四千石だが、むろんこのほうが、本家になる。

「貴種《きしゅ》だな」

斎藤の想像するところ、近藤はそういってうめいたであろう。相違はなかろう。それほど肝に響くほど感じ入ることがなければ、近藤ほどの剣客が、あんな変哲もない若者を養子にするはずがないのである。

江戸に隠居している養父周斎には、事前に相談しなかった。うれしさのあまり、独断できめたものとおもわれる。

あとで、手紙を出した。

先日板倉周防守殿家来より、養子、貰受《もらいうけ》申《もうし》候。当節柄、死生の程も難計《はかりがたく》奉存《ぞんじたてまつり》候より、右の心構《がまえ》致候。追而《おって》委敷《くわしく》可申上候。名は周平と附置申候。実は御相談の上、可申上筈《もうしあぐべき》に候へ共、此段行届兼《ゆきとどきかね》候。追々《おいおい》御詫申上候。

板倉周防守家来、というのは、父がその藩士だった大坂浪人谷三十郎のことであろう。この間の機微は、近藤の時代の文章語では表現しにくい。簡潔に、しかしやや歪曲した。

三

谷は、近藤の側近になった。べつに近藤がそうしたわけではないが、姻戚として谷が、そのつもりでいるようになった。なかば権勢欲、なかば義務のつもりであったのだろう。

近藤の自室に入りびたり、隊士の非違があると、大小となく近藤に告げ口をする。いや、世間ばなしのついでに、隊士の私行などが、知らず知らず口から洩れるらしい。

「谷さんには密告癖がある」

と隊士からおそれられた。

このため、いままで副長の土方のもとでまとめていた隊士の模様が、近藤の耳に、じかに入ることになった。

ある日土方などは、平隊士の事故を、近藤から逆に教えられ、

「私は諸方の周旋にいそがしい。中にいる君がもっと隊士の手綱をしめて行ってもらわねばこまる」

と、めずらしく苦情をいった。

——谷さんもこまったものだ。

と、土方はあとで沖田にこぼした。

「なんでも喋るらしい」

「さあ」

沖田は、こんなことには取りあわない。

「近藤先生の御親戚になられたのですからね、隊のことが御自分の一家のように心配になるのでしょう」

「それはわかるのだが」

といってから、ふと、

「総司、私がぼやいている、なんてのは、洩らすな」

「喋りゃしませんよ」

「まあ、人はいいひとだ」

土方は、この男にしてはおだやかすぎる口調でいった。沖田は、この土方でさえ、

局長の外戚に遠慮しはじめていることを知って、むしろそのことにおどろいた。

（人間の世の中とは、ふしぎなものだ）

隊士は、かつて土方に対して怖れたり遠慮したりした以上の態度で谷に接するようになった。すすんでその子分になろうとする者もある。谷に好印象を持たれておけば、自然、近藤への覚えもよくなるし、伍長にも抜きんでられる機会があるかもしれない。

周平が養子になってから、谷に槍術の稽古を願い出る平隊士が激増した。これも谷に接近しようというあらわれだろう。

「谷副長だな」

斎藤一は、心中、あざわらっていた。

ある日、斎藤は、道場で、平隊士たちに稽古をつけていた。

このとき、偶然、沖田、永倉、藤堂といった幹部が、めずらしく防具をつけて道場のあちこちを動きまわっていた。

そのとき、ふと斎藤の背後から声をかけた者がある。面をつけているから、たれか、と思ったが、胴の定紋で土方と知れた。面鉄《めんがね》の奥から、いった。

「あれの槍と試合《や》ってみたまえ」

むこうに、谷がいる。

「槍は苦手ですよ」

「いや、君なら勝てるだろう。なあに、手もとに飛びこんでしまえば剣の勝ちだ」

土方は、すたすたと谷のもとに行ってなにか話していたが、やがてみなに、

「諸君、着座してもらいたい。谷先生と斎藤君の模範試合がある」

と宣してしまった。斎藤は若いながらも隊中きっての名人である。おもしろい試合になるだろうと、みな息をのんで開始を待った。

斎藤は、道場の中央に進み出た。

審判は、沖田総司である。

「どうでしょう、斎藤さん、勝負は一本になさるか、三本になさるか」

わざわざきいてくれた。沖田の好意である。槍との異種試合というのは、やり馴れている剣術者でなければ、十の力が半分ほども出ない。沖田は、斎藤が槍相手に馴れていないとみて、わざわざきいてくれた。

「一本がいいなあ」

どうせ負けるのだ、と覚悟している。

土方は、道場中央で着座した。土方は、斎藤が勝つとみている。谷の自慢の鼻をへし折ってやろうというところだろう。

谷は、折り敷いたり、立ちあがったり、槍をしごいたりまわしたりして、さかん

に体を馴らしていた。相手が斎藤、――ときいて、この男なりに覚悟をすえているらしい。

斎藤は、それどころではなかった。

槍術との異種試合の心得や先例を、懸命になっておもいだそうとしていた。

――あれはやり方があるのだ。

とかつて、師匠から教えられたことがあった。半身《はんみ》入身《いりみ》、半身入身と進んでゆく。槍術者が突き出してきたとき、間髪を容れず半円を描くような構えで槍をはらい、即座に撃突にもってゆく。

――いそがしい試合になる。寸秒も油断ができない。

ときいたことがある。

「勝負一本」

沖田総司が、宣した。

谷三十郎、すばやく突きだしてきた。

ぱん

と払いのければ手もとへ飛びこめるのだが、槍術者も、そうはゆるさない。三間もある槍が、よくも伸縮できるものだとおもうほど、柔軟にあつかう。繰《く》りだしたかと思うと、もう手もとに引いている。その妙、剣術者からみれば一尺ほどに縮んだかと思うほどである。
斎藤は、堂々たる大上段。思った瞬間、斎藤は不馴れのかなしさで、槍のちぢむままに、
が、槍がちぢんだ。
ついひきこまれた。
ぱっと踏みこんで撃とうとした。
それが、谷のつけ目である。
「どっこい」
という顔で、
五寸
一尺
二尺
とちびちびと突き出してくる。槍がだんだん伸びてきて、その槍先で、斎藤が、
踊らされているようなかたちになった。
(いかん、腰が浮いている)
われながら、浅ましくなった。構えが居ついてしまっている。槍との試合には、
間断ない変化が必要なのだ、と自分に言いきかせるが、どうしようもない。
それでも、よそめには斎藤は、機敏に動いていたらしい。あとで土方が、神業の

ようだった、とほめた。

谷も、引いたり繰りだしたり、玄妙な術を見せているが、かといって容易に突けないらしい。引く力を溜めずにうっかり伸ばしてしまうと、斎藤の剣に払われてしまう。払えば斎藤のことだ、楽々と手もとに飛びこむにちがいない。

谷は、肩で息をしはじめた。

斎藤も、ようやく疲れている。

みな、勝負を待った。が、沖田は利口だった。

「それまで」

引きわけを宣してしまった。

しかし、谷はおさまらない。「すでに勝っている」という。突くまでだった、とあとでみなに言い触らした。

そのうわさをきくごとに、斎藤は、

「あれはおれの負けさ。あんなにこまったことはなかった」

淡白にみとめた。それが谷の耳に入ったのだろう。谷は、斎藤を、特別あつかいにはしなくなった。

「斎藤君、女ができたそうだな」

ある日、廊下で高飛車にいった。

相違はない。本圀寺の前の水茶屋の娘と親しくなり、ときどき、壬生裏坊の農家の離れで逢っている。妙といった。斎藤にとって、はじめてできた女である。

「近藤先生も心配しておられる」

「恐縮です。しかし男ですからな、女ができるのがあたり前でしょう」

「言葉をつつしみなさい。そのとおり近藤先生に申し上げてよろしいか」

「どうぞ」

斎藤は言ってしまった。むしゃくしゃした。女が出来た、というだけで、その女をどうこうしよう、というわけではない。わが子を差しあげて権勢を得ようとするやつよりましだろう。

(新選組も住みづらくなったものだ)

果然それから、谷は、斎藤のことを近藤にさまざま告げ口しはじめたらしい。土方が、

「君は谷さんの心証を害したらしいな」

と、教えてくれた。

幸いなことに、谷が悪しざまにいおうと、さすがに近藤は取りあわない様子だった。

――あいつの剣には贅剣《ぜいけん》がない。あれほどの巧者にしてはめずらしいことだ。人

柄によるものだろう。谷さん、あれはいい男ですよと、かえって近藤はほめてくれている、と土方は告げた。

(どっちでもいいことさ)

斎藤は、隊内のそういう政治がわずらわしい。かまわずに、日をすごした。

四

ほどなく、新選組は、池田屋事件を迎える。この元治元年盛夏の夜の斬り込みについては、何度か触れてきた。

近藤はその書簡では、「洛陽動乱」と名づけている。この斬り込みでは、新選組は、近藤隊と土方隊の二隊にわかれ、土方隊は、最初、木屋町三条上ル四国屋十兵衛方のおさえにまわったため、本隊手薄のままで斬りこまざるをえなかった。

その上、近藤は、池田屋の表口、裏口(掘割)の固めのためにさらに人数をさいた。槍の谷三十郎は、表口の固めにまわった。槍という得物の性質上、当然なことであったろう。

討入り組は、近藤以下五人。

むろん、剣の精鋭をえらんだ。

下拙、僅々《きんきん》人数引連出《ひきつれいで》、出口に固めさせ打込候もの、拙者始《はじめ》、沖田、永倉、藤堂、倅周平、右五人に御座候。（近藤書簡）

むろん「倅周平」は、武芸練達の者ではないが、大将たる者がその長子を副将格として戦場に連れて出るのは、古来の法である。たとえば赤穂浪士における首魁大石良雄の長子主税《ちから》の位置が、この周平であった。

近藤は、その意図で、周平を選んだ。周平は死を怖れずに働くべきであろう。

得物は、手槍である。

時刻は夜十時前後だったから、旅宿池田屋は、大戸をおろしている。が、数日来、旅客に化けて泊まりこんでいる監察山崎蒸が、クグリ戸の桟《さん》をはずしておいた。

近藤は、まっさきに入った。

「亭主、御用改めであるぞ」

とよばわり、出てきた惣兵衛と一、二語交わすや、抜刀して二階へ駈けあがった。

つづいて、奥の階段から永倉新八。

すでに階上では土佐の北添佶麿《きたぞえよしまろ》が、近藤に斬られている。

沖田総司は、階下を受けもった。

藤堂平助は、大戸の桟《さん》をからからとはずして、あけ放った。その間、一瞬で、小人数ながらそれぞれの動きに無駄がなかった。

ただ一人、土間に無駄が居る。「倅周平」である。手槍をもって、うろうろしているうちに、全館割れるような乱闘となり、のがれてきた一人が、

戛《か》っ

と火を噴くように周平に斬りかかってきた。近藤が、「孰《いず》れも万夫不当の勇士」と敵ながら讃えている連中である。周平は、

「わっ」

と動顛して手槍を捧げるようにした――ときには槍は真二つに斬られている。

すぐ、剣を抜くべきであった。

が、ころがるようにして戸外に遁げた。表口の同志は、

「すわ、敵」

とみて群がり、討とうとしたが、意外にも「倅周平」である。

表口の隊長格の原田左之助が、よほど腹がたったのか、

「何者だ」

とどなった。

「近藤周平」

それっきり、軒端にでもひそんだか出て来ず、やがて土方隊が来着して大人数に

なったため、騒ぎにまぎれてしまった。

斎藤一は、後着の土方隊に属していたが、真先きにとびこみ、階段を五、六度、駈けのぼり駈けくだって、二人仕止め、三人に手傷を負わせ、廊下へ出た。途中、廊下の掛行燈が落ちて、真暗になった。

やにわに、手槍が繰り出してきた。

戞《か》っと叩いて払いのけ、踏みこもうとしたとき、相手が遁げた。その後ろ影を見、谷三十郎であることを知って、斎藤も背をかえし、別のほうに敵をもとめて駈けた。谷の場合、味方と知らずに繰り出してから、はっと気づいたのだろう。ありがちなことだから、斎藤はそんな事にはなんともおもわなかったが、谷があいさつもしないことにこだわった。三十石船のときと、おなじである。

(ああいう男なのだ)

なにか、沽券《こけん》にかかわるとおもっているのだろうか。

そのくせ、多弁なのである。

斬り込みがおわって一同屯営に引きあげてからは、谷は、一人で斬りこんだように手柄話をしてまわり、身ぶり手まねでしてみせ、ついに近藤から、

「谷君、もういい」

と、苦い顔をされたくらいであった。陽気で素朴な出世欲があるかとおもえば変

に屈折していて、ずいぶん荷厄介な性格のように、斎藤にはおもえた。上方者《かみがた》の通弊なのかどうか、江戸育ちの斎藤にはよくわからない。

（むずかしい仁だ）

遠くから、あきれるような思いで、そう眺めている。

とにかく、自分の口から手柄を宣伝した者が勝ちで、あの狭い屋内では、たれがどう働いたか、よくわからなかった。谷三十郎は、その手柄話と、当夜のすさまじい返り血からみて、相当に働いたのであろうとみられた。

が、妙なことがある。

池田屋事件をさかいにして、谷の人気が、蠟燭の灯が尽き絶えるようにおとろえはじめたのである。

むろん、徐々に、ではある。みな、表面は従前どおり立てているが、しだいに、

「谷先生」

などといわなくなり、道場でも槍術を習う者がめっきりと減ってきた。

（どういうわけだろう）

斎藤でさえ、わからなかった。最初、土方が、裏で工作しているのではないかとうたがった。しかしちがうようであった。平同士たちの人気というのは、もっと微妙で敏感なものだとわかってきたのは、だいぶ経ってからである。

近藤が、あの事変後、周平を身辺から遠ざけ、無役から平同士に堕《おと》したのである。局中きっての怯懦《きょうだ》が、自分の養子であったことに、この男は耐えられなかった。

自分の私邸にも寄せつけなくなった。単に平同士として遇し、遇した以上、言葉もかけなくなった。

薄情、というより、ああいう者をあわてて養子にした自分の軽率さが、いやになったのだろう。

近藤自身、養子で、宗家の相続者である。養父に対する責任を感じた、ということが最も大きな理由であろう。離縁こそしなかったが、養子としての扱いは、いっさいしなくなった。

周平は捨てられた、といっていい。

同時に、周平の実家の父である谷三十郎に対しても、近藤は以前ほどの親しみを示さなくなった。自分にいかがわしい者をつかませた、という腹立ちが、――もっとも口には出せない感情だが、――出せないだけに鬱屈した憎しみを、谷三十郎という人物に持ちはじめた。

もともと近藤は東国武士に愛情をもち、江戸の養父に送った書簡にも、「兵は関東に限り申候」などと書いており、上方武士が好きではなかった。

剣者《けんは》、大坂者、決而御用被成間敷候《おもちいなされまじく》。

と、故郷の佐藤彦五郎(土方の義兄)に書き送っている。大坂者用うべからず、とわざわざ故郷の者に書き送るほどに憎んだ大坂者とはたれか。最後まで近藤、土方のために尽した山崎烝ではなかったろう。ほかにも大坂浪人は何人かいるが、いずれも平隊士で、論ずるに足りない。幹部になっているのは、宝蔵院流の名手谷三十郎ひとりである。近藤の谷への感情の冷えかたは、よほどのものだったのであろう。

(人の世はむずかしいものだ)

斎藤はそんな気持で、相変らず、みんなの動きとはすこし離れた場所で、一見愚なるがごとく暮らしている。養子を取り持った男が、ただそれだけで一種の権勢をえたかと思うと、もう凋落している。諸事、表だつべきでない。斎藤はそうおもっていた。

そのうち、また事件がおきた。

平同士に、陸中の浪人田内知《でんないさとし》という者がいる。機敏でよく役に立ったが、ある日、情婦との密会所に行ってみると、女は水戸藩士らしい者と寝ていた形跡がある。女をなじった。そこを、屋内にかくれていた男に、不意に仕掛けられた。田内は足を

斬られてひっくりかえった。そのすきに、男女は遁げた。田内、隊で取り調べられたあげく、
　士道不覚悟。

　切腹
という運びになった。

田内はすっかり覚悟して、屯所の白洲、切腹の座についた。

自若として、腹を撫でている。べつに豪胆な男ではなかったが、この男も武士である。武士とは、りっぱに切腹ができるかできないかだけにかかっている。虚栄だが、かれらはそうとは思っていなかった。武士が武士であることの唯一の理由だと信じていた。田内もそういう点で、ごく普通の武士だったにすぎない。

検視は、斎藤一。

介錯の太刀は、七番隊長谷三十郎に命ぜられた。

谷、白襷をかけ、ももだちをとった。容儀は堂々としている。

「私、谷三十郎だ」

と、作法どおり、田内に告げた。その様子、相変らず倨傲で、切腹人があわれにみえた。が、田内は意にも介さず、介錯人、検視人、近藤、土方らにそれぞれあいさつをしたあと、幼少のころから教えられたとおり、左腹に刃を突き立てた。

それを、右へ引きまわそうとした。が、田内の力は尽きた。正式にはさらにその

刃を引きぬいて胸の下鳩尾《みぞおち》に刃を下にむけて突きたて、ぐっと押しさげて胸から臍にまで切りさげるのだが、普通、介錯人はそこまでの苦痛を与えしめないために、ほどほどに首を落す。

が、背後の谷は、剣尖を天にあげたまま、田内の苦痛を見ている。武士なら最後まで切れ、というのだろう。

当の田内はたまりかねて、

「谷先生、よ、よろしく」

と催促した。

谷は、狼狽した。とっさにふりおろした。が、刀は田内の頭ではじけ、田内はその打撃で横倒しになった。「先生、おしずかに」と田内は叫んだ。もう、谷も錯乱している。頸をねらおうとするのだが、うまくいかない。二ノ太刀は、がっとあごに斬りこみ、これもはじきかえった。

田内は、血まみれでのたうっている。三ノ太刀は肩骨にあたり、四ノ太刀は、顔を切った。田内は、猛然と立ちあがった。

血まみれで眼が、みえない。谷を制止しようとして喚きながら短刀をふりまわした。

介錯には普通、正副がいる。正が仕損じればすかさず副が打つのだが、田内の不幸は、この場合、谷三十郎ひとりであった。

谷は、刀をふりまわしながら田内を追い、腕、手首、顔、ところかまわず斬った。前代未聞の切腹になった。縁の上からみている近藤、土方も、この酸鼻にはさすがに渋面をつくった。

斎藤は検視役。

しかし見かねた。

進みよるなり、抜き打ちで田内を斬った。首が地上に落ち、田内は苦痛から解放された。

「谷先生、検視します」

と斎藤は、座にもどっていった。

「え？」

「その首を。——」

本来なら、介錯人である谷は、右手で首の髻《もとどり》をとり、左手を首の下へ添え、右膝をついて検視役である斎藤にみせなければならない。

それが作法である。

が、谷は動顚してしまっている。

「もういい」

縁の上から、声があった。近藤である。さっさと座を立ってしまった。

五

「斎藤君、ふらちではないか」

と、数日たってから、谷三十郎は、斎藤に血相をかえてねじこんだ。はじめ、斎藤はなんのことかと思ってぼんやりしていると、

――あの介錯のとき、私が太刀をおろそうとすると、君が横合いから妙な気合いをかけて呼吸をみだした。

というのである。

「覚えがありませんな」

「男なら男らしく、あっさり認めなさい。卑怯ではないか」

「卑怯――」

庭に雨がふっている。

その雨を見ながら、この男は乱心しているのではないか、と斎藤は考えた。しかし、念のために刀だけは引きつけ、

「谷先生、まさか闘《や》るおつもりではありますまいな」

といった。

谷は、相変らず虚勢を張っていた。

「右の次第、近藤先生には申しあげてある。いずれ、君に対してお話があるだろう。はなしはそれからだ」

出て行ってしまった。

介錯事件以来、谷の評判はいちだんと悪くなっていた。谷は谷なりのあたまで、その挽回策をおもいついたらしい。

「斎藤君」

と、その夜、土方が副長室に斎藤をよんでいった。

「谷君のことだが」

土方という統制好きの男にとっては、近藤周平の実家の父は、こころよい存在ではあるまい、と斎藤はみている。

「きいているかね」

「なにをです」

「例の介錯について、谷君がきみを誹謗してまわっていることをさ」

「愚にもつかぬことですよ」

「しかし君は、卑怯、といわれた。武士としては笑ってはすませまい」

土方はそれっきり話題を転じ、さしさわりのない世間話をした。

数日後、斎藤は祇園社の赤い楼門のなかから足もとの町の雨を見ている。

（よく降ることだ）

雨雲が、急に暗くなった。陽が、沈んだのだろう。人通りが絶え、暮れてゆくとともに、雨脚がひどくなっていた。斎藤は、谷を待っている。慶応二年四月一日。

（まったく、面妖《おか》しい、谷さんという人物は。——）

斎藤は、はじめて八軒家の三十石船の船中で出遇ったころからのことをおもいだしていた。

（別にわるい男じゃない）

しかし人中《ひとなか》にまじわって到底好かれる人物ではなかった。多少の謀才と野心はある。しかしそれらはすべて、谷自身を不幸にするほうにばかり役立った。

（新選組に入ったのが、間違いだったのだ）

ふと、右手の八軒茶屋のほうを見た。案の定、谷三十郎が、妓《おんな》に送られて歩いてきた。

傘を、柄高《えだか》にさしている。妓は、なにやら笑いながら谷にまつわりつくようにしていたが、やがて別れ、傘を風向きにつぼめ、右手ですそをたくしあげて駈け去って行った。

（あの妓か）

監察の山崎蒸から、くわしくきいている。谷が熱をあげ、三日にあげず通いつづけているというが、気の毒に妓のほうにはあまり気がないらしい。

（そういうひとだ）

斎藤は、傘をひろげ、楼門を出てゆっくりと石段をおりた。

「谷先生。――」

斎藤は、もっていた手槍を、ぽんと谷のほうに投げた。

「なんだ」

「立ち合っていただきます」

谷は手槍をひろいながら、油断なく眼を光らせた。

「土方の指しがねか」

「さあ、知りません。私は私の事情で、立ちあっていただくつもりで待っていたのです」

「こいっ。――」

谷は傘を捨てた。

槍をかまえた。

斎藤は、左手で傘をもったまま近づき、やがてぽんと傘を捨てた。

谷は、事に臨むと狼狽癖があるらしい。傘につられて槍を繰りだした。斎藤はその槍を抜きうちでたたき、槍に剣を付けつつすっと手もとにつけ入った。

谷は、槍を引こうとした。

引いた。

が、遅かった。

斎藤の一刀で斬り倒された。

近藤の養子周平は、その後、隊内でもまったくはえない生活をつづけていたが、鳥羽伏見の戦いのとき、混雑にまぎれて姿を消した。

その後、東京に出たという。それきりで、消息はたえている。

弥兵衛奮迅

一

「妙なものを拾ってきたな」

と、副長の土方歳三がいった。

近藤は、隊士にするつもりでいる。腕はすごいほど立つというのだ。

「人柄もよさそうだ。参謀の伊東君（甲子太郎）がぜひとも、というのだから、歳《とし》も諒解してくれぬとこまる」

伊東は参謀だが、隊では副長土方と同じ格式になっている。江戸から、同志、門人を多数つれて加盟してきた早々で、まだ近藤の信任のあつかったころのことである。

その伊東が、隊士数人をつれて六角通りを西へ巡察中、鼠突《ねずみつき》不動尊のまえの路上で二人の武士が争闘しているのをみた。

「やめろ」

伊東が剣をぬいて分け入ろうとしたとき、すでに一人が、飛びあがって他を真向

から斬りおろしてしまっており、ぱっと飛びさがって、

「覚えたか」

といった。


その人物が、土方が「妙なもの」といった富山《とみやま》弥兵衛であった。

伊東は、相手の藩名をきくまでもなく、そのひろびろと剃りあげた独特の月代《さかやき》で、薩摩藩士であることがわかった。それに、いまの太刀さばきでもわかる。薩摩御流儀といわれている示現流の撃ちである。

そのすさまじさ、死屍の顔がほとんど真二つになっていることをみても明らかである。

が、人体《にんてい》の映えない男であった。表情がにぶく、小肥りで、体のつくりがいかにも百姓くさい。歴とした上士の育ちではあるまい。薩摩や土佐藩などの藩制にある「郷士《ごうし》」というもので、家禄を与えられぬかわり、先祖代々のわずかな田地をひきつぎ、藩から免租権と武士の待遇だけをもらっている階級の出であろう。

斬った相手は、懐中の名札《なふだ》によって芸州藩士佐倉某と知れた。

「私闘ですか」

伊東は、この男のくせで丁重にきいた。

「左様でごわす」

にぶいせいか、落ちついていった。

富山は訊かれるままに答えたが、口の重い男だし、訛りもひどくて伊東にはほとんど何をいっているのかわからなかったが、要するに路上のいまできの喧嘩らしい。富山が相手の佐倉某の足を踏みつけた。あやまったが、態度が重いため誤解され、謝りかたが不遜であるとして決闘を強いた。

やむなく抜きあって斬ったのだ、という。

伊東は、取り調べているのではない。新選組の役目は、市中を騒擾させる浪士と、去年の蛤御門ノ変以来「朝敵」になっている長州人を捕り殺すことにあり、歴とした藩士に対しては、定法《じょうほう》どおりその藩の仕置にまかせる。

「奉行所と芸州藩邸には、われわれからとどけ出ておきましょう。しかし、富山さん、これは御両藩のあいだで、相当な紛糾のたねになるでしょうな」

もう日が暮れ落ちている。

「切腹は覚悟して居申《も》す」

と富山がいった。

「しかし」

伊東の巧弁なところだ。

「国事多端なおりから、貴殿のような有為の材をうしなうのは惜しい。どうであろう、この場で脱藩してわれらが同志におなりなさらんか」

薩摩藩士、というのが伊東にとって魅力であった。伊東は新選組にこそ入隊したが、もともと討幕の素志がある。なしうべくんば近藤を説き新選組を勤王の義軍に変える魂胆でいた。

もともと伊東は常州志津久《しづく》で育ち、江戸で修行した経歴上、薩摩藩士とのつきあいがなかった。

(奇貨である)

とおもった。薩摩藩に接近する絶好の機会ではないか。

当時、慶応元年。

薩摩藩は、去年の夏、会津藩と協力して長州軍を京都から追いはらった。その点だけでみると、佐幕的勤王派の旗頭である会津藩と表面は同色である。

が、内実はちがう。長州藩ほど過激ではないが、徹頭徹尾、幕府を軽侮している。長州藩の失脚後は、幕府に対する唯一最大の批判勢力であり、いつ情勢の変化で倒幕の旗をひるがえすかわからない藩であった。

幕府も、ぶきみがっている。なにしろ薩摩藩といえば兵は悍強《かんきょう》であり、藩兵は日本でも最も多く、しかも先代の藩公斉彬のころから兵制の洋式化にめざめ、さらに財力豊かであった。

そのうえ藩風が特異で、藩命に従って一糸乱れずという絶対統制主義の国風である。長州のように軽挙妄動こそしないが、ひとたび天下をゆるがすであろうということは、伊東甲子太郎ならずともみていた。

一時、長州藩が京都でさかんだったころ諸藩のあいだで
（長州藩主は天子を擁して将軍になる野心があるのではないか）

との悪評が飛んだ。

これは薩摩藩の西郷吉之助（隆盛）でさえまじめにそう信じ、国もとの同心へ、「長州を打倒せねばお国（薩摩藩）があやうくなる」という意味の手紙を送っているほどで、この勤王両藩はならび立たなかった。

薩摩藩は老獪な（と長州志士はみた）政治感覚で佐幕の会津藩と手をにぎり、長州を「朝敵」にして国許へ追いやり、その長州なきあとの京都政界では、

（幕府何するものぞ）

という傲岸な対幕態度をとりはじめた。その対幕尖鋭分子の旗頭が、京都藩邸にあって藩の外交をにぎっている大久保一蔵（利通）である。

薩摩藩は、火薬庫といってよかった。

（うかつに刺激して火を付けるはめになってはならぬ）

と、幕府も、会津藩も思っている。むろん会津藩預《あず》かりになっている新選組も、薩摩藩士に対してだけは極力遠慮をしていた。

そういう政情のときである。

伊東甲子太郎は鋭敏な男だから、

（かといって薩摩という獅子はいつまでも眠るふりはしていまい。いずれは咆哮して起ちあがるときが来よう）

とみていた。

早く渡りをつけておきたい。出来れば薩摩藩の背景において新選組を奪ってしまうのも一策であろう。

すればこの富山弥兵衛。

恩を売っておく必要がある。

伊東は翌日、錦小路の薩摩藩邸にゆき、大久保一蔵に面会を求めた。が、大久保は会わず、当時、遊説浪人どもの応接をやっていた郷士あがりの中村半次郎（のちの桐野利秋）をして応対せしめた。他藩の藩士や浪士とは、なるべく私的には交わらぬというのが、文久二年の寺田屋事件以来の薩摩藩の方針である。

この点も、かつて京で勢威をふるった長州藩が諸藩の脱藩浪士をどんどん藩邸内にひき入れてあたかも梁山泊《りょうざんぱく》の観をなしていた行き方とは、まるでちがっている。

半次郎はみるからに雄偉の人物だが、その態度は粗放ではない。

「富山弥兵衛？」

けげんそうにいった。

「左様な者は、弊藩にはおりもさん」

伊東もそこは人物である。うそと見ぬいていながら顔色もかえず、

「そうですか。いや、ともかく貴藩士と名乗った人物ですから、真偽は別として、拙者の話をきいていただきます」

伊東の話とは、「昨夜自分は、喧嘩のいちぶしじゅうをみていたが、あれはあきらかに芸州藩某の態度がわるく、富山君にはなんの非もない。後日、御両藩の紛糾のばあいは、目撃者として薩摩側のために証人として出てもよろしい」ということであった。

しかし、中村半次郎は、西郷、大久保から藩の態度をきかされている。

「とぼけよ」

というのだ。第一、薩摩藩では、昨夜、富山がもどってきて事故を報告し、切腹しようとしたとき、それを制止し、放逐してしまっている。芸州藩との摩擦をおそれたのだ。他日薩摩が事をなすとき、芸州藩（浅野家四十二万六千石）はともに起

ちあがってくれるであろうという友誼関係が進んでいる。

そのさいである。富山弥兵衛ごときの事件で、この友誼関係を喪いたくない。さいわい、富山弥兵衛は、その出身こそ薩摩藩大隅の郷士だが、次男で家督をつがず、鹿児島城に出てきて、上士本庄某の家来になっていた。藩としては陪臣《またもの》であり、侍帳にものっていない名である。

「弥兵衛、そこもとの勇は薩摩士風に恥じぬ。しかし切腹騒ぎなどをやられると事がそとに洩れる。姿を消してくれ。いずれ時がくればかならず呼びかえしてやる」

と上士の西郷が、まるで古い友人にでも語りかけるような口調でこの陪臣《またもの》を説いた。

富山はその西郷の態度に感激し、

「命は西郷《せご》どんにあずけもそ。数にも入らぬ弥兵衛めの命でも、お要りなときがあれば使うてくだされ」

と言いのこして、西郷からいくばくかの餞別をもらって薩邸から出奔した。

「とにかく左様な者は居りもさんゆえ、お引きとりくださらんか」

「されば、拙者方においてその勇士をさがし出し、新選組にひきとっても、貴藩においてはご異存ありますまいな」

「ごわへん」

が、伊東が帰ったあと、中村半次郎から報告をきいた大久保一蔵は、一考した。

「弥兵衛が新選組に？」

というのが、大久保にはおもしろい。

「ああ、そういうことなら弥兵衛に意をふくめて内間《ないかん》にしよう」

内間とは兵法の「孫子」の用間篇にある言葉で、「間《かん》（間者）を用ふるに五つあり。郷間あり、内間あり、友間あり、死間あり、生間あり」と。

内間とは敵の内部に入れてその情報をさぐらせる間者である。

新選組に、と大久保はいったが、じつのところ薩摩藩としては新選組などを歯牙《しが》にもかけていない。が、いずれは敵対せねばならぬ会津藩の内情や、京都守護職の動向を知るうえでは、新選組という出先機関でさぐるのがもっとも容易であるようにおもわれた。

「半次郎どん、弥兵衛への指図たのむ」

と、命じた。

二

そんないきさつがあって十日後、伊東甲子太郎が、いっさいを見ぬいていながら、ぬけぬけと富山弥兵衛を近藤にひきあわせたのである。

そのあと、

「薩人か。……」

と、さすがの近藤も、しぶった。みすみす間者を入隊させるようなものである。

「しかし近藤さん。富山は薩摩藩には帰れぬ男ですし、藩の処置を憎んでもいます。それに、富山をわが陣営に入れれば、薩摩藩の藩の内情もおのずと知れようものではありませんか。もし万一、富山の態度に不審があれば、拙者が斬ります」

「伊東さんにまかせよう」

富山は、最初から伍長に任ぜられた。その剣技を買われたのである。

(近藤も物好きな)

と、土方はおもっている。

土方は、伊東の系列の隊士にはあまり話しかけない癖があったから、富山に対しても離れて眼を光らせているだけで、声はかけなかった。

が、富山には一種の人気がある。

まず、新選組はじまって以来のはじめての薩摩人であるということが隊士にはめずらしかったということと、その朴訥な性格が理由であった。

いや、もうひとつは、富山の言葉が、何をいっているのかわからないのである。

「まるで唐人じゃな」

そんなことも愛嬌になっていた。みながその言葉をからかったりしても、富山は、肉厚《にくあつ》な顔をほころばせて笑っているだけである。その淡白さも、みなの気に入った。

「毛内《もうない》と筆談しておったぞ」

とわらう者もあった。

毛内有之助（監物）は本土東端の津軽藩の出身で、性直情、学問もあり、伊東甲子太郎に心酔している人物である。ただひどい津軽なまりで、何をいっているのかわからないことが多い。新選組の母藩である会津藩から、よく公用人が屯営へみえるが、隊の「文学師範頭」ということになっている毛内がときどき接待に陪席する。

そういうばあい、会津側にいろいろ話しかけるのだが、半分しか通じなかった。

「おなじ奥州だから通じそうなものなのに、それがそうは行かぬところが妙だ」

とみながおかしがった。

まして富山は日本西南端の薩摩人である。毛内と通話できるはずがなく、筆紙をとりだしては、候文で筆談した。

「富山とは、いい男らしい」

弥兵衛は自分のなまりを恥じていない。集団のなかではこういうことが愛嬌になることを知っている。

(あいつ、馬鹿ではないな)

それに気づいたのは、さすがに土方歳三であった。

(用心に越したことがない)

そう思いながらも、土方さえ富山の愛嬌には乗せられてしまったことがある。

あるとき道場で、土方は防具をつけて隊士たちを手きびしく仕込んでいたが、ふと稽古着姿の富山弥兵衛をみた。

鼠突不動尊の路上では、すごい腕をみせたという男である。どれほどできるのか、とつい好奇心をもった。

「富山君、面籠手《めんこて》をつけたまえ」

「………」

なにか、当惑したようにいった。なにをいっているのか、よくわからなかった。ところが奇妙なことに、それを横にいた津軽人の毛内が通弁した。筆談をして馴染んでいるうちに、たれよりも早く毛内は薩摩言葉を理解するようになったのであろう。

「防具のつけ方も知らない、といっているようです」

「知らない?」

なるほど、と土方はおもった。示現流で木刀を用い、面籠手竹刀といった当世風の稽古をしない。しかもその木刀稽古も、ふつうの古流儀ともちがい、独特な稽古法を用いる。

「毛内君、つけてやりたまえ」

「はっ」

毛内はまめまめしく介添えをしてやって、富山に防具をつけさせ、竹刀をもたせた。

「では、御教授ねがいます」

と富山は進み出た。

「撃ち込みたまえ」

すさまじく撃ちこんできた。土方がとっさに払ったが、その撃ち込みのするどさは、土方もかつて経験したことがなかった。

（こりぁ、鼠突不動尊で芸州人が真二つになったはずだ）

舌を巻いたが、ただ小わざがなかった。あくまでも上段から面か、肩へ来る。それだけである。土方が適当にあしらっては撃ちこむと、木偶《でく》のように打たれてしまう。

（芝居じゃないかな）

そんな気もした。

「土方先生、参りました」

「まだまだ」

剣尖《けんせん》で追ってゆくと、可笑しな腰つきでどんどんさがり、ついには板敷の上にぺたりとすわりこんでしまった。

「もうごかんべんを」

その姿があまりおかしかったので、めったに笑顔をみせたことのない土方が、声をたてて笑った。

「富山君、君は変っているなあ」

その富山が翌朝、ふとさ一寸丸、長さ三間ほどの細丸太を二、三十本買いあつめてきて、道場わきの空地に一本ずつ植えこんでは林立させはじめた。

「なんだ」

土方が濡れ縁へ出ると、富山がにこにこ頭をさげた。

土方も聞き知っている。示現流の稽古法のひとつである。

――竹刀はへただが、まあみてくれ。

というつもりであろう。こどものように無邪気な男であった。

富山は、四尺ほどの棒を手にしている。

やがて、

——きゃあっ
と異様な気合いをあげたかとおもうと、細丸太の林の中にかけこみ、疾風のように駈けまわっては、打って打って打ちまくった。その迅さ、太刀のすさまじさ、

(これが薩摩御流儀というものか)

声をのむ思いであった。

実戦そのものの刀法である。おそらく土方が真似をしてもああはあざやかに行かないだろうとおもった。

つぎは、妙な台を持ちだし、その上に、五分丸ほどの丸太二十本ほどの薪束《まきたば》をのせ、それを木刀がわりの丸太で、

「やっ」

と打った。これも、眼にもとまらぬ早さで間断なく打つ。

土方は庭へおりて、

「私にもやらせろ」

と、富山の薪ざっぽうをとりあげた。

打った。

びーん、と薪束の強力がはねかえってきて、手の内がしびれるほど痛い。

それを何度も打ちこんだが、撃ちの強さも早さも、富山にはとてもおよばなかった。

「ああ、君には及ばない」

薪ざっぽうをほうり出すと、富山はそれを丁重な物腰でひろい、

「いやいや、馴れでごわンど」

と、無邪気に笑った。

そのぶ厚い微笑がいかにも戦国武者の風丰《ふうぼう》をみるようで、

(薩摩隼人とはこういうものか)

多少の畏敬と好意をもつようになった。すくなくとも間者とはおもわれなかった。こういう男に間者はつとまらぬであろう。

三

ところが、富山弥兵衛こそ天稟《てんぴん》の間者であると知ったのは、薩摩藩の大久保一蔵であった。

月に一度は行商に化け、大久保が借りている石薬師通り寺町東入ルの仕舞《しもう》たやの勝手口へ忍んでくる。

そこで、新選組の隊務を通してみた会津藩の藩情、人物、うわさを、じつに犀利《さいり》

に物語るのである。

「べつに怪しまれていないか」

「おりませぬ」

人のよさそうな丸顔で笑う。こういう、一見愚のごとき人物こそ良間というものであろう、と大久保はしみじみおもった。

「見つかっても腹など切るな。遁げろ」

「いや、斬り死にします。新選組で多少手にあまる者といえば四、五人でございましょう」

平然といった。

いいわすれたが、富山弥兵衛は若いくせにひどい虫歯で、痛むと自分で釘抜きを口中に入れて、ぐいっと抜いてしまう。

そのつど、口中が血だらけになった。

何度目かに大久保の家をたずねてきたときには、歯がほとんどなかった。

「また抜いたのか」

眉をひそめると、

「へい」

と笑っている。その微笑をみて、(やはり天稟の間者だった)と大久保はあらためておもった。自分の手で歯を歯の根から掘りぬくなどという苦痛は、常人にはたえられぬはずである。

老翁のような顔になっていた。

最後に残っていた前歯を二本ぬいたときなどは、土方があきれた。

「富山君、どうしたのだ」

笑っている。

歯茎だけで笑っているから、以前にも増して人の好さそうな人相になった。

土方は噴きだしてしまった。おなじ富山の歯の問題についても、土方は大久保とまるで正反対の感想をもった。

(こんな人相の男が、間者であろうはずがない)

「物が嚙めまい」

「いや、かえって、こう……」

と毛内をふりかえった。毛内は代弁してやった。

「かえって歯茎が固くなりますから、一本も無くなったほうが物がたべられます」

「おもしろいひとだ」

が、歯が一本もなくなってから大久保の家に忍んで行ったとき、大久保は別の感想をもった。

「富山君、きみは死ぬる気か」

もはや富山は自分の寿命にあきらめを持っているからこそ、歯などはどうでもよいという気になっているのだろう。

富山は、ぎくっとした。なるほど大久保にいわれてみると自分の心の奥にそういう気持があるような気もした。寿命に限りがきている。数年以上は生きられようとは思っていない、だからこそつい、歯など、と思って、痛むごとに無造作にひきぬいているのだろう。

その日、ちょうど西郷が来ていた。

「体は大事にせんといきもはんど」

と、大真面目にいった。西郷は大久保のような法家思想家《マキャベリスト》ではなく、骨のずいから儒教の滲みこんだ男だった。身体髪膚《しんたいはっぷ》はこれを父母にうけている、毀損《きそん》せざるは孝のはじめだ、と、とぼけているのかどうか、この間者にひどく間のびをした説教をし、

「いきもはんど」

と、繰りかえした。

その翌年である、伊東が近藤に分離を申し入れたのは。

その前後には、富山の働きが活潑になっているのだが、近藤も土方も気づかない。

それよりずいぶん以前から富山弥兵衛は大久保に申し入れていた。

「ぜひ、伊東甲子太郎という人物に会ってあげてください」

いや、来るごとにいうのだが、大久保は諾《うん》とはいわなかった。

「新選組に入るような人間だ。それだけでもろくな男ではあるまい」

だけではない。

「新選組をも裏切ろうという男ではないか」

軽侮していた。

西郷もおなじである。

ふたりとも、朝臣の岩倉具視と画策していま驚天動地の大芝居をうとうとしていた。土佐の坂本竜馬の仲介で、それまで犬猿の仲であった長州との秘密同盟もできた。いま、歴史を動かそうとしている。

その格調の世界からみると、人を殺して快事としている連中のひくさが、それだけでもやりきれたものではない。

「応接は中村半次郎にまかせてある。諸事、中村と話しあってもらうように」

と、大久保はいつもいった。

そのつど、伊東甲子太郎は富山から報告をうけて落胆していた。

伊東は、自分の歌いあげた尊王の詠草を何度か富山に渡しては、

「これが伊東の微衷《びちゆう》だといってほしい」

と大久保にみせている。

そのつど大久保は一瞥《いちべつ》するだけで、

「半次郎に」

と判で押したようにいった。

ところがいよいよ討幕の機熟したとみて、大久保、西郷は京都挙兵の準備を決意し、しきりと国許へ軍勢征上を催促する密書を送りはじめるようになった。

しかし国許では、藩主の実父久光自身がいまなお公武合体の微温論を変えず、しかも門閥の重臣の大半は佐幕色がつよく、討幕派の重臣小松帯刀などが躍起に工作しているものの、大兵を京都に進駐させるというところまでは踏みきれていない。

大久保はようやく焦るようになった。最悪の場合（結局そうなったが）京都の錦小路、今出川、岡崎などに分駐させてある京都詰めの兵だけで戦うしか、法がないであろう。

むろん大久保もただ焦っているばかりではなく、長州をはじめ、芸州の家老辻将曹、土州の重臣板垣退助らとしきりと交渉していた。

しかし長州軍は国許にあり、芸州、土州は藩論がさだまらぬため、どうなるかわからない。

(かつての長州式に浪士隊を組織するか)

いや、現に浪士隊はある。土佐の志士中岡慎太郎が率いる陸援隊が、白河村百《ひゃく》万遍《まんべん》(いまの京都大学本部付近)に駐留している。長崎港を本拠としている坂本竜馬の私設艦隊(海援隊)も海上から支援するであろう。

しかしそれだけでは心細い。

(伊東甲子太郎を使うか)

やっとふんぎりがついたのは慶応元年も暮に近かった。

「富山君、伊東に会おうか」

にわかにそんなことをいった。このさい、毒をも食おうという心境であった。薩摩人の特質はその現実主義にある。その点、英国の外交感覚に似ている。水戸人のように理想にこだわらず、長州人のように理屈好きでもない。情勢がかわって必要とあればどういう相手とでも手をにぎるところがある。その証拠に、ほんの一年前の元治元年には思想上相容れるはずのない会津藩と手をにぎって、主義の類似している長州藩を京都から追い落している。

こんどはその長州と手をにぎって、会津を先鋒とする幕府を討とうというのだから、その変幻さ、薩摩人というのは、あるいは日本人のなかでもっとも政治能力のある種族であろう。すくなくとも幕末の薩摩藩の現実外交は、ほとんど芸術的といっていいほどのみごとさである。

さて伊東甲子太郎が、大久保の指定した祇園花見小路の一力《いちりき》にひそやかに入ったのは、正月の二日のことであった。

寒さよけとみせかけた山岡頭巾《ずきん》に無紋の黒縮緬《ちりめん》羽織、仙台平の袴、蠟色鞘《ろいろざや》の大小、つばは、格子《こうし》透《す》かしに菊花の金象嵌《きんぞうがん》、といったものであった。たれがみても大藩の留守居役と見まがうであろう。

それに、白皙《はくせき》秀麗な容貌である。面《おも》ながで瞳が異様に黒く、唇に気品がある。これが、土方歳三とならんで壬生《みぶ》浪士の副頭目であるといっても、だれも信じないであろう。

「すずきだが」

と、玄関で旧姓を名乗った。それだけで通じるように大久保はしてくれてある。

奥へ通された。

大久保は、長いすねを抱いて待っている。骨格がたくましく、ひたいが岩のように隆起し、眼がくぼみ、精悍《せいかん》な、とおもわせる鼻柱が顔の造作をひきしめている。

衣装は薩摩絣《がすり》に、むぞうさにマチ高袴をうがち、大小などは部屋のすみにころがしてある。

「やあ」

と、大久保は笑った。

伊東は、すわった。

「時節がら、ごくろうなことでごわす」

眼が鷹のようにするどい。しかし薩摩人独特の剽《ひょう》げたところがあって、

「この料亭には、これが」

と、小指を立て、

「おりましてな。おゆうと申しまする。きょうはぜひ伊東さんの御接待に出そうと思いましたが、容易ならぬことを耳にしてやめました」

「どんな?」

伊東は、冗談の通じぬ男だ。

「それはどういうことです」

「いや、伊東先生は眉目秀麗であられる、ときき、奪られてはかなわぬと思い、出たい出たいというのを押しとめました」

伊東は笑わない。

すぐ国事の話をしはじめた。

大久保は、ずばりといった。

「脱盟されるわけですな」

膳部が運ばれてきた。

人が去ってから、

「そのつもりでいます」

「いつ、どういう方法で」

と、大久保は、西郷の型ではない。精密な計画をきいてから納得する。

伊東は、くわしく語った。

大久保は、ひざを打った。

「よろしい。経費《まかない》は、薩摩藩においてひきうけます」

あとは酒になった。そうときまると、大久保は、伊東がどう話しかけてきても国事の話はしない。これが薩摩ぶりというものであろう。それに、酒の座で国事の事を語ると、つい酔いにまぎれておもわぬことに口がすべり藩の肚をどう探られぬともかぎらない。黙してただ行動する、これがこの藩の伝統的な外交の仕方である。

「富山弥兵衛がお世話になっています」

ただそんなことをいった。

「いや、好漢ですな。能力もある」

「ないでしょう。ただ一つだけ能がある。いつでも気軽に腹の切れる男です。しかし薩摩者はそれだけが武士の能だとして育てられてきました。あの鼠突不動尊の事件でも、弥兵衛はすぐ藩邸へ帰って腹を切るつもりであった。それをとめる者があって」

それは大久保自身なのだ。

「やめた。——普通の藩の士なら、そこで腹を切る切ると騒ぐところですが、富山はあっさりやめた。腹なんぞ騒ぐほどのことはない、いつでも切れる、というあっけらかんとしたところが薩摩人です」

四

(富山、食わせ者だな)

土方歳三がやっと気づくようになったのはそのころであった。

薩摩言葉だけしかしゃべれぬ木強漢《ぼっきょうかん》とみていたのだが、ある夜、土方が提灯もつけず、星あかりだけを頼りに堀川ばたの道を花昌町《かしょうまち》の屯営にむかって歩いていると、つい眼の前の花橘町《はなたちばなまち》の土橋を東へ渡ってくる提灯があった。

人影はふたり。

土方は、そばの柳に身をよせた。不逞の浪士かとみたのである。

が、それは毛内と富山であった。

風がこっちへむいているので、話し声がよくわかる。内容は、故郷《くに》ばなしらしい。ところがおどろいたことに、富山は明晰な、たとえば備前人ぐらいの程度のふつうの言葉をつかっているのである。

それがいかにも自在で、きのう今日、ならいおぼえたものではない。

（薩摩言葉は、あいつの売り芸だったのか）

にわかに、本来の土方にもどった。いったん信用せぬとなると、ひとの弱点、表裏、心のひだまで見ぬく男である。

その後数日、注意してみていると、いかにも挙動が不審である。いや、不審とまではいかないが、伊東派の連中と廊下ですれちがったりするときの表情が、いかにも意味ありげにおもわれる。

さっそく、監察の山崎蒸にさぐらせた。

「なるほど、不審であった。伍長程度の分際で、祇園の「立花」にしげしげと足を運んでいる様子である。しかも同行者は、篠原、加納、服部といった伊東派の連中が多かった。

（謀反《むほん》をくわだてている）

そういう矢さき、慶応三年九月二十六日、伊東甲子太郎が、

「隊外にあって協力したい」

という表むきの理由で、近藤、土方に脱盟を申し出た。

（さては薩摩に奔るな）

土方は直感した。

手引きは、富山弥兵衛であろう。

すでに脱盟伊東を斃すことは、近藤、土方の腹中できまったが、問題は、富山である。

「近藤さん、やはり薩人は薩人だったよ」

というと、近藤はまだ富山への先入主が消えず、

「そうかぁ。あいつは裏切るようなやつではないし、それに伊東も、同志の名をあげたときに、あいつの名をいわなかった」

「伊東は利口だよ。富山弥兵衛という名を挙げれば、自分が薩藩《さっぱん》へ奔るということを告白するようなものだ」

「そうかねえ」

近藤は、ぼんやりしている。

それほど、富山弥兵衛という薩摩人の武士らしい骨格が、近藤の心をとらえてい

た。

「あんたは、人がいい」

「歳、お前も富山が気に入っていたではないか」

「はじめはね。しかし猫だ猫だとおもって可愛がっていたものが意外に虎だったりするようなものだ。近藤さん、薩人はやがて薩人の群れへ帰る。あの藩は余藩とはちがい、性根の別な、臭味の強烈な藩だよ。富山はいったんは脱藩し、いまさらに帰れぬはずの身だが、戦国の世でも、いったん暇を出されて牢人《ろうにん》になっても、いざ戦《いくさ》のときに駈けつけて槍先の功名をたてれば許されるということがある。薩摩藩は戦国の風を残している。富山はその機会をうかがっていたのだろう。伊東一派をごっそり新選組から脱《ぬ》かせたのは、富山のはたらきさ」

「歳、まかせよう」

　土方は、自室にもどった。

（討手には、たれがいいか）

　ふと、去年入隊したばかりで、五番隊に所属している上州浪人で、平同士ながらも神道無念流の達人である平野一馬《かずま》という者をおもいだした。

　すぐ呼んだ。

　平野一馬は、眼のはし、唇のはしが爛《ただ》れたように切れ、全体が吊りあげたような異相の男で、勁悍豺狼《けいかんさいろう》のごとしといわれた男である。

腕は立つ。が、伍長にしなかったのは、この男が上に立っては人の和がうまく行くまいとおもったからである。

平野がきた。

「隊に間者がいる」

と、土方は低い声でいい、懐紙をとりだして、富山弥兵衛、と書いた。

「君にまかせよう。むろん君ほどの腕ならば大丈夫だろう。仕止めれば、功によって監察になっていただく」

監察とは、伍長より一格上である。

平野の表情が動いた。わきあがってくる功名心をおさえかねたのだろう。が、表面、相変らず暗い。

「たのみます」

「はっ」

平野はその日から富山弥兵衛が外出するとかならず屯営から消えた。

十月十二日。

夕刻、七条通りを東へ歩いていた。ちょうど東本願寺の南の中居町のあたりで日がとっぷりと暮れ、路上には提灯をもって往き来する者がふえてきた。

が、月がある。

提灯をもたずとも歩行にはさほどの不自由はなかった。

前をゆく富山弥兵衛は、急に路傍にしゃがんだかと思うと、腰につけた騎乗提灯《うまのり》に灯を入れた。歩くごとに、ぶらぶらと揺れた。平野にとって恰好な目じるしである。

七条遊行寺《ゆぎょうじ》のそばにさしかかった。

時宗《じしゅう》という、室町時代に興った小宗派の末寺で、この寺は奇妙なことに、表通りの七条通りに尻をむけている。

裏門が、表通りにあるのだ。

理由はわかっている。この遊行寺が、東側にある焼き場を管理している。中京から南の市民は、死ねばここで焼かれるのだ。

現在《いま》は七条通りのこのあたりは殷賑《いんしん》の町並みだが、当時は、七条の大路もここまで来るとまるで田舎であった。

焼き場をきらって付近に人家はなく、田畑もなく、草ぼうぼうたる荒野のなかに、遊行寺とその火屋が建っている。

火屋は煙を出しているらしく、なんともいえぬいやなにおいがした。

（富山も運のいい男だ、焼き場のそばで斬られるとは。——）

平野一馬は、富山の行く手から要撃するために南側の草っぱらに足をふみ入れ、大まわりして駈けだした。

火屋の裏手を通ってさらに駈け、

(これでよいか)

とおもうあたりで、路傍にしゃがんだ。

富山の提灯がやってくる。歩くたびに三段にゆれるのがどこか滑稽であったが、平野にはそんなことを感じる余裕がない。

草叢で、虫が鳴いている。

——示現流には、最初の一太刀をはずせ。抜かせてしまえば、あとはおそるべき剣法でもなんでもない。

と土方が注意をしてくれた。

平野一馬は、そのつもりでいる。

(草叢からにわかに立って、敵の気勢をくじく)

そんな考えである。

やがて、ずんぐりとした富山弥兵衛の影がはっきりとみえてきた。

平野は、鯉口を切った。

十五間

十間

七間

六間

と、息をころし間合《まあい》を見はからっている。

(よし)

と立ちあがったときには、もう眼と鼻の三間の距離である。平野も豪胆というか、度はずれた度胸であった。

が、勢いだったその気勢をはずすように、富山はふわふわと、

「何奴《なんやつ》かな」

と、きいた。

平野の張りつめた神経が、どこか崩れた。いびつになった。

抜いてしまっていた。

「かあっ」

と気合いをあげて上段から斬りおろした。富山は一歩あるいた。

生きて歩いた。

歩いて、通り過ぎた。

通りすぎたあとに、顔を真向から割られた平野一馬の死体が、月をつかむような

姿勢であおむけざまに斃れていた。

そのまま、薩摩脱藩、伍長、富山弥兵衛はその愛嬌のある体つきを、新選組屯営にみせなかった。

今出川のもと近衛邸であった薩摩藩邸へ脱走した。

ちょうど西郷がきていた。

「おお弥兵衛どんか」

おぼえていてくれた。

が、富山はたったいま新選組の隊士を斬ったことは、おくびにも出さなかった。

理由はない。

話題にもならぬとおもったからである。ただ、おねがい仕りまする、といった。

「しばし隠もうてくだされ」

「おお、よいとも」

西郷はその翌日にはいなかった。挙兵の準備でいそがしい身なのであろう。

富山は、離脱を表明しただけでまだ隊にとどまっている伊東との連絡にこまった。

(せめて、ここにいるということを報らせたいが)

思いきって、頭を剃った。

地頭がよく陽にやけて赤茶けている。あまりかっこうのいい坊主頭ではなかった。

それに歯がない。

異様な顔になった。そこで妙心寺雲水の装束を手に入れ、放胆にも白昼、花昌町の新選組屋敷にのこのこ出かけた。

一人ではない。二、三十人という多数であった。じつをいうと、弥兵衛は京にきたころ、花園の妙心寺に参禅したことがある。そのとき知り合いになった容海という若い雲水があり、それに頼んで、市中托鉢行《たくはつぎょう》のむれに入れてもらった。

これは、本物の雲水どもである。

鉄鉢《てっぱつ》の持ちかたまでがちがっている。

「じつは新選組の門前に行きたいのだ」

と打ちあけると、

「ああ」

容海は気軽に道順をかえてくれた。新選組といえばひとが怖れてその周辺に近づく者もすくないが、まさか臨済禅の本山妙心寺の雲水の集団に乱暴ははたらくまい。

やがて、花昌町の門前にさしかかった。

門番もいる。隊士の二、三人も、出たり入ったりしていた。

雲水の群れはゆく。

富山弥兵衛は立ちどまった。

門前であじろ笠をおもむろにあげて、

「わしは妙心寺の雲水にて清潭《せいたん》と申す者でござる。富山弥兵衛どのから言伝《ことづて》をたのまれてまいった。弥兵衛どのは不覚のことがあり、帰隊を遠慮していまは今出川の薩摩藩にいる」

「……………」

門前にいた平隊士がみると、その顔は富山弥兵衛自身である。ぼう然としているうちに立ち去ってしまった。

あとで、土方が悔んだ。

「まさか、薩摩藩邸にかけあえまい」

と近藤がいった。

そのとおりである。余藩なら、たとえ御三家の尾州、紀州であろうと堂々と隊士を率いて引き渡しを掛けあいにゆくのだが、薩摩藩ばかりはそうはいかない。

第一に、母藩の会津藩は薩摩藩に遠慮して、極力、政治的刺激を避けている。

第二に、京に二千の藩兵を擁し、砲、洋式銃をそろえ、幕府にはばかりもなく「攘夷にそなえて」と称して、毎日のように衣笠《きぬがさ》山麓で洋式調練をし、まるで臨戦態勢をとりつづけている薩摩藩には、さすがの新選組も、手も足も出なかった。

薩摩藩邸といえば、幕府にとっても新選組にとっても、治外法権の位置にあるといってよかった。

伊東甲子太郎は、その後事実上の分離をし「孝明天皇御陵衛士」という名目で、東山山麓の高台寺月真院に移った。

ほどなく伊東甲子太郎は、十一月十八日、月明の夜、油小路で新選組のために暗殺された。

その死体奪還のために、即夜、現場へかけつけた離脱派と新選組とのあいだに市街戦さながらの乱闘がおこなわれるのだが、これについては、この物語の「油小路の決闘」にくわしい。

その乱闘で、毛内をはじめ同志の何人かは奮戦して討死した。

富山は、篠原泰之進らとともにその場を斬りぬけて脱出し、今出川の薩摩藩邸（いまの同志社大学構内か）にかけこんで保護をうけた。おいおい脱出した同志を収容して、都合四人になった。――富山弥兵衛、鈴木三樹三郎、加納鵬雄、篠原泰之進。

いずれも鳥羽伏見の戦いに薩軍として参加し、その後、各地に転戦した。

官軍は、山陰、北陸、東海、と諸道にわかれて征東軍を進発させたが、富山弥兵衛は北陸鎮撫総督の麾下《きか》に属し、その先鋒となって越後口まで進出した。

越後の海浜に、出雲崎という町がある。人口、五千はあろう。

前は海、背後は丘で、北陸道の重要な宿場であり、柏崎《かしわざき》へは六里、新潟へは十五里、幕府領で、付近六万石を支配するために代官所がおかれている。

ここに、「朝敵」がいた。水戸藩の反薩長派の連中で組織している「柳組」で、朝比奈三左衛門を首領とし、はるばる水戸からここまで進駐してきている。

それが長岡藩と呼応し、戦意はなはださかんであった。

「事情をさぐってくるように」

と、富山は、参謀黒田了介（薩摩藩士、のちの黒田清隆）から命ぜられた。

相変らず、弥兵衛は間者である。

薩摩藩士としての身分が卑しかったため、それ以上は用いられなかった。

むろん不服もなく、むしろ親類の祝い事にでも出かけてゆくような例の表情で、身をやつしていった。

任侠の姿に変えた。

「美濃の侠客水野弥太郎の乾分《こぶん》」

というのがふれこみであった。

ところが、出雲崎の町の入り口は、水戸藩の柳組が関所の柵を厳重にして、人の出入りを監視している。

ここで捕縛された。

仮本陣になっている「大崎屋」という旅籠にひったてられ、そこで言語に絶するほどの拷問をうけた。笞《むち》、石責め、逆さ吊り、さらには両手の指を一本一本切りとられたが、それでも口を割らなかった。口をききようもなかった。言葉を出せば、弥兵衛は多少は方言を使わずにしゃべれるといっても、なまりは純然たる薩摩ことばである。

ついに、水戸の連中が感心してしまった。

が、斬首はまぬがれない。

「とにかく、一晩置こう」

と、番人ひとりをつけて監禁した。

弥兵衛、その夜、番人の居眠っているすきに脱走し、山中へ遁げた。

直後に逃亡がわかり、水戸兵百人ばかりが土地の者を案内にたてて山狩りをおこなった。

途中、何度か発見されつつ、なお弥兵衛は山へ山へと遁げた。

が、拷問後の体力である。

草水村《くさみずむら》という里まできたとき、力がつき、放胆にも路上でねむった。

そこへ水戸兵五人がきて、前後をとりまき、槍をつけようとした。

弥兵衛は、眼をさました。

はねおきるなり、槍をかいくぐって水戸兵の大剣を抜きとり、

「薩摩藩士富山弥兵衛じゃ」

と名乗ると、すさまじい剣闘を展開した。

またたく間に一人の水戸兵を土手下の田ンぼに斬っておとし、そのすきに樵径《そまみち》をつたって、上へ上へと遁げた。

が、途中で径が絶えた。

(いかんわい)

敵中へひっかえしてきたが、こんどは水戸兵も手ごわとみて容易に槍をつけない。

弥兵衛の左手は、小川である。橋はない。

が、跳ぼうとおもえば、とび越せるであろう。

弥兵衛は飛んだ。

疲れている。

跳びきれずに、小川のそばの河原田《かわらだ》へ落ちた。意外にも泥田であった。脚から、ずぶずぶと沈んだ。

もがいて進もうとするが、進めない。

そこを、飛びおり飛びおりしてきた水戸藩の槍に突かれ、それもめったやたらと突かれて、五十余創も傷をおい、全身、泥と血で人のかたちをなさぬまでになって

から、やっと息が絶えた。

この奮迅ぶりには流石《さすが》の水戸兵も感銘したのであろう、弥兵衛の首を切って出雲崎の町口に梟《さら》したとき、捨札《すてふだ》に、

薩州藩賊
後世諸士の亀鑑
大丈夫也

と書いた。

ほどなく薩摩の増援隊を軍艦にのせてこの付近に進駐してきた西郷隆盛が、弥兵衛の首をみて、

「弥兵衛どん、首になっても歯がないのう」

と、涙をこぼした。

富山弥兵衛のごときは、日本間者史上からみても、錚々《そうそう》たる者として列伝中に加えらるべきものであろう。

四斤山砲

一

慶応二年、といえば、新選組の年譜では、隊が花昌町《かしょうちょう》の新屯営に移った翌年にあたる。その正月の半ばのころだ、その人物がおそれ気もなく門に入ってきたのは。

「新八はいるかね」

と、その人物は、そのあたりにいた隊士の一人をつかまえて訊いた。

「新八とは？」

「永倉新八」

隊士は緊張した。永倉は隊の幹部である。

「足下《そっか》は、どなたです」

「あの男に剣の手ほどきをしてやったものだよ」

「お名前は」

「出羽浪人大林兵庫」

隊士は、あらためて人相をみた。

年のころは三十七、八。服装が旅塵によごれているところからみれば、たったいま京についたばかりらしい。

剝《む》けたような大きな赤ら顔で、体つきは中背《ちゅうぜい》、足はみじかい。腹をつきだしている。

尊大な男だ。

(悪い男ではなさそうだが)

とおもったが、どうも武士らしい品がない。隊士は、取りついだものかどうか、戸まどった。しかしながら永倉新八といえば、結党以来の近藤の盟友である。隊では二番隊の長で、幹部のなかでも重要な人物だ。その「大先輩」とあれば、粗略にはあつかえまい。

「とまれ、永倉先生の御在否をたしかめて参ります。暫時《ざんじ》、それにてお待ちください」

「大林兵庫?」

と永倉はくびをかしげた。覚えがない。とにかく玄関わきの小部屋に通し、しばらく待たせてから部屋に入った。

「やあ、おれだよ」

と、大林は抱かんばかりの親しみをみせて笑顔をあげた。

(見覚えがない)

しかし、大林のほうは永倉の少年のころをよく知っていて、立てつづけにしゃべった。

「ほら、三味線堀のころ」

なるほど永倉新八は、松前藩定府の士の出で、江戸三味線堀の藩邸の長屋で育った、にはちがいない。

近所に、神道無念流岡田十松の免許皆伝者で山沢忠兵衛というひとが小さな道場を構えていたので、ひところその山沢道場にかよった。

「その山沢の弟だよ」

と、大林兵庫はいった。

はて、師匠の山沢に弟があったかしら、と永倉はおもったが、記憶があいまいであった。というのは、師匠の山沢忠兵衛というのは永倉が入門して早々病死し、道場がつぶれたため、永倉は同流の田崎三左衛門につき、そこで免許皆伝を得ている。

(山沢先生は独り者であったはずだが、そういわれてみると、御舎弟がいたのかもしれない)

なにしろ当時はまだ幼くもあったから自分の山沢道場時代の記憶がおぼろで、むろん師匠の遺族がどうなっているかも知らない。大林兵庫の語るところでは、あの当時、かれは師範代のようなことをしていて、少年門人の指導をしたという。

「わすれてもらってはこまる」

「そうでしたか」

と、永倉も言葉をあらためた。大林の話では、兄の山沢の死後、旗本の渡り用人などをしてずいぶんと苦労をしたが、ついに故郷の出羽の庄内に帰り、さる社家の養子になったという。だから姓が大林とあらたまった。なるほど、思いあわせてみると、師匠の山沢は庄内の郷士の出である。

「庄内の田舎で道場もひらいていた」

「はあ」

「しかし、君も知ってのとおり」

永倉、知りはしない。

「おれは血の気が多すぎるほうだ」

「はあ」

「この攘夷騒ぎの最中にべんべんと田舎でくすぶっていられるような男ではない。矢もたてもたまらなくなって江戸に出てきた。ずいぶんいろんな攘夷浪士とつきあってきた。しかし、江戸はまだ泰平のぬくもりがさめておらず、士庶《ししょ》の気分がなまぬるすぎる。これからの男は京だ、と思い、ふと君の名を耳にして、こうしてのぼってきた」

聞きながら、はて、とおもったのは、この男には生国《しょうごく》であるはずの出羽訛りがない。どうやら生粋の江戸弁のようである。

が、永倉は気にもとめなかった。永倉という若者は、生来、他人の詮索を好まないほうだ。第一、そういう感覚に欠けている。

大林兵庫のいうことはすべて信じた。大林の用件は、新選組に入隊したい、という。そのくせ、

「頼む」

とはいわない。

「君をたすけてやりたい」

といった。頭も下げないのである。永倉のいわば師匠筋である、という気持であろう。

「私にできるだけのことをしてみます」

「ああ」

と、兵庫はうなずいた。

永倉は、土方にひきあわせた。

が、この永倉という男は、結党以前から近藤の盟友でありながら、局中の行政むきのことに関係《かか》わるのが大きらいであった。隊で「政治いじり」をしたかつての創立以来の同志は、みな土方の粛清に遭った。永倉のこの性格が永倉をして、いのちを保たせてきた、といっていい。

いっさい、近藤と土方にまかせた。数日たって近藤が、

「永倉君、きみの最初の師匠だったという例の人物」

(師匠)

兵庫は近藤らにはそういったらしい。

「加盟してもらうことにした。君の師匠でもあるからおいおい伍長にも取りたてるつもりではいるが、しばらくは局長付の平同士として働いていただく」

「はあ」

永倉が不得要領に返事をすると近藤は意外なことをいった。

「大した人物らしい。あの仁は洋式調練にも明るくて、庄内藩で再三召しかかえようとしたことがあるそうだな」

「なるほど」

初耳だったがそうかもしれない。

数日して、それが事実らしいとわかったのは、隊に大砲が一門ある。その火薬の

調合法がまちがっている、といいだしたのである。

「発射薬は、硝石百二十匁《もんめ》、硫黄十匁、木炭二十二匁であるべきです。それに、木炭が悪すぎる。炭は真黒のものより赤黒色のほうがその性質は猛でござる。できれば赤桜の炭がいい。すべて幼木を用うべきもので、六歳以上の樹は用うべきではない」

近藤もおどろき、兵庫に命じて火薬を調製させ、旧来のものと比較するため、伏見の巨椋池《おぐらのいけ》の池畔まで砲をひっぱってゆき、そこで試射をやった。

五発、射った。

なるほど、兵庫の発射薬のほうが効力があり、射程が五間はのびた。

「大したものだ」

近藤も感心し、土方にも相談せず、その場で兵庫を隊の砲術師範頭に任命した。

安らかでないのは、以前から砲術師範頭を命ぜられていた阿部十郎である。阿部十郎は身分こそ平隊士だが、隊でも古参のひとりであった。

入隊したときは別に砲術にくわしくはなかったが、局命として研究を命ぜられた。研究とは大げさだが、要するに京都に駐留している会津藩の黒谷本陣に通い、同藩の大砲奉行だった林権助に砲の操作を学んだ。(林権助は当時六十すぎ。戊辰戦役で戦死。その子息の同名林権助は、明治・大正の外交官で、最後は駐英公使、のち宮内省に入り式部長官、男爵となる。これはまったく余談だが、会津若松城下の林家の隣家がたしか藩の若年寄の井深家だったという話を、筆者はたれかにきいた記憶がある。当時の井深茂左衛門は、こんにちのソニーの井深大氏の曾祖父のはずだ。）

それだけならまだいい。

おなじ砲術師範頭とはいえ、兵庫は伍長格で、阿部十郎は平隊士である。兵庫はにわかに阿部に対して、下僚のあつかいをしはじめた。

「近藤さん、大砲の阿部十郎が腐っているらしい」

と、土方は、近藤にいった。

「人事はむずかしいものだ。あんた、すこし軽率だったようにおもう」

「軽率じゃない。現に、大林兵庫のほうが射程がのびている」

「五間」

わずか五間で、兵庫は抜擢され、あたら阿部十郎ほどの者を腐らせてしまった。

新選組の人事は、通常、副長の土方歳三がにぎっている。土方は、細心すぎるほどの気配りで人事を行なってきた。いや、その細心さ、ときには奸譎《かんけつ》といっていいほどの芸のこまかさであったが。

とにかく、近藤が粗大な感覚で人事をしてくれてはこまる、と暗に皮肉ったつもりである。

大林兵庫は、自分では大砲奉行に任ぜられたと思っているようである。阿部十郎とは「砲術師範頭」として同役ではあったが、

「阿部君、大砲の手入れは毎日してもらわねばこまる」

と、頭から命じ、ときどき大砲小屋を検分しては、火薬の始末がわるい、とか、砲腔《ほうこう》に塵がある、などときびしく責めた。

阿部は弱ってしまった。もともと穏和な若者で、面とむかって兵庫に抗弁できるたちではない。

それに兵庫には一種の権勢がある。隊の二番隊組頭永倉新八の師匠だと自称しているし、それに近藤、土方の信任があつい、と阿部は思いこんでいた。

かつては平隊士ながら砲術師範頭としてその面での権威をもっていた阿部も、いまは毎日大砲小屋で砲をみがくだけの男になっている。

この砲は、江川坦庵の伊豆中村（韮山付近）の鋳砲所でつくった幕府の制式野砲で、車輪のついた運動式のものである。砲身は青銅で、砲口から砲弾をこめる。砲弾は鍋鉄《なべてつ》（銑鉄《せんてつ》）で、戦国時代の砲とはちがい、弾体に炸薬が入っており、長榴弾《ちょうりゅうだん》である。幕府の洋式部隊がもっているフランス式四斤山砲にくらべれば有効射程が三割ほど劣るが、それでも七百米さきの敵は粉砕するであろう。

阿部十郎はもともと剣客で、こういうものをあつかうのは好まなかったが、それでも会津藩の権助から懇切な教えをうけて、ひと通りの火砲技術はもっていた。だから長榴弾に炸薬を入れる複雑な作業も心得ているし、砲身の仰角と射程の計算法も知っている。

知っているだけに、

（兵庫は臭い）

ということもかんでわかっていた。

ある日、阿部は大砲小屋で、京でいうカンテキに炭火をおこし、その上に素焼の徳利を置いて炙《あぶ》っていた。

そのとき兵庫が入ってきて、

「酒を温めているとは不謹慎である」

と叱った。

が阿部十郎は、だまってその作業をつづけた。徳利の中身は酒ではない。硝石とロウハの粉末である。素焼徳利の口から角《つの》のようなものが出ており、角の先端にビンが置かれている。徳利もビンも、粘土をぬってぬめりをほどこしてある。

硝酸を作っているのだ。

（わかりそうなもの）

と思ったが、だまっていた。

二

土方が監察の山崎蒸《すすむ》から、

——大林兵庫の人気が平隊士のあいだでひどくわるい。

という評判をきいたのは、その年の秋ごろである。

具体的には、どうということはないが、山崎のいうところでは、「寵《ちょう》を笠にきて威張りすぎる」というのである。

「寵？　たれの寵かね」

「たとえば土方先生」

「おれの？」

おどろいた。土方はどちらかといえば初対面のときから兵庫がきらいである。第一、兵庫が永倉の縁故だからといって一も二もなく加盟させたのも近藤だし、伍長、砲術師範頭にしたのも、局長近藤である。

現に局長付だから、平素、近藤との接触が深い。

（——しかし、おれとは？）

と考えてみて、なるほどと思いあたることがある。近藤が二条城に登城するときなど兵庫は行列の支度をするのだが、そういうときなど、くだらぬことでも土方に相談にくる。自然、副長室への出入りが、他の伍長とくらべて頻繁であった。

「みな、怖れています」

と、山崎はいった。局長、副長の部屋に出入りして何を告げ口されているかわからないというのであろう。

（こまったな）

土方はおもったが、かといって土方は兵庫の砲術だけは過当に評価していた。近藤も、同様である。おたがい、剣客にすぎぬ。洋式砲の知識は皆無である。阿部十郎の技術は会津藩に頼んだにわか仕込みだが、兵庫はそうではない、と思っている。

「永倉君から、注意をさせよう。しかし山崎君」

土方は、しばらく手炙り火鉢に眼をふせて黙りこくった。やがて眼をあげたときには、はじめて気づいたような驚きが、表情にある。

「山崎君」

「はい」

「大林兵庫という人物は何者だろう」

出羽浪士、神道無念流の皆伝、砲術の堪能者、永倉新八の師匠筋、ということはわかっているが、それ以上の前歴はなにも知らない。たとえば、砲術はたれに学んだものであるのか。

「調べてくれるかね」

といってから、永倉の部屋に行った。永倉はひとりで、刀の手入れをしていた。

土方は、兵庫の不評判を永倉に語った。隊士間で不評判な幹部というのは、隊の結束上、こまるのである。

「大林？」

妙なことに二番隊組頭永倉新八はひさしぶりでその名をきくような顔をした。永倉は永倉で、隊務がいそがしいのである。

「土方さん、私に苦情をもちこまれても仕様がないぜ。おらァ、あの大林兵庫を加《い》盟《れ》るときに、いったはずだ。近藤先生とあんたにいっさいまかせる、とね」

「永倉君、そいつは話がちがう。君の最初の師匠筋だった、というので、われわれは君の顔をたてて加《い》盟《れ》たんだぜ」

「ち、ちがうんだ」

永倉は、無邪気に頭をかいた。

「おれァ、あの男を憶えていないんだ。むこうは山沢先生の弟だというし、おれに教えた教えたというから、ついおれもそうかな、と思いこんでしまったのだが、こっちはまるで知らないんだ」

「新八らしい」

めったに笑わない土方が、石を割ったような笑顔をみせた。

「しかし、間者じゃあるまいな」

その点で、土方は過敏である。結党以来、どれほど間者がまぎれ入《い》ったかわからない。

「そのことは」

永倉は刀をおさめた。

「おれは知らん。監察部をにぎっているあんたの役目だ」

「言いやがる」

土方はにがい顔で、自室にひきとった。

監察山崎蒸は、庄内藩の京都屋敷に行って留守居役に面会をもとめ、

「庄内鶴岡城下で町道場をひらいていたという大林兵庫という者をご存じですか」

ときいた。

存ぜぬ、という。念のため、最近国許からのぼってきた藩士にたずねてくれたが、
だいたい鶴岡という城下は町家の戸数が千戸しかなく町道場もすくない。もし大林
某が道場をひらいていたとすればすぐわかるはずだが、きいたことがない、といっ

た。

山崎は、永倉新八の最初の師匠だった山沢忠兵衛についてきいてみた。

これについてはかれらは多少知っていて、

「江戸では郷士と称していたかもしれないが、たしか城外斎藤河原というところの肝煎《きもいり》百姓の出ではなかったかと思う。さて、弟があったかどうか。士籍にある者ではないからよくわからない」

が、いずれにせよ、これは山崎にとって重要な事項ではない。

「大林兵庫は、庄内藩領のさる社家に養子に入ったといいますが、大林という社家が、御領内にありますか」

「ござらぬ」

山崎は、帰営した。

土方にそのように報告すると、「するといよいよ狐だな」と肩をすぼめた。

近藤に相談すべくその部屋にぶらりと入ってゆくと、折りあしく大林兵庫がきている。

土方は、庄内の話を二、三してみた。ところが兵庫はみるみる喜色をうかべて、

「土方先生は庄内をご存じですか」

と、熱心に故郷の話をしはじめた。じつによく知っている。

「私は鶴岡城外斎藤河原というところの百姓の出ですが、あれほど富裕な土地は三百諸侯のなかでちょっと見あたりません。酒井家は表高こそ十四万石、しかし実収は四十万石はありましょう。藩が豊かで人情がのびやかなせいか、士風が惰弱《だじゃく》で文武行なわれず、いざ天下動乱のときにはかならず遅れをとりましょう」

「ほう」

知っている。

「土方先生はいつ庄内に参られました」

「行ったことはないが、じつは、先日、庄内藩のさるひとに会った。わが隊に君がいる、と話すと、先方は知らなかった。生れは百姓の出だが、社家に養子に行ったというと、領内に大林という社家はない、ということだった」

「ないはずですよ」

兵庫は笑っているが、さすがに眼に用心深そうな表情がうかんでいる。

「大林家というのは庄内でなく、美作苫田郡《みまさかとまだ》の出で、その一族のうち大林久馬というのが江戸に出て亡兄の道場にいたのです。私はその久馬の養子になり、家姓を継いだのです。美作の大林一族というのは、いまでこそ、庄屋、神主、百姓をしておりますが、戦国のころは土豪《どごう》でありましてな。作州百五十六旧家の一つです」

話が、どうもわからない。

「すると君は作州人ですか」

「いや、やはり生れが庄内ですから出羽浪士ということにしております。大林姓は、ただ姓をついだだけのことですから」

理屈がとおっている。

が、やはりどこか疑念が残る。

「そうそう」

と、近藤が思いだしたようにいった。この男のばあい、無邪気な疑念である。

「大林君の砲術の師匠はだれでしたかな」

「いや、自得」

と、兵庫ははじめて鼻白みながら、

「といっていいでしょう。兄と同門の知人でそういうことに堪能なひとがいましたから、多少は手ほどきをうけたのですが」

「それはどなたです」

と、土方はするどく兵庫を見つめた。

「安野」

「ふむ？」

「安野均《ひとし》という仁です」

聞いた名だな、と思ったが、土方は思いだせない。気のせいだろうと思った。砲術家などを、自分が知っているはずがない。

(この男には気はゆるせないな)

とおもったのは、あるとき、近藤が、華麗な印籠をもっているのを見たからである。

「たいした品だな」

というと、近藤はうれしそうにはずして土方に見せた。

めずらしい。

象牙の印籠である。能の猩々《しょうじょう》を毛彫で彫りあげたもので、

「これで見たまえ」

と近藤が貸し与えた天眼鏡でみると、猩々の表情、毛の乱れ、能衣装の質感までが出ていて、みごとな細工である。どうみても、大旗本か、大名の持ちものであった。

「どこで手に入れた」

「大林が呉れたよ」

近藤は、うれしそうにいった。もともと大林兵庫が所持していたものを、あるとき近藤が、

「みごとなものだな」

とほめた。彫りもさることながら、ふたをあわせると合口《あいくち》の線が見えなくなる。どうみても最上の細工である。

「さしあげましょう」

と、兵庫は無造作に献じた。近藤という男は、持ちものに凝るたちである。ひどくよろこび、

「そのかわりにといっては何だが」

と、陀羅尼《だらに》勝国《かつくに》の短刀一口《ひとふり》を与えた。

(おべっかをしやがる)

と土方はおもった。近藤に対しこの手の接近をしてくる者に、かつてろくな者がいなかった。近藤の威を藉《か》りて局中で党派をつくろうとする者で、武田観柳斎もしかり、谷三十郎しかり、また大林と同名だった酒井兵庫もそうであった。土方によればこれらは隊の秩序と結束を腐蝕させる毒虫のようなもので、結局はいざとなれば、修羅場で臆病であったり、薩長に通じたりした。土方のかれらへの処置は簡単であった。すべて、斬った。秩序をまもるために。

(しかし大林兵庫はかれらと同じかどうか)

さらに、山崎に探索させた。

が、たいした埃《ほこり》は出ない。

「近藤先生から拝領した」

といって、陀羅尼勝国の短刀を隊士一同に見せびらかせている程度である。むろん無邪気にみせているのではない。自分の威を誇る道具としてあざとく使っている様子である。

（間者でなければいい）

土方はそういうつもりでいた。なにしろ、兵庫には砲術という芸がある。剣客、槍術者ばかりの新選組にあっては、これは貴重な人材であった。

三

屯営の大部屋の東に柱がある。その柱から奥は幹部の部屋で、さらに奥に近藤、土方の部屋がある。平同士の砲術方阿部十郎にとっては、むろん柱から奥へは入ったことがない。自然、近藤、土方という存在を、雲の上にいるひとたちだと感じている。新選組も壬生《みぶ》村のころは、郷士屋敷の手狭な仮りずまいだったから、幹部と平隊士のあいだに、これほどまでの心理的な距離はなかったのだが、いまはちがう。

一つは建物のせいであろう。花昌町屯営というのは大名屋敷を模して作られたものので、外観は豪壮で洛中の人士に威圧をあたえ、内部の結構は、階級によって隊士を収容している。平隊士にとって近藤、土方は、はるかな存在になった。

ましてや阿部十郎は壬生時代を知らぬ隊士だから、近藤、土方に親しみがない。

苦情の訴えようがなかった。

ただ、砲術方という職務がら、平隊士の身分ながらも会津藩へ公用で出かけてゆくことが多い。

会津藩大砲方の林権助にだけは、わずかに隊内での不満をもらした。

「巨椋池《おぐらのいけ》で試射をしたと？」

権助はその詳細の説明をもとめた。阿部十郎は、大林兵庫の火薬配合法で射つと、五間多く飛んだ、といった。

「そいつは素人だな」

と権助はいった。強薬《つよぐすり》さえ籠めれば、多少は射程はのびるのである。

「しかし無茶だよ。そんな配合でやっていると、砲身が破裂してしまう」

なにぶん砲身が青銅製（銅八割、錫二割）だから、材質が弱い。発射薬の強さと砲身の材質とをにらみあわせたうえで、薬を配合するものである。

「よく破裂しなかったものだ」

権助はふと首をひねって、

「大林兵庫という砲術家はきいたことがないな」

もっとも、と語を継いだ。

「新選組なんざ、ずいぶんいかがわしいのが入っているから、どうせ変名だろう。師匠はだれだといっていた」

「よく存じませんが、監察の山崎さんの話では安野均《ひとし》というひとだそうです」

「ああ」

権助はさすがに知っていた。安野均という人は水戸の郷士で火砲の専門家ではなく、もともとは剣術家であった。

流儀は大林兵庫とおなじ神道無念流だという。ただし同じ流儀でも、斎藤弥九郎の門下である。

斎藤弥九郎、隠居していまは篤信斎《とくしんさい》。その門は、江戸の三大道場の一つに数えられ、その隆盛ぶりは非常なものである。

斎藤弥九郎というひとは、単に剣客ではなく警世家であった。早くから、洋学家の江川太郎左衛門が弟子入りしていたため、逆に師匠の弥九郎が江川の洋式砲術に興味をもち、みずからも学ぶ一方、弟子にも学ばせた。そのひとりが、安野均であるという。

ただ、数年前に死んだ。

「ははあ」

となにげなくきいて、隊にもどってから、ふと山崎烝に洩らした。

山崎は、土方に告げた。

「まさか、長州との縁はなかろうな」

と土方がいったのは、斎藤弥九郎道場というのはおなじ神道無念流でも師匠の警世的風格を慕って、長州の過激藩士の入門が多かったからである。第一、塾頭が桂小五郎であった時期があるし、高杉晋作、品川弥二郎、山尾庸三といった長州の錚々たる志士は、この剣門の出身である。

「しかし」

と、山崎はいった。

「大林さんは、流儀がおなじでも、師匠が亡兄の山沢忠兵衛ですから、斎藤門とは縁がないでしょう。ただ斎藤の弟子の安野均に砲術を学んだ、という点では、多少間接の縁はありますが」

「まあいい」

間者ではあるまい、と土方も思うようになっている。

「ただの法螺ふきだろう」

というのは、剣術が口ほどではない。それがわかったのはつい最近のことだ。大林兵庫はめったに道場に出たがらないが、あるときめずらしく平隊士に稽古をつけているのを土方はみた。

腰がにぶい。

あまり稽古を積んだ剣術とはおもえなかった。

「永倉君」

とそのあとで、土方は笑った。

「あの腕で、永倉新八ほどの達人の師匠筋とはよく言えたものだ」

「いや、わりあい出来ますよ」

と、永倉は、そうは見なかった。

「身びいきだろう」

「とんでもない。あんな天然痘《ほうそう》に罹《かか》った張り子の虎のような可愛気ない男にひいきができますか」

「それはひどい」

土方はさすがに噴き出した。

「しかしあれならば、阿部十郎程度だろう」

「砲術の？」

「そう」

大砲屋同士でやらせるのは面白い、ということになって、翌日、二人を道場に出した。

審判は、三番隊組頭で、沖田、永倉らとともに、隊の剣術師範頭の斎藤一。阿部十郎は、家伝の鉄人十手流《てつじんじゅってりゅう》というあまり世間で聞えない古流儀を身につけているだけで、竹刀剣術は得意ではなかった。しかし、

(やってみよう)

とおもったのは、敵愾心《てきがいしん》があったからだ。死力をつくせば、技の巧拙を越えた力がでるかもしれない。

が、竹刀をとって対峙《たいじ》してみると、

(あっ)

と息をのむほど、大林の姿は大きかった。

負けた、と思ったときは、竹刀を脳天に撃ちこまれている。

鼻の息がきな臭くなり、眼が眩んだ。手足が動かないのである。臆している。

「面あり」

と、斎藤が手をあげた。

(なにくそ)

と挑みかかってゆくが、兵庫の竹刀にからからと払われるだけで、どうにもならない。

兵庫のほうは、図に乗っている。剣術というものはわざが互角であっても、相手に気臆れてしまえば、どうにもならない。

「籠手だ、籠手だ」

と、兵庫が面鉄《めんがね》のなかで笑いながらいうと、もうそのとおり籠手に撃ちこまれてしまっている。

（おれァ、どうかしている）

体がいよいよ固くなった。

「そら、こんどァ、面、面」

と恫喝しながら兵庫の竹刀は虚空《こくう》に旋回しており、阿部は身動きもとれない。ぴしっ、と撃ちこまれてしまう。

「つぎは、胴だぞ」

兵庫の剣は、いかにもこの男らしい。はったりなうえに、図に乗れば実力以上に強くなる。逆に阿部はみじめであった。もともと竹刀剣術の流儀でないうえに、兵庫がにが手で、あのいやらしい恫喝にあうと、

（くそっ）

と思いながらも、気持が萎《な》えてくる。いや、萎えるはあたらないだろう。闘志はありすぎるほどである。が、闘志が湧けばわくほど肩が固くなり、全身の力が肩に

集中し、どうにもこうにも竹刀が動かないのだ。

兵庫は、悠然たる上段。

その竹刀が切り裂くように落ちてきて阿部の右胴にめりこんだ。息が、とまった。審判の斎藤が手をあげようとした寸前、阿部は竹刀を捨てて猛進した。組み打とうとした。が兵庫は竹刀で阿部の右肩をおさえつつ、すばやく足払いをかけた。

阿部の体は、道場に叩きつけられた。しかしながら、はねおきた。

「大林、砲術で来い」

と叫んでいた。

どっと、笑う声があがった。負けぜりふが大砲方らしくておもしろい、というのであろう。しかし平隊士阿部十郎にとっては、この嘲笑が、運命をかえた。相手は兵庫だけではない。兵庫はかれからみれば新選組の権威を代表している。隊そのものが自分を嘲笑した、と阿部十郎はとった。

（脱けてやる）

時期もよかった。

隊の参謀伊東甲子太郎が、尊王攘夷論をつよく唱え、分離を表明したのである。従う者は、伊東の江戸当時の門人、同志のほかに、思想の点で共鳴した者、時勢の推移をみて新選組の行き方に疑問をもった者、などであった。

阿部十郎の動機は、そのいずれでもない。

ただ、

「私も連れて行ってください」

と、伊東の盟友格の篠原泰之進に懇願した。

「よか」

と、篠原は久留米人らしくまず諾否の結論を与え、そののちに理由をきいた。阿部十郎はなにもいわなかった。ただ、

「新選組がいやになった」

といった。もともと、理屈の達者な男ではない。

が、篠原のほうはよろこんだ。阿部の技術が、いつかは役に立つだろう。

慶応三年三月十日、伊東派は新選組を去っていったんは五条橋の東詰の長円寺に入り、やがて伊東自身の奔走と薩摩藩のあっせんで、孝明帝の御陵衛士《えじ》という名目で東山山麓の高台寺山内月真院に屯集した。

阿部十郎はこの間、当時薩摩藩邸ではやっていた英語学習のまねごともしたらしい。

四

土方は、意外に思った。

「阿部十郎は伊東の息がかかっていたのか」

と、監察の山崎にきいたが、山崎も、これには意外であった。

「が、惜しい人物でもない」

と、それっきり阿部の名は口にしなくなった。近藤も同様である。

「大砲には大林君がいる」

と、近藤はいった。この大林に隊士五人をつけ、大砲の調練をさせた。

実のところ、その頃には大林の法螺でかためた経歴も、ほぼ剝げかけている。

永倉新八のもとに、松前藩の大坂藩邸にいる旧知が訪ねてきて、江戸のころの思い出話をしていたとき、ふと永倉が、この旧知と少年のころ、一緒に山沢道場に通ったことを思いだしたのである。

「山沢先生に御舎弟はいなかったか」

「弟？　いなかったよ」

「大林兵庫というひとだ。われわれに素振りから教えた、といっている」

「妙だな」

そのとき、偶然、隊の大砲小屋から大林兵庫が出てくるのが、永倉の部屋からみえた。

「あの仁だよ」

客は、のびあがった。やがて笑いだした。

「あれァ永倉、忠七じゃないか」

「忠七？」

山沢道場は、長屋の壁をぬいて二軒を一つにしただけの小さなものだったが、その壁一つ隣が、職人の家である。そこの息子が家職をきらって子供のころから隣家の道場に通い、十八、九のころには目録を得ていた。

「そういえば」

そんな記憶がかすかにある。

「あのときの忠七が化けて大林兵庫とはたいしたものだ」

と、客も笑いだした。

「そうかねえ」

永倉もぼんやりしている。べつに不快感はない。もともと兵庫が隊にやってきたときに気づかなかった自分がわるい。気づけば兵庫はまたべつな態度をとったであろう。

「おれァ、押されっぱなしで信じてしまったのだが、しかし考えてみると、あの野郎も人物だなあ」

客の話では、忠七は師匠の死を報らせるためにわざわざ庄内まで行ったらしい。

「その後は知らないがね。器用なやつだからほうぼう渡り歩いているうちに、砲術のまねごとぐらいは身につけたのだろう」

「あの道場の隣家……」

永倉の頭に幼いころの記憶がぼんやりよみがえってきた。そういえば、隣家に、気むずかしそうな老職人がいた。忠七はそのせがれなのだろう。

「親父は、なんの職だ」

「象牙の印籠さァ」

(あっ)

と永倉は声をのんでから、やがてころげまわって笑いだした。

なるほど、大林兵庫といういかめしい名前にはふさわしい印籠ではあった。その印籠一つで兵庫は新参ながら隊士に押しがきき、しかもそれを近藤に献じて陀羅尼勝国の短刀を拝領したことでなお押しがきいた。

もとをただせば、あの隣家のひからびたおやじがお店《たな》から注文をうけて作ったものを、忠七はおそらく家をとびだすときにかっさらって出たものであろう。

それがいま近藤の腰にぶらさがっている。

「人物だよ、忠七ァ」

と、永倉はまた笑いだした。

が、忠七といえども、初心のころに手ほどきをうけた兄弟子には相違ない。

（まあ、隊ではだまっていてやることだ）

永倉は、そういう男である。

が、ああいう男の存在が、阿部十郎をして伊東派に奔らしめたことは気づいていない。

その後、新選組年譜では、――

この年（慶応三年）十一月十八日、伊東甲子太郎が、新選組の手で油小路で斬殺され、かつそれが契機で新選組と伊東派とのあいだで市街戦さながらの戦闘が行なわれたが、その経緯はすでに述べた。

阿部十郎は、伊東が死んだ当日、

「猪をとってくる。楽しみにしていてくれ」

と内海二郎とともに鉄砲をかついで早暁に月真院の屯所を出、山崎の奥まで歩いて不猟のまま、翌十九日未明に屯所に戻ってきた。

そこで伊東の死、同志多数の死を知り、すぐ現場にかけつけたが、すでにあとの祭りでどうすることもできなかった。

やむなく、薩摩藩に身を寄せた。

薩摩藩というのは、長州藩とはちがい、かつては浪人の寄り付くのを好まなかった藩だが、すでに内密に幕府との戦闘を決意しているところだったから、ひどく厚遇された。

浪士肝煎《きもいり》役は、中村半次郎(のちの桐野利秋)で、伊東派の残党がみなここに属した。篠原泰之進、鈴木三樹三郎、内海二郎、富山弥兵衛、加納道之助、佐原太郎。一同、今出川の薩摩藩邸に収容され、邸内でミニエー銃の操法の教授などをうけたり洋式戦法の概略を習ったりしているうちに、時勢は急転した。

伊東が殺された夜から二十日あまりたった十二月九日に王政復古の大号令があり、十二日には将軍慶喜が幕兵、会津、桑名、藤堂などの麾下《きか》の諸兵をひきいて京を去り、大坂城に入った。

新選組も当然、慶喜の身辺護衛のため大坂にゆくべきところ、幕軍の戦術的な配備上、伏見奉行所に移駐を命ぜられた。

ここで十数日、ついに年を越している。

そのうち、大坂の幕軍が表面上、朝廷に強訴《ごうそ》というかたちをとって京にある薩長を追わんがために征上を開始した。

薩長は、京都市街の南部に布陣し、その最前線陣地は、伏見御香宮《ごこうのみや》ときめられた。中村半次郎に属する阿部十郎ら伊東派の残党も、御香宮に入った。

御香宮とは妙な名だが、延喜式による古社で、伏見郷一円の鎮守である。上古ここに清泉が湧き、香気が四方に満ちた、といい、病いある者は飲めば癒えた、という。そういう信仰から神社が興り、徳川期を通じて巨大な神域となった。境内は老樹が鬱然としげり、周囲数丁の練塀をめぐらし、臨時の城塞としてはうってつけの建造物である。

しかもその南隣に、幕軍の最前線基地である伏見奉行所の高さ二間の土塀がそびえている。御香宮の南塀と伏見奉行所の北塀との距離は、わずか二十米しかない。開戦となれば、いきなり接戦が展開されるであろう。

伏見奉行所には新選組二百五十のほか、会津藩兵、幕軍のフランス式伝習隊をふくめて千余人がこもっている。

御香宮の薩軍陣地の火砲は、阿部十郎がいまだかつて見たことのない種類のものであった。

「これは？」

と、阿部が興味ぶかげに手を触れると、薩摩の大砲方が、親切に説明してくれた。

「四斤山砲というものでごわす」

砲口からのぞく、内部に腔綫《こうせん》がゆるやかな線条をうねらせている。発射のとき砲弾に回転を与えて、命中度をよくし、射程を長くする仕組みだということはすぐ理解できた。

薩軍はすでに文久三年にいわゆる薩英戦争を体験し、自軍の火砲の劣弱を知った。この当時、薩摩藩は沿岸に大小砲まぜて八十七門の火砲を備え、おそらく列藩のなかでは最も火力装備の進んだ藩であったが、そのすべては、薩摩製、舶来をとわず、オランダ製の旧式砲ばかりで、新選組の大砲とおなじく砲腔の内部はつるつるの滑《かっ》腔式《こうしき》の青銅砲であった。砲弾も円弾《すだま》、焼弾《やきだま》といった古色蒼然たるもので、いったん砲戦をはじめるや、英国艦隊のアームストロング砲の前に各砲座はつぎつぎと沈黙させられた。

そのにがい経験を経て、いまでは火砲をほとんど新式に変えている。

「薩摩でつくったものだ」

と、薩摩兵は得意げにいった。むろん薩摩藩の発明ではなく、フランス式四ポンド山砲の模倣であった。

が、旧新選組砲術方の阿部十郎には、すべてがめずらしかった。

例えば、新選組の大砲は、遠くへ射つばあい仰角をあげればいいのだが、その操作がひどくむずかしい。傾斜地に大砲をすえなければならないのである。

だから普通、発射薬の強弱で、遠近をきめなければならなかった。遠い目標をうつときは強薬《つよぐすり》を込め、近い目標には弱くする。砲術方としては操作がひどく困難なうえに、発射に時間がかかる。

が、この薩摩の大砲には射角を上下させる装置と表尺がついており、表尺には目《め》盛《もり》があって、その目盛どおりに砲口を上下させれば思うところに射てるわけだ。

「なるほど」

阿部十郎は感心した。

この阿部の砲に対する異常な興味の示しようを浪士肝煎役の中村半次郎が気づいて篠原泰之進にきくと、大砲方であったという。

「ほう、新選組と申せば白刃を抜きつれてゆく連中と心得ていもしたが、大砲方がいなさったとは驚きもしたなあ」

と、阿部をとくべつに砲兵陣地に配属させてくれた。

伏見における薩軍の砲兵陣地ほど理想的な戦術位置を占めた例は、戦史にもすくないであろう。

御香宮のすぐ東隣に、小高い丘（雲竜寺高地）がある。松におおわれている。

この丘に砲をひっぱりあげて、放列を敷いた。すぐ眼下が、幕軍陣地の伏見奉行所である。撃ちおろせば百発百中であり、幕軍側から砲撃すれば丘の上の松林にさえぎられて、目標をさだめにくい。たとえ、砲弾を丘の上に射ちこんでも、松にあたってむなしく破裂する公算が大きかった。

阿部のおどろいたことは、薩人というものは、どこから仕入れてくるのか、新奇な世界知識をよく知っているということだった。

ほんの一昨年の日本年号でいえば慶応二年、ヨーロッパでプロシャとオーストリヤが戦ったとき、プロシャ陸軍ははやくから砲兵を改造し、いま新選組が持っているような滑腔式の砲を廃止して腔綫式にあらため、さらに大砲の六割を後装式にしていたため、圧倒的な勝利を得た。

「歴史は、変りもすぞ」

と、阿部十郎にいったのは、薩軍の第二砲隊長だった大山弥助（のちの巌・元帥）だったというが、弥助は開戦の直後にこの砲兵陣地に急援してきたことから考えると、別の人物だったのであろう。

とにかく、ほんの九ヵ月前まで、刀槍専門の新選組にいた阿部十郎にとっては、この集団の意識といい、軍備といい、まるで別国にきた思いがした。

いや、あとで知ったことだが、幕軍にもフランス調練をうけた新式砲兵隊は存在したのだが、幕軍にとって不幸なことに、それらは伏見方面の前線に配置されておらず、ほとんど後方の大坂にいた。

わずかに鳥羽方面に進撃した幕軍に、薩軍と同様の新式砲が四門曳行されていたが、開戦の瞬間、そのうちの二門が薩摩砲兵に破壊されて、戦力をうしなった。

とにかく。

五

阿部十郎の唯一といっていい敵方への関心は、大林兵庫である。

阿部は、薩摩兵がもっている英国製の遠眼鏡《とおめがね》を借り、伏見奉行所を見た。顔まで見える。

むろん、砲の配置もみえる。

奉行所東側に、会津藩の旧式砲三門。

それと、構内に一門。

その青黒く光った砲こそ、阿部十郎が磨きあげてきた新選組の砲である。ただ、砲側にはつねに人影がない。

(どうしたかな)

阿部は、不審におもった。

その翌日である、開戦は。慶応四年（明治元年）正月三日午後四時、まず、鳥羽方面における薩軍の砲撃からはじまり、ついで伏見方面では伏見奉行所の幕軍から発砲し、両軍たちまち激烈な射撃戦になった。

高地から撃ちおろす薩摩砲兵の砲弾はほとんど無駄なく奉行所に落ちた。

新選組は何度か白兵突撃を試みたが、わずか数十米さきの薩軍陣地御香宮にたどりつくまでのあいだに、ばたばたと射ち斃された。

土方は、大林兵庫に、雲竜寺高地の薩軍砲兵陣地への砲撃を命じた。

兵庫は、砲側をうろうろしつつ、大砲方の隊士を叱りつけるのだが、装薬、装塡がうまくゆかない。

阿部十郎は、雲竜寺高地から遠眼鏡でその狼狽ぶりを見ている。

(ばかなやつさ)

兵庫の、例の剝《む》けたような赤ら顔が、土色になっている。

ついに砲尾の発火孔に、火を点じた。

轟然と砲口が火を噴いた。

(やった)

濛々たる発射煙のはるかむこうに砲が後退している。

砲弾は雲竜寺高地の上を飛びこえてはるか後方の田ンぼの中に落ちた。

(薬が強すぎるのよ)

阿部は、ざまァみろと思った。

やがて兵庫は、砲を元の位置にひっぱって来させて、ふたたび装塡した。

発射した。

こんどはさらに強すぎたのか、もっと後方の毛利橋通りのほうに白煙があがった。

(馬鹿)

阿部は、はがゆくなるほどであった。

兵庫は、発射薬を、目標の距離に応じて強弱さまざまに用意しておくことを知らなかったのだ。

奉行所内では、土方は砲が発射するたびにうしろをふりむいては、怒鳴っていた。

「兵庫、すこしゃ、当てろ」

(やはり張り子の虎だったか)

と、土方は歯嚙みする思いで、四発目を射ったとき、やめろ、といった。

白兵戦に参加させよう、とおもったのである。

「いま、一発」

と、大林兵庫は躍起になった。

そのとき、阿部十郎は、薩軍の四斤砲の照準操作をはじめていた。

砲手は六人いる。

それらが実に機能的に働いた。一人が装薬嚢《のう》を砲口から入れ、棒でぐんぐん押込み砲尾の薬室にまで詰めこむ。

つぎに弾丸係りが同じく砲口から砲弾を入れ、棒で押しこむ。

それがおわると、照準手である阿部十郎が、砲に射向と射角を与えるのだが、阿部は照準を決定すると、すぐ砲尾に走り、

「頼む」

と、射手と交替した。薬室に点火した。その瞬間、ぐゎあん、と砲側の空気が震い、砲は跳ねあがって後方へころがった。

同時に、一貫目の榴弾《りゅうだん》が飛んでいる。

眼下を見た。

砲弾はみごとに新選組の砲側に落ち、砲手二名は即死。

兵庫は、爆風にはねとばされて、塀ぎわに体をたたきつけられ、動かなくなった。

(勝負、見たか)

大林兵庫は伏見での負傷後、幕軍の退却とともに大坂にひきあげ、以後、消息は知れない。

永倉新八は幕軍崩壊後、松前藩にもどり、北海道小樽で余生を送り、大正四年ま

で生きた。阿部十郎は、鳥羽伏見の戦いの直後、篠原ら伊東派の残党とともに滋野井侍従を奉じて赤報隊をつくって江州路へ押し出したが、のち京都によびかえされ、「御親兵」徴兵隊という浪士隊の一将となって寺町本満寺に駐屯した。

菊一文字

一

松原通り堀川下ル。

と京ではそう呼ぶが、別に町名もあって、花橘町《はなたちばなまち》といわれていた。

本圀寺の北東の塀ぞい、見当はそのあたりの町である。寺の塀ぎわを、堀川の水がながれている。

沖田総司は、ここで刺客に遭った。

四条烏丸東入ルの医師半井《なからい》玄節方で薬をもらった帰路で、すでに陽が暮れていた。春さきで、風がなまあたたかい。

屯営に帰るため辻駕籠をひろって数丁も乗ったあたりで、沖田は気分がわるくなった。

「降りる」

と駕籠賃《さかて》を渡して、駕籠をすてた。

揺られたのがわるかったらしい。もともと駕籠がきらいなたちである。

しばらく歩くと、気分がなおった。背後の東山に、いい月が出ている。

ふと思い出して、懇意の刀屋播磨屋《はりまや》道伯《どうはく》のもとに寄ってみた。

むろん、店は日暮れとともに大戸がおりてしまっている。くぐり戸をたたき、

「沖田ですが」

というと、店の者がすぐあけてくれた。沖田は、この店では隠居の道伯、当主の与兵衛、番頭、手代、小僧にいたるまで評判がいい。

「例の刀」

と、沖田がいうと、道伯も与兵衛もひどく恐縮して、

「それが」

といった。「まだでごわりますので。明後日には間違いなく御届けできるかと思うとるのでごわりまするが」

「いいですよ。ただそこまできたから、寄ったばかりです。催促じゃない」

と、かえって沖田のほうがあわてた。沖田のそういう人柄が、こうした町人にまで好かれているのだろう。

煎茶と菓子が出た。

沖田は、菓子だけをたべた。日暮れに茶をのむと、寝つきがわるいのである。

世間話をしたすえ、道伯はどういうつもりか、奥から拵《こしら》えつきの大刀一口《ひとふり》を持ってきた。臘色鞘《ろいろざや》で、つばは破れ扇の金象嵌《ぞうがん》をあしらったみごとなものである。

「丹波のほうのさる神社《おみや》から出たものどす。拵えは手前どもでつけたどすけ、刀の気品にあうかどうか判りまへんが」

「とにかく」

と、道伯は話を継いだ。

「江戸ならば知らず、京で刀屋を一代やっていてこういう尤物《ゆうぶつ》を手に入れるなどは、二度か三度、あるきりでございますよ」

砥ぎに依頼されたものではなく、売りものらしい。道伯は手に入れたうれしさのあまり沖田にも観賞させてやろうとおもったのだろう。

「どうぞ、お手にとって」

「いやだなあ」

沖田は苦笑した。沖田には玩物《がんぶつ》趣味はないが、かといって手にとって惚れてしまえば抜きさしならなくなる。金がない。

「では」

と、手にとって、一気に抜いた。眩《くら》むような光芒が、沖田の視野に湧きあがった。

二尺四寸二分。

細身《ほそみ》で、腰反《こしぞ》りが高い。刃文《はもん》は一文字丁字《いちもんじちょうじ》とよばれる焼幅《やきはば》のひろいもので、しかも乱れが八重桜の花びらを置きならべて露をふくませたようにうつくしい。

「銘は、おわかりどすか」

「いや、わかりませんな」

と沖田はいったが、実はうそである。これほどの名刀ならば、その道の者ならずともおよその察しはつく。

(菊一文字則宗《のりむね》ではないか)

とすれば、もはや観るだけで稀有の眼福《がんぷく》というべきものであった。鎌倉期の古刀の代表的なもので、最も有名なのは、足利家重代の宝刀といわれた「二《ふた》つ銘《めい》則宗」(京都愛宕神社蔵・国宝)がある。

則宗は備前福岡の刀工で、いわゆる福岡一文字派に属し、後鳥羽上皇の御番鍛冶に列し菊花紋章を彫ることをゆるされたため、俗に菊一文字といわれる。

とまでは、沖田総司も知っている。

(これが、菊一文字か)

重さも、ちょうどいい。大刀をにぎっているてのひらが、重さを吸いこんでいさかの過不足もない。まるで沖田に持たれるためにうまれてきたような刀である。

「則宗どす。菊一文字」

と道伯はいった。

「そうですか」

沖田は、まだ昂奮がさめないでいる。やがて自分の差料《さしりょう》をひろいあげ、

「またきます」

と立ちあがった。道伯はけげんな顔をして、かまちまで沖田を追ってきた。

「お気に召しまへんどしたか」

「いや、私の分際では買えません」

「お売りするつもりでお見せしたのやおまへん。お差料の砥ぎができるまで、かわりにお使いやすと思うて」

「あ」

沖田は真赤になった。のどがからからになり、身のうちが慄えるような思いをした。

「拝借します」

たったいま帯びていた刀をあずけ、菊一文字を差しこみながら、

「道伯どの、承っておきたいが、値いはいくらします」

ときくと、道伯は微笑した。刀の値が高騰している時勢である。とくに古刀の上作となれば、値があってないようなものだ。

「じつを申しますと、筑前黒田藩のお重役が、百両でどうだ、と申されましたが、手前どもはおことわりしました」

「何両ならいいのです」

「いや、値は申しませぬ。お貸ししておきます。お飽きになるまで」

沖田は、ちょっと困った表情をしたが、そのままそとへ出た。月はだいぶ高くなっている。

前述、花橘町にさしかかったときである。

右手は堀川、そのむこうに本圀寺本山の塀が川ぞいにしらじらと南へのびているが、沖田はふと、左手を見た。この側は、町家の軒、軒である。その軒の闇が、わっ、と動いた。沖田はとびさがった。刀のツカに手をかけた。

いつもなら、斬りすてているだろう。

が、ぬかない。借りものだ、という気がしたのである。

「お人ちがいではありませんか」

と、この若者の声は、ふだんと変らなかった。

相手は、三人だった。そのうちの一人が、みごとな上段で、間合を詰めてくる。

(こまったな)

と、沖田は思った。いままで何度修羅場を踏んできたか数えきれぬこの若者は、ただそう思っただけで、辻で道でも訊こうとする人のようにぼんやり立っている。

沖田総司房良《かねよし》、幼ニシテ天然理心流近藤周助ノ門ニ入リ、剣ヲ学ブ。異色アリ。十有二歳ニシテ、奥州白河阿部藩指南番ト剣ヲ闘ハセ、勝ヲ制ス。

（東京都立川市羽衣町三の一六、沖田勝芳氏所蔵沖田家文書）

十二歳で専門の剣客を破った例は、古今まれであろう。さらに古来の剣客のなかで、沖田総司ほどに実戦の経験をもった者も、おそらくはいまい。

いま一ついえるこの若者のふしぎさは、剣術練磨者にありがちな偏執者的性格をいささかももっていないことだった。

「総司は、生れたままのような男だ」

と、副長土方歳三がよくいった。

（こまった）

花橘町の辻で、この生れたままの男は本気で当惑してしまっている。

二

沖田はむろん、いま眼の前で上段に構えている男が、水戸藩脱藩で、その後筑波挙兵に参加し、さらに変転していまは洛北白河村の陸援隊本部（土佐藩別働隊）に身をよせている戸沢鷲郎《わしろう》であるとは知らない。

神道無念流ではきこえた男で、新選組の初期の局長だった水戸脱藩芹沢鴨と同門の人物である。芹沢は結党当時、

「鷲郎を誘うべきであった」

と、よく洩らしていた。新選組初期の水戸系（芹沢系）隊士はみなこの戸沢鷲郎を知っていた様子だし、かれが加盟すれば百人の味方を得るよりも力強い、という気分があったのであろう。

戸沢鷲郎といえば、近藤もその名を知っているはずである。江戸の小道場を軒並みに荒らして札付きだった時期が、この戸沢にはある。

戸沢の背後にいるのは久留米脱藩仁戸部《にとべ》某。

いまひとりは刀をぬいていない。いかにも戸沢の働きを検分するように、ふところ手をしてのっそりと立っている。

ひどく背が低い。才槌頭で、時々年寄くさい咳《せき》をする。

「止せや、戸沢」

と、歩きだした。若禿げで小さなまげをつけ、鼻だけがばかに大きい。が、沖田の夜目では、顔まではわからない。

「鷲郎、やめろ、無益の殺生は」

と、もう一度この咳男《せきおとこ》はいった。沖田はそのおかげで、相手の名を知った。

「で、どうした」

と、土方は、もう春だというのに、火鉢をかかえている。

「逃げましたよ」

「むこうが？」

「私が、です」

土方はだまった。沖田が、菊一文字の一件を話したあとだから、きかずとも逃げた理由は察している。

「総司は、律義者だな。道伯もいったん武士に貸した以上、いつ争闘があって折れるか、刃こぼれするか、覚悟はしているだろう。幸い、どのくらいの物切れのものか、試してやればよかった」

「それがね」

沖田は、剣をぬいた。

「この姿、これをいったん見た以上、血を吸わせる気がしますか。近藤先生の虎徹、土方さんの兼定なら、いかにも業物《わざもの》めいて、いかにも人の骨を食い割りそうな気がしますが、どうも、この則宗の姿はそういう気をおこさせないな。どう思います」

「どれ」

土方はぎらりと、和泉守兼定をぬき、菊一文字則宗の横に置きならべてみた。

なるほどこうしてくらべてみると、同じ刀ながら、品位に格段の差がある。則宗を隠君子《いんくんし》とすれば、兼定は歯をむいて戦場稼ぎに駈けまわっている野武士の相好《そうごう》そっくりであった。ここに近藤の虎徹をおけば、則宗の品はさらにはっきりするであろう。

ちょうど、近藤が入ってきた。

「なんだ」

と、二口《ふたふり》の刀を見た。

「近藤先生、虎徹をこう、ならべていただけませんか」

「ああ」

近藤は沖田には甘い。

無造作にぬいて、その横においた。

なるほど、厚重《あつがさ》ねで反りは浅く、姿には、この道でいう怒味と武骨味をもち、いかにも人切り庖丁といった凄味がある。

むろん、虎徹にはそれなりに品位はある、だが、しかし鎌倉の古刀である菊一文字には遠くおよばない。要するに、神韻縹渺《しんいんひょうびょう》としたところが、兼定にも虎徹にもないのである。

「総司、細身すぎるな」

細身は当節はやらない。重さで切れるようなのが、幕末の流行であった。

「どこで手に入れた」

「いや、借りものですよ」

と、土方は、播磨屋道伯の一件を話した。

「気に入っているなら、歳《とし》、隊費で買いとってやれ。総司の差料の利鈍《りどん》は、新選組の強弱にかかわる」

「しかし折角持たせても」

と、土方は、花橘町の辻での一件をはなすと、近藤は噴きだした。

「子供のようなやつだ」

おろしたての下駄を、惜しんではかない子がいる。総司はそれに似ている。

「すこしちがうな」

と、土方はいった。総司という若者の神経を、土方は近藤よりは理解している。

「あれはたしか沖田総司だ」

と、白河村の陸援隊本部で膝をたたきながら大声をあげたのは、戸沢鷲郎である。

いままで何人かの新選組隊士を辻で斬った。

それが戸沢鷲郎の自慢で、斬るときにはかならず検分役をつれてゆくから、法螺ではない。

「怖れをなして遁げた」

これも事実である。検分役である久留米脱藩仁戸部某が目撃している。

「新選組一番隊組頭沖田総司といえば、洛中きっての使い手というが、手の内をみせずに背中をみせた」

戸沢鷲郎は、陸援隊剣術師範である。この土佐藩支配の尊攘浪士団には土佐藩出身者が多く、水戸系は、香川敬三（維新後子爵）ら数人にすぎない。自然、虚勢を張る傾向がつよく、香川もその臭気のつよすぎる男だが、戸沢鷲郎にいたっては、ほとんど佯狂《ようきょう》かとおもわれるほどにその癖がある。

「諸君に新選組を斬る勇があるか」

と称して、夜間、新選組隊士がよく通る堀川筋に出ては、斬る。かならず斃す。すれちがいざま、戸沢は抜き打ちに刀をはねあげて顔をかすめ斬りにし、相手のひるむすきにかえす刀で右袈裟《げさ》に斬る。その術、じつに妙を得ている。

この夜、たまたま沖田に出くわし、この手は仕損じたが、そのかわり、沖田総司ほどの者を遁走せしめた。これは大手柄であった。

つい、自慢が高声にならざるをえない。

「まったく、うわさほどにもない」

ただ、部屋のすみで、例の大きな鼻の男が、不景気な咳をし、ときどき鼻毛をぬいている。この男だけは戸沢の高慢の合槌《あいづち》はうたなかった。むしろ戸沢が高声を出しかけると気勢を殺《そ》ぐように、ごほっ、と咳をして、

「危うし、危うし」

といった。

ついに戸沢がききとがめてなじると、

「おぬしの剣を軽蔑しているのではない。もともと剣技というものは、囲碁、将棋、角力とはちがい、絶対の強者というものはありえないとわしは申しているのだ。竹刀試合でもそうではないか。達人といわれる人が、なにかの拍子でそれ以下の者に撃たれることが多い。宮本武蔵でさえ、三十をすぎてからは、試合をやめている。勝負というもののおそろしさを知ったのだ。戸沢君、剣は容易に弄《なぶ》るものではない」

「ご老人」

戸沢は、台所の方角をあごでしゃくった。

「かまどの灰がまだ温かいはずだ。猫でも抱いて居眠りして来られたらどうです」

「そうかね」

老人、といわれた男は、素直に立って台所へ行ってしまった。

老人は羽前の郷士で、詩文をよくし、剣は心貫流《しんがんりゅう》から出てみずから工夫し、無関流という一流を編んだひとである。清原十左衛門といった。同郷の縁で、先年横死した清川八郎が、京都へひきだしてきた。清川は、

「熟蝦夷《にぎえぞ》先生」

とよんでいた。

老人の雅号であろう。ところが京に出てきても一向に周旋（志士活動）をせず、高倉竹屋町で借家を借り、国学の私塾をひらいて暮らしていた。熟蝦夷とはいかにも国学者流の雅号で、古代、蝦夷《あいぬ》居住地であった故郷の羽前国にちなんでいる。陸援隊が結成されるにおよび、隊長である土佐藩士中岡慎太郎がとくに頼んで、客分として来てもらった人である。

「清川が畏敬していた人物」

というので、隊士たちも、毎朝のあいさつぐらいは多少丁重にするが、実のところ無用の人物で、肚のなかでは軽んじられていた。

事実、かまどの猫ほどの働きもしなかった。熟蝦夷先生が陸援隊にきてやった仕事といえば、白河屋敷の門前に「陸援隊本部」という看板を書いたぐらいのものであろう。

隊には、道場がある。

熟蝦夷先生は、ほとんど一日中道場にいて木刀を持ち、独り工夫している。剣術も近年になって諸流儀とも型専門の稽古法をやめ、面籠手《めんこて》、竹刀による撃ち合い稽古のみをやるようになったが、この老人だけは一切そういうことをしなかった。

指南役の戸沢鷲郎などが、たまに、

「ひと手、御教授ねがいたい」

といっても、

「拙者は防具のつけ方も知らぬ。馴れぬことはやらぬ」

といってことわる。だから一同も、熟蝦夷先生がかつて一流をひらいたほどの使い手だとは聞いていても、実力のほどは知らない。

「とにかく」

と、新選組屯営では、土方は毎日、監察部の御用部屋へ行ってはせきたてるのだ。

事故が頻発している。市中で隊士が斬られることが多い。死体はすべて、顔をかすめあげられて右袈裟で斬られている。

「下手人はおなじ男だ。幸い、昨夜、沖田が花橘町の辻で襲われた。このときは三人。その三人のうちの一人が戸沢鷲郎という名であったことまではわかった。密偵の尻をたたいて早く狩りださなければ、隊の威信にかかわる」

「戸沢鷲郎」

監察部は、すぐ所司代、奉行所に通知する一方、密偵たちにその名を記憶させた。さらに、市中の床見世《とこみせ》という床見世に、

「押し込みの容疑者」

ということで、知らせておいた。京の床見世は、安政の大獄のときには奉行所の聞きこみにずいぶん協力したものだが、その後京の市中の人気が長州に同情的になってくるにつれて、かれらの協力も薄れている。が、それでも、幕府びいきの床見世もあり、密偵が来るとひそかに協力する見世も何町内かに一軒はあった。余談だが、それらの床見世の主人は東本願寺の門徒が多かった。当時東本願寺は、佐幕色がつよかったからであろう。

西三本木に、「床安」という見世があり、ここの主人が密偵に、

「戸沢鷲郎様と申せば、たしかそこの白河屋敷の陸援隊にいらっしゃる方だとおもいますが」

といった。この「床安」には、白河屋敷から陸援隊士が、加茂川の荒神橋《こうじんばし》を渡ってよくやってくる。戸沢は、びんのあたりが面擦れではげしく抜けあがっているの

で、床安もかねがね、

（よほどの使い手だ）

と、感心していたという。

差料《さしりよう》一腰は朱鞘。背は五尺五寸ぐらい、面長で、あごがのど、まで垂れているのが特徴だという。

「総司、そういう人相じゃなかったか」

と、土方がいった。

「無理ですよ」

「なにがむりだ」

「顔なんか。私は土方さんのような猫目じゃないから、夜はだめなんです。それにあのときは顔をみる余裕もなにも。——あとを見ずに遁げちゃった」

沖田は、遁げる手まねをした。

土方はつい釣りこまれて笑ったが、すぐむずかしい顔にもどった。

問題は、陸援隊である。

土佐藩の藩制によるものではないが、給与は土佐藩から出ており、その思想傾向は母藩の土佐藩よりもはるかに過激だった。いわば、勤王派の新選組というべきものであろう。

「討ち入るか」

と、土方は、近藤にいった。新選組の腕をもってすれば、諸藩脱藩浮浪の集団である陸援隊などは、一挙に覆滅《ふくめつ》できるだろう。

「歳、無茶ァいうな」

近藤には、政治がある。土佐藩と事をかまえるのは、幕府の立場からまずい。いわゆる勤王諸藩といっても、最も過激な討幕主義の藩が長州。

薩摩は、家康以来、いわば面従腹背の色が濃く幕府に忠誠心がないことはたしかだが、しかし長州から「薩賊」といわれるほどに現実政治に長けており、いま表面上は、佐幕第一の会津藩と仲がわるくない。したがって新選組も、薩摩藩士にだけは一切手を触れていないのである。

土佐藩は、最も奇怪だった。

藩の実権をにぎる「老公」(山内容堂)は、若年のころから勤王色の濃い人であったが、独特の理論があり、極端な幕府擁護論者であった。

容堂は積極的保守主義というべき政治的立場であろう。朝廷神聖論を唱え、神聖なるがゆえに政権をもたしめず、政権はあくまでも源頼朝以来の慣例どおり、幕府が委任されて、担当する。そういう法解釈をとり、その藩の行動の基準としているひとだ。

ただ、土佐藩は、下級藩士に反容堂的な過激人が多く、藩から弾圧され、幕吏に追われてもなお活動をやめない。おそらく、新選組が結党以来斬ってきた「浮浪」を藩名で分類すれば、土佐、長州がもっとも多いであろう。

幕府としては、土佐藩が複雑なだけに、この藩を刺激したくない。現に近藤などは、土佐藩参政後藤象二郎としばしば祇園の料亭山まゆで落ちあって、酒をのみ、交誼をかさねている。

「だから陸援隊そのものには、手を触れるわけにはいかぬ」

「近藤さん」

土方には、この男なりの理屈がある。

「配慮、配慮で、ほうぼうをおさえているうちに幕府はひどい目に遭う。治安をみだしたとあれば、何藩の支配にかぎらず、踏みこんで圧服させてゆく。江戸、大坂ならば知らず、いまの京の治安はそれでゆくしか保ちようがない。それに、陸援隊は、隊士そのものは浪人ではないか」

「白河屋敷は、土佐藩の別邸である」

藩邸というのは、徳川体制の中では、幕府の直接的な警察権が及ばず、一種の治外法権の場所になっている。現在《いま》でいえば、各国の大使館、公使館に似ている。

土佐藩藩邸は、河原町にある。白河屋敷は新設のものだが、藩邸であることはまちがいない。

「襲えば、戦さになるよ。一波万波をよんでおそらく天下の諸侯は紅白いずれかの旗をたて、源平か、戦国の世になるだろう」

「あんたも利口になったものだ」

京にはじめて出てきたときは、ひどいものであった。初代の代表者の芹沢鴨を暗殺し、その一派の幹部をつぎつぎと殺してついに新選組の主導権を得、さらには三条小橋西詰の旅宿池田屋に斬りこんで長州、土州系の志士二十人前後を斬り、それが直接動機になって長州軍の大挙西上（蛤御門ノ変）という京都戦争をひきおこし、さいわい幕府の力で食いとめ得たが、その兵火のために京都は、民家二万七千五百十三軒が焼け、焼失した土蔵千二百七、焼け落ちた橋四十一、貴顕の屋敷で全焼したものは、宮門跡が三、公卿屋敷が十八、諸大夫、社家屋敷が五十一、といったぐあいで、戦国前夜の応仁の乱以来の大災事をおこしてしまった。

その近藤がいま、

「土佐藩への顧慮が」

などといっている、

「歳、もう元治元年のころとは時勢がちがうんだ。新選組もやりにくくなっている」

三

その前後、土方は使いを出して、播磨屋道伯を屯営によんだ。

例の菊一文字則宗を、沖田総司のために買ってやるつもりでいる。

こういう場合、大名家ならば、出入り商人の云いなりの値で買う慣例になっており、いさい値を負けよとはいわない。

新選組も諸侯の例にならい、土方はむろん云い値で買うつもりであった。

「値いを申せ」

と、ぴしゃりと出た。

が、道伯は、むっとした様子である。この隠居はこの隠居なりに、あの刀の一件については別な思惑をもっていたのであろう。

「申してもよろしゅうござりまするかな」

「ああ」

「されば一万両」

道伯は土方の顔をちらりと上眼でみた。血相が変ってしまっている。

が、武家が負けろとはいえない。といって一万両のような金が、新選組にあろうはずがなかった。いや、そういうことよりも土方がかっとしたのは、この京商人が新選組を舐めた、ということである。

「道伯ッ」

ちょっと、と老人は手をあげて土方の気勢を殺《そ》いだ。

「まず、お聞きを」

「なにッ」

「願わしゅうございます」

「申せ」

「あの刀は、道伯が商売気をはなれて惚れこみ、惚れこんだだけの値いが、算盤にひき移せば黄金一万枚と申したまでで、一万両でお売りするとは申しておりませぬ。道伯、沖田様が好きでござりますゆえ、あの刀を持っていただき、もし手頃じゃと申されれば、さしあげる気でおりました。幸いご執心を頂いておりますとわかりました以上、道伯、ここにあらためて頭をさげて、沖田様に貰っていただきまする」

土方はなぶられているようなものである。

「――左様か」

と、気の抜けたような顔をしてぼんやりしていたが、すぐ隊士に沖田をよばせた。

沖田は自室の畳の上で、眼をつぶりごろりと横になっていた。半井玄節《なからい》からそう命ぜられている。

「ああ、ゆく」

と、起きあがった。土方の部屋は、ふすま一枚をへだてた隣である。話の内容も、両者のやりとりも手にとるように聞えていた。

「総司、じつは」

と土方がひととおりのことをいった。沖田は、はじめて聞く話として、無邪気によろこんでみせた。

「聞きました」

といえば、二人が興をうしなうだろうと思ったのである。

「しかし、道伯」

と、土方は、沖田が花橘町の辻で刀を大事にしすぎて遁げた、という話をした。

「沖田様らしくもない」

道伯は、溶けるような微笑をうかべた。本心、道伯にすれば、らしくない、どころか、そういう心働きの仕方がいかにも沖田総司らしくてうれしくてたまらないのである。

「しかし」

道伯は、心とは別のことをいった。

「あれくらいの刀に呑まれるようなことでは沖田様もまだまだ、ご修行が足りませぬ。あなた様の天禄にくらべれば、則宗など、下品《げぼん》の下品でございます。竹刀でも使いすてるようなつもりでお使いなさいまし」

「いや、いいんだ」

沖田はうれしそうにいった。

「借りものだ、と思ったればこそあんな気持になったんだが、自分のものなら苦にはなりませんよ」

といったくせに、沖田は、その後も菊一文字を佩用せず、すでに砥ぎから戻ってきている相州無銘の二尺四寸を帯びていた。

「総司は馬鹿だ」

と、近藤などはいった。

刀については、徳川期を通じて近藤ほど実用品としての判断の眼をもっていた剣法者も少なかったであろう。故郷の佐藤彦五郎に送った書簡などにも、「粗刀は用いるべきでない」とその実戦的体験から書いているし、その長短の問題についても、

いかに名刀でも、実戦場に至ると、かならず損じるものである。もし折れた場合、脇差は長いほうがいい。荒木又右衛門が伊賀鍵屋ノ辻で仇討をしたとき、敵方の撃ち込みを受けたのはよいが、伊賀守金道二尺八寸五分を折ってしまった。

私はこの刀をさきごろ荒木家で見せてもらったが、さすがみごとな刀である。それでさえ折れた。ところが又右衛門は脇差として二尺二寸五分(大刀の寸法)という長大なものを帯びていたため、あとの戦いにさしつかえがなかった。これが好例である。土方君などはそれを心得て、大刀は和泉守兼定二尺八寸、脇差は一尺九寸五分堀川国広という長いものを用いている。

それほどやかましい近藤だから、しつこいほど総司に菊一文字を帯びることを勧めた。

「虎口《ここう》で刀を折られれば、死ぬしかない。飾っておいても、身を守ってくれんぞ」

総司は、はい、とうなずいたまま、依然用いない。

(変なやつだ)

沖田自身も、そう思っている。ほかに執着のなさすぎるほどの若者だが、この菊一文字則宗だけは、人を斬るためにつかいたくなかった。

沖田自身、なぜそうなのか、自分でもよくわからなかったが、どうやらかれの病気とつながりがありそうであった。

「死ぬ」

と覚悟しはじめている。肺の病いが、じかに死を意味することは、当時、三歳児といえども知っている。

近藤は、隊が江戸にひきあげてから沖田の病床を最後に見舞ったのが明治元年三月ごろだが、このときはもういけなかった。あとで、

「総司のやつはどうして、ああ明るいのだろう。あの若さであれほど死に対して悟りきった男もいない」

と感心するよりも、むしろその明るさを悲しんだというが、沖田には殊更な悟り、という言葉はあたらない。天性、生命が、そういうぐあいにできているようなところがあった。

が、怜悧《れいり》な男だから、死が隣室まできていることは知っている。いや、なるべくそれを考えないことにしているが、沖田自身、気づかない心の場所で、意外な感情がめばえはじめていた。

ある日、ふとそれを言葉に出して、土方にいった。

「則宗は、七百年ですよ」

というのである。この刀は、七百年生きつづけてきた。異常なことである。その信じられないほどの長い歳月のあいだに、則宗は何度か戦場に出たであろう。当然、刀というものの機能からすれば、折れ、損じ、あるいは焼失するはずのものであるが、この則宗は奇蹟のごとく生きつづけてきた。七百年、所持者はどれほど変った

かわからない。すべて死んだ。みな土中にある。則宗だけは生きている。生きる価値を天からあたえられて生きつづけているように、総司には思えるのである。

「七百年」

あとも則宗は生きつづけよ、と、沖田総司はふと祈りたくなるような気がする。総司は、死が近づくにつれて、笑顔がすきとおるようになってきたといわれる。そういう心境のなかから、

「七百年」

の寿命に、近藤や土方などにはわからぬ感動がうまれているのであろう。

四

が、総司の気持に、変化がおきた。日野助次郎の死骸を見たときである。

日野の死骸が屯営に運ばれてきたとき、総司は自室に横になっていた。

「日野さんが？」

おもわず、起きあがって、縁側からとびおりた。死骸は戸板の上にある。

鼻を下から削がれ、右袈裟。水びたしになっているのは、斬られたあと、加茂川に蹴込まれたからである。下手人は知れている。

日野助次郎は、総司の一番隊の配下で、最年長者であった。無口な石州浪人で、若い総司によく仕えてくれ、ときどき四条の半井玄節のもとへ行って、総司の薬をもらってきてくれたりした。

「総司」

土方は、いった。

「花橘町の辻で、お前が戸沢鷲郎を斬っておれば、この男は死なずにすんでいる」

刺すような眼でいった。眼、言葉つき、態度、土方は決して隊士に好かれたことのない男だが、総司に対してこういう眼をしたことは、かつてなかった。

「無用の物惜しみをするからだ」

「…………」

総司は切れの長い眼のはしで土方をにらんだが、すぐ眼を俯せた。

「そのとおりです」

と、爪を噛んだ。いつのまにか小指を歯の間に入れ、夢中で噛み切っていた。血が流れた。

(戸沢を斬ろう)

それも菊一文字則宗で。と決意したのは、そういうかたちで復讐しないかぎり、日野助次郎への気持が安らぎそうにない、とおもったからである。

総司は、毎日、監察部の部屋に行って、密偵の報告をきいた。ほとんど日報のようにして、戸沢の毎日の外出状況が、報告されている。

「私が、やりますよ、山崎さん」

と、監察に念を押した。山崎は微笑したきりで答えない。戸沢についての指示は、土方がくだすことになっている。

総司は、毎日、隊に出入りしている利吉という奉行所の御用聞きに金を与え、

「戸沢のことは、監察よりも私にさきに報らせてくれ」

と頼んだ。利吉は怪しまなかった。沖田が新選組においては、単に一番隊組頭、という役目以上の存在だということを知っていたからである。

「よろしゅうございます」

数日して、利吉は耳よりなことを聞きこんできた。あすの未明、戸沢が所用で、大坂へくだるというのを、床安が耳にした、というのである。同勢は何人かは分らない。

その夜半、沖田は利吉一人をつれて、屯営を秘かに出た。

寺町通りを北上して、荒神口に出た。公卿の坊城家の屋敷の隣に、清荒神《きよしこうじん》があり、鳥居わきに茶店があった。

気の毒、と思ったが叩きおこして湯漬けを用意させ、同時に疲れをやすめた。

そこで半刻すごし、外へ出ている。

南側は町家、北側は屋敷地、正親町《おおぎまち》三条家などの塀ぞいに東へゆくと、荒神橋がある。

橋を渡った。

渡ると、もうそこは白河村の田圃で、陸援隊までの道は一筋しかない。

未明、隊を出発するはずの戸沢鷲郎は、伏見まで高瀬川をくだるにしても、陸路をとるにしても、この道は通らざるをえない。

道の南は大根畑、それが聖護院《しょうごいん》の森辺りまで続いている。北側は、田。

沖田総司は、路傍の石に腰をおろした。背後に松が高々とそびえている。

「利吉、それを着せておくれ」

と、用意の笠、蓑《みの》を指さした。夜露を凌ぐためである。

腰に、菊一文字則宗を帯びている。

陸援隊では、未明の旅立ちがあるというので門の高張提灯に灯が入れられていた。

「伏見まで送りましょうか」

と、隊士のたれかがいったが、戸沢は箸で否《いや》と、しぐさをして、

「木屋町から高瀬舟で伏見までゆく。伏見には土佐藩の藩船が待っている。淀川十三里、舟の上の楽な旅だ。大げさに見送ってもらうほどのことはない」

といった。

長崎から大坂の土佐藩邸に、ゲベール銃が入荷している。そのうち三十挺を陸援隊に分与してもらう話しあいがついていて、戸沢鷲郎ら四人が受領にゆくことになっていた。

いつのまにか、熟蝦夷《にぎえぞ》先生も起きてきていて、すでに土間におりていた。提灯をもっている。

「ご老人、何のご用です」

「私は平素、隊で徒食をしている身だから、こういうときの見送りぐらいはしよう。木屋町までゆく」

この男には、妙な予感があった。

「無用のことだ」

と、戸沢は一同が奇異に感ずるほど依怙地《いこじ》にいった。高瀬川の舟入までの見送りをことわるほどのこともないし、平素の戸沢なら、

「ああ」

と、無頓着に送らせるところだろう。いやむしろ、送らなければ、この男のこと

だから機嫌が悪かったかもしれない。

もう一つ、奇譚がある。というほどのことでもないかもしれないが、この未明、戸沢は飯をくいながら、

「先夜のやつは」

と、しきりに日野助次郎斬りの自慢ばなしをした。

「諸君らも、人だけは斬っておくがいい。あれはこつがあって、道場剣術では到底学べぬものだ。抜き打ちを仕損じたならば、あとはかならず上段がいい。道場剣術は技《わざ》だが、真剣となると、もう気のものだ。こう」

と、箸で剣のかたちをしてみせ、

「押して押して、押しまくってゆく。いつのまにか相手は死骸になっている」

と、熱っぽくいった。

同行の三人は、陸援隊道場で戸沢の教えを受けている連中だから、熱心にきいている。

「よしたほうがいい」

と、熟蝦夷先生は、例によって陰気くさい咳をした。

「剣には相手がある」

山城の空いっぱいが、星である。

その下で、利吉の小さな心臓が、不安な音をたてている。横に沖田が岩に腰をおろしている。体をのめらせ、笠を垂れ、蓑にうずもれるようにして、ねむっていた。

かすかな寝息がきこえる。

(なんという旦那だ)

と、利吉は舌を巻く思いだった。

やがて、叡山の上の星が消えはじめ、かすかに東の空が、藍色に変じた。

「旦那」

道のむこうに、提灯がみえた。五つ、こちらにむかって動いてくる。

「ああ」

沖田は、物憂そうに立ちあがり、笠、蓑をぬいで利吉に渡した。

「帰れ」

「よろしゅうございますか」

「お前が居ても、つまるまい」

「では」

闇が消えぬうちに、と利吉はすばやく西へ駈け去った。

やがて、提灯の群れが、眼の前にきた。

「そこに」

と沖田がいった。

「戸沢鷲郎氏がおられますか」

「何者だ」

「新選組の沖田総司です」

戸沢。――

ツッ、と踏み出し、大きく飛びこんで、剣を抜きあげた。が正確にはその剣がわずかに鞘を離れきった瞬間、戸沢の笠が破れ、脳天が割れ、飛びこんだ姿勢のまま、勢いよく沖田の足もとにむかって頭からのめり、どさっと倒れた。即死している。

沖田は、前を見た。左下段に構えながら、

「私の用は済んだ。これで引きあげますが、おひきとめになりますか」

と、年長者らしい男をみた。

熟蝦夷先生である。このひとは維新後十数年、兵庫県の属をしていたから、このとき手を出さなかったことはたしかである。

沖田総司が、菊一文字則宗を使ったのは、このときだけだったように思われる。刃こぼれ一つしなかった。

総司、幼名総（宗・惣）次郎、春政、後ニ房芳ト改ム。文久三年新選組成ルヤ、僅カニ二十歳。新選組副長助勤筆頭一番隊組長トナリ、大イニ活躍スルトコロアリ。

雖然《シカリトイエドモ》、天、藉《カ》スニ寿ヲ以テセズ、惜イカナ、慶応四年戊辰（明治元年）五月三十日病没ス焉。

（沖田家文書）

総司の姉お光の家系である沖田勝芳氏の話では、この菊一文字則宗は、いま神社におさまっているという。その神社の名、所在地については、勝芳氏が亡父要《かなめ》氏（お光の孫）から聞きもらされているので、よくわからない。

総司は、江戸千駄ヶ谷池橋尻の植木屋の納屋で病いを養い、ひとり死んだ。則宗は死ぬまで枕頭にあり、死後、植木屋の当主平五郎があずかり、のち庄内から帰ってきた姉のお光に渡した。

お光ら家族はその後立川に住んだから、神社に奉納したにしても、地理的関係から、東京都下の神社であるように思われる。

解説

巖《いわ》谷《や》大《だい》四《し》

1

司馬遼太郎は大正十二年（関東大震災の年）八月七日、大阪の薬種問屋の次男として生まれた。本名は福田定一という。

生まれつき虚弱だったので、奈良県北葛城郡今市の仲川氏方に預けられて育った。母親の実家が二上山の南の竹内峠を大和盆地に下った村にあったので、子供のころ、よく、この日本最古の街道で遊んだ。このあたりは、弥生式土器や、黒いサヌカイトの石鏃《せきぞく》などが出土して、村の子供たちはそれをいっぱい持っていた。それを駄菓子と交換して集めたりした。こんなところに、すでに歴史に興味をいだく素地があったのかもしれない。

親戚はほとんど大阪商人で、それだけに上方（ぜいろく）商人の根性というものを骨のズイまで知っていた。彼はそのゼイロク根性を、時代もののなかに導入した。

太平洋戦争勃発の年に大阪外語の蒙古語科に入り、昭和十八年学徒出陣した。子供のころから粗暴で、馬賊になる夢をもっていたが、それは戦車隊の勇士になることで実現したようなものであった。戦車隊の小隊長にまでなった。

戦後は十五年間、ジャーナリストとしてすごした。はじめのうち七、八年は新聞社の京都支局にいて、大学とかお寺とか、いかにも京都的な場所を受け持たされた。この間に、西本願寺虎之間（伏見城の遺構）、粟田口の青蓮院門跡の叢華殿といった社寺史跡の静かな場所で寝ころがって史伝、小説類を読みふけった。高校時代から、文学に興味を持ちはじめていたのである。

このころから漠然とながら三十になったら新聞社を辞《や》めて小説を書きたいと思いはじめていた。

昭和三十年、ちょうどそのころ、彼の新聞に「文壇短信」というコラムを書いていた寺内大吉が、大阪にやってきて、一夕歓談するうちに、「あんた小説書けや」と言った。「実はひそかに考えていたんだが、いまさら同人雑誌に入るのも嫌だし……」と彼は答えた。「世の中には懸賞小説というものがあるじゃないか？」と寺内が言った。

寺内は、東京へ帰ると、あらゆる懸賞小説の応募規程を送ってきた。その中でいちばん早い締切りが、「講談倶楽部賞」だった。彼はそれに「ペルシャの幻術師」という六十枚の作品を二晩で書きあげて送った。それが「第八回講談倶楽部賞」に見事に受賞した。この時はじめて、「司馬遼太郎」という名前を使ったのだが、それは本名で出すのが恥ずかしくて、好きな「史記」の著者の名にあやかって、〈司馬〉に遼（はるか）に及ばぬという意味でつけたペンネームであった。

入選の電報が届いたその日に、偶然にも彼は産経新聞大阪本社文化部次長に昇進した。

翌年から、寺内大吉らと同人雑誌「近代説話」をはじめた。彼は新聞の仕事のかたわら、もりもり書いた。しかし、本名ではなかったので、社内では誰も彼が小説を書いているということを知っているものはなかった。

昭和三十四年、前年から「中外日報」という日刊宗教紙に連載された「梟《ふくろう》のいる都城」という作品が、講談社から「梟の城」という題で出版された。これが昭和三十四年第四十二回直木賞になった。彼はまたこの時、偶然に文化部長に昇進した。この時はじめて、新聞社の連中は彼が、直木賞受賞作家であることを知って驚嘆した。

こうして彼は、順風満帆、文壇に洋々と船出したのである。

2

「新選組血風録」は、昭和三十七年五月から十二月まで、「小説中央公論」に連載されたものである。

司馬遼太郎が「竜馬がゆく」「国盗り物語」で第十四回菊池寛賞を受賞した時、尾崎秀樹は彼を評して次のように書いている。

「司馬遼太郎の文学ほど、今日の大衆文学の性格を典型的にしめすものはない。彼の作品は『国盗り物語』や『竜馬がゆく』でも明らかなように、既成の秩序なりモラルがくずれ、新しい体制が模索されているような混乱の時代を背景にしたものが多い。それは変革期に現われる人間像に、彼が深い関心を寄せるからだ。動乱の時代には人間のもつ可能性がフルにあらわれる。しかも彼のユニークな乱世史観は、現代の世相とダブル・イメージになることで、強烈なパンチ力を生み出すのだ。油売りから一城の主となった斎藤道三、尾張のうつけもの信長、俗説では明智光秀の血をひくともいわれる風雲児竜馬、いずれも彼の史観を語るにふさわしい魅力的な人間像である。彼の文学の魅力はこの独得な乱世史観を支える現代性と風土性だといっていい」。

彼の文学を最も正確に評した言葉と言えると思うが、ここに収められた「新選組血風録」は、維新動乱期の象徴的、宿命的存在であった新選組というものに、あらゆる角度から焦点をあてて、今日的なメスを加え、その時代的背景と人物像を浮き彫りにした、ユニークな「異聞集」である。

十五編の作品にわかれているが足で小まめに、見聞した資料をもとに、独自の史観をふまえて、それぞれに味わいのある描き方をしている。

「油小路の決闘」は、新選組の批判派である伊東甲子太郎らの、悲劇的な結末に至るまでを「耳をあらうくせのある」新選組取調役篠原泰之進を主役に描いている。

「芹沢鴨の暗殺」は、水戸天狗党の生き残りで、狂人的天才剣士芹沢鴨が、近藤、土方らの黙契によって暗殺される有名な話だが、それに菱屋太兵衛なる大阪商人をからませて味わい深くしている。

「長州の間者」は、京都浪人深町新作が、その腕をかわれて新選組に入るが、深町は女とのくされ縁から、長州の間者となり、沖田総司に見やぶられて、「人斬り主膳」こと松永主膳を斬殺するも、自身は沖田総司に斬られる話。

「池田屋異聞」は、有名な池田屋騒動を、「いざ勝負となると、相手を食い殺したいほどの異常な闘争心をわかせる」山崎蒸《すすむ》を主役に描いたもの。

「鴨川銭取橋」は、隊の兵学師範であった武田観柳斎が、薩摩屋敷に出入りするようになったことから、銭取橋で、剣術指南役斎藤一に斬殺されるまでの話。

「虎徹」は、近藤勇の愛刀虎徹にまつわる由来話を、やや皮肉をまじえて描いた「日蔭町虎徹」物語。

「前髪の惣三郎」は、加納惣三郎という女と見まちがえるような美貌の剣士が、

「おかま」騒動をおこし、沖田総司に斬られるまでの話。

「胡沙笛を吹く武士」は、胡沙笛という尺八に似た音色の笛を吹く隊士鹿内薫の悲劇を描いたもの。

「三条磧乱刃」は、新選組で最長老（と言っても四十三歳）の井上源三郎と、芸州浪人国枝大二郎の奇妙なからみ合いをつづったもの。

「海仙寺党異聞」は、水月流居合術宗家出身の甲州郷士、長坂小十郎の話。

「沖田総司の恋」「菊一文字」は、若き天才剣士沖田総司を主役にした、異色の物語。

「槍は宝蔵院流」は、宝蔵院流の槍の使い手谷三十郎の話。

「弥兵衛奮迅」は、薩摩藩脱藩浪士富山弥兵衛の話。

「四斤山砲」は、出羽浪人大林兵庫という不可解な人物の新選組のかくらん物語。

以上十五編、いずれも、人物にまつわるエピソードがおもしろいし、個性が十分に生かされていて、鮮やかである。

司馬遼太郎はかつて、「作家と一般の読者とのちがいは、わずか指先にのった塩のあるなしにすぎない、その塩を大切にしなければすぐ失われてしまう。それを錯覚して自分はエリートだと思いこむほど作家にとってのつまずきはない」と語り、それをまた自戒の言葉としているそうだが、その謙虚さが、彼の文学の魅力となっているのであろう。

彼は常に貪欲に歴史をまさぐり、その人物を分析し、今日的なメスを加え、いぶきをあたえて描く、希有の歴史小説作家である。

本書は、昭和四十四年八月三十日初版発行の
小社文庫『新選組血風録』を改版したものです。

新《しん》選《せん》組《ぐみ》血《けつ》風《ぷう》録《ろく》

新装版《しんそうばん》

司馬《しば》遼《りよう》太郎《たろう》

平成15年 11月25日　初版発行
令和5年　9月15日　43版発行

発行者●山下直久

発行●株式会社KADOKAWA
〒102-8177　東京都千代田区富士見2-13-3
電話　0570-002-301（ナビダイヤル）

角川文庫 13164

印刷所●株式会社KADOKAWA
製本所●株式会社KADOKAWA

表紙画●和田三造

●お問い合わせ
https://www.kadokawa.co.jp/（「お問い合わせ」へお進みください）
※内容によっては、お答えできない場合があります。
※サポートは日本国内のみとさせていただきます。
※Japanese text only

ISBN978-4-04-129007-1　C0193

◆◇◇

角川文庫発刊に際して

角川源義

第二次世界大戦の敗北は、軍事力の敗北であった以上に、私たちの若い文化力の敗退であった。私たちの文化が戦争に対して如何に無力であり、単なるあだ花に過ぎなかったかを、私たちは身を以て体験し痛感した。西洋近代文化の摂取にとって、明治以後八十年の歳月は決して短かすぎたとは言えない。にもかかわらず、近代文化の伝統を確立し、自由な批判と柔軟な良識に富む文化層として自らを形成することに私たちは失敗して来た。そしてこれは、各層への文化の普及滲透を任務とする出版人の責任でもあった。

一九四五年以来、私たちは再び振出しに戻り、第一歩から踏み出すことを余儀なくされた。これは大きな不幸ではあるが、反面、これまでの混沌・未熟・歪曲の中にあった我が国の文化に秩序と確たる基礎を齎らすためには絶好の機会でもある。角川書店は、このような祖国の文化的危機にあたり、微力をも顧みず再建の礎石たるべき抱負と決意とをもって出発したが、ここに創立以来の念願を果すべく角川文庫を発刊する。これまで刊行されたあらゆる全集叢書文庫類の長所と短所とを検討し、古今東西の不朽の典籍を、良心的編集のもとに、廉価に、そして書架にふさわしい美本として、多くのひとびとに提供しようとする。しかし私たちは徒らに百科全書的な知識のジレッタントを作ることを目的とせず、あくまで祖国の文化に秩序と再建への道を示し、この文庫を角川書店の栄ある事業として、今後永久に継続発展せしめ、学芸と教養との殿堂として大成せんことを期したい。多くの読書子の愛情ある忠言と支持とによって、この希望と抱負とを完遂せしめられんことを願う。

一九四九年五月三日